晓色云开

洪琪◎著

有一个人 藏在心里
一直在心里 也永远在心里
爱情来过 来过即是慈悲
愿无岁月可回首 且以深情共余生

綫装書局

图书在版编目（CIP）数据

晓色云开／洪琦著．—北京：线装书局，2016.5
ISBN 978－7－5120－2156－3

Ⅰ.①晓…　Ⅱ.①洪…　Ⅲ.①长篇小说－中国－当代
Ⅳ.①I247.5

中国版本图书馆 CIP 数据核字（2016）第 096493 号

晓色云开

作　　者：洪　琦
责任编辑：曹胜利
特约编辑：刘嘉杰
装帧设计：韩　陆　张翼翔
出版发行：线装书局
　　地　址：北京市西城区鼓楼西大街 41 号（100009）
　　电　话：010－64045283（发行部）　64045583（总编室）
　　网　址：www.xzhbc.com
经　　销：新华书店
印　　制：三河市龙大印装有限公司
开　　本：880mm×1230mm　1/32
印　　张：9
字　　数：278 千字
版　　次：2016 年 5 月第 1 版第 1 次印刷
印　　数：0001—2000 册

定　　价：32.80 元

总　　序

厦门历来是祖国东南的重要口岸，是与世界各地进行经济文化交流的重要门户。厦门文学自宋代开始，经过一代又一代文学人的努力，已经形成自己的优势和特色。在当今中国实现国家富强、民族复兴、人民幸福的中国梦的伟大征程和现实语境中，面对新的生活实践，厦门文学的使命又有了新的时代内容——厦门市委、市政府高度重视文化事业，提出了推进文化强市建设，大力推进文化生态保护工程，弘扬闽南文化、嘉庚文化、海洋文化等传统文化的优势，着力打造厦门地方特色的文化品牌。而弘扬地方文化优势，树文化品牌，文学是中坚力量，不仅体现在其自身的创作深度，而且体现在对于其他艺术门类的影响和带动上。这样，新形势带给文学新生机，也给厦门文学发展提出了更高更新的要求。

为了繁荣我市文学创作，提升厦门文化软实力，推动社会主义核心价值体系建设，构建社会主义和谐社会，全面推进厦门文艺事业发展，同时也为了发现、培养、鼓励文学新人，大力推进厦门作家队伍建设，由厦门市文联拨付专项资金，大力扶持厦门青年作家的作品出版，资助的作品体裁包括小说、散文、诗歌、报告文学、儿童文学、文学评论等。因厦门市文联办公地点毗邻美丽的珍珠湾海滩，我们将该青年作家扶持文库命名为“珍珠湾文丛”。

“珍珠湾文丛”每年度出版一套，每套作品10部以内。期待每年推出的“珍珠湾文丛”，能不断地为厦门市文学生态注入新鲜血液；厦门青年作家的写作实绩和专业水平，也会通过文丛得以全面展现。

这是文学的信心和希望，春种秋收，让我们乐观其成。

厦门市作家协会

愿无岁月可回首
且以深情共余生（前言）

烟雨江南水乡小镇一直是我想去亲近的地方，可无奈总为世事所牵绊，停留在“想”的阶段好几年了。

那日，一件事如同最后一根稻草把我压垮，触碰到了我最脆弱的神经。第二日，我开启了周庄同里西塘乌镇的水乡之旅，来一次说走就走的旅行。

从周庄到西塘已是下午七点多，我并无事先预定客栈，而是即兴沿河而走，一家客栈的名字吸引了我——花开半夏。

“有人在吗？”无人应答。我轻轻推开铁门，蓝星星黄月亮的风铃响起。三只小猫摇摇晃晃跑了出来，刚出生不久的模样。蹲下来一只只把它们抱在怀中，它们将爪子搭在我肩上，探头探脑。抱着它们往前走了几步，映入眼帘的是我最喜欢的吊椅、书架、藤蔓、睡莲、小桥、池塘和锦鲤。

一个浑厚的男中音响起：“小姐，请问您有预订吗？”我摇摇头。他说：“那很抱歉，客房已满。”我放下猫沮丧地往外走，坐到门口的茶座上发呆。几分钟后，那男子走了出来说：“小姐，请问你介意合住吗？”我仰起头问：“什么意思？”他的微笑很特别，给人一种舒服感和安全感：“我妹妹说如果你愿意可以和她合住一间。”我想也没想就答应了，因缘巧合。他说他叫子豪，妹妹名晓云。

子豪把我引至晓云的房间，在那我第一次见到了晓云和那幅油画。画中，皓月当空，一位长发及腰披着白色毛绒披肩穿着汉

服的女子侧身站在船中央，她仰望天空，远处白雪茫茫铺满桥面。柳枝垂落在女子身后，几株红梅傲然挺立，花瓣和着飘雪飞舞落在女子头上肩上。

凝视着那幅画，淡淡的哀愁，暗藏的美丽。我不禁念出这首词：“恨君不似江楼月，南北东西，南北东西，只有相随无别离。恨君却似江楼月，暂满还亏，暂满还亏，待到月圆是几时?”晓云是个宁静而温婉的女子，她端详着我，不言不语。

“妈妈，妈妈。”有个男孩跑了进来，约莫十岁光景，浓眉大眼，有些羞涩。他躲到子豪身后。“今晚我和爸爸睡，妈妈要和这位阿姨睡，是吗?”“是啊，梓萱乖。”我诧异地听着他们的对话，沉默就是最大的尊重。

晓云的睡眠并不好，一夜睡睡醒醒，反反复复。第二天一早醒来，我写了张偏方给她，她致谢后嫣然一笑。晚上我泛舟夜游后在一家静吧独坐了几个小时，看完了一本书，写了几张明信片，回到客栈已是子时。

天阶夜色凉如水。晓云坐在门口的茶座上对着倒映着红灯笼的河面发呆，见我回来，她招呼我坐下，进去泡了一壶茶坐到我对面，微微颔首。她泡的茶让人顿感茶香能绕梁三日不绝，品之口感更胜香气一筹。开始，我们相视无言，唯有微笑。后我打破僵局从男孩聊起，彼此一见如故，不似初识。

她问起我独自一人来旅游的原因，我直言不讳，于我而言，事无不可对人言。貌似我的话语勾起她太多的回忆，仰望新月如钩，她对我谈起了那幅画，谈起了那些尘封的往事。

起初她眼里古井无波，仿佛讲述的是别人的故事，倒是听者泪眼涟涟。兴许是我的情绪感染了她，抑或是她的脆弱已无处伪装，最后，她泪流满面，几度哽咽。叙述中她抽了近一包烟，断断续续几个小时，由茶转酒，还与我小酌一番，故事结束时天空

竟已现出鱼肚白。

知我偶尔码字，她问我可否把她的故事写出来。我本是疏懒之人，但感动于她的爱情，含泪应承，披星戴月。私以为，世间没有什么能留下，唯有文字。书名《晓色云开》就是那幅画的名字。我用画背面提的一行字——“愿无岁月可回首，且以深情共余生”作为前言的标题。征得她同意，遴选了几段日记放在前言，以此来纪念她曾经的爱情。我毫不讳言她的爱情里有我的身影，或多或少，若隐若现。

爱情，来过。来过，即是慈悲。

有一个人，藏在心里，一直在心里，也永远在心里。即便岁月变换，沧海桑田，记忆深处的那个人，永远风度翩翩，永远温润如玉，永远永远是少年……长发及腰，他，就是那个少年。

不要问我爱情是什么？也不要问我爱上了什么？一切都毫无道理可言。人，就一辈子，能爱就爱了。爱，不过是在一个合适的契机如同一滴水洒落在种子上一样，不偏不倚就在那颗种子上。

不去问谁比谁爱得更多，因为必然是我爱得更多。爱得多少都无所谓，只要那份爱不是卑微的。虽然可以预见结局，但我仍心怀感激。感激上苍赐给我一个值得我爱，值得我托付的人。在这个当下，他爱我，我也爱他，已是圆满。笑容留给他，泪水留给自己，成全自己仅剩的一分孤傲。

世间最执着的爱恋，是用最纯粹的心去爱一个人，用尽生命的全部力气去承受。一生里如果有一次这样爱过，就算爱如夏

花，只开半夏，也无怨无悔。

发现，还是那么的爱你！珍惜相见的每分每秒，发乎情，止乎礼。彼此默默注视，不问爱情，不问前程，不问归路……纯纯的，浅浅爱，已然足够了。再次感谢你的笑容温暖了我的年华！

如果有一种爱是无法诉说，那我想把它留在文字里，为了逝去的青春，为了曾经来过的爱情。我愿为你洗手做羹汤，我愿为你轻解罗裳，我愿为你熬尽相思。我所不愿的是看到你一夜无眠后的憔悴，我所不愿的是让你独自面对现实中的千丝万缕。执手相看泪眼后，我唯一能做的只是——“还君明珠双泪垂，恨不相逢未嫁时。”如果此生有缘，请让我期待；如果无缘，请让我遗忘。相濡以沫，不如相忘于江湖。

第一章

一个新的世纪开始了。

2000 年 5 月，西塘，烟雨江南，乍暖还寒。

小桥流水，舟影波光，白墙墨顶，弄堂幽深。

“晓云，晓云。”秦小安又在掐着嗓子大呼小叫喊我，我正坐在环秀桥边的石栏上发呆，被她吓得差点摔进河里，小安的声音又尖又细，而且非要叫到你应了，否则绝不善罢甘休。“能不能不整天像捉贼似大叫?”我扭过头白了她一眼，低头摆弄裙上的流苏。

河中，邻居张伯摇着橹刚把游客送上岸，一只鹭鸶立在船头，周末生意总是格外好，就像今天艳阳高照一般。张伯听到声响，停了下来，撑着橹，仰头笑盈盈地看着我：“哎呀，晓云，你说你哥怎么就收留了这么个活宝呀，动不动能把人吓晕。昨天傍晚，她撑着一把油伞穿着件不知道从哪里弄来的拖地古装裙在岸边跑，说是要去接你回来，结果脚一绊一滑人摔进河里，伞就那么飞到我船上……”张伯比划着，哈哈大笑。

原来如此，怪不得昨晚从学校回家时哥杵在院子里，小安盘腿坐在摇椅上扭着头哼哼唧唧，见我回去，没有了往日的拥抱，反而噘着嘴一言不发。

“晓云，晓云，子豪喊你吃饭了，你都坐那里一个早上了!”还没等张伯把话说完，小安已经双手提着蜡染长裙边跑边嚷嚷着蹦到了我面前，长裙下是一双板鞋。

小安是去年从中央美院毕业后再次来西塘的，她挑了个自吹为 20 世纪最吉利的日子扛着画架，夹着画板，拖着行李像只落汤鸡一样出现在哥的客栈门口。那天是 1999 年 9 月 9 日。

“哎呀，秦小安，你学晓云穿长裙最好也有点淑女样嘛！这样咋咋呼呼算啥嘛?”张伯总喜欢打趣她。

“走吧，晓云。”小安拉起我的手小跑了几步，又停下来转身回过头对张伯扮了个鬼脸，“哼，要你管！你这个坏老头!”张伯摇摇

头笑了，额头上沟壑纵横，去年哥刚为他做了七十大寿。

小安的声音成功吸引了我视线聚焦了一个上午的地方。在秦小安拉起我手的那刻，我发现他回头朝这注视了一瞬。“快走吧！”我握紧小安的手，还好没有盘起的长发遮住了绯红的脸颊，不然又该被她耻笑了去。小安总喜欢为我盘头发，说那样才能看到我白皙修长的脖子，可是哥不喜欢，他说长发应该是“那个少年”为我盘起。其实，他不知道，自我十八岁成年礼，长发及腰，日日长裙后，他就是那个少年，梅子黄时雨。“清风朗月，辄思玄度。”我时常想如同纳兰性德的表妹这般对他说，可终究没有。

“等等，等等，我看到老师了……”秦小安像哥伦布发现新大陆把我的手扯得生疼，拉着我绕圈手舞足蹈，“我们过去打个招呼吧。”她拖着我往前走。

“不要了，我又不认识，他是你老师，又不是我的。”我甩开小安的手，提起裙摆转过身往回走。

“回来！”小安不依不饶，揪住我胳膊，“你不认识？那前年害得我们班那帮男生风景写生都变成人物写生的是谁？你告诉我是谁呀？貌似还有人想拜师学艺，结果拜不成，不是吗？不然你哥哪里肯收留我。”说这话的时候她撇了撇嘴，学着 QQ 表情翻了个白眼。

“停，不许再说了，不然我就去跟哥说你……”

“好了好了，我不说了，不说就是了。总拿这个威胁人，真不厚道！可是，我看到老师不去打个招呼那多没礼貌呀。”小安回了回头，不舍的表情。

“行，那你去吧，我先回去了。”我转过身提起裙子小跑起来。“哎呀，秦小安，看看你，才来半年多就把晓云都带坏了。”小安狠狠地盯了张伯一眼，恼怒地捡起一块小石头想砸出去，最后嘟起嘴把石头扔到了脚边抛下一句：“哼，我跟子豪说你又欺负我！”“我欺负你，天地良心啊！”

“杨老师，杨老师……我来了。”了字还未出口，一声巨响，我转头一看，秦小安趴在地上，结结实实摔了一跤，当然又是裙子惹的祸。

“晓云，你快点嘛，慢慢吞吞的。脚，脚好痛啊，是不是骨裂了？”小安拖长尖细的声音明显带着哭腔，我提起裙子小跑过去。

“你都害我破了戒，我从不穿着长裙跑的。娘说了女孩子要有

女孩子的样。”

“不是跟你说吗？应该叫妈，娘是古代人的称呼。”

她的话让我有些伤感，难得的，我呵斥她：“我也说过，那是哥的妈，我的娘。以后不许你再这样说了。”

小安不知道我是娘在卧龙桥上捡回的弃婴。娘捡到我那年，哥刚去上大学，我们相差十八岁。娘在我三岁的时候离开了，至今我还记得哥搂着我哭了几夜后坐上火车去了一个陌生的城市，扛回了好多好多东西后就没再也离开过我。

身边安静了下来，小安闭嘴了，那不是因为我的呵斥，而是杨老师站在她面前。

“你是……”杨老师在脑海里极力搜索着这个称呼他为老师的学生名字。“哼，杨羽，我才毕业一年你就把我忘记了。想当年，是谁一趟趟帮你搬那些石膏头像的……”“你怎么说话的呀？”我蹲了下去。

“秦小安？”杨羽试探地问，他记忆里的秦小安短发，戴着黑框眼镜，永远是T恤牛仔裤板鞋，实在难和眼前这个一身长裙，及肩中发的女孩联系起来。

“还算你有良心，我以为老师真把我忘了。呜呜呜，都是为了你，你看看，我的脚，我的脚。”她拿手背抹抹眼眶，干涩，我抿了抿嘴。“对了，听说老师去年没带学生去写生？可是去年我也没在学校里看到老师呀？”小安朝我伸出手，我扶她站起来，朝杨羽微微鞠了一躬。

“啊，啊，痛，痛，走不动了。”秦小安眼眶一红，眼里蒙上一层水汽后眼泪吧嗒吧嗒流了下来，还真有点像掉了线的珍珠。

“你怎么知道去年没有？我背你走吧，你去哪里？对了，你怎么在这里？”杨羽一脸茫然。

“是某人告诉我的。人家等了你一年，盼了你一年……”说这句话时小安扭头看了我一眼，我怒目圆睁凶神恶煞瞪了她一眼。她赶紧低下头说：“老师，不用了，不用了，您那还一堆学生等着呢！”

“没事，让他们先画着，我一会再回来讲评，你这样怎么回去？”

“真不用了，晓云，你让子豪来背我回去好不好？”。

“好，我这就去叫哥。”现在终于明白了她的心思了，我也正想找个机会离开。

“不用了，我背她回去吧，怎么说也是我学生。再说了，刚才不还说得像我欠她多少人情似的。”杨羽蹲下来一下子把小安背到背上。“往哪走？”他回过头问我。小安像只战败了的小鸡一样垂头丧气，她的希望破灭了。杨羽回了几次头，怎么也弄不明白为什么小安一副气鼓鼓的表情。

走过青石板小路，上了小桥，穿过弄堂，终于到了客栈门口，杨羽像卸货一样把小安放下，气喘吁吁。小安的体重112斤。她每天能在体重秤前蹦跶上下几次，纠结的范围精确到克。少吃，不吃，吃减肥药，她试过无数个方法，包括跑步和各种运动，可是两年来还是在112上下波动，范围不超过两斤。可是屡战屡败她却越挫越勇，我不知道她的“南墙”在哪里？所以估计她再也回不了头了。

“花开半夏，挺美的名字。哦，我想起来了，秦小安那年回学校后就跟我们提起西塘有个客栈很美很有情调，名字也很特别。”杨羽说这句话时看着我，目光澄澈，但微波泛起，我相信他一定想起我来了。

“你是晓云，那个前年穿着一身青花瓷旗袍想要学画画的女孩？今年也该大三了吧？”那是我唯一一次穿旗袍，偷拿娘的旗袍出来穿的，结果偶然间入了他们的画面。据小安说外出采风是中央美院的必修课，杨羽作为带队老师已连续好几年了。

我微笑着点点头，小安抢白道：“是呀是呀，前年大一，今年当然大三，不然还能跳级吗？她为了拜师逃了几天课，可是老师硬是没答应，一点都不知道怜香惜玉，不过也好，正好便宜了我。”

“怎么说话的呀，天南地北，我一年就带一次写生，时间相近地点不同，怎么收学生嘛！”

“噢，我都不知道每年路线不同，还想着你去年怎么没来呢。”

“去年是去云南，学校在全国十几个地方有写生基地。再说去年五一我结婚休假了。”

“云南，天啊，这么幸福。上关花，下关风，苍山雪，洱海月。”小安单脚点地做悲痛欲绝状，“什么？结婚？老师，你才二十八呀，比子豪还小十岁，人家子豪都还没结婚，你这是着哪门子急

呀？哎，又有多少美女要魂断蓝桥了！”我掩着嘴忍不住扑哧笑出声来。

“行了，行了，连我几岁你都能知道。说说看我没答应倒是便宜你啥了？”

“就不告诉你，呜呜呜，脚痛，晓云，快扶我进去。”

“装腔作势。”我搀扶起她，她一脸通红作势要打我，马上又蹲了下去。她不停地唤着哥的名字：“子豪，子豪。”

“发生什么事了，只是让你把晓云叫进来吃饭，怎么就这么大动静？请问，这位怎么称呼？我们见过？”哥的视线停留在杨羽身上，他隐约觉得这人似曾相识。

“子豪，你哪里可能见过，这么蹩脚的搭讪。”小安腾地站了起来，“我向你隆重推出我们学校的帅哥老师杨羽，他一直都是美女杀手哦，别的系里女生都羡慕死我们了。不过，去年他结婚了。咦，奇怪，你们长得还有点相似呢。怪不得我……”重要语句上她总算刹车不再口无遮拦。哥笑笑揉了揉小安的头发：“安分点！”

“你好，杨老师。我是张子豪，晓云的哥哥。请进来坐坐吧。”小安拉起杨羽往门里拖：“老师快进来，这就是我上次跟你说的客栈，真的好有感觉。凭窗远眺就能看到西塘全貌，夜深时还能听到潺潺的流水声呢，里面装修也超有文艺气息，老师肯定会喜欢。怎么样，晚上过来住一晚？”

不等杨羽回答，小安又蹦到哥面前摇着哥的手臂说：“子豪，子豪，求你了，让老师免费住一晚，行不？”望着生龙活虎和刚才蹲着喊脚痛判若两人的秦小安，哥和杨羽面面相觑，继而相视一笑。

“老师，老师，我带你去参观吧。”杨羽屁股刚沾上竹椅就被小安揪了起来，连拖带拉参观了整个客栈，哥尾随其后。

客栈并不大，是 1997 年西塘开办旅游业时，哥将老房子翻修而成的。黑色木板招牌上哥用启功体写上金色的字“花开半夏”，两根细长铁链穿过木板悬挂在铁门上。铁门上有一串蓝星星黄月亮的风铃，我挂的。一跨入客栈门槛就是门厅。门厅檐廊下，放置着一缸睡莲，淡紫色的花盛开着，碧绿的莲叶浮在水面上，风动则莲动。穿过门厅就是门廊，门廊一边沿着墙是一排高低不一的竹书柜，上面散落着些书。书，错落有致，但都是些杂书。两张面对面

的老藤吊椅和一张小圆茶几放在书架前。另一边则是接待游客的柜台和转椅，墙角一盆盆杜鹃盛开着。通过门廊是个小小的庭院，庭院内种着两株樱花，一株桃花，庭院小角落是厨房。一座小巧的石拱桥将门厅和客房巧妙隔断，石拱桥下是一座人工池，池塘里有几只锦鲤正在欢快地窜来窜去。

“张先生雅兴，好别致的院子，水乡的意蕴尽在其中了。”杨羽托了托眼镜笑着对哥说。“要是杨老师不嫌弃，随时欢迎过来小住，认识您也是我的荣幸。”“太好了，免费耶！”小安噼里啪啦鼓掌，脚跟着不安分跳了起来。

“呵呵，小安，你脚不痛了哥也就不会心疼了哦。”我强忍笑意打趣小安。一句揶揄改变了我的一生，有时人真的不能逞口舌之快。

“哼，张晓云，不许你乱说！”小安冲过来捂住我的嘴，“子豪，子豪，杨老师就是前年晓云想要拜师学画画的老师，她自己为了帅哥逃学了几天，还骗你说手还没好。”

“我哪里有呀，别乱说。”我猜我的脸一定是极红的，长发也遮掩不了。陈年烂谷子的事一次次被小安拿出来调侃，我再一次后悔那日跟她的抱怨，真是所遇非人。其实，两年过去了，我早已不存当年的心。自知凡事缘起缘灭，来不得半丝勉强。

“得了，你脚没事就去泡杯茶给老师喝吧，取明前龙井。算了，还是让晓云去吧，你这毛手毛脚一会又摔破杯子了。”

“哼，哪里会，我要和晓云一起去。”小安加重语气嘟起嘴对哥说，“一人泡一杯，比比看谁泡得好。”她拉起我走向庭院。隐隐约约我听到哥和杨羽的对话中提及我的名字，内容并不真切。

透明的玻璃杯很烫，小安没拿杯托翘着兰花指双手各用大拇指和食指捏着，砰的一声把杯子砸在杨羽面前，哥摇摇头，杨羽笑了。

“笑啥嘛，要不是子豪开口，本姑娘才不泡呢！好烫呀！”小安甩甩手对杨羽说，“老师快喝喝看，明前龙井是最好的了。”两杯茶并排放着，我的茶汤清澈明亮。小安放了太多的茶叶，水一烧开她就迫不及待往杯里倒水，茶叶在杯子里簇簇拥拥翻不开身，茶汤浑浊。

“还是晓云泡得好！龙井应以80－85度的水冲泡为宜，而且好

茶应该先放水再放茶叶，方能欣赏到茶叶舒卷的身姿，宛若天上云卷云舒。”哥从不吝啬对我的夸奖，小安站在哥背后撅起嘴做了个鬼脸。

“来，晓云。”哥拉过我的手，“我跟杨老师谈好了，他同意当你的老师了。这杯茶就算你正式向老师敬茶吧。”听到这话时，我淡淡欣喜，再次佩服哥的无所不能。

小安的脸阴沉了下来。“那我呢？你不会是要赶我走吧。有他你们就不需要我了。”小安略带哭腔，一笑一颦变化得太快。我理解小安的焦虑，那是在一个午夜她向我倾诉了她对哥的一见钟情。因为一个人，爱上一座城，是爱情，让她背井离乡放弃稳定工作优厚报酬来这个小镇寄人篱下当我的小老师。小安豪放的性格没有延伸到爱情上来，她害怕哥拒绝，她说她宁愿就这么守着，哪怕是一个人的地老天荒。哥，毫不知情。

杨羽接过茶，吹了吹，轻轻抿了一口：“秦小安，不会啦。我又不能经常来教晓云，她还是很需要你的。我呢，这次是因为下学期开学后学校要举办一个水乡的画展，所以暑假我会到十个水乡去采风写生，顺便来教教晓云。有个学生会全程陪同我，他真的很有天赋。”

“哇，太好了，又可以玩又可以画画，老师也带我去好不好，带我去嘛。”小安眨巴着眼睛故意夸张地表达着她的心愿。

“你去了谁帮我看客栈？谁教晓云？”哥故意逗她。

小安眼神黯淡下来，盯着自己的脚尖，许久后咬了牙说：“好吧，不去就不去了。”

“杨老师，不知道您方不方便让晓云和小安跟着您，既可以画画也长长见识开开眼界。”

“子豪，你太好了，太好了！”小安竟喜极而泣欢呼雀跃，她扑向哥，一个熊抱，大家愣住了。杨羽没有当场应承下来：“这次采风任务比较艰巨，让我考虑考虑出发前再决定吧。我也该去看看学生了。”说完，他婉拒了哥共进午餐的邀请，两人互留电话后杨羽便起身告辞了。

第二章

望着杨羽的背影，小安有些失落，但却也马上雨过天晴。这是半年多来小安吃得最快的一顿饭，话也少多了，她不停咳嗽，边吃饭边朝门外张望。

哥在娘的教育下早已形成了食不言寝不语的习惯，他低头吃饭，偶尔抬眼瞄了瞄小安的狼吞虎咽、风卷残云，无奈一笑。听哥说娘是杭州北山路张氏富商的小女儿，当年为了爱情上演了一次次惊天地泣鬼神的故事，被逐出家门后四处辗转，最后定居西塘。哥说得并不详细，只是轻描淡写，他和娘一样不愿提起那段过往，哥的生父压根不知他的存在。

兴许实在是看不过眼，哥敲敲桌面调侃道：“慢慢吃，又没人催你，哎，就你这样，啥时才嫁得出去呀！”

“我不嫁总行了吧，你和张伯都嫌弃我。”小安拿起筷子不停搅动碗里的饭粒，也不往嘴里送，眼泪簌簌往下落。

哥慌了手脚，不知缘由的他无从安慰。“我只是怕你噎着才开玩笑的！谁敢嫌弃我们的‘开心果’？”望着端茶送水递毛巾献殷勤的他，我有种错觉仿佛那不是哥了。

“没事，他们来了。”小安吸吸鼻子匆忙咽完最后一口饭，把碗筷一扔就冲了出去，不用猜肯定是杨羽又带着学生在写生了。他吃饭了么？我没有回头，收拾起桌上的碗筷往厨房端。“晓云，你也随小安出去看看吧，想画就画，不想画和杨老师聊聊天学习学习也行。这里我来吧。”哥拉住我，指了指门外。从门厅向外望去，杨羽他们正在远处的桥边写生，大约一二十个人零零散散，或坐或站或沉思或疾笔。

哥一直在娘的照顾下生活得很好，虽然没有娘小时候的锦衣玉食，但娘用自己极为精致的女红和茶点为哥铺就了还算丰裕的生活。娘可以什么事都让哥做，除了洗碗。自从娘走后，哥学会了洗碗。自我长大后，我也舍不得让哥洗碗。娘说男孩子是应该成大事

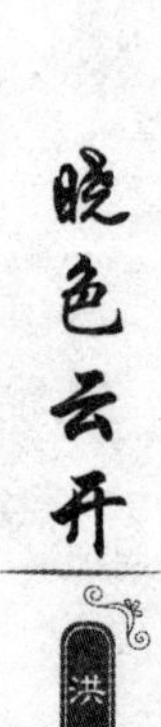

的，应该上马能战下马能文的。

“没事，我洗完再去。”我拿起碗筷走进厨房。可是去要说些什么呢？画，我定然是不会当众画的。那么是静静地看，还是真的可以聊聊天呢？我有些忐忑，水声打扰了我的思绪，远方传来小安的嬉笑声，我手下一滑，平生第一次摔破了碗，血，滴到了长裙上。哥，闻声赶来。他轻轻对着伤口吹气小心翼翼清洗伤口，一个不深不长的划痕，他竟然用碘酒消毒三次后才黏上创可贴。

“去吧，多出去走走，多和同龄人交流。我看小安来了也不错，至少能有个伴陪你。她善良，小事毛毛躁躁，大事上还是靠谱的。只是她太闹腾了，口无遮拦，一点都不像女孩子。”倘若小安听到哥对她的评价不知是喜是悲。

我没立刻回房换衣服，不知怎的，我一点也不想出去，指不定出去了又要遭小安多少编排。我索性走到门廊处那面朝门口的老藤吊椅上坐下，哥犹豫了会，坐到我对面，稍稍侧了侧身。我转身进厨房，冲泡了两杯碧螺春，一杯递给他，一杯双手捧着，有点烫。用绿箩装饰的吊椅是我最喜欢的，闲来无事时，我能捧着一本书在这打发一个午后，直至太阳把最后一缕余晖从地面收回，重回云端。

“晓云，有心事？”

“没，只是想娘了。”

“我也想她。”

“哥，我们养只猫好吗？张伯家的猫妈妈生了好几只小猫，好可爱！”

“养猫干啥？抓老鼠？”

“我想抱着它。”

“多脏呀，没事抱它干啥？张伯家养猫是为了抓老鼠的。要想抱，那再给你买几只毛绒玩偶，行吗？前几天和小安出去时本想给你买，结果她抗议说你床上那大大小小十六只快把她挤扁了。”

“哥，我们养一只好吗？就一只。我会给它洗澡的，不会让它脏。”其实，我偷偷抱过张伯家的猫一次，感觉就像抱着娘，好温暖，玩偶都是冰的。

“晓云，晓云，快出来，杨老师找你呢！你不是个好学生，都不出来学习！”小安的嚷嚷如同一道闪电划破天际，估计半个西塘

的人都能听见。她，打断了我和哥的谈话。

“哥，可以吗？”这回，我异常执着。

哥起身摸摸我的头，眼里充满了宠溺：“可以，当然可以。只要晓云想要，就算月亮，哥也架个梯子给你摘下来。”十八年了，我们相依为命。我想哥快乐，不想哥为我付出这么多。我常想，等哥老了的一天，他会不会后悔带着我，会不会抱怨娘捡了我。

“晓云，晓云！”

进房换了件淡紫色短袖收腰连衣裙，没过脚踝，长裙外套上一件白色蕾丝短上衣，七分水袖。“张家有女初长成，养在深闺人未识。真不知道以后是哪家小伙子有那么大的福分娶了我的心肝呀。”哥的语气中带着些许伤感。

“哥，你越老越不正经了，别忘了你都快四十了。老天呀，赶快空降个嫂子把我哥收了去吧。”我玩心大起，学小安对哥扮了个鬼脸，说这话时莫名有些酸楚。哥，终有一天会属于另一个女人。哥走过来想戳我的头，我闪了过去，顺手扯了本书出了门，只听到他无奈地在背后嘀咕了句：“近朱者赤近墨者黑。”

小安在桥上朝我摇着手，我把书抱在胸前走向他们，杨羽站在她身后。“来，晓云，我介绍一位天才让你认识。”众目睽睽之下小安把一个正埋头画画的男孩子拖到我面前。男孩右手还拿着笔，他有点生气地甩开小安的手，一道深红色划痕已横亘画面。男孩朝我礼貌性点点头，走回画架前，看得出他是隐忍的。

“晓云，那是我表弟江辰，就是刚才老师说暑假要带着一起去采风的那个有天赋的学生。怎么样，我们家的都很厉害吧！我大四那年，听说表弟为了考美术都和舅舅闹翻天了差点脱离父子关系。我还以为他没能抗争过呢，谁想他竟然成功了耶。都没听舅妈说起，也是，我爸妈都在国外，他们才不会告诉我这种……”

杨羽除了摇头还是摇头，他压低声对小安说：“小声点，我这还在上课呢！”小安吐了吐舌头，跑开了，站到江辰身旁。

“老师好！”除了老师好，我实在想不出该说些什么。该说说我还并不熟知的美术，还是说说我的学校，我不是个健谈的人，尤其面对陌生人。就这么相视无言，画面切到了前年我初见杨羽和小安时的场景，那是1998年5月15日，农历四月二十。我之所以记得这么清楚是因为那天是哥36岁的农历生日，是我18岁的阳历生

日，而且还是我们客栈开业一周年的日子，有点复杂的陈述。

那年4月中旬，一场小小意外让我左手小臂粉碎性骨折。回家养伤近一个月后即将启程回学校时，杨羽带着学生写生来了。那一个月除了第一星期足不出户静养外，我每天都拿着一本书，坐在河边的石栏上用右手翻翻书，漫无目的对着河面的倒影发呆。清风不识字，何故乱翻书？书页一次次被风儿扬起，河对面就是西塘最著名的一条临河廊棚——“烟雨长廊”。

西塘无论何时都能给我深植于内心的感动，那种感动也许与一句广告语是相契合的——给我一日，还你千年。它是一个你看了一眼就不会再忘记的小镇，它是一个你多看一眼就虏获你心的小镇，倚楼听风雨，淡看江湖路。那段日子，哥的话比平时多了许多，我知道他是想逗我开心。我也总是扬起嘴角静静听他说话，一副陶醉的样子，内容却不了然。那个月，我异常沉静，静到一句话不说，静到能一个姿势坐着许久不变。

哥哥生日那天，张伯摇着橹冲着客栈门前默默注视我的哥说了句——“晓云怎么有点像那个没有手臂的什么斯？”我知道张伯想说断臂维纳斯，可是他又是怎么知道的呢？一向儒雅的哥忽然很生气地冲张伯吼了一句：“晓云手臂已经好了！”我们三个人同时吓了一跳，包括哥。

也许是我的沉默让哥的压抑到了一个临界点，他终于毫无预期地在一句话中爆发了。那天哥没有道歉就转身回了客栈，张伯也没多做计较，而是招呼我上船带我去逛逛。

我犹豫了会，上了船，因为怕弄脏了娘的旗袍。娘的衣物哥都精心保存着，放上了樟脑丸，收进了藤箱中。这是我第一次穿旗袍，而且是娘的。娘有很多旗袍，材质花色各异。总之在我仅存的记忆中，娘都是穿着旗袍的。我固执地认为十八岁的生日就应该穿着旗袍。

船摇到送子来凤桥旁时，低垂的柳枝拂面，翠绿的嫩芽就在我眼前摇动。我轻轻吹口气，柳梢荡起了秋千。张伯就地停了船等着，也不催，就那么等着。我像座雕塑似的盯着柳叶发呆。张伯是看着我长大的邻居，他更像是我们的叔叔或是爷爷。他独自一人居住，对我们娘仨都极好。直到很久以后，我才从哥那里得知张伯原来是娘的娘家管家，娘的父亲把娘赶出去后不放心就让管家跟着

娘。娘走后，张伯并没有离开，这是娘的父亲对娘的怜爱，同情，还是赎罪，那就不得而知了，暗地里张伯还是管娘叫“小姐”。

“晓云，有一群学生在画你!”张伯打断了我的回忆。顺着他手指着的方向，我看到几个人的笔几乎同时停在了空中。每年来西塘写生的不计其数，有单枪匹马夹着画板来的，有三五成群扛着画架来的，还有的就是这种略显大规模的学生上课来的。

张伯摇着橹将船停靠在岸边，我下了船，上了岸，走在青石板上。迎面窜出来的就是小安，她剪着男生的短发，穿着黑色T恤白色牛仔短裤和一双板鞋，就那么蹦蹦跳跳在我面前站定。也不说话，就只是围着我绕圈东瞧瞧西望望，最后冒出了一句话——“是人吗?”。

“秦小安，回来。“杨羽把她叫了过去，压低声音斥责她，“怎么说话的!”

“老师，您冤枉我。我的意思是她就像天上的仙女一样，对了，就像杨过的小龙女，不食人间烟火。”

“行了，画你的画去，真贫嘴。”

“老师，我是最乖的了。您也不管管那些花痴，他们哪里有在风景写生，一帮人都在画美女耶!”

“好了，画你的画去!”杨羽板起脸，秦小安只好低着头碎步跑回自己的画架前。她不时用小猫警惕的眼神偷窥着杨羽。杨羽常常被秦小安闹得不知如何是好。秦小安可爱、率真、热情，画画时对画面感的把握都能很精确，画风也很细腻，还算用功。只是不拘小节的性格让杨羽觉得颇为头痛。

杨羽对我笑了笑，站在我一米开外的地方。我与他对视一眼后便低下头去，目测他略比我高出十几公分，大约一米七八的样子。他不像我在书里看到的那些关于画家艺术家的模样。他穿得中规中矩，白色T恤深蓝牛仔裤咖啡色皮鞋，称不上儒雅，儒雅是哥的代名词。他的气质介于儒雅与放荡不羁之中，带着文艺青年的特质，高挺的鼻梁上架着黑色细边镜框架，缩小了国字的脸庞，年龄大约二十六七吧。

“你好！我叫杨羽，是中央美院的老师，带学生出来写生。”他打破僵局做了自我介绍，“同学们很冒昧，景中有你，他们就画了你，如果介意的话，所有有关你的画你都带走吧。”

杨羽话音刚落，几个男生就叫嚣起来，他们你一言我一语语速极快：“老师，怎么可以这样嘛！我们很认真画画的，才不还给她呢。您没帮我们说服她当模特已经很不够意思了，还这样。”我想，是不是大城市里的人都可以这样说话，毫无顾忌。

杨羽瞪了那些男生一眼，眼睛睁得极圆，黑白分明。“你们要学会尊重别人，怎么可以这样说话呢？模特都是要自愿的。你们出来代表的不是个人，是学校，懂不懂，什么叫教养，这就是教养！”他的话说得有些重，我不知道自己该不该去解围。男生们闷闷不乐走回自己画架旁站着，目光刷的一起扫射到我身上，他们也许在等我的决定。

“杨老师，没事，那些画我不需要，我走了。”我微微颔首，转身走了，身后一片唏嘘声。我听得到最多的就是他们求杨羽说服我当模特。我忘了我是怎么走回家的，依稀感觉后面有个人影跟随着，到家时，我一回头，人影一窜而过，我怀疑我的感觉是否真实。哥正坐在门廊的吊椅上看书，见我回来他站起来迎向我。“晓云，手都好了么？有什么不开心的吗？跟哥说说吧。”他将我按在藤椅上，泡了杯玫瑰花茶递给我。

“有事吗？”哥把头探向右边，门缝里歪着半个头，我认出来了，她就是秦小安，我从不觉得女孩子可以像她这般。

秦小安扒着门缝露出了整个头，侧着脑袋睁大了神似疑惑的目光对哥说：“请问，请问，我可以和她说句话吗？”她边说边指向我，神情里写着忐忑。

“请进吧。”哥站了起来。

“她是你的朋友吗？”哥用询问的语气问我，我摇摇头。

小安两脚一并拢跳了进来，差点被门槛绊倒，哥的目光露出无奈。小安却毫不在意，她对着哥鞠了一躬，哥往后退了一步。

“您好，我叫秦小安，是中央美院油画系大三学生，这几天来西塘写生。刚才正好……正好……”她偷瞄了哥一眼。哥说了句：“我妹妹。”小安接着说：“正好你妹妹坐在船上，我们的男生都舍弃画风景而去画你妹妹了。哎，自古英雄难过美人关。”

哥皱了皱眉，他没有打断人说话的习惯，可还是忍不住打断了小安：“请问，秦小安同学，你到底想说什么？”

秦小安被哥抢白后安静了下来，咬了咬嘴唇嘟了嘟嘴含糊不清

地说了句："我们想请她当模特。"说完一溜烟跑了，这次真的被门槛绊倒了，她摔倒在地。哥示意我上前扶她，地上的她正龇牙咧嘴吸着冷气。还没等我出手相扶她就站了起来，我发现她膝盖几道划痕处渗着血，她也不理会，只是嘟囔了句谢谢，就一瘸一拐地走了。

那个背影我至今记得，它使我想起了一句诗——"无边落木萧萧下，不尽长江滚滚来。"

那晚，蛋糕上的蜡烛分外明亮，哥的眼里更是明亮，如同天空中繁星点点。

那夜，我的梦里都是小安蹦蹦跳跳的样子和落寞的身影。

第三章

始终认为清晨的西塘才是真正的西塘。它宁静、温婉、多情、通透，除了像一幅意蕴深长的水墨画外，更像是一位临水照花的女子。烟雨迷蒙后一缕阳光翻过白墙墨顶洒落在小桥上、弄堂中和长廊内，没有了游人如织熙熙攘攘的喧嚣，它洗尽铅华。

第二天我起得特别早，约莫五点半左右，天空飘着丝丝细雨。随手拿把白色透明塑料伞，途经送子来凤桥，穿过烟雨长廊，绕到了石皮弄。在这西塘最窄的弄堂中我再次遇到杨羽，他从另一方走了过来，仰望天空，用双手接着飘落的雨丝。那刻，我承认心有片刻颤动。兴许他听到了脚步声，低头处，四目相对。

“杨老师好。”我一手撑着伞，一手提着裙子，只能点了点头。

“这么早?”

弄堂里窄得只能两人侧身而过。我把伞撑过他的头顶让他前行，弄堂尽头他回头：“我们今天早上都在西园，你能来么?”阳刚的声音中又带有一番女子的妩媚，这也许是最恰当的比喻了。

我没有回头，想了想背对他点点头，我猜他看见了。我是不是太为矫情？丝雨飘落处，红了樱桃，绿了芭蕉。

九点来钟，我到了西园。入园处小桥流水杨柳依依，石狮门厅威武庄严。放眼望去，学生们散落在水榭边、曲桥上、假山中、凉亭间。环顾四周，没有杨羽的身影。

“哇，女神来了耶!”不用说，又是秦小安的声音，“老师，您也太牛了吧。”她没忘了拍马屁，未承想拍到马腿上。杨羽拿起画笔敲了下小安的头，同学们笑得颇有些幸灾乐祸的意味。杨羽一个眼神，大家安静下来，我随意找了个地方侧着身坐了下来，双手相叠放于腿上。此刻的世界只剩画笔和纸亲密接触的声音。

不知坐了多久，杨羽走到我身边，蹲了下来问：“累了么？要不要起来走走休息休息。”我摇摇头，看看表，时间过去快两个小时了。“动作快点，再半小时。”说完他从包里掏出本子和钢笔画了

起来，我几次伸长脖子忍不住想站起来看看。

“老师画得好传神呀！”又是秦小安的声音。

杨羽把画从速写本上撕下来送我，题上了他的名字“杨羽”，龙飞凤舞。“杨老师，能教我吗？”话说出口时我有一点后悔，十八年来，我极少主动说过自己想要什么，更别说是对一个陌生人了。不是我无欲无求，而是我害怕被拒绝。

我一直喜欢画画，邻居们都知道。小时候我总能把娘留下的绣花物件上的图案在布上惟妙惟肖地勾勒出来，于是老人们时常把一块块小方巾或枕套或被套拿来让我画。再后来，我十岁那年，镇子上来了一位六十几岁模样的金姓老先生，据说是张伯的远房亲戚。午后和煦的阳光穿过瓦片射入门前台阶上的时候，我总能看到他眯着眼捧着一本本画册，坐在张伯的竹摇椅上摇呀摇。

张伯察觉出我的喜爱，时常偷出他的画册让我看。一个个放学后，我就那么坐在自家门槛上看。我特别记得第一本画册的书名叫《重彩花鸟工笔画》，我总觉得那些和娘绣出的图案相仿。张伯央求他教我，起初他并不情愿，推说自己也就过来小住一段，归期未定，彼时他家刚经历了一场极大的变故。后来，不知张伯是如何说服他的，总之，我循古例磕头敬茶成了他的学生。他要求极为严苛，我动辄得咎，为此哥常与他起争执。两年后在哥的一次护犊情深争吵后，他索性不教我画画了。据说张伯曾私下里找哥沟通了几次，无奈哥护我心切，我终究辜负了金老的期望，委屈了张伯的周旋。

杨羽拒绝了我，虽委婉，但字字如同玫瑰花的刺扎进我心中。其实，他说的本没有错，他如同金老，写生教学之处并无定所，飘摇如浮萍，天地一过客。

第三天下午，他们要走了，临走前的中午，小安来了趟客栈。她盯着那缸睡莲发呆，我第一次看到她安静的样子，原来，她也可以那么恬静。容不得我多想，她又恢复了本性，叽叽喳喳说了起来，给我留下了她的 QQ 号和学校地址。

“我们三点从西大门迎秀桥边走，你会来送我们吗？”

“不会。”

“为什么？我们已经是朋友了，不是吗？”听得出她的失落。

“是朋友不代表一定要去送你们。”

“你不相信我们会是朋友吗？你是不是觉得我们只是过客。”

我没思考过这个问题，无从答起，她有她的失落，我有我的伤感。

小安没有再多说，她转身缓慢地走了出去，似乎在等待我改变主意。其实，我想回答她，谁又何曾不是谁生命中的过客，自己不也是天地间的过客么？直到她走到小路尽头消失在人海中，也没能等到我的答复。我对送别有着与生俱来的恐惧。小升初，初升高，一次次同学间的送别都能让我几周喘不过气来。

相见时难别亦难。

“呀，我就知道你会来送我，我不会看错人的。你是个外表冷内心却热的‘冰美人’。”当小安看到我时，她激动得冲过来强行抱住我，勒得我几乎喘不过气来，我不得不扒开她的手做了个深呼吸，杨羽在旁边偷笑。我来是为了把杨羽那天送我的画还他，他没有推辞，可他接过的那刻我有些后悔。后来小安曾问起我还画的原因，我语焉不详，其实那刻我只是单纯地不想两两相忘。而今看来，有缘不推，无缘不求才是最高境界吧。

一年多后，小安掐着手指挑了个良辰吉日，1999 年 9 月 9 日，她再次来到西塘。她说她大学刚毕业家人就为她找了份高薪但她不喜欢的工作，办公室里明争暗斗让她身心俱疲，争执了一个多月后她决定离家出走。她央求哥让他留下，说她可以免费教我画画，只要哥提供住处给她。哥不假思索拒绝了，小安一屁股坐到地上号啕大哭起来，声嘶力竭得引来了张伯和几个邻居的探头探脑。最后当然是以她的胜利而告终，她解释说选那天的原因就是想在西塘长长久久住下去。我一直以为她大大咧咧，未曾想也有这般小女子心态。

许久后的一个深夜，我才知道，她是因为爱上一个人，而爱上一座城。年少时单纯且不计后果的几千里追寻总是令人感动，奇怪的是，她从不让哥知道她爱他。她说她要等待哥主动说爱她的那刻，不管那刻会不会到来，不管那刻会是多少年后。我起初不理解她飞蛾扑火的决绝，直至若干年后我变本加厉重蹈她的覆辙时，我才知道原来爱情真的毫无道理可言，霸道至极。

问世间情为何物，直教人生死相许。

哥收留了她，半年多来她教了我些基础的课程，如静物素描、

人物素描、速写和一丁点的风景水粉。我画得并不好，因为始终无法跳出自己心中的桎梏，我固执地认为我会画得不好。关于这点，我无能为力，小安无可奈何。她问为什么，我不想告诉她儿时的那段过往，那，是我的秘密。

“想什么呢？是不是看中我家江辰了。他，典型帅哥一枚。”小安如雷般的吼声在我耳边响起，我发现自己孤零零站着，杨羽正在远方辅导学生，仔细的神情令人动容。

兴许是我的灼灼目光触及到他，他抬头看了我一眼又继续辅导下一个学生了。我走到他身边听着他对画的点评。他总能用一句话精确地点出画作的问题，直入骨髓，让人有醍醐灌顶的感觉。

小安蹦跳着跑回杨羽身边，杨羽对她说：“明天我们就走了，这两个月你让她突击突击风景写生，我七月中旬来检查，她画得好我才带你们去，画得不好你就乖乖在这教她。”小安撅起了嘴，哼了一声，对杨羽扔了句话就跑开了：“您可真不厚道。”

“那是，哪里有你厚道，又厚又挡道。”杨羽说出这句话时笑得最欢的不是我，是江辰。

“裙子。”我小声提醒她。

“对了，秦小安，算起来我们也就一年多没见，你这头发造型和穿衣风格怎么来个180度大转变？”

“哼，你这是夸我呢还是损我呢？”她转过头和杨羽对质道。

“只是性格还是没变。”

“哎，我也想变呀。但江山易改本性难移。蜀道难难于上青天！”小安做出了一个仰天长啸的姿势。

“秦小安，你能不能不这么闹腾？再这样，我告诉姨母去。告诉她你在西塘。”江辰一句话让小安彻底安静了下来。小安也不是个省油的灯，她恶狠狠咬着牙竖起食指：“刚才你笑我，我都懒得理你。现在居然还威胁女孩，你还算不算男的？以后有谁敢嫁给你！”

“好了，小安，我们回去吧。”在杨羽即将发飙之前，我赶紧拖走了小安。

小安边走边回头向杨羽挥手：“老师，明天我们会去送你的。”

悄悄是离别的笙箫，沉默是今晚的康桥。一夜睡睡醒醒，第二天一大早小安破天荒地叫醒了我。

这是第二次送别杨羽了，套用小安的话，中间隔了一个世纪。在与杨羽擦肩而过时我在他耳边轻轻地说了句话：“老师之后再无老师。”杨羽的呼吸声出卖了他内心的悸动。他故意在青石板上拖行着沉重的行李，咯噔咯噔声渐行渐远。

“喂，张晓云，你给我好好听着。接下去两个月要好好画画了，不许你再三天打鱼两天晒网，听见没有。明天回学校后也要好好画，周末回来我要检查的。”我没有回应她，只是坐回了岸边的石栏上，摆弄着裙摆。

“喂，我说话你有没有听见啊？耳聋是不是？还想不想暑假跟杨羽去水乡了，别害得我也去不了。”

“爱去你自己去，我又没拦着。”我顶了她一句。

“喂，张晓云，是谁主动要求学画画的，就像你现在这个样，学，学个屁！”小安总喜欢在我心烦的时候给我添堵。

张伯把船停在对面的岸边，他正和邻居李叔下完棋。他对我招招手说：“晓云，上船吧，带你去晃晃。”

我绕到对岸，提起裙摆，下了楼梯，上了船。

小安在岸上跺着脚，指天骂日，音量估计能掀起几座屋顶。“他妈的，你走了就不要回来了。哪有你这样的学生，不喜欢的不画，喜欢的不会画。会画的没感觉，有感觉的不会画。”

我压根不想理会她，多说一句都觉得是浪费。她没看出我眼里即将滑落的泪花。张伯没有多问，摇着橹，船在碧波上荡漾。刚穿过桥洞时，我就听到了哥的声音。

“晓云，晓云。”准是秦小安去告状了。

“张伯，让晓云下来吧，我想带她去卧龙桥走走。”卧龙桥，那是娘捡我的地方，望着哥略微有些苍白的脸，我心跳加速，恐惧油然而生。张伯用询问的目光瞥了一下我，我点点头。他将船停在烟雨长廊旁，哥抱起了我。哥好久没有抱过我了。

“对了，你哥说你要只猫，等会回去我送一只过去，纯白的，可漂亮了。”张伯和哥一样，希望我随时都能开心。我挤出一丝微笑，说了声谢谢。

卧龙桥是西塘最古老的桥，它集天时地利人和为一体。周围环绕着巨龙般的长廊，高低错落有致的古民居建筑举目可望。整个小镇的青砖黛瓦，小桥流水，尽收眼帘。但我就是不喜欢它，能绕过

就绕过。哥，从未强迫过我。

心结，无处不在；心结，无处可解。

哥牵着我的手要过桥，我轻轻甩开哥的手，我说服不了自己。这次哥几乎是连扯带拉把我拽上了桥，桥中央，我泪流满面。

“哎呀，子豪，你干什么你呀？没看出晓云今天心情不好吗？干嘛又惹她不开心？”张伯在河中仰头对哥嚷嚷。

哥对张伯向来尊敬，他的话哥鲜有不听，更别说反驳了。可是今天哥沉下脸来，对张伯说：“张伯，晓云不是孩子了，不能总由着她的性子。我们把她保护得太好了，万一哪一天我不在了，她怎么办呀？”说这话时哥的脸色有些异样。

“呸呸呸，大白天说啥不吉利的话，晓云刚二十，你也不过三十八，我还等着喝你的喜酒呢。日子长了去了，话怎么说的嘛！你呀，赶快娶个老婆才是正道，那样晓云也能多个人陪，多个人疼，是吧？”

哥叹了口气，摇摇头说：“算了吧，都过了这么多年了，提这茬干嘛？我这么老了，谁会要呀。再说了，现在不是有小安陪她吗？等她明年毕业了，上班了，指不定被哪个小伙子忽悠了去，哪里还需要我们呀！”张伯举起橹作势要打哥，哥把头缩了回去，他笑，笑得凄凉。

“哥，你的脸色怎么那么差，你想说什么就说吧。我靠着栏杆，倒不了的。”

哥笑着摸摸我的头说：“还不是被你气得脸色差的！也没啥大事，就是妈临走前写给我一封信让我在你二十岁时把你出生时挂在身上的一枚铜锁交给你。让你做个留念。”

“我才不要呢，你给我，我就扔河里去！我只要娘，我一辈子只有一个娘。除了娘，我谁都不要。”我又哭了。

“好了，别哭了，眼睛肿得跟个桃子似的。我们回家吧。”哥搭着我的肩，把我带回家，哥的步履有些蹒跚。为什么一夜之间他变苍老了呢？

家门口，小安托着腮帮子坐在门槛上生闷气，一副谁欠了她几百万的样子。一看到我回来，她啪的掉头走了。张伯抱来了一只通体雪白的小猫，我接过猫，小猫怯怯望着我，依偎在我怀中。

第四章

哥在门廊的藤椅上坐下，刚坐下又站了起来，走到客栈柜台的椅子上坐下。“给我泡杯茶吧。”奇怪，哥素来喜欢藤椅的，更少指使我。

“好！马上来。”

“秦小安，过来！”

“过去干嘛，不去！不想看到那个人。”

“叫你过来就过来，快一点。”

“呜呜，下午晓云欺负我，现在你也来欺负我。”从没见过哥发火的小安从房间里慢悠悠荡了出来，站在哥身边，她眼角还真的噙着几滴泪珠。

哥接过茶，抿了一口，白色瓷杯映照出他的脸不只是苍白，而是惨白。我，瑟瑟发抖。搬了块小板凳坐在哥的腿边，抱着猫坐下了。小猫蜷缩成一团把头拱在我怀里。小安难得的安静，她用眼角的余光瞄着哥。

“哟，你们仨这是准备开啥会？这么严肃！”有个正准备去酒吧的客人打趣我们，他是常客了，自客栈开张三年，每年都来。

哥放下茶杯：“小安，你来我这里也都八个月了，连过年你都不回家，再怎么说你爸妈本意也是为了你好。”

小安蹲了下来，仰头望着哥眯着眼睛可怜兮兮说道：“子豪，你这是要赶我走吗？我没怎么样呀，我只是劝晓云多画画。你知道我说话口无遮拦，可是我真的希望她能画好，真的。你别赶我走，我以后一定少说话，不说话也行，你别赶我走。好吗？”说着说着，小安趴在哥的腿上哭了起来，哥从台上抽了几张纸巾递给她。

“别哭呀，我又没赶你走，只是问问你想怎么样？你出来这么久父母肯定担心，万一你父母因此生病，我岂不是罪过了。”

“我才不回去，我就想在这里陪着晓云画画，爸妈都在国外，他们刚签了三年的合同，又不需要我。再说了尔虞我诈的职场不属

于我。我舅舅，也就是江辰爸爸开了家大旅行社，让我去做企划，我也不去呢。我就想这么纵情山水中。”

“小安，父母在不远游，你想清楚吧。我没赶你走的意思，我只是觉得你要把这件事处理清楚。”

“嗯，好，不赶我走就好。子豪最好了。”小安雨转阴，阴转晴，一个熊抱让哥前后晃了几下。

哥从钱包里掏出一张卡给小安：“拿着，我把你的工资都存上面了，每次给你现金你都不拿。怎么能让你白干活呢？”

“才不要呢，我有钱。”小安不肯接，正好有个客人要看房间，小安蹦了起来，殷勤地带着客人上楼了。

哥拉过我的手，小猫不满地对他“喵”了一声。“晓云，如果你真喜欢画画就认真画，别老想着金老的事。世间，缘起缘灭，自有定数。如果你觉得画画成为你负担的话，那就算了，想画就画，不想就不画，不要太苛责自己。看你这样，哥真的很心疼。”原来，所有一切的一切他都看在眼里，只不过没说而已。

“回学校后好好照顾自己。”哥大口喘着气，吃力的样子。

“子豪，三楼最后一个房间也订出去了。生意挺好的，你看你是不是该整合你的房间啦，一个书房一个卧室，我和晓云两人才一个呢！”小安翻过客栈的扶梯跳了下来，说完一溜烟跑了，边跑边说，“糟糕，以后要少说话。”哥脸上终于有了笑容。

我抱紧怀里的猫，有种什么大事要发生的预感，把头埋进它怀里。第二天傍晚小安来电，电话那头是语无伦次的哭诉与号叫，夹杂着暴雨声。宿舍楼道本就嘈杂，我更听不清她在说什么，只隐约得知哥晕倒后被张伯送进医院。记不清那天我是怎么冲回去的，但那天的确切日期却如同烙印一样刻在我脑海，那是 2000 年 5 月 22 日星期一。之后，我发现很多“大事”都发生在星期一，黑色星期一。

到医院后，哥在重症监护室，昏迷不醒。主任办公室，哥病例上赫然写着“急性髓细胞白血病”，八个醒目的字在一夜之间摧毁了我。

“张小姐，我想跟你谈谈张先生的病情。现在他处于高烧昏迷状态，患的是急性髓细胞白血病，这是一种造血干细胞的恶性克隆性疾病。如果不经特殊治疗，生存期可能仅三个月左右。”

大脑一片混沌，眼前只有医生嘴巴的一张一合。三个月，三个月，我念叨着这三个字走出主任办公室旋即又转身狂奔而入，没头没脑问了句："哥以前知道吗？求您别让他知道好吗？"

"知不知道，这还真不好说。张先生上周六来过，他说最近身体乏力，没有精神，经常发烧就来做了个检查。那天检查结果是红细胞和血小板不同程度的减少，而分类中原始细胞增多，我们让他做进一步检查。我想他对自己病情应该是有所怀疑的吧。你先回去收拾收拾他的衣物，需要住院。"

"是不是要化疗，还是要骨髓移植？"

"相对而言，化疗是必须的。骨髓移植需要找到合适的骨髓元，这就需要时间，当然更多需要的是运气。兄弟姐妹之间的几率也就百分二十五，其他人就更低了。目前，一切只能等他退烧清醒后再做下一步决定。"

张伯站在走廊尽头等我，小安坐在地上蜷缩着身体，把头埋在膝盖间。听到脚步声，她抬起头，两只眼睛像被门压扁了的核桃，肿胀并不均匀。她只是望着我，一个字也没问，她，恐惧地直视着我。

沉默对视后，张伯对小安说："外面雨大，我先送晓云回去拿些衣物，你就在医院等子豪醒来，估计医生看他还没醒也没啥结论出来。你别坐地上，凉得很，坐长椅上去，一会生病了怎么办?!"小安用力点点头，起身跪直身体死死抱着我，裙上顿时一片水渍。

张伯撑起伞，带着我冲进雨中，伞已遮不住肆无忌惮的雨。我以为我会痛哭，没想到雨水代替了我的泪水。三个月，三个月，是不是意味着三个月内一定要有骨髓的出现？

"娘，娘，您在天上看着吗？帮帮我，别让哥走，我只剩哥了。"呐喊声中，电闪雷鸣。张伯把伞往我这边又侧了侧，几次张开嘴又合了起来。刚踏入客栈，浑身湿漉漉的小猫跑到我身边，歪着靠到脚边。

张伯递给我一串钥匙："刚小安叫我来时，你哥晕倒在书房门口，钥匙插在门上，门是锁着的，我就拔了出来。估计是他刚锁完门就晕倒了的。"

哥的卧室和书房在三楼，我房间的隔壁。自从家改成客栈后，哥的房间都是锁着的，钥匙只有他有。我一直好奇于哥的书房，因为那

是我唯一的禁地。我笃信那一定有着什么秘密，会是天大的秘密吗？

钥匙一根根试，咔嚓一声门锁开了，我犹豫了会又把门反锁了。我打开了隔壁哥的卧室，简单到极致的房间，只有床、床头柜和衣柜。从衣柜里拿出了几件衣服装进袋子里，哥的钱包放在桌上，我一并装起来。

回房换下了湿漉漉的衣服，下楼准备叫张伯时，我又返程上了楼，还是没能逃得过好奇心的驱使。书房门开，朝里一望，更为简单的陈设，只有书桌、书柜、电视柜和一张椅子。书柜约莫两米高，六开门，相当于三个书柜并排立着。其中一个书柜吸引了我，那看起来更像是一个陈列柜。书柜最上层是空的，第四层一字型摆放着几个相框，相框里一张我和娘的，一张我和哥的，其他几张我的毕业照。第三层是我的奖状，第二层是相册和一些书本，最底下一层貌似是我童年时的玩具，如拨浪鼓、小火车之类。看似没有秘密，有些失望，嘀咕着哥为什么不肯让我进来。难道是他刚藏起什么了吗？一种感动涌上心头，哥用一柜子熟悉而又陌生的物件记录了我二十年来的生命历程。

照片让我又想起了娘，不自觉地我踮起脚尖够到我和娘的那张，将它抱在怀里，坐回椅子上趴在书桌上凝视着照片发呆想着娘。张伯在楼下催促着：“晓云，好了吗？就小安一个人在医院。”

“来了，马上！”我转身把照片放回书柜。“啊！”我激动得叫出了声，照片后放着几个小铁盒。我搬了椅子站了上去，发现一共三个铁盒。我打开一看，一盒照片，一盒兴许是娘的首饰，还有一盒折叠的纸条。

我打开最上面的一张看，上面赫然写着：“很想问，你爱不爱我？不过如果问代表结束，那我宁愿一辈子不问。”我继续打开几张，纸条写满了对一个女子的爱恋，虽然我不知道她是谁，但却感到心里酸酸的。原来哥的心中住着另一个女子，他并不完全属于我。我听过张伯提起过哥为了我曾拒绝过两个女孩，我有些愧疚。如今看到这些纸条，心底是开心的，真心希望哥有一天能拥有自己的幸福。我很爱哥，可我分不清那是亲情还是爱情，也许那只是一种依恋，对哥如父如兄的依恋。

全部纸条飞扬平铺在桌上，打开又折起，找寻那个女孩的名字，无解。满目读到的是哥的单相思。是谁让哥魂牵梦萦，是谁让

哥矛盾重重，就在剩两张字条没读完时，张伯冲上楼，站在门口大嚷："干嘛呢！都什么时候了，这么不懂事。"慌乱将纸条倒进盒中，我捏起那两张握在手心里，把铁盒放回了原处。从字条的内容可以看出哥心仪那女子已是许久。锁上门，心，扑通扑通剧烈跳动着。耳边是张伯的责备声。

下楼时，我迫不及待打开那两张纸条，一张上赫然写道："我忽然不想让你再叫我哥了！"另一张写着："如果没有将来，可否许我修个来世?"巨大的响声传了出来，我脚一踏空，滚下了楼梯，手里还紧紧攥着那两张纸条。

张伯手忙脚乱接住我。看我无碍地站起来，舒了一口气："衣服呢？落书房了？怎么越来越跟小安一样呀！真的像你哥说的你被大家保护得太好了。二十岁，多少人都能撑起一个家了。想当年，你哥辍学照顾你也就二十岁。"张伯越说越激动，我宛如一个千古罪人。重返医院，张伯骂了一路。最终，他还是忍不住问起哥的病情。听到结果后，老人拿伞的手颤抖，伞滑落，老人就蹲了下来，抱着头双肩抖动着。我拾起伞，为他遮着，天空中，再一次电闪雷鸣。

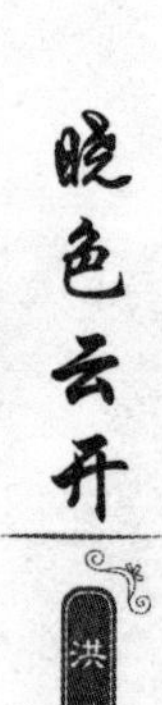

我们跑回医院时哥还没有醒，小安依旧蜷缩在地上。看到我们时，她连滚带爬用嘶哑的声音说着我们听不懂的字眼。正当我们相拥而泣时，护士过来告诉我们，哥醒了，喊晓云的名字。重症病房只能一人探视，我随着护士进去了，左手里还攥着那两张纸条。穿裙子的我，无处将它们安放。

哥，虚弱地躺在床上，朝我伸出了右手。不知是病房的灯光太为惨淡，还是一屋子的白色把哥衬托得更加苍白。我走到床边，跪了下去，左手握着哥的手，越握越紧，一定不能让他离开我，不能。哥转了个身，右手替我擦去挂在眼角的泪珠，他抚摸着我的长发："没事，哥没事的。不就是发烧了吗?"我噙着眼泪，重重地点着头，再次握紧了他的手。

"傻孩子，医生说啥了，瞧你哭的?"

"医生就说哥发高烧导致昏迷，清醒了后烧退了就能好。"

哥爱怜地打量着我，他想从我眼神里看出事实。最后，我在那目光中败下阵来，哥似乎看出了端倪。其实无须看我，冷暖自知。他抓住我低垂的手说："来，把手给我，让我们一起祈祷吧！"四只手握在一起，纸条飞落。我噌地一下腾出双手扑在床上压着纸条，

来不及了，哥已经捡起来纸条，我整个胸部压在他的手臂上。他的脸红了起来，迅速将我推开，艰难地坐直了身，拿着纸条的手哆嗦。我扑进他怀里，嘤嘤哭了起来，他抱紧了我，嘴里不停说着："对不起，对不起，都是哥不好。"

我抬起头，伸出双手捧着他的头说出了那句一直没说出的话："清风朗月，辄思玄度。"我宁愿他是听不懂的，空间里只剩我俩呼吸的声音。静谧，相视无言，许久后，哥回了句："当时只道是寻常。"我们相拥而泣，时间定格，这次除了呼吸声，我听到了彼此的心跳声。

不知过了多久，我被护士请出病房，她手里端着一盆输液的材料和少许的药盒说需要防治感染。我求护士把盒子给我，只把药丸给哥吃。我不想哥知道他自己的病情，不想增添他的心理负担。护士思想斗争了几分钟后把盒子留给我，药片挤在了有隔层的药盒里。

出了病房后，没有小安的身影。张伯告诉我，小安扒在门上的小窗上看着看着就哭着跑了出去，拦也拦不住。"哎，你们都老大不小了，怎么还像不懂事的孩子呢？万一，万一子豪有个，那怎么办呀？"张伯老泪纵横，哽咽着："我在这守着，你回去休息吧。"

不，我摇头，我要在这陪着哥。张伯板起脸，把我推了出去，雨伞塞到手里。门口保安室门口蹲着哭泣的小安，昏暗的灯光把她的身影拉得很长很长。我牵起她的手撑着伞走回客栈，沿途只有风声雨声，偶尔还能听到被掩盖了的河水喘息声。刚进客栈，再次下起瓢泼大雨，密集的雨点敲打着廊檐，滴滴答答形成一串串水柱，书架旁弥漫着一阵阵雾气腾空而上。小安满腹心事往楼上走，倏然她转身奔下楼抱住我，我一个趔趄扯住了吊椅的绿萝，叶子飘落，脚边痒痒的，小猫抱着我的腿。

小安的喘息声越来越响，她把我抱得越来越紧，泪水扑簌扑簌而下，她的声音渐渐化为一阵流水的呜咽化在雨声中。一阵难以排遣的忧伤，我的眼泪再次不知不觉流淌。月光下，客栈庭院里散发出静静的忧伤在风中飘摇，在雨中涤荡。上楼披了件衣服，锁上门，我走出了客栈，骤雨初歇。夜空中，星星目送月亮的背影，它延长自己的悲伤。睡梦中，笑是真笑，哭是真哭。从此刻起，我决意收起所有的眼泪，留给他笑颜如花。

第五章

病房外，张伯脸贴在门上的小窗，窗上一片水汽，张伯拿手擦了擦。哥手背上扎着针，吊瓶中药液一滴滴往下落，张伯目不转睛盯着瓶子。“张伯。”我只这么轻轻一叫就让他战栗，他回过头，鼻子被挤得扁扁的，红红的。看到护士进去换了另一瓶药液，张伯招呼我坐到长椅上。他压低声音说：“不是回去休息了吗？还来干嘛？这里有我就行了。小安还好吧？”

“小安在家，挺好的。反正我在家也睡不着，来这里陪着心里踏实点。张伯，你回去吧，明天还要忙呢！”我挤出一个灿烂的笑容。我以为自己的笑容能犹如黑夜里仅存的一颗星星那么耀眼，没想到被张伯一眼看穿了去。他拍了拍我肩膀说：“晓云，刚才张伯话说重了些……我明天不出船了，也在这陪着吧。”我忽然想起了那只猫，它也该寂寞了吧。

我终究还是靠在椅子上睡着了。梦境中空无一人，只有一只骆驼在沙漠上不停地走啊走，当它找到一汪泉水时，我醒了。眼前，一缕阳光透过窗户击落无数尘埃飘然而至，我身上盖着张伯的衣服。透过小窗望去，哥还没醒。远处，小安提着保温桶走过来，双眼通红。走到面前时，小安静静看着我，我的脸一片通红，脑海里冒出了小安曾说过的一句话：“能说出来的爱情不一定是爱情。爱情，不是靠说的。”

在护士的许可下，小安进了病房，哥醒了，他斜靠在床头，向外张望着。我没有进去的勇气。小安拿起勺子吹着气喂哥喝汤，哥一副难堪的脸色，我猜他想拒绝，可是却也无力拒绝，虚弱写满他的脸。哥喝汤时，眼光飘向门外，小安背对着我，她的手在发抖。不一会儿，她走出来，淡淡不分悲喜。“子豪让你进去，我回去打理客栈了。”她走了，落寞的背影倒在了她的身后。

不知道是不是因为喝热汤的缘故，哥的脸色红润起来，不再那么苍白。他把银行卡塞到我手里：“密码是你的生日，办完住院手

续就回学校上课去吧。我没事的，这里有张伯和小安。”我摇摇头又点点头，不想再让他操心。

客栈内，小安忙着打扫门厅和门廊，小猫腆着肚子在院子里享受着难得的太阳浴。小安听到门上风铃的响声，只是看了我一眼后又重新打扫着地板，小猫绕在它腿边玩耍着。我骤然发现，无论在哪里，我似乎都是多余的。收拾书包出门后仰望天空，只为不让泪水流下。

到浙大时已是中午时分，宿舍空无一人，我独自坐在桌前，盯着书架发呆。还记得当年高考时，西塘刚兴起旅游业，我执意报考旅游管理。本和同学相约报厦大，但后来为了离哥近些，我选择了浙大。桌前，我心神不宁，一闭眼，全是哥的身影。小安仿佛一夜长大，仅仅两岁的差距此刻让我觉得自己如同一个不谙世事的孩子，而她却已是阅尽人间无数。我再次审视自己对哥的感情，是爱情，是亲情，是依恋，还是习惯。如果真的是爱情，那么又该如何走下去呢?

刚才出门前，我又偷偷去了趟哥的书房，在一堆书中，我偷窥到了哥的日记。十几本日记里记载着娘走后我们相依为命的十七年人生。我是锁门含泪读完的。哥的付出绝不比娘来的少，哥在日记里写到他是在我十八岁穿上长裙发现自己的感情，而那日我是为他而穿。

“203 张晓云电话!”舍管在楼下用喇叭叫我的名字，此刻我对电话有一丝恐惧，也许没有消息才是好消息。电话是哥让小安打过来的。小安用很平静的语气向我汇报：哥已退烧，复检转入普通病房，正在做治疗前的观察。最后她用一种从未有过的疏离口气对我说：“还把我当成外人么？为什么对我隐瞒子豪的病情。不过也好，子豪刚问起我时，我表情很自然地告诉他不是，只是不知道他信不信。”

“不，不是你想的那样。我只是不想让你担心，我也求医生瞒着哥的。”我极力辩解道，语无伦次。她凄然一笑说道：“瞒得住吗？又能瞒多久呢？连张伯都知道，我却不知道。”其实，我本应该选择沉默，这时候说什么错什么，对小安来说，我有所愧疚。我在乎她，所以我想解释，我知道她也在等我的解释。

“能瞒多久就多久吧，医生说哥如果没有合适的骨髓移植，就

只剩三个月了。张伯是看着哥长大的。”那个数字让我心中重新浮起焦灼恐惧与悲伤。

“三个月，你说什么，三个月！骨髓移植?”

“医生说已在中华骨髓库里登记并寻找合适的，需要一定的时间。”

“骨髓配对，怎么配对，我这就去问问。”电话挂断了，我再回拨时，电话占线。她，一直在用行动诠释着对哥的爱，爱到真处情自深，情到深处无怨尤。很久后的一天，我在一本书上翻到了一张纸，上面寥寥几笔画着一只鱼躺在沙滩上，阵阵海浪拍打着它但并没有带走它，它鼓着腮帮子在喘息着，旁边写着一行字已被水渍晕开——“梧桐更兼细雨，点点滴滴。”

我抱着课本走出宿舍来到教室，教室里稀稀拉拉只有几个人坐着。我们班周二只有下午有课，分别是一二节的统计学和三四节的旅游客源国概况。舍友姚语霏也在，她朝我挥挥手，让我坐她身边去，我没坐稳，一屁股滑到地上。她拉起我摸摸我的头：“怎么了，脸色这么难看?”“没事，就昨儿没睡好。”我趴在桌上。那天是我上大学以来第一次被点名批评，我睡着了，在梦中叫着哥的名字。姚语霏推醒我时，我听到了周围同学压低的笑声。无视所有人的目光我冲出教室，操场上提着裙子奔跑。风中，听到自己的哭泣声，我想回家，我想陪着哥。

这星期是我在学校过得最煎熬的一周，也是最混乱的一周。我拒绝了所有的社团活动，除了上课吃饭睡觉外，语霏说我的时间都用来发呆了。我每天都是靠着小安的“工作汇报”过的日子，她很准时的在晚自习前给我打电话。小安说哥大约猜到了自己的病情，他从周四开始接受为期一周一疗程的第一期化疗。她说哥食欲越来越差，总是恶心和呕吐。“子豪瘦了，才几天啊!”说到这句话时小安哽咽着，我想放声大哭，但欲哭无泪。治疗并不可怕，副作用也不可怕，我只要哥好好活着。

终于熬到周五下午，我逃也般地离开学校，大巴车上，捧着书却一个字也看不下去，眼前挥之不去的都是哥的身影。三小时后，当我再次见到哥时，除了想哭我没有别的想法，只能用一个词来形容哥——形销骨立。病房外，我擦干眼泪，打起精神，露出微笑走向哥。躺在病床上的哥向着我伸出了手，小安不在。我们就那么握

着手，四目相对，他一手撑着床沿将身体拱了起来，我把枕头往他背后一垫，他斜靠在床上。“这几天辛苦小安了！”哥满心不忍，他深吸口气接着说：“张伯让我请个护工，小安不肯，来来回回奔跑，她老说我瘦了，变着花样做给我吃的，我觉得她才瘦了。”

“你不说话了，好好休息吧，瞧你瘦的。”几天时间，哥清瘦了不少，脸就像刚刷好的墙。他还想说些什么，被我制止了，哥点点头，欲言又止。有时，世间最苍白无力的就是语言，相较于语言，行动才是最为真实有效的。

“我先去帮小安打理一下，做点东西给你吃，一会再来！”哥再次点点头，目光里注满不舍。在我掩门那刻，他说：“你跟小安说让她回家去吧，张伯说可以请她老家的侄孙女过来帮忙，就是那个金老的外孙女。我们别连累了小安。”背对着哥我点点头，回家前，去了趟主任办公室。

办公室外，我徘徊着，透过窗户望去，主任正写着什么。那笔在我眼里如同判官的笔，肆意挥写生死。我鼓起勇气轻轻敲响门，探头说：“请问我哥现在病情如何？化疗效果怎么样？”

“一般来说急性白血病确诊后就要立刻开始化疗，那样治愈几率大些。我们先做部分放疗，用高三尖和阿糖胞苷（50mg）化疗7天，从这两天的情况看来张先生身体状况还算不错，没有严重的感染或明显的全身出血的倾向，所以我们决定在积极抗感染、输血或单采血小板凳治疗前提下，等他稍微改善后再予以积极的全身化疗。你们家属现在要做的就是保证病人的饮食，至于饮食你们家另一位小姑娘都了解过了，你们一起做就是了。”

“那现在哥的情况怎么样？化疗有效吗？”

“昨天才刚开始化疗，成效如何至少要在一个周期后才能断定。端正心态，放松心情，这对患者和家属都是最重要的。对了，上次你让我替你瞒着，我没说，但这也不是想瞒就能瞒得住的，我们可以瞒得住，他的身体瞒不住呀！再说了，三天前做化疗先进行了骨穿，据说他向护士咨询过，护士在我的授意下回答是缺铁性贫血。他信不信，那我无从得知了。”

我道谢后走出医院，天空灰蒙蒙的，柳树不再翠绿，眼前都是灰蒙蒙一片。朝河中眺望，没瞧见张伯的身影。李叔正自己一个人下棋，张伯家的门锁着。

“李叔，看见张伯了吗?”

“哟，晓云也会买菜了呀? 老张，老张丢了啦，最近几天都丢在你家了，好几天没做生意啦！听说你哥住院了，没事吧?”

“没事，就是高烧后身体虚弱了点。谢谢您啦!”我提着菜回了客栈，张伯正在浇花，小猫围绕在他脚边，还带来了自己的妈妈，我眼眶红了。

“晓云，你回来了。刚到还是上医院看过你哥了? 小安出门去医院也有一段时间了，你们碰上面了吗? 对了，小安说，砂锅里还炖着汤，应该差不多了吧!”

“张伯，辛苦你们了。哥想让小安回家，他说你有个远房侄孙女可以过来帮忙是吗? 但是我想小安肯定不愿意走的。要不我下周就不去上课了，在家做饭，小安去医院照顾哥，求您别告诉他就成，好不?”我说完转身进了厨房，香气扑鼻。

我关了火，发现墙壁上贴着一张纸，上面写得密密麻麻。凑近一看，纸上细写着：治疗前每日饮食中包含谷薯类（米饭、面食)、蔬菜水果类（约600－800克)、肉禽蛋类（瘦肉或鸡肉或鱼肉约50－100克，鸡蛋1个)、奶及豆制品类（牛奶一袋，豆制品50－100克）以及油脂类（约25克）五大类食物。每日4或5餐，加餐以水果为主。治疗中饮食要求为低脂肪、高碳水化合物、少量优质蛋白质。每天饮食以是谷类、蔬菜、水果为主，配以容易消化的鸡肉、鱼肉和鸡蛋等，可以适当补充蛋白质粉（大豆或蛋清)。少油。如果反应较重，饮食以流质为主。可用菜汤、米汤、果汁及一些要素饮食。治疗后选择营养丰富且易于消化的食物，如软饭、稀饭、面包、馒头、包子、鱼肉、鸡蛋、鸡肉、煲汤、土豆、香蕉、果酱等。灶台上还摆放着一本《营养煲汤大全》。

尾随而来的张伯顺着我的目光往墙上一瞥，叹了口气说了句：“小安是不是喜欢上子豪了? 难为她一个富家千金了，和当年的小姐一样。”说完，他走出客栈，坐到门槛上抽起旱烟来，这是我第一次听他提起我娘。我想追问，但又不忍打断他的回忆。我们都是靠回忆过日子温暖自己的人。张伯抽完一袋旱烟，站起身来，他望着小安走近的身影对我嘟囔了句：“她没事吧? 静得让人瘆的慌，可千万别出什么事才好呀!”

庭院内，我把两个退房客人的床单被套洗完晾晒，小安提饭盒

走进来。她穿着白色T恤深蓝色七分运动裤和板鞋，T恤宽大冗长罩在她身上，头发也只是用一根橡皮筋随意束着。她没有注意到被单后的我，只是把饭盒放回厨房后，搬块小板凳坐到吊椅旁，头枕着双手趴在圆桌上。小猫噌地跳到吊椅上，把头凑近小安，用鼻子点了点她的鼻子，小安摸了摸小猫的头，将它抱在怀里。大门边张伯朝着小安努了努嘴，小安往后一看，我洞察了她所有的憔悴与疲惫，她的眼睛红肿着，想必哥已经对她说了些什么。

“小安，谢谢你，这几天辛苦你了。哥觉得心里过意不去，他说他说……”我眼前的小安消瘦，两眼无神，几天不见小安已判若两人，再也找寻不到原来的痕迹。小安抱着小猫，挥了挥手打断了我的话：“别说了，我会走的，但肯定不会是现在。现在客栈也需要人，总不能让张伯放着生意不做吧。再说了，过两个月杨羽就来了，你就收收心好好上课和画画吧。这里先交给我吧。”

“可是，可是哥，可是我，我们都觉得亏欠了你呀！你果真觉得付出比得到幸福么？”

“说什么呢？哪来的亏欠？付出的同时不也是得到吗？再怎么说他也是你哥。”小安一语双关，看来没有人告诉过她我的身世。喵喵，小猫从她怀里跳了下来，跑到我身边蹲了下来。小安起身上了楼，门轻轻掩上，我听到了身体落到床上的巨响。抱起脚边的小猫，将它搂入怀中，它舔了舔我的脸颊，痒痒的，我笑了。天色暗了，小镇笼罩在夜幕中，天空中繁星点点。我拿起汤走向夜色中，小安倚在门边……

短短几天，每个人心理承受力都已到了一个临界点。这，还只是一个开始。

第六章

从医院回来时，满天星星在开会，叽叽喳喳，树间蝈蝈和青蛙正引经据典辩论着。哥的精神状态还算可以，但浑身乏力。化疗对人身体伤害极大，却也必须不得已而为之。化疗在消灭恶势力的同时也在蚕食着好势力，自古忠孝都难以两全，更何况其他呢？猛然想起老师讲课说过的事物的矛盾性和两面性。

从远处眺望，小路虽是漆黑，但在星星的带路下却也不难辨别方向。月的清辉洒满大地，客栈的门掩着，小安坐在小板凳上托着下巴一颗颗数着天上的星星，这情景让我宛如回到从前。

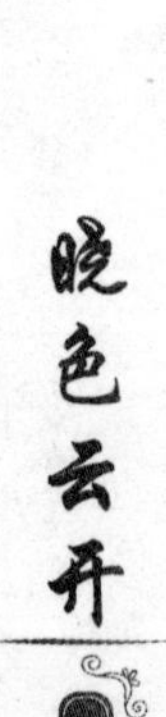

我的脚步声惊醒了熟睡中的小猫，它打了个滚从门缝中挤了出来，把两只前爪搭在我的腿上，小安开了门。她揉揉惺忪的眼睛说："子豪都还好吧？"我点点头，小猫又用它那冰凉的鼻子来点我。"去睡吧。"我说。小安转身上了楼，背影越拉越长。

拿盏台灯放在门廊的圆桌上，在星星与月亮的交谈中，我一笔一划认真画画。其实在所有素描类和水彩类中，我尤为喜欢风景，因为一花一草一山一水并不是单纯的物象，而是带有生命和感情的，一如日出日落，潮来潮往，断然不可能真的是"风过了无痕"的。我用笔对纸的诉说作为对哥的思念，不知不觉中已是黎明时分。两脚微微有些麻，我起身，敲了敲小腿，轻轻跺了几下脚，进了厨房熬粥。

先开大火把米煮开，再转小火煨着，我以肉汤为水熬粥。米在汤里冒着气泡骨碌碌翻滚着，长勺搅动，小猫在脚边蹭着，毛茸茸痒痒的感觉。我想起了儿时的我和娘，那时，我也是这么绕着娘转的。每次还没等转到头晕，娘总会放下勺子抱着我，把我举得高高，听我咯咯咯的笑声。哥放假回来时，我就更高了，我举起手，够不着天上的月亮，哭了。哥架着长梯到楼顶上作势要摘月亮，只为了把我眼泪擦干。

"病房里的哥也会寂寞的吧。"对着已经起床打扫院子的小安，

我没头没脑地说了这么一句，就这么一句，小安眼眶红了。小安似乎下了很大的决心，注视我很久后说："我们给子豪换个单人病房，好吗？那样以后我们可以轮流陪他。现在一个病房合请的护工照顾三个，我怕他无法尽心。"

"单人病房和三人病房房价差了六倍呢，以后花钱的地方还多着，只能先委屈哥了。我们要让他活着，活着就好。"

"活着？寂寞地活着也好吗？我还有些积蓄，你拿去贴补吧。"

"小安，谢谢你。我能理解你，真的，也能感同身受。可是，可是这种病花起钱来真的比流水还快。我们用那钱还能给哥多进补呢！"

小安不再坚持，她只说了句："世间没有什么事也没有什么人能感同身受。"而后她沉默了。水缸里的睡莲还在睡觉，粥，煮好了，香气四溢。我盛好粥时小安也打扫完庭院，我们就这么对视着。

"你去吧。"异口同声。

"一起去吧！"再次异口同声。

小安提起饭盒，我一手牵着小安，一手提着长裙，在晨光微曦中，我们的手越握越紧，两只抱团取暖的刺猬。当我们手牵手出现在哥面前时，哥饶有意味地含笑望着我们。"怎么一起来了？""因为我们一起都很喜欢你！"说这话的时候，我眼睛余光瞄了一眼小安，她假装蹲下来绑鞋带，满脸通红。食指恶狠狠捅了捅我的小腿肚。哥常说看破但不说破是种美德，而如今我宁愿如此点破，结局看天意，上帝说了算。如果一份爱只能是卑微的，只能是痛苦的，还有继续下去的必要吗？爱，真的可以独守着自己一个人的地老天荒吗？真的可以无所谓是否两情相悦吗？我没有答案，我只希望小安开心些，人生本已苦短。

望着小安低着头娇羞的微笑，我也灿烂地笑了。只是日后兜兜转转，终于发现，我，渡得了别人，却渡不了自己。伸手拉起蹲在地上的小安，"起来啦，喜欢就喜欢，又没错。再说了，哥如果不喜欢你，干嘛让你留下，是吧？"

"行了，张晓云，越说越不像话了，让人听了还不把你笑话了去。"哥强行板着脸打断了我的话，从他脸上飘过的红晕看来，他应该明了小安的心思。"我饿了。"

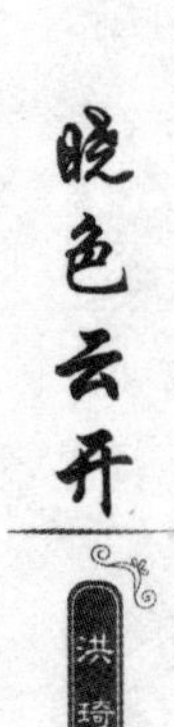

小安手忙脚乱地打开饭盒，盛了一小碗，习惯性地坐在床头刚要喂哥时，她又站了起来，把碗递给我。哥接过碗斜靠在床头，说："我好多了，能自己吃了，别真把我当老弱病残了。"他吃得心神不宁，他的神情令我和小安忍俊不禁。扑哧，我们都笑了。

哥今天早上的食欲明显好多了，我和小安相视一笑，看来是一个很好的转机。张伯进来了，提着一个手提袋交给哥。哥连看都没看就把手提袋递给我，我打开一看，是一部索尼爱立信的音乐手机，还能拍照。

"我让张伯帮忙买了台手机给你，是哥一直忘了给你配一个。当时想着你要么在宿舍要么在家，也就不着急配了。前几天小安跟我提起，我才觉得是我疏忽了，现在你和小安也好联系了。"哥一口气说完一长串的话，虽不再像前几天一样吃力，但还是露出疲倦的神情。我抬头对小安嘟嘟嘴说："干嘛要多让哥花钱，我又不需要。"

"哼，你们舍管凶巴巴的，我才懒得老听到她那声音了。再说了，我只是跟子豪说过两天我买一部送你，谁知道他就去买了当下最新的。哎，有哥哥就是好呀！可怜我这没哥的，没人爱！"张伯从口袋中掏出烟杆轻轻敲了小安一下，说："小鬼头，你总算又活过来了。这几天你可把张伯吓死了，生怕你得了什么忧郁症。"

"是抑郁症啦。张伯，小安哪里可能得抑郁症呀？她的心理可是很强大的！"我纠正张伯的说法，顺便给小安打了打气。张伯慈祥地看着我们，我眼角湿润。哥拉过张伯粗糙的手吞吞吐吐欲言又止说道："张伯，那天我跟你发脾气，对不起了。"

"哪天的事？有吗？没有吧！"

"就是那天，那天。"

"好了啦，我都忘记了，一个大男人怎么跟个女人似的婆婆妈妈，扭扭捏捏的。"张伯笑着调侃哥，爽朗的笑声。

护士在门口站了一会儿，拿着瓶瓶罐罐走了进来。刚刚还弥漫着欢歌笑语的病房一下子沉静了下来。我抓着小安的手，手心湿漉漉的。托盘上有口服的药，又静脉注射的，药物累积的视觉冲突让我不寒而栗。小安握紧了我的手，对着哥哥做出了一个加油的姿势，我们和张伯一起离开了病房。哥，孤寂地躺在床上，看不出恐惧和忧伤。

“晓云，你哥会没事的，今早看起来脸色也红润了些，精神似乎也好多了。你和小安能休息时就好好休息，医院好歹有护工看着。”

“张伯，周末游客多，我也回来了，你快出船去吧。我们都耽误你好几天生意了，怪不好意思的。”

张伯掏出烟杆，点上烟，烟雾缭绕中他出神地将目光投射在湖面上。湖面的小船已蒙上一层细细的尘埃。张伯又吐了几个烟圈，说：“傻孩子，你们要休息，张伯我也要休息的嘛。说什么耽误生意的傻话，你们就都跟我孩子一样，哪有父母不照顾自己孩子的呀?”

“张伯，你几个孩子呀，都在外地吗?”小安没心没肺地接了一句。我对小安使了个眼色，小安吐了吐舌头，不再言语。三个人同时陷入沉默，寂静的空气凝结成了冰，而后慢慢在心底融化。哥说他曾对娘发誓说过一定会为张伯养老送终的。哥，你一定要好好活着，兑现自己的诺言。

周末，客栈里总是人来人往，自从有了小猫的加盟，院子里更有生气了。它总喜欢慵懒地躺在院子里腆着肚皮打滚。每当听到客栈大门风铃响起时，它便第一时刻窜到客人的身边，喵的一声，绕着客人的裤腿走来走去，直到我或者小安走过去抱起它。小猫成了客栈合格的店小二。

时间过得很快，倏地一下，在清洗打扫和煲汤中半天过去了。“晓云，我去送饭，你专心画画，下个月杨羽就来了。我刚看你昨晚画的，比以前好多了。感觉整个人放开了，所以你首先要解决的是心理障碍，而不是技法。”

“可是哥，哥……”

“我知道，我也担心，我也做不到全心全意。但是如果你的担心能于事有补，那你就坐着担心好了。该上学就去上学，该画画就去画画，这里有我和张伯就够了。”几天之内，我俨然成了她保护的妹妹，小安变了。

我背着包拿起画板走到客栈外，张伯正背对着我坐在船上和李叔抽着旱烟聊着天。“哎，你说子豪这孩子这么好，怎么会生这病呀?万一，如果有个万一，让晓云怎么办?二十年前是孤儿，二十年后还是孤儿?”张伯哽咽着，他抬手擦了擦眼泪，没注意到李叔

对他挤眉弄眼。

我遥望远方卧龙桥上的行人，靠着想象画着那时的娘和地上襁褓里的我。天空中，飘起了细雨，滴落在画纸上，晕开。不知道张伯什么时候站到了我身后，拿着烟杆，就那么悄无声息站在我身后，为我撑起了伞。

“张伯，烟好抽吗？”我莫名其妙问了一句。

“傻孩子，没什么好抽不好抽的，习惯了而已。偶尔可以提提神就是了。”说这话的时候，我感觉张伯陷入沉思。“对了，子豪没有抽烟，不是吗？不抽烟挺好的，你是不是受不了烟味？”

我想说的是——我想抽烟，虽然我不会，昨天买菜时我偷偷买了包烟。张伯放下伞后，走了。画面上的水滴越来越多，模糊了我的视线。如果真的哥要有万一，那我宁愿代替他，我宁愿自己是那个万一，我要哥活着，失去他，连微笑都会有阴影；失去他，我就彻底成了孤儿了。

我承认自己是懦弱的，娘和哥将我保护得太好，我也想象小安那样一夜之间学会一个人的坚强、一个人的优雅、一个人的隐忍和一个人的微笑。我讨厌现在的自己，讨厌此刻自怨自艾的自己。

走到堤坝处，我躲进一个墙角，墙角处盛开着两朵黄色的雏菊，小小的却极其晃眼。那是一个砖砌的墙角，四周光秃秃的，那两朵小花就那么挤出墙角，也许是小鸟衔来种子随处一扔落入缝隙中，稀稀疏疏的泥土给了它们生命。

拿起画板悬空架在石栏处，我偷偷取出包里的烟和打火机笨拙地点着，几次之后终于成功点燃了，轻轻吸了一口，呛得我不停地咳嗽。烟，原来不是什么好东西，我的泪流了下来，我就这么静静地望着一缕缕烟雾缭绕腾空而上。头顶上的画纸被熏出了一个黄色的圆圈。

这是我第一次“抽烟”，我怎么也想不通为什么那么多人喜欢抽烟，呛人的气味。哥，哥，我不想画画了，我想去看哥。当斜阳细雨交映成趣时，我才猛然发现我已经在堤坝处坐了一个下午了，脚边躺着半包烟的残骸，我继续点上烟盯着残骸发呆。咦，怎么会有炙热的感觉，原来快熄灭的烟灼伤了我的手，随之一个水泡浮现在中指上。甩掉了烟，我已失去了痛感。

回客栈时，小安正坐在吊椅上看书，厨房里再次冒出香气。我

闻出来了，是鸡汤的气味，里面应该还放了几味中药。“哥现在能喝这汤吗？会很油的吧。”小安手中的书在我轻声细语中落地。

“哦，我问过医生了，可以喝。不过得明天才能喝。晚上等汤凉了，上面的油凝固后明早把油撇掉再加热，然后下面线给他吃就不会油了。医生说了营养要跟上，晚上清淡点，咸稀饭已煮好，你一会送去吧。”

我低头环手从身后揽住了小安的腰，小猫跳到了小安的怀中，拨弄着我的手。小安握着我的手，极致的冰凉，我有种错觉，小安已从一个少女变成了一个少妇，沧桑阅尽。脑海里有一种不孝的思想一瞬而过，假若哥有万一，对小安何尝不是一种解脱。不，我相信小安一定宁可用一世的沉沦去换取哥平安健康，一如我愿意用生命去交换。

“去吧，早去早回。”当下的小安是迟钝的，但凡她有一丝的敏锐，也必不会有接下来的事。我的疏忽和小安的迟钝无形中给哥造成了伤害。

咸稀饭色香味俱全，有香菇、青菜、红萝卜丝、肉末和海蛎干，粥熬得软糯可口。我心想，假如小安早些出现，假如哥选择了小安，想必很幸福吧。可是假如哥没生病，小安也还会只是原来的小安。福祸相依，概莫若此。

我提着饭到病房时，病房内只剩哥一个人，据说一个出院了，一个转入重症监护室。哥斜靠在床上翻着小安给他带去的书，习惯忙碌的哥显然无法适应这样的生活，从他翻书的姿势看出了他的百无聊赖。

“哥，看看我给你送什么了？小安最近可会做饭了，以后让她张罗个食堂好了，应该也能跟客栈一样门庭若市。”哥怜爱地望着我，吸了吸鼻子，皱了皱眉，等我把饭盒放在桌上时，他直起身说了句：“晓云，过来。”我像小猫一样蹭到他身边，以为可以如同以前一般撒娇，没想到哥站了起来，一个耳光摔了过来，我眼冒金星，顺势跪倒在地。这，是哥第一次打我，平生第一次打我。哥把我从地上揪了起来，赏了我第二个耳光。从力度看来，我是该高兴的吧，至少哥有力气打我。我，被打得莫名其妙。泪水，不争气地跳出眼眶。我含着泪盯着哥。

“怎么？打委屈你了吗？抽烟，你一个女孩子竟然抽烟！一身

的烟味！”

“啊，没有，没有，我没抽。我只是点着烟玩的，真没抽。”原来是衣服上的气味出卖了我。

哥大吼一声：“没抽？没抽就把手伸出来。”

不知是忘记了，还是被哥的气势震住了，我伸出了手，水泡赫赫在目，还有些许黄色的烟熏渍。哥，没有再多说一句话，他坐回床上，躺了下去，盖上被子，转过身，不再看我。

我蜷缩在床脚，头低埋着，抱紧自己的膝盖。莫名的，我想起了杨羽。浑浑噩噩中，我起了身，走出医院。迎面，张伯向我走来，擦肩而过。

第七章

“晓云，晓云!”张伯在身后叫我，穿着白色长裙的我如同幽灵般飘过。我听到张伯嘟囔了句：“中邪了呀？怎么脸那么红?”

我摸了摸还有点发烫的脸，手指触摸到凹凸的痕迹，隐隐作痛。我折了回去，再次站到了病房门口。房内，我意外发现哥竟然哭了，他枕在张伯的肩上哭了，张伯轻轻拍着他的后背。

“张伯，你说晓云怎么那么不懂事！她居然抽烟。”

“哦，怪不得她下午问我抽烟好不好玩。估计她只是玩玩吧，不会真的抽了吧!”

“她说她只是玩了玩，嘴里倒是真没什么烟味。可是居然能中指起了水泡，那是玩吗？玩多少才会起水泡?”

“水泡？是不是烫到了?”

哥从张伯肩上移开，喘了口气说：“玩得起水泡，她也真能玩。不痛吗?”

“哎，子豪，听你这么说来，估计，估计……”

“估计什么?”

“估计她在想心事，心事的痛超过了手指的痛。”

“进来!”哥用发抖的声音对我大吼，他从门上的小窗看到了我。我神情孤寂地走了进去，张伯凑到我面前一看，抬起手差点给了哥一拳，被我抓住了。

打开饭盒，盛了碗咸稀饭坐在床头，我就那么举着汤匙。哥用审视的目光打量我。也许沉闷的气氛让张伯无所适从，也许他想让我和哥独处，他走出病房，下楼绕到窗外草坪上蹲着抽起烟。

哥接过碗，用极快的速度吃完，他拒绝第二碗，拉过我的手，端详那早已谢了的水泡。再抬头望了望我留着指印的脸，他伸出手又缩了回去，厉声说道：“答应我，以后不许抽烟，连玩都不许。听到没？让我再发现一次，就不是几个耳光能解决的了。长大不是靠抽烟能体会到的，也不是肉体的痛就能掩盖心痛的。答应我，好

吗？妈在天上看着呢！你这样让我和她相见之日如何交代呀？”

威胁的口气夹杂着几分无可言语的感伤，他提到了娘，他用娘来压我。我本就没想抽烟，只是烟雾缭绕能让我暂时物我两忘，能让我不那么伤痛。用力点点头，我同意了。哥抱紧我，他在哆嗦。“对不起。”我在他耳边说得很轻很轻，他抱得更紧了。

哥让我牵他出去院子里走走。五月底的西塘夜晚更深露重，我翻出一件衣服为他披上，趁着月色搀扶他走向那片宁静。虽是弦月，月色仍倾泻一地，树丛里传来鼓噪的叫声，仔细分辨，能听出四五种动物的鸣叫。才走了几百米，哥的步伐越显缓慢和沉重了，他累了，蹒跚的脚步像极了一位佝偻着的老人。长椅边，他示意要坐下，掏出报纸为他垫上，他靠在椅背上，粗重的喘息声让我心神不宁。

天阶月色凉如水，我跪地拜月，双手合十，只为祈祷他一世的安康。他的脸在月色的衬托下更显儒雅，谦谦君子，温润如玉。他扶起我，嘴角上扬，说了句：“傻孩子！”我搀扶他回到病房，他催着我回：“张伯还在院中等你。”

“张伯，你说哥会好起来的，是吗？”

“一定会的。”

“张伯，你说小安会幸福的，是吗？”

“会的，一定会的。”

我没有再多说一句话，张伯把我送到了客栈门口，转身时他说了一句：“你也会幸福的，一定会的。”一句话触及了我内心最柔弱的地方，泪点，一触即发。我无法收放自如，但庭院中小安昏暗的背影让我清醒过来，我扬起笑脸，将脚边的小猫抱在怀中。小安听到风铃声响为我开了门，小猫倏地跳进她怀中，两只爪子扒着她的T恤，小安爱怜地抚摸它的头。

打开哥的书房，掩上门，暗夜中我长跪在娘的照片前，透过窗户月的清辉与我相伴。不知过了多久，我斜靠在书桌旁睡着了，梦中，娘来过，又走了，没有留下只言片语。

哥没有再说让小安走的话，但他却坚持叫我去上学。六月二日星期五农历五月初一，在经过前三天检查，中间七天化疗，后两天观察之后，哥于住院十一天后回了家，小安打趣说哥是在医院过了六一儿童节后才被遣送回家的。

张伯说小安为了迎接哥回家，用了两天的时间洗晒被单。小安把哥所有旧的床单被套都扔了，为哥铺了新床单新被套。端午节快到了，小安还买了很多粽叶、糯米和艾草。张伯打心眼里越来越喜欢小安了，他再也不吝啬夸奖之词，逢人便夸小安如何懂事如何贤惠。我丢了，在张伯眼中丢了。

这个周日中午我们和张伯一起提前过了端午节，我和小安第一次学做粽子，虽然卖相不好，有的米放多了粽叶把绳子都快撑断了，有的米放少了松松垮垮，但味道还是不错的。只可惜哥只能看着不能多吃，他咀嚼了几粒米权当一个意思。哥围坐在桌前凝视着我和小安，恬静的笑容，皱纹几天之内已爬上了他的眼角，头发也稀疏了不少，一撮一撮的白发飘零。

“晓云，再一个月就放假了，杨老师说他七月中旬会来，你好好准备一下吧。对了，明年大四了，准备考研吗?”

“噢，要准备期末考了，没什么时间画画了。考研，语霏说她要考，如上个月就开始准备让我一起。我还没想好，等暑假再说吧。”

“没时间也要挤时间，时间挤挤就有了。客栈暑假开始忙了，我就不和你一起去了，我照看客栈和子豪。”小安从旁插了一句，语气平淡，不辨悲喜。

哥从椅子上站了起来，拿了一串粽子递给张伯，转头对小安说：“你去吧，听说张伯的远方侄孙女就快过来了，我让她帮忙打扫清洗，等她上手了，你就可以和晓云一起去了。”我原本以为会欢欣雀跃的小安表现得异常平静，她边收拾粽叶边说：“没事，到时再看吧，是晓云要学，又不是我。我就不去凑热闹了。”

哥双眉紧锁，深深吸了口气，斜视着蹲在他脚边的小猫。为了打破沉默，我只好把私下要送哥的礼物献宝似的拿了出来：“哥，我有个礼物送你。”一个透明的玻璃瓶里住着九十九只五颜六色的千纸鹤。

小安瞄了一眼千纸鹤，又瞄了一眼哥，狡黠一笑道：“没时间，原来时间都在这里了。张晓云，你什么时候才能长大，不再这么幼稚？有这闲工夫大可以去画画或读书或给子豪炖汤。”小安说这话时，哥的眼里闪过一丝不舍，转瞬即逝。

我把瓶子塞进哥怀里，没有接小安的话，上楼整理书包后走

了。小猫在身后追着我，扒住我的裙角，我蹲了下来，它噌地一下跳入我怀中，用头拱着我的下巴，似有百般不舍。我回过头，哥已回房了，他站在窗口目送我，捧着那个玻璃瓶。我向他挥挥手，他举起手的一瞬瓶子滑落，千纸鹤如同花瓣雨从三楼飘然而下。哥狂奔而下，我也冲了回去，心碎了无痕。

是否上天冥冥中在预示着什么？“岁岁平安！”我在心底不停地祈祷着。每只千纸鹤里都有一个字，那是我写给哥的一封信。假若爱有天意，他会懂得，假若没有，自此掀过，别后珍重。我，果然幼稚不堪，与天赌命。

小安闻声过来，拿起扫把扫起一地的玻璃碎片，我慌乱地捡着千纸鹤，哥也伸手要捡，被我拦住了。哥诧异地盯着我，眼里充满了不解，小安咬咬嘴唇侧头瞥了我一眼。我无视他们的目光，把哥推到一边去，自己蹲下去如同捡拾着贝壳，一只只兜入长裙中。一不小心，玻璃碎片扎入我手中，血滴了下来。哥慌忙上楼去取创可贴，抬头望着哥的背影，我黯然地对小安说：“医生说万一哥流血，后果不堪设想。切记，不可让哥流血，更不能有所感染。”小安的身子狂抖了数下后，她的汗毛一根根竖了起来。恐惧与焦灼如同蔓草在我们心底滋生。

哥小心翼翼帮我挤出血，黏上了创可贴，嗔怪地说：“小鬼头，做事小心点，毛毛躁躁的。如今小安都比你好多了。”小安含羞低下了头。我撒娇道：“哥，让我留下好吗？我向老师请假去。”说完，把千纸鹤倒满了吊椅，从书包里拿出了手机。

“别闹了，我都出院了，也退烧了，你担心什么呢？你不是告诉我说是贫血吗？多吃点进补的就行了。”哥夺过我的手机，说得风轻云淡，我无法从他表情里读出什么。

“是呀，是贫血。可是就小安一个人在，我不放心嘛。要不我就请两天，两天好吗？我要看到你好好的才放心，不然身在曹营心在汉，也学不进东西嘛。”哥轻轻敲了我脑袋一下，佯装要打我的样子，笑着把我推出门。回首处，小安用平静的眼神掩盖住她内心的波涛汹涌。

离开家的每一步我都走得战战兢兢，如履薄冰。我害怕哥的生命如同那个易碎的玻璃瓶一样，在风中零落成泥碾作尘。哥出院后，我曾去医院问过主任，他说哥第一阶段的化疗情况不错，静养

两三周观察后再决定是否继续化疗。随着化疗的深入，癌细胞会被逐步杀死，但人也会变得越来越虚弱。在这几周休养中，最重要的在于避免流血和感染。

到宿舍时，语霏扑上来抱住了我，她往后一退仔细打量着我，围着我绕了个圈。扯下我的书包，将我拽到楼道的阳台，我手里还拿着一本书，屋外清风朗月。

“你哥没事吧？都还好吗？”她是学校里唯一一个知情者。

“嗯，刚出院。希望一切都好吧。”我翻着手中的书，快期末考了。

“晓云，那你还考不考研了呀？我可是想考回去的。爸妈都盼望着我回去呢。”

“回北京？可是北京好远，我还有哥要照顾。”

“旅游管理专业研究生第二名的学校是中国人民大学，我就准备考那。你陪我嘛，我们一起好不好？再说了，北京的机会也多，不是吗？”

北京，我依稀记得我去过一次，那就是我三岁时娘去世后哥带着我去了趟北京，坐的绿皮火车，哐当哐当。铁轨轰鸣声中，哥搂着我睡了一夜后到的北京。印象中哥带我去了天安门、北海公园和他的学校——北大。后来才知道那次哥是去办理退学的，那年哥大三。他，含着泪拖着行李抱着我回来的。

“再说吧，如果哥好了，那我一定陪你。万一，万一，那我就不去了。”语霏捂住我的嘴，不让我继续说下去，她的眼眶也红了。她蹲下来抱着我，我的泪水滴落在她的头发上。她，剪着齐脖短发，用发箍圈着，身穿一件靛蓝色短袖及膝牛仔连衣裙。她仰头小心翼翼问我：“那你哥现在化疗完还要继续吗？找到骨髓了没有？医生怎么说的？”我不想再重复医生说的话，只是将头埋在她肩上，眼泪再次不争气地流淌了下来。三个月，脑海里满是医生的那三个字：三个月。

“晓云，我们发动大家去捐骨髓好不好？人多几率也会大多了，是不？”

“可是，可是我不想让别人知道，医生说了已经把哥的高分辨配型结果输入中华骨髓库了，他们会帮忙搜寻 HLA 相和的人。让我们等消息。”

“等，那是被动的等，我们不能做些什么吗？”

“骨髓配对也就是造血干细胞的配对，医生说亲人间几率都不大，也曾遇到配对成功但捐献者反悔的情况。毕竟大家认为捐献对身体有所危害。”

语霏似乎有话要说却又如鲠在喉，她咬着嘴唇，思虑再三终于说出来：“上次听你说医生给出的等待时间并不是太长，那么我们必然不能坐以待毙吧。你考虑考虑，如果愿意，我就去学生会发动大家去试试，我了解过，程序并不复杂。也就做个体检和化验检查再填个表格抽 5 毫升静脉血就可以了。很简单的！”

“我知道，上次我就填过捐献表格了。可是，可是……”

语霏扳正我身体，一字一顿说：“没有可是了，生命经不起太长的等待。不要再去想那些没用的问题了，除了生死，没有大事。”

生、死这是近半个月来我听到的最多的字眼，也在医院里一次次目睹生离死别。以前在书里在电视剧里看到生死时只是随着剧情流泪，如今生死的烙印似乎深入骨髓之间，我第一次对死亡有如此深的恐惧。娘走时我还小，当时我不在身边，是张伯冲回家把我抱去医院的。我只记得当初我不停地哭不停地摇着娘的身体。“你娘上天堂了，想娘时，晚上你抬起头看到那颗最亮最大的星星就是你娘了。”这是张伯对我说的，至今我仍能一字不差地背出。

“好，谢谢你。谢谢。”泪流满面的我除了谢谢不知道应该说些什么。语霏紧紧抱住我，在我耳边说：“答应我，不管如何，坚强一点。一切都会过去的，即便是再难走的路。你，永远不会是孤军奋战。”

语霏走后，我蜷缩在阳台的角落看书，时而望着夜空直到廊灯熄灭。她回来了，我听到她急促的脚步声和压低了呼唤我的声音。黑暗中，她把我拉了起来，手里抓着一叠卡片式的传单。上面两颗大大的爱心相连，如同暗夜中盛开的玫瑰，我仿佛闻到了花香。

在语霏、学生会和老师的大力支持下，仅仅几天的时间，全校就有三百多名师生成了骨髓捐献志愿者。这个星期通过小安的反馈和哥的电话看来，哥的情况还算稳定，只是依旧食欲不振，精神不济。小安忙着为哥调理身体，张伯乡下的侄孙女阿芳来了，据说是个勤快的小姑娘，刚满十八岁，长期的田间劳作让女孩皮肤黝黑。小安给她起了个外号——“黑人牙膏”，最后发现她和我提起阿芳

时统一以“牙膏”替代。想必哥的病情舒缓许多，她才有这般心境吧。由她闹去也挺好，我宁愿她还是原来的她，甚至宁愿把哥让给她，只要哥愿意。

周末回家，我总算见到了“牙膏”，当她露出一口白牙叫我“阿姐”时，我笑得弯下了腰。小姑娘羞涩地搓着双手瞄着我，哥也好奇于我的反应，唯有我和小安相视一笑，牵着手跑河边笑去了。

天空中的云儿也笑了，柳枝摇曳着她柔软的腰肢，轻迈舞步。

第八章

夜晚，原本只有我和哥的院子一下子变得热闹起来。哥、小安、阿芳、张伯和我五个人围坐在圆桌前喝着茶。阿芳烙了些饼，味道还真不错，有麦子的香气，而且极有嚼劲。哥饶有兴致地吃了几口，看得出颇有些费劲。

“别吃这个了，吃点桂花小酥吧。”我抢过哥的饼，意外发现咬痕处有点牙龈渗出的血丝。我打了个哆嗦。

“阿姐，冷了吗？俺去给你拿件衣服吧。”阿芳果然眼色过人。

“没事，不冷。”

小安噘了噘嘴，扫了我一眼，阴阳怪气地说道：“不冷你哆嗦啥？不过，这天也真的不冷呀。再说了，你没事抢子豪的饼干嘛？”

“俺的饼好吃。”

“得了，得了，牙膏呀，不对，阿芳呀，你可以不要没事一直俺俺俺吗？我就没听张伯说过俺的。以后就说我，行吗？俺得我头晕。”

“哦，俺晓得了。不，我晓得了。不，我知道了。”

哄堂大笑，唯有我笑不出来。我给小安使了使眼色，我拿着饼进了厨房，小安尾随而入。“干嘛这么扫兴嘛！难得子豪愿意吃点东西，再说了麦子也有营养。”我指着血丝让小安看，“啊！”她捂住了自己的嘴，“没事吧，他没事吧。不是不能流血吗？”“医生说最怕流血，怕感染。出血说明血小板数在降低，导致口腔黏膜等地方出血。”小安惊慌地盯着我，结结巴巴问：“那我们现在要不要去医院呀。应该怎么治疗？”继而她自我安慰道，“一点血丝应该没大事吧。”

“喂，你们躲这里干嘛呢？藏着什么好吃的是吧？”见我们许久未出去，哥走到厨房门口叫我们，吓得我手里的饼掉落在地。小安神情极其不自然地绕着哥转了几圈，转得我都晕了，哥干脆闭上了眼睛。我一把抓住小安，哥睁开眼睛说：“干嘛呢？练陀螺功啊？”

小安略微蹲下仰头对哥说："子豪，麻烦配合一下，请张大嘴并SAY 啊！"

天，我笑场了，原来严肃并担心的事被小安整得面目全非。重点在于，哥照做了，两个人配合得天衣无缝。留下一个笑弯了腰的我，一个无比诧异的阿芳和一个淡定悠闲的张伯。从小安的表情看去，哥应该没有再流血。

相聚的日子总是短暂的，周末一晃而过，哥的精神稍微有了好转，但依然提不起食欲。常常是小安炖汤引来了守候在一旁不离不弃的小猫，而哥只是浅尝辄止，倘若哥勉强自己多喝几口最终也会呕吐出来。小安义不容辞地成了汤的最后终结者，她不断在电话中抱怨哥瘦了，自己却胖了。

人如果不抱太大的希望，那就不至于有太大的失望。回校后我看到语霏盘着腿坐在床上发呆，看我进来，她也不似往常一样抱着我，而是一动不动如同泥塑一般。

"怎么了，语霏？什么事让你这么不开心了？"

语霏俯看了我一眼，嘟着嘴不说话，眼睛转了转，露出眼白。

"到底怎么了嘛，谁惹你啦？"

"没谁，只是那么多捐献者没听说一个跟你哥能配型成功的。不开心，很不开心。"

我爬上了自己的床，我们俩的床挨着。我牵着她的手，心骤然沉重起来，但咧开嘴笑着，跨过去抱着她说："没事，医生都说了十几万分之一的机会。没那么容易的，可还是有希望的，最近听学生会说还有同学陆陆续续捐献，不是吗？谢谢你们，真的。"

"谢什么，都还没帮上忙。第一次感觉时间就是生命，它给了我如此的压抑感。真希望时间就这么停滞，停滞到成功找到你哥配型的骨髓再开始。"

我搂紧了语霏，我也想时光停留，甚至想时光倒流。倒流到娘还在，哥无忧无虑的时候，把一切结局改写后重新再来。

"对了，晓云，周三陪我去看个画展好不好？第八届中青年书画展，有我表哥的作品，他说他也会来耶。你不是喜欢画画吗？好不好呀！"语霏摇着我的手臂问，故意夸张地抛了个媚眼。她和表哥年龄相差一轮，青梅竹马，这我是知道的。我嗔笑地瞥了她一眼，意味深长地说："行，只要某人不嫌我当电灯泡就行。就怕到

时候某人正想你侬我侬时，嫌我碍眼呢！”还没说完，我就被她重重地拍了一下肩膀，一阵剧痛，差点眼泪都滴出来了。排球运动员的手劲果然不同凡响。

“子豪的饭量大些了，子豪散步的时间长多了，子豪刷牙的时候牙龈会有一点出血，子豪说想你了，牙膏还是整天俺俺俺的，牙膏的面食做得挺合子豪口味的。”就两天的光景，小安打了七八次电话，絮絮叨叨跟我说着哥的情况。她的语气轻快多了，阿芳的到来也让她喘了口气，不再那么忙碌。

周三下午第二节课下课后我就被语霏强行拖出了梯形教室。“快点啦，再晚展厅就关门了！再说了，我晚上还有场决赛要打呢！”下午的选修课她没有上，硬是等了我两节课。来不及回宿舍放书，我们就冲出学校往展厅赶。

“哎呀，语霏，你不是说展览一周吗？急什么嘛！你晚上还比赛呢。干嘛这次比赛在晚上举办呀？明天下午不就没课，从从容容多好呀！”

“今天是开幕式，几乎所有参展的书画家都回来，表哥也来了，他晚上就要跟朋友去外地了啦！晚上，还不是院领导都要来参加，所以就隆重点啦。”语霏笑得有些羞涩，大女人的表现，小女人的情怀。

我们倒了两次车到展厅时已是五点半，距离闭馆只剩半小时。语霏一眼就把正翘首以待的表哥揪了出来向我介绍道：“哥，这是我同学兼舍友兼闺蜜张晓云。晓云，这是我表哥吴青。”对于语霏的介绍我有些无语。

“你好！”吴青略微向我一颔首。我也鞠了个躬问了声好。“丹青，真是天作之合呀！”我附在语霏耳边轻声细语，她的乳名叫丹丹。语霏脸红得像蒸熟了的螃蟹一般，她伸出手偷偷掐了我胳膊一下。“哼，死螃蟹！”螃蟹是语霏的绰号，她因打排球的姿势像一只横行霸道的螃蟹而得名。

临近闭馆展厅里的人并不多，吴青带着我们参观，内行看门道，外行看热闹。语霏叽叽喳喳和吴青站在一幅《猛虎下山图》前评头论足。他们身边是一幅荷花，画中荷花的颜色用的是少有的淡蓝色，在月光的照射下透出一股幽冷的超世脱俗，我挺喜欢的一幅作品。

手机铃声响起，是小安的电话，我挂断准备出去再接。电话再次响起，接通后里面传来断断续续的哭声，显然是极度的压抑，但却能感觉出那份撕心裂肺。顾不得跑出展厅，我急速地说：“怎么了，怎么了小安，说话，快说话，别哭，说话，哥怎么了，怎么了？”虽极力压低了声音，但空旷的展厅把声音扩大了，语霏紧张地望着我，泪眼朦胧处，我发现有个身影向我走来，杨羽！

“子豪流鼻血了，流得好多好多，怎么也止不住。张伯刚帮我把他背到医院了。你快回来，快回来！”小安在发抖，我能感觉得到。

我把书往语霏怀里一放冲出展厅，嘴里不停地对着她说：“小安，我马上回来，马上！”语霏追了出来，她身后杨羽也追了出来。可是我没有心情和他打招呼也没有心情探究他为何此刻在这里。我不知所措，恐惧蔓延到我每一根神经。

“晓云，小安怎么了吗？”

“你是谁？认识晓云？认识小安？”语霏歪着头一脸疑问地转着眼珠问杨羽。

杨羽没有回答语霏的问题，而是再次焦急地问我：“小安怎么了吗？”我摇摇头说：“没，小安好好的，是我哥住院了。杨老师，我要赶紧回去了。”

“噢，原来是你的老师。我陪你回去吧。你哥怎么又住院了？我们走吧。”语霏向她哥摆摆手就挽起我的手往车站方向赶。我挣脱掉她的手臂说：“不要了，你晚上是决赛，你帮我把书带回学校就行。我自己回去就可以了。”

我推开语霏，迈开的步伐踉踉跄跄。杨羽上前想伸手扶住我，但又缩了回去。“晓云，我送你回去吧。你这样子让人怎么放心呀！你刚才正在看的那幅画是我老师的作品，我是特地来捧场的。我这也是刚下飞机，明天就回去了。”

“哦，不用了，我自己可以回去。”我坚持一个人，杨羽和语霏对视了一眼摇了摇头。精神恍惚的我逆着风奔跑，泪水模糊了视线，台阶处，一踩空，我摔了一跤。语霏和杨羽冲了过来把我扶起，我的脚崴了，只好同意杨羽送我回去。这又是什么征兆，我心里七上八下，忐忑不安。

从杭州到西塘一个多小时的车程此时变成那么的漫长。杨羽很

安静地坐在我身边，没有多说一句话。我也一言不发，只是眼泪怎么也停不下来。杨羽递给我纸巾，我没有接，车厢里的人偷偷瞄着我，窃窃私语。我终于熬不住了，我转过头对杨羽说："老师，我哥上个月查出白血病。小安刚说他流鼻血怎么也止不住。老师，他不能有事，不能!"

显然我的话出乎杨羽的意料，他刚想说安慰的话又咽了回去，如鲠在喉。我难以自持地将头靠在他的肩上啜泣着，他的手无处安放，最后僵硬地搭在我肩上，拍着我的手臂，如同儿时娘在抚慰我一般。

我和杨羽到医院时，小安正坐在走廊的长椅上，两眼无神，眼睛浮肿。看到我时，她起身跌跌撞撞向我走来抱住我："晓云，怎么办，怎么办。医生刚才说流鼻血不止就是白血病的晚期了。现在子豪在输血，说是血小板在 2 万以下一定要输血。他流了好多好多血，我怕，我好怕。""带我去见医生。"杨羽对我说。

主任办公室，还没等杨羽开口，主任就开门见山地说："化疗药物抑制骨髓导致血小板减少，我们已经选用药物和联合化疗方案，就为了避免化疗诱发血小板减少而导致的严重出血。可是张先生病情发展太为迅速，当血小板低于 2 万，出血危险加大，而如今张先生血小板已低于 1 万了，这样就特别容易出现严重的中枢神经系统出血、胃肠道大出血而危及生命。"

"那还有什么办法吗？骨髓移植？"杨羽问。

"是，骨髓移植是最有效的治疗方法。可是很抱歉至今还未找到与张先生配型成功的骨髓。目前输血后，如果他身体允许就只能再做化疗。但这次风险极大，家属必须签署治疗方案了。很奇怪，照理说亲兄弟姐妹之间的骨髓应该有百分二十五的相同，可是张小姐竟然无一相同。"小安听了这话后睁大了眼睛看我，似乎要望穿我。我避开她灼灼的眼神。她扫射了杨羽一番后，对他说了句："杨老师，你可以捐献试试吗？你和子豪长得有点像，说不定骨髓也有相似。"

主任控制着自己无语的神情，估计他也觉得这是无稽之谈。杨羽倒是没有太多的介意，立马答应："不管如何，试试看吧。秦小安，别老说我和张先生长得像了，他可比我帅多了。"在护士的引导下，杨羽抽了血填了捐献书，配型结果一般一周后会有答案，实

话说，我已不抱任何希望。

小安看我的眼神明显还在纠结刚才主任说的话，她之前知道我配对不成功已是百般不爽，而今知道竟然无一点相同，自然会有万种遐想。我知道她想问但却开不了口问，她不问我便也不说；她若问，我再做斟酌。

杨羽第二天下午有课，机票已订好，他要连夜赶回杭州。听着杨羽的千叮咛万嘱咐，小安发飙了："老师，你好烦呀！又不留下来陪我们，又那么多废话。我们不照顾好自己，谁照顾我们？我们不照顾好子豪，谁照顾他？你快回去吧。"

无论我怎么对小安使眼色，她仍然喋喋不休，她，需要发泄。杨羽返回病房前隔着玻璃看了看躺在床上双眼紧闭的哥，泪花在他眼中涌动。"我先走了，七月份我就带江辰来了，这期间有什么事打我电话吧。"他问了我的手机号，拨打后在我手机上存下了自己的信息和号码。

我坐到了哥床边，哥脸色苍白，嘴唇则是惨白。阿芳学会了煲汤，送来了玉米龙骨汤。哥还没有醒，呼吸声有些急促。阿芳放下汤，赶回去照料客栈，留下面面相觑的小安和我。

过了半小时后，杨羽回来了。"你怎么又来了，要走就走。"小安没好气地对杨羽说。"哦，我还是不放心，机票改签了，课我也调整了，反正本来周五也没课，那我就周日再回去。"小安露出欣喜的表情，但嘴上仍不饶人地说道："哼，别指望我让你免费住客栈，当初是子豪答应你免费，可不是我。不过呢，你如果晚上陪子豪的话，我就让你免费住好了。"

杨羽白了小安一眼，哥醒了。他一睁眼看到三个头凑在眼前，他揉了揉眼睛说："你好，杨老师，你怎么也在这里？来看小安？"哥没有说起自己的病情，倒是别扭地牵连上了小安。小安吐了吐舌头朝哥做了个鬼脸。

"是呀，我去杭州参加老师的画展，然后顺便过来看看秦小安是不是给你们添乱了。她家那个小表弟老说她是放在你家客栈的一枚定时炸弹。"

"呵呵，不至于啦！小安遇到大事时还是很懂事的，最近我住院，难为她打理客栈和照顾我。"

"就是嘛，我很棒的好不好。上得了厅堂，下得了厨房！哼，

别老门缝里看人。”小安得了夸奖便飞上了天，手舞足蹈。她觉得哥给了她足够的肯定，就像西塘那若有若无的阳光，带着一丝暖意。“所有的付出都是值得的，即便以自己的生命作为交换。”她在我耳边喃喃细语。我瞪了她一眼，她有些委屈地看着我，她不知道我已经对“生命”两个字心生惶恐，生命在我眼里已是脆弱不堪。

第九章

那夜，杨羽在医院陪哥，他们没有透露出交谈的细节，但我感觉到从那天起哥变了，变得如何我也说不清楚。哥输血后病情有所稳定，但在小安眼里他就如同瓷娃娃般易碎。我们都害怕哥再流血，连哥的牙刷也被小安换成了婴儿换牙期的牙刷，细软短小的毛即便刷在脸上也是轻柔的。

该来的总会再来，而且是毫无预期毫无征兆的来了。周五早上是我送去的早餐，哥吃不下东西，对着小米粥发呆。当我还沉浸在哥脸色红润的喜悦之中时，哥却高烧 40 度，鼻腔出血陷入了半昏迷状态，病床上他一会叫着我的名字，一会叫着妈，唯独没有叫小安。按了紧急呼叫铃，护士先进来了，过了一会儿医生也进来了，最后主任进来了。当恐惧来袭时，我第一个拨通的是杨羽的电话，只说了四个字："你快过来！"

主任进来时手里拿一堆数据报告神情沉重，他把我叫出了病房。护士在病房忙开了。他在斟酌遣词造句："张小姐，原准备明早化疗，可是现在的情况非常不乐观。只能先启动紧急治疗措施了，但需要您签个字。"他递给我一张病危通知书。

"我们已经调集了血小板、红细胞悬液、冷沉淀以及冰冻血浆准备输血。现在最害怕的是脑出血，希望你有心理准备。"主任在说这话的时候，杨羽到了，他扶住了颤颤巍巍的我。小安扒在门上的身体渐渐滑落。

"张小姐，张先生叫你！"护士探出头对我说。

"快点输血，有话等会再说！"主任大声对护士喝道。

"可是，病人生命体征已经越来越弱了，他坚持要找张小姐。"

主任挥了挥手让我进去，护士刚想退出来被主任一个眼神定住了，她站在仪器旁，轻声对我说："说话简短点，不要超过三分钟。"

哥伸出手，眼泪流出了眼眶，那眼神像极了娘要离开时的眼

神。我握紧了他的手，跪在床边，将脸埋在他的另一只手中。

“答应我，我不在以后，你一定要幸福，一定要幸福。”止不住眼里的泪水，我摇摇头，又点点头。

“我要你在，我要你陪着我，我不再叫你哥了。子豪，我要你在我身边，不许你走！你走了，我怎么能幸福呢？怎么能！”

我听到了旁边护士的抽泣声和仪器的滴滴声。

“找个爱你的男生，一定要找个爱你的男生，一定要比你爱他更爱你才行。我，等不到那天了。”

“子豪，我现在就去登记，等你好了，我们就办婚礼！所以，你一定要好起来。”

“不要去，不要！一个人也办不了。”

我早已泣不成声，子豪眼睛闭上了，再次昏迷，没有任何的回应。我眼前一片漆黑，黑洞把我吞噬，等我醒来时发现床头站着一个人，他正盯着输液软管发呆。我拔掉针管站了起来，天旋地转。哥的侧影？哥醒了？我扑了上去抱住他，头埋在他怀里，捶着他的胸部大哭：“子豪，你快吓死我了，快吓死我了。我们现在就去登记，现在就去。我不再叫你哥了，只要你好好的。”

“晓云，你在说什么？我不是张先生！你怎么拔掉针头了呀！”

我抬起头，揉了揉哭痛的双眼，定睛一看，是杨羽，他正转身按铃。我跌坐到床上，转身撅着屁股趴着，针头处有血渗出，床单上几滴鲜红。“小安还在病房外，我出去看看。等会不许再把针头拔了，听到没有？”或许是想给我冷静的时间，杨羽借机走出了输液室。我借口上厕所，在护士扎针前晃晃悠悠走出了医院。从家里拿出了户口本和身份证独自一人来到了民政局。我，披头散发，两眼红肿，幽灵一般飘进办公室。

“小姑娘，你多大了？一个人来干嘛呀？”一个貌似快退休的大妈审视我如同审视一只怪物，然后慢条斯理地问我。桌上的工作牌写着她的名字：叶文竹。

我把身份证往她桌上一放，说了句：“前几天刚满 21 岁，到了法定结婚年龄了。”说完，我把哥的身份证和我们的户口本也往她面前堆。

叶大妈顶了顶鼻梁上的眼镜，看完证件后，大叫一声：“什么？怎么可以和你哥结婚呢！真荒唐。再说了，你哥人呢？人呢？”

“他在医院，他又不是我亲哥。我有领养资料的，不信你可以去查！”叶大妈转了转眼珠，把整个人埋进了落地书柜的一堆档案中。她撅着屁股扒着档案的模样就像一只肥硕的土拨鼠。奋战了大半个小时候，叶大妈满头大汗从卷宗里抬起头，用衣袖擦着汗水对我嚷嚷道：“你说的是没错，可是他人呢？怎么能就你一个人来呢？”

“他生病住院了，我求求你，就特事特办，让我领了结婚证吧。”

“小姑娘，那可不行。结婚是需要双方同意的，哪里可以这样一方来办理呢？婚姻又不是儿戏。你等他好了再来吧。”

“我求求你，我领了证他才会好起来。”我差点给她跪下了。叶大妈还是不为所动，两片嘴唇上下张合着。对了，我拍了拍脑袋，飞奔而出。

医院内，透过小窗，我看到病床上的哥还在输液，他昏迷着。小安和杨羽坐在病房外的长椅上，杨羽仰头盯着天花板，小安两手托着头。我冲了过去，一把将杨羽拖到了医院内的花园中。“杨老师，我求您件事，求您答应我好不好？”

“晓云，怎么了？什么事？只要我能做到，难道是骨髓配型成功了吗？那我捐献就是了。”

“不是，不是，那个检测结果要一个星期才出来。”

“那是什么事，你说吧。只要不是违法的就行。”我猜他已经洞察出我的动机。

“我求您，求您冒充我哥和我去领结婚证，行吗？他不是我亲哥哥，他说他希望有一天我不再叫他哥。我以前在小说里也看过冲喜的事。”

杨羽愣住了，他摇摇头：“婚姻岂可如同儿戏？如果我真那样做，你哥醒过来会怨我的。”

我不管不顾，我已无力支撑我的身体，顺势跪了下来，扯着他的衣角说：“求您了，求您了，同意了吧。小安说得对，你们还真的长得很像，特别是哥身份证上的照片。”

杨羽想拉起我，可我强行拉着他的两个衣角，最终他还是把我揪了起来。我把哥的身份证递给他时，他惊呆了，哥的身份证是十年前做的，正是如今杨羽的年纪。就照片而言两人相似度高达百分

八十，除了神情以外。

杨羽拿着哥的身份证凝视着我，我的裙摆在风中飘来飘去，像一只白色的蝴蝶。我的脸色想必苍白如雪，眼泪无声地挂在双颊上。花园中鸟儿钻过树枝几声啼鸣，一阵风掠过树梢，我浮于怅然之上，悲伤之下。杨羽在我直视的目光中败下阵来，他说："你确定你对他也是爱情吗？也许，那只是一种依恋。"

我没有多余的心力去解释来龙去脉，我也弄不清什么是爱情，也分不出那是爱情还是亲情抑或是依恋，但我淡淡的话语透出的漫长思念和深深哀愁打动了杨羽："娘在我三岁时去世，那年哥二十一岁。他从北大辍学独自一人把我抚养长大，近二十年来他拒绝了好几个姐姐，就为了把我带大。我也是哥生病时偶然看到他日记才知道他的心思的。不管这次我是出于爱情还是亲情还是报恩，我都愿意。甚至如果生命可以替换，我也愿意。"

"那走吧。"一路上杨羽是纠结的，他走走停停，停停走走，他在说服他自己。到民政局大门时，杨羽一头的汗，脸色十分难看，他的手在颤抖，拽在手里的身份证湿淋淋的。我把纸巾塞他手里，说了句："记住，你叫张子豪！"杨羽点了点头，刚擦完汗的额头又渗出滴滴水珠。生怕杨羽会变卦，我连拉带拖地把他往里扯："叶大妈，人来了！"

"哎哟，姑娘呀！你这是把人硬从医院绑架来了是吧。瞧这小伙子满头大汗的。嗯，小伙子过了十年倒是没啥变化，还是那么年轻。"她指的是哥身份证上的照片。

"哪里有呀，他是体虚流冷汗。还不是大妈不肯让我单独领证，我只好把他拉来了。大妈，你快点，子豪身体不好，万一晕倒就糟了。"

大妈被我说得一愣一愣的，她拿出表格让我和杨羽填写，杨羽的手颤抖着，字歪歪扭扭。大妈转向我，再次顶了顶鼻梁上的眼镜，问："姑娘呀，干嘛急在今天呀？"

"哦，哦，今天是好日子呀。"我瞄了一眼大妈桌上的台历，顿感天助我也。我连忙说："今天新历六月十六日，农历五月十五。五月十五可是我新历的生日，六月十六代表一路六六顺。"

"小姑娘还那么讲究呀，说话说得跟绕口令似的。行了，你们填完资料，就去对面照相馆拍个立等可取的两寸红底照片。"

我逃也似的拉着杨羽跑出民政局，汗水顺着我们的胳膊往下滴，滴到了地上。杨羽甩掉我的手，两只手扳住我的双肩语重心长地说："我们这样欺骗真的好吗？我不希望有一天你会后悔。再说这样对张先生也是不公平的，不是吗？你又置小安于何地？"原来，旁人都能看出小安的心思。

我目视远方，眼里已没有了泪水，我出奇平静地说："杨老师，之前哥被确诊为急性白血病时，医生就说了如果没有合适的骨髓移植，哥的生命最多只有三个月。如今过去快一个月了，还是没有合适的捐献者。这期间哥已两次高烧，两次出血不止住院了，今天我也签了病危通知书。我当然希望有奇迹，但倘若真的没有奇迹时，我唯愿哥走得了无遗憾。小安，就当我亏欠了她。"

杨羽叹了口气："如果奇迹出现了，你又如何自处？你哥，又情何以堪？我不相信这个结果是他最愿意看到的。他最希望看到的就是你的幸福，你此刻违背他心愿而做的决定也许会成为你们两人日后的牵绊。"

"走吧，我心意已决。所有后果都由我来承担。不管最后哥是走是留，我承诺这都将是一段有名无实的婚姻。倘若有奇迹，我不会让哥知道这纸婚书，我想我会和语霏考研到她的城市，远离这里，也算是我成全小安吧。可是，老师，真的会有奇迹吗？"

杨羽仰头望天，长长吐了口气说："奇迹，就让我们期盼奇迹吧！再不进去，我怕我会反悔的。"我和杨羽心事重重地拍了照，照片上的我们笑容僵硬，更像是单纯的肌肉运动。叶大妈将照片贴上，盖上钢印，我舒了一口气，如释重负。杨羽则是一脸的憔悴，出门后，他让我先回医院，他坐在河边抽起了烟。我，又想抽烟了。

手中，两本大红的结婚证上贴着我和杨羽的照片，名字写的却是我和哥的名字。我，真把它当成一场儿戏，还是只是一场独角戏？我思考着杨羽的话。其实，在钢印盖上的那刻，一切已成定局，甚至冥冥之中注定了将来要走的路。一语成籤，莫过于此。所有的相逢恨晚，都是恰逢其时。

大凡世间之事，皆是有因必有果。种什么样的因，结什么样的果。我想不出两全其美之策，那此刻也唯有顺应本心，还哥一个了无遗憾。多年后，我才了然当初的执拗，源于我终究是不敢奢望

奇迹。

“阿姐，你回来了。俺叔怎么样了？”

“阿姐，你没事吧？”

阿芳见我没回答，追了几步上楼，我回头瞥了她一眼，她讪笑地下了楼，还不忘说了句：“阿姐，有事叫我。”叫我姐，叫哥叔，我也真服了她了。

回房后，我把结婚证藏在了娘的那件旗袍中，那件我十八岁生日穿的旗袍中，我抚摸着它将压在了藤箱的最底部。“娘，如果你在，你会怎么样？娘，我这样做你会不会怪我？”琐碎的回忆，如同默片一般浮现在脑海里，堆积在胸口，成了无法逾越的心伤。电话响起，打断了我的思绪，电话掉到了地上，是小安打来的，她说哥醒了，嘴里一直叫着我的名字。

我到医院的时候，小安在病房内，杨羽在病房外，哥睡着了。“嘘。”小安将食指放在嘴唇边对我做了个安静的手势，她贴在我耳边说：“子豪刚睡，我们出去吧。”声音极小，小到我耳朵贴近了还才能依稀听见。可就是这么小声，哥竟然醒了，他向我缓缓地伸出手。他大口大口地喘气，仿佛费了很大的力气。“晓云，你去哪里了？我以为再也看不到你了。”

我一手握着他的手，一手捂着他的嘴巴，摇摇头，不让他继续说下去。小安转身走出去，落寞的身影，虚掩上门。我回头，发现她扑在杨羽的怀里，杨羽两只手张开，一脸慌乱。

“答应我，好好照顾自己。答应我！”哥的声音微弱。

“子豪，没事了，你没事了。”

“叫我哥！”

“子豪。”

“叫哥！”

“可是你不是希望有一天我不再叫你哥了吗？”

哥凄然一笑，那个笑容让我想起了张国荣的《霸王别姬》。他抬起手艰难地摸了摸我的头说：“傻孩子，现在我已经没有能力再照顾你了。”我把头往下低了低，哥停顿了会接着说，“那些，你就当是一场梦吧，把它忘了吧。”

“能忘记的就不是爱情了。”

哥放下了手，他累了，闭上眼睛没有再回答，只是虚空地握着

我的手，而后摆摆手示意我出去。走廊处，只有杨羽站在窗边，没有了小安的踪影。我走过去，轻轻地问了句：“她呢?”杨羽竟然如同惊弓之鸟，将目光从河面上收回。顺着杨羽的目光远眺，小安立在桥中央。杨羽嗫嚅了句：“她说，等待结局，有时等待的过程就是一种结局。”“小安彻底变了。如此看来，你哥是幸福的。”杨羽透过门上的小窗注视着哥。“人生如寄，不过如此。”

张伯带着阿芳来了。“俺给叔熬了点汤。叔还好吧?姨回去了，躲房间在哭。”阿芳不顾张伯的眼色自顾自说着。她的思维颇让我奇怪，倘若说哥大我十八岁足以让她称呼为“叔”，那么小安只比我大两岁，她为何固执地称她“姨”呢?难道是她世事洞明?

哥，醒了，杨羽将他扶起靠在自己的肩头。我轻吹着肉汤喂他。“你们都回去陪小安吧，这里有杨老师在就行了。”哥下了逐客令，显然他是有话要单独和杨羽说。

窗外，有箫声传来。传说箫有七孔，一个孔是一份情调。优美抑或是感伤，不在于吹箫者，而在于聆听者。一如，见山不是山，见水不是水。

黄昏，河面上烟笼寒水月笼沙，朦胧的夜色衬托下烟雨长廊倒映在水色中，江天一色无纤尘，一片空灵。圆月飘到了我头顶，带着层层迷雾，如同蓬莱仙境。我再次虔诚地双手合十跪地拜月，起身时，裙摆处一片青苔印。

第十章

那一夜，杨羽在医院陪护了哥一夜。

第二天清晨，客栈内，小安蜷缩在门廊的吊椅上，她上身穿着一件白色带帽T恤，帽子处两条裹着金边的丝带流苏煞是醒目，下穿玫瑰红七分运动裤，脚踏白色球鞋，小猫卧在她怀里。自从哥住院后，她鲜少再穿长裙，基本换回了原来的T恤和牛仔裤，运动风格。

“张伯，我想去河里走走。”小安难得提出要坐船，而且是在周末。

“行啊，晓云也一起去吧。就让阿芳看家好了，你们俩都去散散心。”

小猫跳到了我怀中，用头蹭着我的脸，两只前爪搭在我肩上，微微伸出爪子，我只好抱着它上了船。船上，小安伸手扶了我一下。张伯撑了几下船后，就把篙放了下来，让船在西塘河面上自由漫荡。他望着沉默的我和小安，蹲在船头抽起了旱烟。哥会跟杨羽说什么呢，一路上我一直在思考着这个问题。“临终托孤”，一个闯进脑海里的词让我不禁打了个哆嗦，生了寒意。

“张伯，水深吗？”小安没头没脑问了一句。

张伯拿着篙在水里比划了几下，目测后回了句：“不深，也就三五米吧。”

“那有水草吗？有鱼吗？”

“没鱼鹭鸶吃什么？小安，你到底想说什么？”

我也在揣测小安的目的，水深、水草和鱼，到底小安想表达的是什么？还没等我和张伯反应过来，小安已经一个猛子扎进了河里，水花四溅，怀里的小猫惊恐地望着我，额头中央一撮湿漉漉的毛。

“张伯，快把竹篙给她。快呀！”

“没事，从她扎猛子的姿势就看出她会游泳了。她难受，随她

去好了。这个月，也该把她憋坏了吧。”

轮到我没头没脑问了一句：“阿芳干嘛叫她‘姨’?”这句话显然激起了张伯说话的欲望：“那个猪脑子，谁知道怎么想的。整天神神道道。哎，你们别跟她计较，就一没见过世面的瓜娃。”

河里，小安露出了个头，两手搭在船舷上，白色的T恤贴着身体。张伯俯下身抓住她的胳膊想把她拎了起来，她手往回一缩，一手往后打着水，一手扶在船舷上，整个人横漂在水面上，小猫伸出前爪挑逗了小安的手一下，探头鼻子嗅了嗅，估计鱼腥味吸引了它。

“等着，等你姐我帮你抓条鱼来!”小安把手伸到船上拿起来一只生了锈的鱼叉，发了神经似的对小猫说。“喵。”小猫竟然通了人性地回了她一声。她又一个猛子潜入河中，水里的她如同一条美人鱼，游泳的姿势优美而洒脱。须臾之后，一条巴掌大的鱼挂在鱼叉上，她把鱼往船上一扔，小猫跳了下去围着还扑腾的鱼儿绕着圈，不再理会我。

小安两手一撑船舷，跳了上来，我扯住她的流苏往里拽，嘴里喊着：“咪咪，你姐我帮你抓了条大鱼。”张伯笑了，眼角处皱纹沟壑纵横。小安浑身湿漉漉，她一抹脸，分不清是水是汗还是泪。

“姨，吓死俺了。你掉河里去啦?俺这就给你煮锅姜茶去。”小安因为阿芳称呼她‘姨’已经多日不怎么同她说话了。无奈张伯怎么威逼利诱，阿芳还是固执地叫她‘姨’，郁闷之余，小安也只能听之任之，她以沉默作为反抗。她负气地坐在吊椅上，没几分钟阿芳端了锅姜茶来，真的是锅。我一看，姜茶里还放了红糖，估计放了有半斤姜吧，那气味呛走了我和小猫。小安捂住鼻子要走，被阿芳拦住了：“姨，你不去换身衣服，坐得椅子贼湿，会发霉的，先喝了再去换吧。”张伯摇了摇头坐门槛边上抽烟去了，“整天把人闹得一个头两个大。”这是他对阿芳的评价，在他眼里，阿芳是烫手的山芋。

杨羽回来拿衣服时，我正坐在客栈外的石栏上凝视着小桥的倒影发呆，大腿上摊开一本速写本。一个寂寥的渡口，烟波浩渺处，我似乎看到了娘。娘就像嫦娥一样，她的美像月光一样，不着痕迹，是船过水无痕的感觉。本子上，我凭着娘的照片和仅有的一丝记忆在本子上勾勒着娘，娘是闭月羞花的，穿着旗袍身影袅袅，刘

海下一双慈爱的眼睛。

“在画什么呀?”听到杨羽的声音,我赶紧把本子合上了。“哟,还怕被我看到呀?拿来我看看。”我摇摇头,抱紧了本子放在胸口。

杨羽对着我伸出了手:“拿来我看看。”我又摇了摇头,站起身,往后退了几步。

“连老师的话都不听了?”我分不出杨羽这句话是玩笑还是质问。他语气里分明带着戏谑,但表情却是严肃的。我只好把本子递给了他。杨羽端详着本子,双眉紧锁,头摇来晃去,莫名其妙说了句:“似曾相识,好像在哪里见过。”

“那是我娘,你哪里会见过。娘很漂亮是吧,是不是只要是美女你都似曾相识。”不知为何,我顶了他这一句。

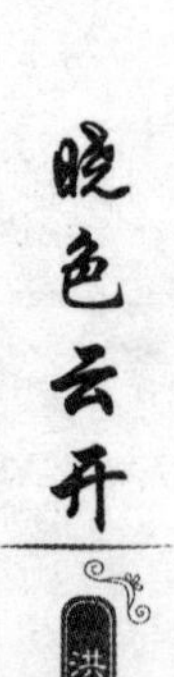

“呵,刚才你哥还说我似曾相识,那是不是他看到帅哥也都似曾相识?问题有点严重哦。”杨羽没有恼怒,只是眉梢带着笑望着我,我夺回本子羞红了脸,提起裙子快步往回走。

客栈门口,阿芳从厨房窜了出来,提着汤罐堵住了我的去路。她指了指杨羽的背影神神秘秘压低声音对我说:“阿姐,俺告诉你个秘密,他和叔长得好像的噢。”秘密?这根本称不上秘密,从小安第一次提起时,我们都只能把这归结为缘分,除此之外,别无他解。因为娘只生了哥,而杨羽也没有兄弟。我白了阿芳一眼后踏进客栈,小猫又来到我脚边徘徊。我抱着它上了楼,楼梯处,我看到河边的杨羽仰望苍穹。人生真的有那么多“似曾相识”吗?杨羽披了件衣服朝医院的方向走去。

“等等我。”我放下猫,小跑了出去,差点被裙子绊倒了。我想,是不是不该穿裙子,至少现在。不远处,杨羽放慢脚步在等我。

“哥怎么样了,他跟你说什么了?”

“没说什么,他也没太多体力说话,只是让我好好教你画画。让我劝小安回家。”

“你劝了?”

“没有。顺其自然吧,小安决定的事十头牛也拉不回来。这我听他表弟江辰说起过。再半个多月,我和他就去几个水乡写生了。你,怎么办?”

我往前几步，站到了他面前，仰着头很认真地看着杨羽挤出一丝笑容说："你觉得我还能有别的选择吗？此时还有心思和你们去写生吗？除了陪着哥，我别无选择。我去，除非奇迹出现。"停顿了许久，我又重复问了同一句话，"老师，你说会有奇迹吗？"也许是安慰，也许是期盼，杨羽用很坚毅的眼神对我点了点头，斩钉截铁地说："会有的。"

病房外，阿芳提着汤罐整个脸贴在门上的小窗中。听到声响，她回过头嘟着嘴，皱皱眉对我们说："嘘。叔在睡觉，不能吵。"杨羽将我拉到一边，说了句："你哥够可怜，怎么收留的都是这么奇葩的？"

"啥叫奇葩？"阿芳探过头在我和杨羽耳边问道，我吓了一跳揪住了杨羽的衣袖。"吓死人了，你回去吧！"我抢过阿芳手里的汤罐恶狠狠地说道。显然，阿芳被我吓着了，她往后退了几步，低下头扯着衣角嘟囔了句："俺走了，俺晓得了。"

约莫过了半小时，医院楼道的电子时钟显示为12：37时，哥醒了，翻了个身。只见他撑起半边的身子，环顾四周，寻找着什么，眼神中带着落寞。这几日，为了让他更好的修养，住的都是单人病房。我提着汤罐推开门去，杨羽正在门外接电话。哥见我走进去，再次撑起了身体，我拿了个枕头垫在他腰后。汤罐打开，香气扑鼻，我嗅了嗅鼻子，哥笑了。"怎么你也跟那只猫儿似的？怪不得你想养猫，猫真的很可爱。"

"那你也养猫好不好？猫很可爱的。"

"不是让你养了吗？再要一只？那你问问张伯还有没有吧。"

"不，我要你养猫，要你也把猫抱在怀里。"

"不要了，我不知道怎么抱它，毛茸茸的，哪有男人抱着一只猫的？"

我顺势将头搁在他怀中，用头蹭着哥，喵的一声。哥懂了，他爱抚地摸着我的头，揶揄地说："哦，这只猫我不是养了十几年了吗？就一只不会抓老鼠的老猫！"

"哼，我是年轻的波斯猫。"正当我睁大眼睛眨着眼准备撒娇时，杨羽进来了。我嘟了嘟嘴直起身来，低声说道："来得真不是时候。"哥先是扑哧一笑，继而哈哈大笑，杨羽怔怔地望着我们，不知就里。

哥伸手拉过杨羽让他坐在床头的椅子上，杨羽用询问的眼光掠过哥。哥笑出声来，对他说：“没事，刚才就一只老猫在闹腾。”“老猫？猫跑到房间了？”我掐了一下哥的手臂，羞红了脸走出病房。两个男人的笑声飘荡在房里。稳了稳情绪后，我走了进去，盛了碗汤，拨开杨羽。

“我自己喝吧，你们也喝点？那么多喝不完。阿芳每次煮东西都是一大锅。”

“她今天用了半斤姜熬了一大锅姜茶，小安差点没晕倒。”我用手比划着那个锅，哥和杨羽又笑了。杨羽把刚才阿芳的事转述给哥听，哥叹了口气说：“还好了，她们都很善良，也没心没肺的，这样挺好。阿芳勤劳，只是头脑有根筋，也不知道她怎么想的。小安就为了她喊她‘姨’跟我说了几次，委屈的样子啊！哎。”

喝完汤，杨羽领着哥在走廊散步了会，哥回房休息了。杨羽和我站到走廊上，他说：“我明早就回去了，如果有什么事打电话给我吧。对了，那个骨髓配对结果什么时候能出来？”

“要走了？那么快！医生说最快也要一周吧。”

“快吗？都在这呆了五天了，孩子她妈都有意见了。”

“孩子，你有孩子了？不是去年才结婚吗，这么快就有了孩子？没听小安提起过啊。多大了男孩女孩？”问完我发现自己有些八卦。

“女孩，七个多月了。”

我暗自推算着日子，十月怀胎，那么，那么，“哦，明白了。谢谢你了，耽误你那么多天，真不好意思。”除了抱歉的话以外，别无他言。孩子是一个家庭的维系也是一个家庭最大的牵绊，这让我想起了哥的爸爸，那个我只在照片里见过一次的男人，那张照片据说是娘和他唯一的合影，娘走时哥就烧了。但，他的模样我却记得清清楚楚，人家都说三岁的孩子没有记忆，可是娘和那人的模样却如同烙印一般刻在我的脑海里。那是娘用她生命守了一生的男人，直到走时都没有再见过，哥更是从未见过。我知道娘不恨他，哥恨吗，我不知道。

“明天几点的飞机？”

“中午十二点萧山机场，明早八点多从这里出发。”

“老师，谢谢你帮了我那么多。我又何德何能呢？晚上我陪哥吧，你好好在客栈睡一晚。这几天辛苦你了。”我对杨羽深深鞠了

个躬，转身进了病房，坐在了床头。哥，瘦了。

整整一个下午，除了上厕所，我没有离开过病房，杨羽也没有再来过。哥累了，所以我并不和他多说话，他睡一阵醒一阵的，睡眠不是太好。百无聊赖，我和语霏聊起了QQ。她说几百个捐献志愿者依旧没有和哥配对成功的，她发了几个流泪的表情。我害怕谈起这些，不敢心存希望，因为害怕失望我逃避所有的问题，活在当下让哥快乐地过每一天是我如今最大的心愿。既知无望，何必奢望？“心若在，梦就在。”这是下午语霏留给我的最后一句聊天记录。

傍晚，阿芳来了，带来了晚餐和水果，说是小安准备的。晚餐是鲜菇白菜水饺，水果是剥了皮的猕猴桃和柑橘，小安照着食谱做的。“阿姐，俺跟你说个事。”她凑在我耳边说话，呼出的热气让我耳朵痒得受不了。

“有话就说，干嘛神神秘秘的！”

“哦，俺怕叔生气。”

“那就别说。”

“什么事怕我生气啊？”哥吞下一个水饺，放下筷子问道。

“姨会骂俺的，她会嫌俺多嘴。”

我有些恼怒，没好气地呵斥她道：“怕被骂就别说，最讨厌搬弄是非的人了。小安不是让你别俺俺俺的吗？我也被你俺得头晕了。”

阿芳胆怯地看了我一眼，低下头，像一个不知道自己错在哪里的孩子，满脸的害怕和惶恐，这又让我心生不忍。

“哎呀，你让她说话又没关系。我们应该捍卫她说话的权利！”哥一个紧握拳头的姿势使得气氛缓和了许多。他和颜悦色地对阿芳说：“没事，你说吧。我哪里那么会生气。”

“今天又来了客人，客栈满了，姨就把哥的房间租出去了，她说现在赚钱第一，然后让哥住叔的房间。”

阿芳每次说话就像绕口令，我听得实在头晕。“谁？哥？哪个哥？”还是哥的理解能力强些，他做了翻译：“她是说小安把我的房间让杨老师住了。”阿芳拼命地点头，偷瞄着哥的神情。哥，没有什么不悦的神情，仿佛在说着一件与自己不相干的事情。

“没事，住就住了，我房间又没什么秘密。”说这句话的时候哥

瞟了我一眼，意味深长。我别过头去，假装什么都没听见什么都没看见。可自我发现那天起，哥书房的钥匙他就贴身携带着，一定还有什么不为人知的秘密。

哥似乎发现了我的窘态，夹了个水饺到我嘴边，我咬了下去，溅出几滴油。我胡乱用手背擦了擦嘴，阿芳在旁边捂着嘴笑。我瞪了她一眼，转移了话题："阿芳，你那称呼怎么能那么乱？小安都快被你气死了，你叫她'姨'，叫杨老师'哥'。有什么理论依据？"

"啥叫理论依据？俺只是随便叫叫，阿姐比较温柔不像姨凶巴巴的。俺如果也叫她'阿姐'，那么你们就不知道俺在叫谁了。"

原来一个简单的问题只不过让小安复杂化误会了。哥旁白了一句："世间唯小人与女子难养也。你们啊，世间本无事，庸人自扰之。"我抢过筷子，夹起一个饺子往哥嘴里塞，成功堵住了他的嘴。

人，如果能什么都不去想，那该有多快乐呀。晚饭后，哥破天荒地在我和阿芳的搀扶下在医院花园里走了两圈。当我们沉浸在静谧的夜光下，哥一句自言自语让我痛到无以复加，他喃喃自语道："都怪我花了那么多钱，其实没有也挺好，能多留点给你们。"原来，一切，他都心知肚明。原来，他，不过强颜欢笑。这一夜，病房里哥辗转反侧，我，一夜未眠。

第二天一早，哥醒来的第一句便是："你去送送杨老师吧，顺便回学校去吧，要期末考了。"我能做的，便只是顺了他的意。

第十一章

我回客栈时，杨羽背着包正从楼上下来。“我正准备给你打电话，我要走了。”

“哥说让我送送你，顺便我也要回学校了，这两周期末考了。”

“哦，也是，快放假了。你去收拾一下，我等你。”

小安坐在前台，按着计算器不知道在算着什么，眉头紧蹙。她的表情让我想起了哥昨晚的那句话。记得主任曾说过骨髓配型成功，移植前后要花费约一百万。我没有查过哥的存款，尽管我有密码。收拾停妥后，我穿着一套运动服下楼，粉红 T 恤白色七分裤。杨羽目光急速地扫视了我一眼，也是，他是从未见我穿过裤装的。我背起书包和杨羽走了。小安倚在门口摆弄着风铃，她憔悴多了。我忽然想到了那两本结婚证，猛然察觉我对小安又是何等的残忍。只是此刻一切都已无转圜的余地，福兮祸兮谁人能辨，又有谁人能明？

前几日从杭州到西塘一个多小时的路程漫长到如同一日，而今从西塘回杭州却快若分秒之间。车上，和杨羽并排而坐，我有些拘谨，假意拿着一本书闲翻着，大多处于他问我答的一问一答间。问答也不过平时琐事，哪里上学、课程选修、业余爱好之类。问及我学画画之事，我支支吾吾不知该如何作答。我向来学不会撒谎，但凡撒谎必是满脸通红。最成功的一次估计可以算是前日的骗婚，不过当时确也是冷汗直流，心差点从口中蹦出，如今后怕不已。

杨羽听我支支吾吾，扭头瞥了一眼，增加了他的好奇，所幸他并没有追问下去。时间在一问一答如同留声机咿咿呜呜中刹那而过，下车，告别，互道珍重。没有太多的繁文缛节，就只是简单的一句“再见”，转身既是天涯。

到校后，语霏并不在宿舍里，宿舍里依旧空无一人。语霏是这么总结另外两位舍友巧玲和嘉怡的：她们不是在上课，就是去在上课的路上，不是在图书馆，就是在去图书馆的路上，典型的学霸。

她对自己则是这么总结的：不是在厕所，就是在去厕所的路上，典型的学渣。厕所里没有语霏，我哑然失笑，拨通她的电话，她，果然在去厕所的路上，图书馆的厕所，原因是把资料落在窗台了。

我背起书包走向图书馆，语霏站在门口等我。一见我她把我拽了过去，劈头盖脸就问："你哥怎么样了？你还考研吗？"我木木地瞅着她无精打采回了句："医生说是再住院观察一两天，情况稳定了就出院疗养，身体好些了再第二次化疗。考研？再说吧。你整天说自己学渣，哪里见过学渣考研的呀？"说完后，我忍不住捏了捏她的脸蛋，粉粉的，软软的，如同婴儿一般。

语霏用两只手指把我的手往外一提，扔了下去，牵起我的手走进了图书馆。心知剩下两周的时间怎么也不够用，可是效率却还是极差，一个多小时背不进几个单词。我无法心无旁骛，眼前晃动的是哥的身影，脑海里不断浮现的是哥那日医院里血如泉涌的画面。血的深红让我再次想起那两张结婚证，哥的名字杨羽的照片。对了，哥的身份证呢？貌似我忘了要回，杨羽也忘了还。那日两人手心湿淋淋的情景重新电影般浮现在眼前。我拨打电话，提示音："你所拨打的电话已关机，请稍候再拨。"抬手一看表，十二点十七，飞机起飞了的时间。我只好发了短信。

饭后，接到了哥的电话，是报平安的。可我始终觉得哥那种轻松是强装出来的，是百忍成金的。哥说医生同意他周一出院，他说他腻烦了医院的消毒水的气味，他还说他一个人在医院很孤单，想我想小安了。我笑着对他说想我时记得抱抱那只猫，猫就是我，我就是猫。哥的笑声有种释然了的感觉，明显我的情绪影响了他的，看来我以后注定要强装笑颜了。

笑，总比哭好，不是吗？人，在自己的啼哭声中，众人的欢笑声中来，又在自己的笑声中，众人的啼哭声中去，倒也匹配得十分应景。莫名其妙，我又想到了生死。我合上书本，叫过语霏去吃饭，她倒是腻腻歪歪不肯起身，非要背完了那一百个单词再走，着实比平日矫情。我附在她耳边说了句："人生，除了生死，没有大事。"

她从书中抬起头望着我，四目相对时，我含着泪微笑。她合上书本，牵起我的手走出了图书馆。一出门，她便拉着我飞奔，耳边风声呼啸而过，跑累了，我弯下腰扶着膝盖喘息着，语霏拉起我，

把我拥入怀中，说了句："逆风的地方更适合飞翔。"我咬着牙仰起头望着天空，只为不让自己流泪。

下午的我总算进入了学习状态，语霏催促了几回我仍然不肯离开图书馆。她只好买回几个蛋糕搁在我书包里，一晃而过，熄灯铃声响起，既定的计划都已做到，我舒了口气。拿出书包里调成静音的手机，这才发现数个未接电话，和两条短信。电话有小安和杨羽的，短信则是杨羽问地址说要寄回身份证的。

回拨电话给小安时，她只是不咸不淡地向我唠叨着阿芳的事，不涉及到哥，听得出她处处绕开哥来说，实又处处围绕着哥在说。她果然如同杨羽说的，变了。以前的她率真、事无不可对人言，如今的她拐弯抹角含沙射影。不到一个月的时间，物是人非，暗中，我已为他人妇，哥已为她人夫，只不过一人知晓，一人蒙在鼓里。

杨羽，我差点把杨羽给忘了，因为语霏挽着我的手央求我跟她去吃夜宵。我知晓她实则是怕我没吃晚餐太饿。她总是润物细无声地对我，不浓不薄，不远不近，她包容着我所有的情绪，她说只因为了还我新生入学时对她的一次小善。那次小善我早已忘记了，但她至今仍耿耿于怀。

杨羽电话来时，我和语霏正在吃烧烤。烧烤，是我所不喜欢的，一身的油烟味。但那却是语霏所钟爱的，舍命陪君子，这就是我对她做得最多的回报了。"晓云，对不起，你哥身份证我忘还了，你看要寄回客栈还是寄回你学校？"杨羽问我时，身边是孩子啼哭的声音，还有一个女子提着嗓子的尖叫声，器皿和桌子相碰的声音。

"杨老师，你先忙吧，这事不急的，明天再说吧。"我迅速挂断电话，不给他回答的机会。我不想参与他的战争，更不想看到他的窘态。哥，如今我唯一能做的除了祈祷还是祈祷。没有了天堂，人的精神往哪儿去，我又该何去何从？忽然，那一纸婚书成了我的慰藉。"你确定你对他是爱情吗？"杨羽的问话一次次飘到我耳边，逼迫我去思考。

爱情，什么是爱情？我没有时间去思考，于我而言，哥活着才是最真实的。骨髓，我只关心骨髓，其实再多的关心都是苍白无力。骨髓在哪里，哥的希望就在哪里。想到这里，我吃不下东西了，语霏举着肉串愣愣望着我，满嘴的油。我抽出纸巾替她擦了

擦。她把剩的打包了，牵着我的手走回宿舍。路旁，杨柳依依，我们不言不语。

四日后，周四早上第四节上课时，手机震动，一个陌生来电，一个杨羽的，我挂断电话，下课回拨后欣喜若狂。我抱起语霏转了个好几个圈，溢于言表的喜悦超过了久旱逢甘霖，他乡遇故知。两个电话内容一致，那就是杨羽的骨髓与哥的骨髓配对成功，而且是十个点的高配对。据医生说这是比较罕见的高配对，我是流着泪打完电话的。骨髓库接电话是例行公事强装出的兴奋，而杨羽接电话却是压低了声音说的，估计是他并不方便接电话，但电话那头仍是无法掩盖的喜悦。过了一会儿，他用短信发来了 QQ 号码，想来有时他说话是不方便的。

“小安，小安，哥的骨髓配对成功了，是杨老师的！”我打出了第三个电话，电话那头喜极而泣，半天没有一句话，开始时是极其短促的抽泣，继而无声，最后爆发出一声歇斯底里的哭声。那哭声像是休眠了千百年的火山一下迸发，岩浆四溢。

稳定情绪后，小安小心翼翼问我：“要告诉子豪吗？什么时候能进行骨髓移植手术？”她停顿了一下，又说，“我估计他是知道自己病情的，最近他心情都不好。”

我拿不定主意，我们从没正面告诉哥他的病情，但他三番两次的发烧出血住院，哥的心都跟明镜似的。只是我们不说，他也不问，我们不道明，他也不点破。我们在玩着猫和老鼠的游戏。“要不你去问问张伯的意见，我去问问杨羽的意思。”我指望着问完两方后权衡得失再做决定。我一直认为，每到大风大浪大关口时，男人终究是较为理性和强大的。

我开门见山地问杨羽是否应该如实告诉哥整个病情。杨羽思虑再三后说：“他迟早都会知道，其实估计现在都已经知道。与其瞒着，不如给了他这个希望。让他放宽心来配合，调养好身体。医生跟我说了捐献前要有四五天身体的调动期，那段时间也正好可以作为他的调养期。”

“那医生有跟你说什么时候手术吗？你家人同意吗？”不知为什么我忽然问出了这么个问题，看来有些蠢的问题。他沉默了许久轻叹了口气，说：“医生说大约十天后吧。哪里可能让他们知道，知道我肯定走不了了。”原来，他也并非自由之身。关于他，我知道

得委实不多。

“难为老师了，谢谢老师。”

“没事。身份证寄哪？”

“不急的，等老师来的时候一起带来就行。”

我还想多说下去，小安的电话一直打进来，我只好草草挂断杨羽的电话。“张伯认为还是告诉子豪吧，他说现在既然有了这么好的消息，那就更没有对子豪隐瞒的理由了。”小安的声音充满了力气，往日的萎靡一扫而空，“你说怎么会那么凑巧，他们长得那么像，而且骨髓还能吻合，真是比亲兄弟都难得呢！”

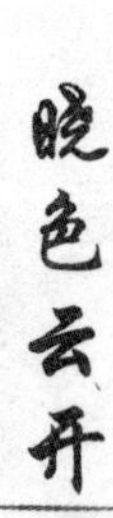

小安话又开始多了起来，人也活了过来。她开始杜撰一个狗血的剧情，把哥和杨羽设置为一对失散已久的兄弟，最后结局是虽然兄弟情深但无奈为情所困最终反目。电话这端我的笑有些诡异，并不自然，我不晓得她如此编剧又是受了多少言情小说的蛊惑。兄弟？娘只有哥一个孩子，何来兄弟？反目？让他们反目的女主人公是谁？当我也沉浸于代入思考时，我发现小安的编剧能力太高了，她花了二十几分钟终于肯放下电话。

放下电话前她说的最后几句是：“这事你跟子豪说，还是我跟他说？大家都好开心啊！哎，算了，还是你跟他说吧。”她的大家当然包括张伯和阿芳，因为我听到电话那头阿芳叽叽喳喳的声音和张伯半带戏谑半带调侃的揶揄之词。喜悦感激等所有的情感彼此都感同身受。

语霏一直站在我身旁守候着我，见我打完电话，众目睽睽之下，她抱着我，眼中闪动着晶莹剔透的水珠。“找到了，真好。”她反复重复着这五个字，好似受益者是她，周遭弥漫着狂喜。要不是明早有一门考试，估计现在我早就飞奔回家了，回家告诉哥这个好消息。结婚证，我又想到了结婚证。也许是因为隐瞒，也许是因为欺骗，结婚证时常如同一个梦魇将我压得喘不过气来。有时我真想和盘托出，但又没有说出的理由。前日，我买了一把锁，准备把娘放衣服的藤箱锁了起来，秘密，总该被锁起来的。其实，世间之事，百密一疏，任何秘密总会有公之于众的一天，时间问题而已。

第二天考试后，我逃了一门课，飞奔到汽车站，我，归心似箭，一半为了看哥，一半为了那个天大的好消息。尽管，对于如何说出口我还在纠结之中。我无法准确组织语言，也无力驾驭思维，

脑海一片空白。从何说起，似乎是个大问题。烟花易冷，世事无常。

到家时，哥不在，据说张伯拉着他去游船散心了。阿芳比那只猫更早的缠上了我，她寸步不离地跟着我，直到我关起门换衣服，她还在门外唠唠叨叨，内容如下："叔能多吃饭了，稀饭两碗，干饭一碗。叔能去散步了，中午半小时，傍晚一小时。叔睡觉的时间长了，午睡一个半小时，晚上睡觉七个小时。叔没有流鼻血了，叔没有发烧了，叔又养了一只猫，叔开始会抱着猫了。叔说话不多了，叔越来越喜欢看书了，每天除了吃饭睡觉散步外几乎都在书房，窗帘永远拉上的。"

"牙膏，能不能不吵晓云了，她刚考试完回家，让她清静清静行不行呀！"小安大声对她嚷道。她竟然公开称呼她'牙膏'了。阿芳转身下了楼，透过窗帘的一丝缝隙，她的背影有些落寞。

出了房门，小安抱着我哭了，就那么肆意地宣泄，我也哭了。我觉得此刻我们应该笑，所以我们都不知道自己在哭什么，又有什么可哭的。当下似乎已是"守得云开见月明"，但我们心中却都有着一种无可名状的伤痛，也许是压抑久了，我和小安再次抱着痛哭。客栈的风铃响起，我们被迫迅速收拾起眼泪，红肿的双眼无可掩饰。

哥和张伯抬头望着我们，欲语还休。哥的脸色暗沉了下来，表情也有些凝重。张伯拼命地摇着头，转身蹲门口抽旱烟去了。

"你们两个哭什么呢？哭得这么惊天地泣鬼神的？"还是哥出面打破了尴尬的气氛。阿芳站了出来，两只核桃眼。"天啊，发生什么事了。我们两个一不在，就这样了？谁欺负你们了？"

阿芳瞄着小安，低着头嗫嚅道："姨嫌弃俺。她嫌俺烦。"哥看了一眼小安，转向我们问道："那你们两个又是怎么回事？"

小安牵起我的手瞪了一眼阿芳，撅起嘴对哥哼了一声说："我们高兴，因为高兴所以哭，可以吗？"擅长和稀泥的张伯这次倒没有发挥他一贯的息事宁人的作风，而是把我们一个个骂了一遍过去，反客为主。"阿芳，让你来是做工，打扫客栈，帮衬着小安，可你就知道惹她不高兴。你能不能不给大家添堵。再这样，你回老家去吧。整天闹得鸡犬不宁。"张伯话音刚落，阿芳哭着冲出门去，风铃叮叮咚咚响起。

“小安，你明知阿芳没见过世面，你又是大城市出来的大学生，就不要和她一般见识了。人家说不看僧面看佛面，你就看在张伯的面子上，行吗?”小安嘟了嘟嘴点了点头，

张伯看看哥，又看了看我说：“晓云呀，我也算是看着你长大的，不是我倚老卖老，而是真的看了你二十几年了。从一个保温瓶大小的娃娃到现在出落得这么漂亮，你妈不容易，你哥更不容易。你也该长大了。”他说我的话是最轻的，但却如同一块巨石压在我心头，无处诉说的痛。

哥累了，独自回了他房间，关上了门。

第十二章

原本兴冲冲回来的我因为这一场莫名的痛哭而让本应喜悦的气氛蒙上了一层淡淡的阴影。事情，很多时候并不按自己想象的方向发展。哥的忧郁侵袭了他的健康，午睡后的他竟然精神萎靡不振。我猜是我们的情绪影响了哥的判断。人，很多时候，最终被击垮自己的并不是生理上的疾病，而是心理上的恐惧与放弃。

哥的憔悴让我不忍直视，选日不如撞日，我暗下决心跟哥开诚布公谈谈，谈谈他的病情，谈谈杨羽，谈谈手术。至于结婚证，暂且不谈，无限期搁置，因那需要有更为强悍的内心才能做到。我敲了两下哥的门。“进来。”听不出语气的两个字。“坐。”他指了指床边的椅子对我说，椅子旁躺着一只黄白相间的猫，猫脖子用红色的绸带挂着一个铃铛，这应该就是阿芳说的哥又养了的另一只猫吧。

“哥，对不起。这个月来你生病住院，我们都很担心，所以压抑久了很难受，今天遇到很高兴的事结果所以反而哭了。哥别多想，小安说的没错，我们是因为高兴才哭的，所谓的喜极而泣就是这般吧。”哥用探究询问的眼神挑了挑眉毛说：“哦，真的吗？什么天大的事让你们两个这样的，说来听听吧。”

我还在打着演讲的腹稿，不知应从何说起。“说吧，什么事？我看张伯这两天明显开心多了，发生什么事了吗?”

“哦，医生说你再疗养大约一周后就可以做手术了，手术完了也就好了。”

“手术？好了？什么手术，不是二期化疗吗?”他停顿了一下，自知说漏了嘴，反而自顾自呵呵笑着，摸着头，随时准备左右而言他。

“这样也好，既然你都知道。”

哥打断了我的话，抢白道：“自己的身体自己又怎么会不知道。你们瞒着也是为了我好，我何必去捅破呢？但你一定要答应我，万

一，我有个万一，你要好好照顾自己。客栈想开就开，不想开就把它盘了吧。那天我也跟杨羽请求过了，请他好好教你，帮助你。可能这就是缘分吧，才见了几次面我就觉得和他仿佛认识了几十年。他是个值得托付的人，可惜他结婚了，只能当老师当朋友了。”哥说着说着眼眶红了。

“哥，你想哪里去了。”我红着脸回答，“别说了，你会好起来的。你知道吗？骨髓配对成功了，昨天我接到电话了，有个捐献者的骨髓和你有十个点的相同，手术的排斥几率小，成功率挺高的。医生说了大约一周后做移植手术。因为捐献者需要调动期，你需要疗养期。”

“真的吗？你不会是在安慰我吧？”哥眼里燃起了希望，像火种一般，“我也查过资料，听说非血缘关系的配型是几万到几十万之一的比例。那样的几率多小啊。再说了，也有些捐献者配型成功后因为各种原因放弃捐赠的。”哥的眼神黯淡了下去，“不知道人家到时候会不会愿意，事情总有变数的。人家捐献是爱心是情分，不捐也是本分，真不捐我们也没法说人家什么的。”

哥陷入了自己的情绪中，我和小安压抑了许久，他又何尝不是。看着他眼神从黯淡到明亮再到黯淡，我真想学着娘一样抱着它拍拍他的背。“好了，不会啦，人家同意捐献的。”轮到我打断了他的思绪和唠叨，“下面我想说的才是重点，你知道捐献者是谁吗？”

“谁？我认识的？”看到我古灵精怪得意卖弄的表情，哥转了转眼睛说：“别告诉我是杨羽！如果是，搞不好还真让小安编剧成功了呢。”哥略为调侃地说，睁大了眼睛问我。我点了点头，牵起他的手说：“是的，真的就是他。所谓的缘分在你们之间诠释得淋漓尽致。”哥张大了嘴，久久没有合起来。瞅着他那滑稽的样子，我不禁笑出声来。

哥的眼睛是湿润的，他拿着手机的手在颤抖着，我知道他想给杨羽打个电话。我避开他转身走出了房间，拉开门，门外站着小安和阿芳。阿芳见到我如同老鼠见了猫似的往楼下跑，小安像丢了魂一样的人就那么杵在房门口，我拍了拍她肩膀，她跳了起来，也往楼下跑去。

咚咚咚的声音把房间里的小猫吓着了，它满屋子乱窜，铃铛直想响。隔着门我听到哥抑扬顿挫地说着感谢的话，夹杂着说不清道

不明的情感。我隐约听到他问到杨羽父亲的事情，然后就不停地用着几个单字——“哦、噢、嗯。”

“进来吧。”哥打完电话对着门外喊了一声，我踟蹰了会才进去。“对了，我问了主任，也和杨老师商量好了，再下周你和他放假后就进行移植手术。医生说了过两天就要住进无菌病房了。”

“什么是无菌病房？要提前那么多天吗？”

“哦，主任说了移植前预处理大约需要八天的时间，要使用超大剂量的放疗或化疗，最大限度地消灭体内残存的肿瘤细胞，同时抑制免疫系统，使供者造血细胞能够顺利植入。好像杨老师也需要打什么动员针之类的，也需要三天时间。”

“哦，你们安排好了就行。”

“对了，你下周就考试了吧？书温习了没有？画画了没有？我好好的，你明天就赶紧回学校复习去吧，这里有小安。”

我上前摸了摸哥的额头，哥拨开我的手说：“我又没发烧，干嘛？”看着我满脸贼兮兮堆着笑，他啪地打了我手背一下：“我不能管你了是吧，翅膀硬了不让我管了是吧？求着要杨羽教的是你，现在我过问一下你又这样。我开始怀疑你的动机是否叶公好龙了！”

“不理你了。”我捶了一下哥，跑出了哥的卧室。真不知道他怎么想的，难道上星期我对他的表白他真的毫无感觉，还是他害怕自己陷入感情的漩涡。倘若前段时间是因为自知时日无多而不忍拖累我，如今天大的馅饼已落入囊中，他为何还要如此打趣我？哥的言行让我再一次反思什么是爱情，我对哥是爱情吗？当这个问题一次次被抛出再一次次被无解地退回时，我迷茫。

也许，谁的青春不迷茫？从小安痴痴望着哥的神情，我能肯定那是一种执着而坚定的爱情，全然不像不知所以的我。一见钟情、一往情深、一心一意、一厢情愿，四个一概括了现在的小安。千头万绪、千回百转、千疮百孔、千虑一失，四个千概括了现在的我。

第二天，也就是周日早上，哥就迫不及待地把我赶回了学校，叮嘱我要好好考试，争取和语霏一起考研。“考研如果成功了，我可要离开你那么久那么远，你舍得呀？”我甩着哥的手说，撒娇的神情刺痛了小安，这是出门时阿芳对我说的。她问：“阿姐，姨是不是喜欢上叔了？可是叔喜欢的是阿姐。可是阿姐又不能跟叔好。”又是绕口令，我看她的神情如同看着一个怪物，我彻底晕了。这是

旁观者清当局者迷，还是阿芳真有与生俱来的敏感？“傻孩子，你还小，别乱说！”

“俺才不小呢，俺晓得。俺在老家时十四岁就定了亲了，他比俺大四岁。后来他去城里打工了，今年过年本是俺们成亲的日子，俺爸妈把所有的都准备好了。结果他带了一个女的回来，说是他娶的媳妇，给俺爸跪下磕了几个头就走了。他说彩礼不收回，就当他赔偿俺的。我知道他嫌俺土，俺爹俺娘觉得俺丢人，赶俺出来投奔俺叔公的。”

这是我第一次认真听完她连续说了无数个俺后厘清了她所要表达的意思，她不小了，有过婚约，被人反悔了。原来她竟然有如此的经历，从她的眼中流露出伤心、愤怒和某种坚毅。不知为何我脑袋里蹦出一句诗来：“关山难越，谁悲失路之人？萍水相逢，尽是他乡之客。”

“我走了，别老胡思乱想。少说话多做事，和小安好好相处，照顾好哥。”我拍了拍她肩膀背起书包走了。我还是无法喜欢阿芳，可怜之人必有可恨之处，小安昨日咬牙切齿提起她的话盘旋在我脑海。其实，世间，又有几个不是可怜之人？

学期的最后一周总是最紧张的，出来混总要还的，语霏每日都在重复这句话。她没日没夜的读书，熄了灯就到走廊，走廊熄灯了就到厕所，在厕所喂饱蚊子忍无可忍后她打着手电筒窝在床上奋斗。“语霏，你是学渣中的战斗机。”我发着 QQ 调侃她，带了一个鄙视的表情。她发了一个奋斗加傲慢的表情还我，透过蚊帐对着我做了个鬼脸。我睡着了，她的手电筒照到了天明，她也睡着了。

这周过得相安无事，小安每天例行公事的报平安，她说哥去医院检查后，各项指标都符合做手术的标准，医生定于七月六日做手术，医院已通知杨羽。自从那天被张伯教育之后小安对阿芳显得更加生分了，她不再叫她牙膏，也不叫她阿芳，而是连名带姓喊她的全名——张金芳。据哥说她对阿芳疏离的客气让张伯都如坐针毡。吵架时不害怕，如今恭恭敬敬所谓“相敬如宾”进退得当反而让所有人觉得紧张的气氛一触即发。

就在周五也就是六月份的最后一天，六月三十日，我们考完了最后一门课程。语霏的兴奋显而易见而且极具夸张表现之手法。她买了六十只烤肉串，两根鸡腿，两根鸡翅，一根茄子作为庆祝，油

腻的气味绕梁三日。我刚想落荒而逃时被她揪了回来，只好一把鼻涕一把泪舍命陪君子，实在太辣了。陪她吃完这学期的最后一餐后，她才心满意足地让我离开，不，她坚持拉着行李跟我一起回西塘，她说那是一次期末旅行。昨晚她是以这样一种方式提出想法的。宿舍内她用电脑查资料而我正在码字时，语霏 QQ 头像闪动。

“明天考试结束后我跟你回西塘玩一玩好吗？三年了都没去过。”

“是呀，三年了每次你要去总会遇到一些突发状况。”

“明年就毕业了，接下来要全力以赴准备考研了，所以明天考完就去，怎么样？”

“再几天哥马上做手术了，会很忙的。要不下学期开学前你来，我就可以好好陪你。”

“没事，不用你陪，我自己逛逛也行。不就一个小镇吗，丢不了的。我去帮忙也行呀！再说了，见见你哥也挺好！”

“没事见我哥干嘛？我哥有那么帅吗？”我发了一个白眼的表情，她回了我一个害羞的表情。

“不帅怎么能让一个女孩为爱走天涯？不帅怎么能让一个女孩因为一个人爱上一座城？你就满足一下我的好奇心嘛！呵呵，我还想见见小安，我和她是老乡呢。”她是唯一一个知道小安故事的人。我无法界定知己和知音的概念，但我知道只有她才能让我倾诉，我的世界她懂。同样的，她的世界我懂。最终，我没有拗得过她，“好吧，那你跟你爸妈说了吗？不然他们会以为是我把你拐跑了。”

于是，下午，一个穿着短裙戴着裹蕾丝花边草帽的女孩站在了客栈前。小猫是第一个欢迎我的，它绕着我转了几个圈，把两只前爪的肉垫轻轻搭在我腿上，喵了一声。我抱起它来，小安听到风铃声从厨房出来了，她探过头瞄了瞄我身后的语霏，然后看了眼我。

“小安，这是我舍友姚语霏。语霏，她是秦小安，教我画画的小老师。”小安笑得很开心，有些腼腆的模样，看得出她对我的介绍还是很满意的。

“你好。请坐吧。”小安朝语霏笑了笑指了指吊椅，进厨房泡了杯茉莉花茶出来了，茶香四溢。两个女孩就这么熟悉了，在接茶水的那刻。兴许是共同的京片儿，兴许是哥所说的缘分，不一会儿两人就热络了起来。

没有听到哥的声音，抬头仰望他的房间没有亮灯，漆黑一片。“哥呢?”我问道。

“阿姐，你回来了。叔刚过去叔公那里，两人头碰头在说话。”

小安瞥了阿芳一眼，嫌恶的表情。阿芳低着头闷闷地走回去，她们的矛盾似乎与日俱增。这应该不仅仅是一个称呼引发的吧，我决定要好好解决这个问题。我用求救的眼神扫视了一眼语霏，她朝我点点头，了然于心。

“张伯，哥，你们是不是背着我在说我的坏话呀?”我趴在张伯家大铁门上对他们说，他们正坐在院子里泡茶，哥戴着口罩。看我回来了，哥起身走了出来：“小鬼头，你做了多少坏事让人家说呀!老实交代，是不是又不乖了?”他用的语气俨然如同对着儿时的我，只是没有再揪揪我的鼻子。

“哼，才懒得理你呢！你快回来，我带语霏回来了。”

“哦，你终于把她拐回来啦，三年了听你提过无数次，就是没见过。”

“哪能随便让你见呀，人家闭月羞花的，站她旁边我都相形见绌了。”我说的是实话，语霏比我高挑些，没有我婴儿肥的脸，属于那种古典美人的鹅蛋脸，腰也比我纤细，对于她这个吃不胖的吃货我有着极大的怨愤。

跨出门，再跨入门，几步之遥而已。哥进客栈院子看到的情景如下：小安和语霏正在叽里咕噜埋头说话，笑声频传。两只猫围在她们的脚下，一只在逗弄着语霏草帽上的带子，一只在逗弄着另一只的尾巴。阿芳委屈地蹲在厨房前两手托着腮帮子望着眼前的两人发呆。她怎么也搞不清为什么那两人可以一见如故，而小安却视她若仇敌。

哥的脚步声并没有中断那两人的相见恨晚，反而我和哥杵在那里形同多余的。“喵”，小猫对着我叫了声，小安抬起头看看我，又垂下眼帘，倒是语霏礼貌地站了起来，对哥欠了欠身说了句：“你好，我是晓云的同学姚语霏。”哥点点头，回头意味深长地看了我一眼，盯了我日益丰满的腰，露出了奸诈的笑容。我白了他一眼，嘟了嘟嘴，拉着语霏就想上楼。

小安有些着急地把我拽住，在我耳边轻声说道：“晓云，你又没早说，客房刚订满了，怎么办?”

“啊！”我把最重要的这茬给忘记了，“那怎么办？”

“我怎么知道怎么办？晕死了。”

我们两个窃窃私语，哥和语霏一脸不解地看着我们。“你们两个干嘛呢，把客人晾在这里，带客人去房间吧。”

“叔，没房了！”阿芳说出的那刻，我终于知道为什么小安那么嫌恶她了。

哥的脸上露出了窘态，他斜眼瞥了下阿芳，说：“没事，我去张伯屋子里凑合住着，反正过两天就要手术了。语霏如果不嫌弃就住我房间，如果觉得不合适，就让小安和语霏一起，晓云住我房间好了。语霏，你看这样行吗？”这番话说出来，轮到语霏红着脸，好似给我们添了多大麻烦。她手拧着书包带子说：“没事，哪里让主人出去住的道理呀！要不我去旁边租间客房住就行了。是我不好没有提前说，今天硬逼着晓云带我来的。”

“说哪的话呀！你来我们都很高兴的，就这么决定吧。小安，晓云，你们快点商量看看怎么合适吧。”

不知道是我脑筋短路，还是一切都已注定，我冒出了句：“我去隔壁和阿芳住吧，小安和语霏一起，哥也就不用动了。反正小安和语霏一见如故。”说完，我后悔了，但已无可转圜，阿芳兴奋地拍着手说：“阿姐真好！”我好吗？我如果好，小安和语霏不会同时恶狠狠盯着我。

夜很漫长，故事也很长，意外的很多事都在这个夜晚揭晓。

第十三章

我把语霏送上楼去，趁她上洗手间时，我偷偷拿出锁把娘的藤箱锁了起来。小安进来了，拍了下我肩膀没好气地说："你脑袋被门夹了呀？跑去跟她住！"

"没事啦，也就两三个晚上。总不能让哥去跟张伯挤吧。再说了，打死你也不会愿意跟她住，那么我不下地狱谁下地狱？"我一副英勇就义的样子引来小安几下捶打。

"也是，你没早说，前一个房间才刚办理完入住手续。谁叫本大小姐那么善于经营之道呢？你看，现在我们的空房率很低的！"

我安抚她，两只手搭在她肩上，眯起双眼笑容有些邪恶地说："大小姐如果在淡季时也能有这样的成绩才算是真本事呀！"小安哼的一声，对我做张牙舞爪状。

夜幕降临了，晚饭后，大家都坐在院子里泡茶聊天，小安和语霏热乎得像亲姐妹一样抵着头说话。我被冷落了，赤裸裸的。哥含笑地瞥了我一眼，不到九点钟，哥就困了。近一个月来哥的精神时好时坏，经常一幅大病初愈的孱弱。他告辞回房后，阿芳问了句话："叔没事吧，他会好吧？俺村里俺的一个小伙伴都没了。"

"喂，你闭嘴啦。你每天除了胡说八道和像个幽灵一样闲逛，能不能做点正事呀？"阿芳被小安抢白得满脸通红，她迫不及待地牵起我的手把我往她房里领。小安冷眼对她，阿芳放开了我的手。我忽然同情起阿芳来，平白无故她为何要如此忍受小安，而小安又为何如此苛责于她。小安为何就没有容她的度量呢？也许，我应该问问才是。我第一次牵起阿芳的手，阿芳用慌乱的眼神看着我，又回头瞟了小安一眼，领着我往张伯家走去。

这是我第一次进入阿芳的房间，只能用朴素一词来定义，或许这份朴素里带着"土"的含义。床单被套都是红色大花，不知道的估计会误以为走进了一间婚房。阿芳察觉出我异样的眼神时，害羞地搓着手说："这是俺娘为俺结婚准备的。俺爹想扔了，俺觉得怪

可惜的，就带了出来。”

“睡吧，我这两周考试，有些累了。”

“阿姐，可是有些话我想跟阿姐说。”

我揣摩着她要说的必然跟小安有关，于是制止了她：“有话明天说吧，我今天真的累了。”

“可是姨老趁叔不在的时候独自去叔的房间里坐着。”她还是忍不住说了出来。小安去哥的房间干嘛？她怎么会有哥的钥匙？一连串的问题让我有了听下去的欲望。

“阿芳别胡说，她哪里会有哥房间的钥匙。对了，你说是房间还是书房？”

“俺才不会乱说呢。叔住院时，我看到过两三次了。”

“那小安发觉你看到她了吗？”

“有一次俺不小心碰到走廊的花盆，姨听到声音了，不知道有没有看到。”

我猜小安必然看到了，否则她为何会有如此的敌意。我不想再追究下去，小安，也是一个可怜的人，倾尽全心地爱着一个人，咫尺天涯。“睡吧。”我安抚着阿芳，却再也无法入睡。再过两天哥就要手术了，杨羽怎么样了？“我回去拿个电脑，有个事情要做。你先睡，我一会来。”“阿姐，那俺给你留着门。你一会一定要回来。”

我走了出去，回房拿了电脑，坐在客栈门廊的吊椅上。接上网络，开了 QQ，发现一堆的头像闪动，其中也有杨羽的。

“你在吗？”

“不在吗？你哥的身份证被发现了。孩子她妈妈竟然以为我做了假身份证。”

“我不知道怎么解释，也不想骗她，就说要给你哥捐献骨髓。结果我爸出来阻挠了。”

“还是不在吗？前天我手机丢了，所以电话号码也都不见了，看到留言请回电。”

一堆的信息看到我脑袋发麻，难道杨羽没办法捐骨髓了吗？我拿出手机拨了几次号码都拨错，心慌意乱。当希望最后必须如同肥皂泡一样破灭时，那我宁可选择从来没有过希望。

“喂，杨老师，是我，晓云。”

“QQ。”他说了两个字，声音压得极低极低。

QQ 头像闪动，我的手指僵硬着，无法触及的冰凉。

“不方便说话，我爸来我家了。”

“老师，我害怕。对不起，您是不是没法为哥捐献了？”

“我争取，江辰在帮我，他帮我收拾所有的画具。我们明早九点多到杭州，上次医院说七月六日手术，手术前还要有三天打针过程。我是算准了时间出门的，你到时候记得跟医院联系好。”

“那您爸爸会让您出来吗？”

“我带学生出去画画，学院里的事，我出去他没办法，但他执意要跟着。听我妈说他曾有个旧爱在杭州，不过几十年没消息就是了，他也没再回去过。这次他找这个借口要跟我一起去。”

“不能说服您妈妈不让他去吗？”

“我妈知道后都跟他统一战线了。都几十年了，还有什么好不放心的？”

“那怎么办？”

“见机行事吧。我打听过了，杭州到西塘不到两个小时车程。希望江辰这几天能有足够的聪明和大胆。我下了，不然他们又要怀疑了。一有消息打我电话，如果不是我接，就说你是我学生要找我。”

“知道了，我本来就是您学生。”

“下了。”

头像灰暗了下去，我的心一点点往下沉，见机行事让我心生恐惧，有种如履薄冰的感觉，宛若我们在策划着一场暗度陈仓。我坐在院子里发呆，直到阿芳披着衣服来叫我。

“阿姐，这么晚了，怎么还坐在这里？是嫌弃俺那床单被套吗？俺刚换了，换成蓝色小花的。叔公说阿姐会喜欢的。”我仰头看她时，竟然泪水扑簌扑簌往下掉。“阿姐，怎么了？不喜欢我再换，我这就去换。”扯过她的手，我扑倒在她怀里。她吓得举起双手，就那么让我环腰抱着。她不再说话，两只手呆滞在空中。张伯进来的时候，我已经停止了流泪，两眼无神望着河面。我再一次想抽烟。

张伯看出了我脸上风干的泪渍说：“走，先过去我家再说。”出门时，风铃响动，小猫跑到脚边，我顺手把它抱在怀中，难道它也想妈妈了吗？一进张伯家，小猫从我怀中跳下，头往它妈妈怀中拱

去，我抬起头望着夜空。最亮的星星在那里，娘，也在那里吧。

“晓云，怎么了?”

“没，杨老师要捐骨髓的事情让他爸爸知道了。老师要去写生，借此过来，但他爸会跟着，这有点麻烦。”

“没办法捐了吗?”

“老师说会捐的，但要见机行事。我明天就陪哥回医院，现在他不适合公共环境的。”

张伯习惯性地抽起旱烟来，我用贼贼的目光盯着张伯，他明白，但无动于衷。阿芳看看我又看看张伯，嘟起嘴摇摇头，拉起我回房了。月上柳梢，移步房间，射下银光点点。我闻到了经阳光暴晒后的床单被套的气味，不再多想，我数着一只只山羊，终于入睡了。

第二天我起得特别早，醒时，阿芳在院子里洗着大红的被单床罩，她洗得特别小心翼翼，仿佛怕它痛了一般，一幅怪异的神情。回客栈时，语霏已经坐在门廊处翻着闲书打发时间。

“晓云，小安睡觉会说梦话！你听过吗?”我讪笑道：“一般来说我入睡很快的，这你知道的，我几乎秒睡。”我没问，我很好奇，但我在等她主动说出来，奇怪的是，她没有继续说下去。

吃过早饭，我陪着哥回医院。一路上，哥隔着口罩都在说着些宽慰的话，我只能笑着听听附和着。其实，我们都知道，只要是手术都是存在危险的。就算成功了，还有后面排异的风险。语言有时苍白无力，但我们却还只能依靠语言支撑着那一点残存的希望与信念。

这一路，哥走得很慢，走走停停，出了景区来到了嘉善第二人民医院，哥步履蹒跚。当我满眼怜惜盯着他时，他刮了刮我的鼻子说：“傻孩子，哥没事的。这些都只是暂时的。”话音未落，血从他鼻中滴落。“天啊！医生，护士！”不顾一切，我在走廊上大声喊叫。血继续在滴，哥的脸泛白，他仰起头。我扶他坐下，让他的头枕在我的腿上。血开始涌出，如汩汩的泉水浸透了纸巾。泪水模糊了双眼，我依稀只看见抢救的推车把哥推走了，我在后面跑着跑着，被一道大门挡住了去路，抬头一看，门口写着“抢救室”。

“怎么办？怎么办?”冲进主任办公室，我劈头盖脸问道。主任抬起头，眼睛的余光还瞄着两台电脑。“现在你倒不必太担心，前

期化疗效果还是不错的。现在我们就按原计划进行术前准备。我们刚给捐献者打电话，可是他手机一直处于关机状态，今天他务必要来，因为他需要有三天动员针的过程。骨髓移植手术后还会三个难题一并跟你说一声，那是放化疗的打击、病原微生物的感染和身体的排异反应。手术后需住院大约一个月，无菌病房。”

听完主任的话，我的心稍稍放下。看了看手表，接近九点，我对主任说：“应该是还没下飞机，手机关机。”为了避免主任多问，我接了句，“他正好是我的老师。”“行，那你尽快联系上他吧。”杨羽的电话终于在半小时后接通，周围嘈杂的声音淹没了他的回话，我贴着手机仍然无法听清。电话挂断后，短信响起：“周围太吵，也不方便接电话。短信联系。”

“哥又流鼻血了，正在医院，医生说手术前各项准备都已做好。老师方便过来打动员针吗?”

“给我点时间。”

从未觉得等待的时间是如此的漫长。我盯着手机，紧紧攥着它，可是它没有任何的响声和振动。我一次次地看着手表，五分钟、十五分钟、十八分钟，后来我几乎是盯着手表跟随者秒针的走动计算心跳，计算时间。终于在第三十五分钟二十一秒时我接到了一个短信：“已上车！需转车，约十二点多到。”我小跑进主任办公室，把手机举到主任面前，流着泪。他点点头，开始了各种部署。当杨羽风尘仆仆站在我面前时，医院走廊的电子钟正跳到12：35。“杨老师好准时呀！休息会吧。”

杨羽摆摆手，喘着粗气说：“没时间了，你尽快让医生安排吧。顺便帮我问问是不是这三天打完针就可以马上走。”半小时后，杨羽出来了。“老师，怎么样？没事吧。”“没事呀，就跟打预防针一样，打完有些胀胀的而已。我走了，要不我爸该怀疑了，来回就要四个小时呢。”“那手术那天怎么办?”我忐忑地问道，我害怕变数，凡事皆有变数。“哦，我安排好了，五日下午我们会去乌镇，乌镇离西塘就一个小时。这几天就靠江辰了，希望能赌得过吧。”

望着杨羽远去的背影，我在脑海里搜索着江辰。噢，想起来了，他是小安的表弟，一个略显腼腆的男生。除了他与小安的打趣口角之外，似乎没有太多记忆的片段，甚至连人的轮廓都是模模糊糊。

哥这几天都呆在无菌病房内，无菌病房一共有四层门。我们只能站在最外面的门外用可视电话与他交流。哥瘦了，语速的缓慢让人察觉出那份虚弱。主任说做骨髓移植前需要使用大剂量的化疗药物，将体内的坏细胞杀死，然后才能进行骨髓移植，只有这样，才能保证骨髓移植后疾病不再复发，保证移植的效果。挂完电话后，我听到身边有嘤嘤地哭泣声，回头一看，是一位四十上下年纪的女人。长椅上她将头埋在双腿间，双肩抖动着。

见我坐下来，她开始絮絮叨叨，指着病房哭泣："我女儿才十八岁，也在病房内。本来今早要做骨髓移植了，可是捐献者反悔了人也走了，这叫我们怎么办啊?"我不明就里也知之甚少，只好宽慰她说："阿姨，中华骨髓库那么大，应该还会有合适的捐献者的。"不说则已，一说出她哭得更伤心了，由抽泣变成了放声大哭，断断续续的话语拼凑出一幅生离死别的画面。无端的，我也落泪了，因为恐惧。

从她的表述中我得知了经过骨髓移植手术前化疗的患者因为原有造血系统、免疫系统被摧毁而新的系统尚未建立时，他们对外界抵抗力极弱，稍有不慎就可能因为一次小小的感染而丧命，所以在这期间他们要住在无菌病房，依靠医疗干预来维持生命。而是否能抵挡得住感染等情况，就只能听天由命了。

"老师，求您了。"我噙着泪发了条短信给杨羽。听天由命，与天赌命，这两个看似视死如归看淡生死的词语此刻给我的是无尽的苍凉。

第十四章

有惊无险地度过三天，杨羽来去匆匆打了三天动员针，对此主任颇有微词，微词出于对杨羽身体的考虑。小安知道这事后成了我和江辰间的信息传递员。小安通过江辰对杨羽父子的一举一动了如指掌，她坦言如同在看一部惊心动魄险象环生的谍战片。她描绘得玄之又玄，把语霏逗得捂着肚子花枝乱颤。“小安又活过来了，又多了个小安!”这是张伯对那两个活宝的评价，客观而入木三分。

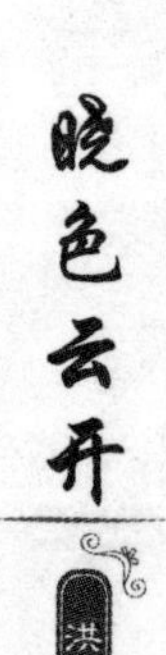

小安递给我一杯西湖龙井，玻璃杯里通透的绿，生机盎然。“晓云，拜托了，笑一笑嘛！再这样下去你身体会垮的。心理健康决定了身体健康的百分之六十，这是我刚看到的最新报道。”“是呀，是呀，万一你哥出院看到你这模样，该心疼了。”语霏附和道。

我强挤出一丝笑容。明天就是骨髓移植的日子了，我的右眼皮不停跳动着。不是有俗语说：“左眼跳财，右眼跳灾吗?”一阵风袭过，我打了个冷战，语霏细心地为我披上了件衣服。

这几日，杨羽QQ没有上线，也没有短信，更没有电话，除了打针出现外，音讯全无。江辰对于小安事无巨细的盘问也有些生厌，电话接得也少了，不知是因为说话的不方便还是怎么，每次都是含含糊糊几个字。

“晓云，你说江辰最近怎么那么奇怪，有时接电话都叫我‘姐’，有时就叫我全名，他脑子抽风了吗?”

“喂，你能再笨点吗?叫你‘姐’的时候肯定杨羽他爸在场!”语霏替我回答了，说完后两人扭打成一团。有时我真心羡慕她们，羡慕她们的风轻云淡，羡慕她们的达观。

拎起小安为哥煲的汤，我们三人一起来到医院，这几日哥大多只能吃流质食物。护士通过监控屏幕告知我们哥还在睡觉。她说：“你们把汤放下回去吧，病人今晚需要充足的睡眠，情绪尽量保持平静。”哥侧身躺着，白色的墙、白色的床、白色的床头柜、白色的检测仪、一切都是白色的。突然，我厌恶起我一直以来最喜欢的

颜色了，莫名的烦乱。

月光下，小安和语霏一左一右拉着我的手，此时无声胜有声。

“阿姐，阿姐，叔公从屋顶摔下来了！”阿芳奔向我，上气不接下气地说。

“啊，张伯怎么了？跑屋顶干啥去呀？”小安松开我的手急切地问。

“姨，家里电视信号不好，都是雪花点，叔公就上屋顶弄天线去了。俺在下面打手电筒，照到叔公眼睛，叔公就摔下来了。”

我着急地问：“那现在张伯人呢？”

“邻居李叔在俺家看着呢。”

小安大力推开阿芳往前跑，嘴里骂骂咧咧：“你这个笨蛋，大笨蛋。”语霏拉着我在后面跟着跑，渐渐我跑不动了。跑到一半时，迎面而来的是背着张伯的李叔一路小跑，满脸通红。

我们又折回了医院，李叔背着张伯上上下下拍片检查，最后诊断出小腿骨折。阿芳在旁哭得抑扬顿挫，被小安恶狠狠的眼神盯了回去，转为吭吭吱吱的声音。在场的人被她这声音弄得心神不宁，最后她被李叔骂得哭着跑了出去。顿时，四周一片寂静。

诊室内，医生交代着手术和注意事项。他说需要先打石膏固定，然后再依据病情决定后期是否需要在腿内用钢钉固定住钢板，老人家的骨质会比较疏松，所以康复期比较长。听完，我们刚刚缓解的心情又被涂上了浓重的一笔，难以呼吸。阿芳去了哪里，没有人提起，也没有人去寻找。李叔把我们都赶了出去，自告奋勇留下陪张伯。

这夜，特别的漫长，我坐在哥的床上发呆，隔着窗户凝视着月牙儿在浓云里忽隐忽现。第二天醒来时，我发现自己蜷缩在床的角落，脖子酸痛，两腿发麻。小安敲响了我的门。“晓云、晓云！江辰刚发短信说从昨天下午起，杨老师的爸爸就寸步不离地守着杨老师，连上厕所都守在门口。他好像知道了点什么，对江辰的警惕性也很高，弄得他们现在都只能发短信。”

我打开门，扭动着僵硬的脖子单脚跳了出来。“那现在什么情况？原定九点就要手术了呀！杨老师溜出去坐车了没有？”

“当然是没有啦，现在都快七点了，江辰也很着急呀！”小安说这话时脸色黯淡了下来，“晓云，你说我们是静观其变还是坐以

待毙?”

语霏捅了捅小安说：“这不就是一个意思吗？我们除了等什么也做不了呀。”

我说：“我们一起祈祷吧！”三个人双手合十，在我的带领下默声祷告。这是我小时候跟娘学的，娘是个基督教徒。商量后，我和语霏去了医院，小安留在客栈内。我特地穿上了娘的棉布旗袍去的医院，感觉着这样娘一定能保佑哥。我们先去看了张伯，他小腿封上了石膏，挂在一条带子上被吊得老高老高的。阿芳躲在我们身后，偷瞄着张伯。张伯扑哧一笑道：“好了啦，傻孩子，叔公没怪你！谁让你生得就这么傻呀！”

“怎么样，子豪也快手术了吧。哎，我这样子是没办法看他了。”

语霏握紧了我的手，我笑着说道：“没事啦，哥一会就做手术了。手术后他也要住院一个月左右。你们呀，正好可以做伴！”我心事重重，同样握紧了语霏的手，手心里都是汗。

电话响起，是小安的：“江辰说老师逃出来了！”

“怎么样，他爸爸没发现吗?”

“目前应该还没发现吧。老师住客栈二楼，从厕所窗户爬下来的，穿着睡衣拖鞋。江辰在楼下拿钱给他跟他换衣服。可惜江辰脚小，老师只好还穿着拖鞋。”长长舒了口气，恐惧、紧张和激动让泪珠在眼中跳跃。我拥抱着语霏，将下巴搁在她肩上。“别把眼泪口水擦我衣服上哦！”她笑着说道。

杨羽赶到时已是九点五十分，他上穿紧身的T恤下着白色棉质短裤，肚脐眼露了出来，脚踏一双拖鞋。语霏看了后捂着嘴笑，我打了她手背一下，她咬着嘴唇不笑了，又看了一眼，再次笑了。“谢谢，辛苦老师了！”我欠欠身向他微微鞠躬道。

半小时后，他被推进了手术室，哥已在无菌舱里等待。那扇厚重的铁门在我眼里如同奈何桥，它隔着生死，隔着红尘。我就这么一直趴在门上，如同一个蜘蛛侠。“晓云，到椅子上坐会吧。”语霏牵起我的手。阿芳拿了几个空饭盒走了过来：“阿姐，叔会没事的。俺现在回去干活，早上出来时姨说让十二点回去拿汤。”我点了点头，阿芳走了。“你哥一定会没事的。”语霏搂着我的肩膀说道，“嗯，杨老师也会好好的，张伯也是。”

我靠着语霏的肩膀问：“难道捐献者会有危险？”

语霏一本正经煞有介事地将食指竖在嘴唇中央：“嘘，怎么样都是手术，手术不都有风险吗？要不怎么那么多捐献者到最后一刻都反悔了。”她这句话让我想起了昨天那个哭泣的妇人。

“杨羽在哪里？杨羽在哪里？”一个两鬓有些白发的老人一瘸一拐地冲了进来，他在走廊上大喊着杨羽的名字。我心想，他爸爸果真来了，他脚怎么了？不对，这个老人怎么会这么眼熟，仿佛哪里见过似的。让我想想，让我好好想想。照片，娘的照片。不对，他姓杨，哥姓张。天啊，我头好痛，他的叫声响彻了整个走廊，病人和家属旁观者，护士劝说着，主任也跟着出来了。护士俯在他耳边低语：“这位先生，这里是医院，请保持安静，谢谢。有什么事需要我们帮助吗？”

“我找我儿子杨羽！他背着我跑来捐献骨髓，是不是在你们这里，告诉我是不是！不能让他捐献啊，有危险！我就这么一个孩子，三十六岁才生的他啊！”说到激动处，老泪纵横。他就一个孩子，看来是我眼花产生幻觉了。

主任走到他身边，将他搀扶着坐下，他瞄了我一眼，示意我别出声。我咬着嘴唇，即便我想出声，我也不知道该如何去表达。老人的舐犊情深爱子心切无不令人动容。可如今，两个人躺在手术室里，已成定局。

“请问您是？”

“我是杨羽的父亲杨少原。”他摇晃着主任的手臂说，“我儿子在哪里？在哪里？”主任把目光聚集在手术室门口，杨少原一下子理解了，两眼无神地望着那扇铁门。他冲向前，用泛着青筋的手抚摸着门，放低音调喃喃道：“是谁啊？到底是谁值得你这么做？”

接着老人不再吵闹，一句话也没有多说，他静静坐在手术室门口的地上，谁劝也不肯站起来。近在咫尺的长椅他都觉得太为遥远。阳光射进走廊玩耍了好一阵子又随着乌云的到来而离开了，四个多小时过去了。下午两点半，我先通过监控屏幕看到了骨髓移植后躺在无菌病房里的哥。杨少原挤在我旁边盯着屏幕，我诧异发现杨少原用手捂住了嘴巴，似乎想说什么却又戛然而止。过了十几分钟过后，杨羽被推出了手术室，他需要在医院住院观察两天。

杨羽出来时，老人牵起他的手，跟着推车一直往前走，我也跟

在了后面。我轻声叫道："杨老师，谢谢您。"杨羽望了我一眼，又望了杨少原一眼，微微笑着。杨少原松开杨羽的手，站在我面前盯着我。

"你叫什么名字？"

"张晓云。"

"他是你的谁？"老人用手指指刚才手术室的方向。

"我哥。"

"他出生在西塘吗？"

"我不知道。"我之所以真实回答他的问题，在于我也想揭开那个困扰我的谜团，我想知道那是不是我单纯的幻觉。我想，他如果下个问题问起娘的名字，我该不该说实话呢？

不出所料的，他身子颤抖了一下，问出了下一个问题："那你妈妈叫什么名字？"我没有回答他这个问题，只回了句："娘在我三岁时去世了，我1980年生的，哥大我十八岁。"

"对不起，可能是我认错人了，这衣服真像，连盘扣都一模一样。"老人一声叹息，追上了杨羽的推车。追了几步之后，他又停下来回头看了看我。我和语霏一起去了二楼张伯的病房，杨少原站在走廊尽头房间的门口，原来杨羽休息的病房与张伯在同一层。

"阿姐，姨煲的汤，三份。"阿芳提着两个保温罐出现在我面前，罐子摇摇晃晃。"阿姐，一份俺已经送到叔那里了，还有一份给叔公，一份给杨老师。"她补充道。小安考虑得如此周全，谁说她只会大大咧咧，真如哥所说的她小事咋呼大事靠谱。

我接过汤穿过走廊把它递给了杨少原，斟酌着该如何称呼他。"大叔，这是给杨老师炖的汤。谢谢老师。对不起……"我表达得语无伦次。他接过汤，望了我一眼，探头朝张伯病房里望了望，没有再追究些什么。或许对于已成定局的事，他认为多说无益吧。

阿芳在房里喂张伯喝汤，我也想喂哥喝汤。我上了三楼，哥在无菌病房，进去一次消毒程序太为麻烦，护士建议大家不要进去。我只能通过监控屏幕看到哥，我触摸着屏幕，哥正斜靠在床头喝汤，他若安好，便是晴天。多看一眼便多分伤感，近在咫尺却宛若天涯，我回到了张伯的房间。

张伯和李叔正有说有笑地在谈论些什么，真心佩服他们遇事沉稳，天大的事都能一笑而过。门外，有人敲门，我转头透过门上小

窗一看，原来是杨少原。

“大叔，有事吗？杨老师怎么样了？”

“他找你。”

杨羽斜靠在床头，颈后垫着一个枕头。江辰也来了，站在角落处，看到杨少原进来，他怯怯地低下头，手里还拎着一袋行李，刚到的样子。

“老师。”我弱弱地叫道，当着杨少原我大脑一片空白。他就那么盯着他儿子和我，仿佛要窥探出什么来。

“听说你在隔壁病房，怎么了？张先生不是应该在无菌病房里吗？”

“哎，是邻居张伯从屋顶上摔了下来，小腿骨折住院了。”

“哦，就是那个阿芳她叔公是吧。”

“老师还记得阿芳，呵呵？”

“哎，她说话不是老是俺俺俺的吗，很奇怪小安就不喜欢她。”

杨少原插进话来：“看来你们都很熟嘛。”我和杨羽对视着，揣测着他这句话真正想表达的意思。

杨羽解释道：“小安和江辰都是我美院的学生，两人是表姐弟。晓云是小安的好朋友，也拜我为师，张先生是他哥。很简单，就是这样啊！”

“是很简单，简单到你可以不顾自己身体健康，不顾我们的意见这样奋不顾身为陌生人捐骨髓。你置这些亲人于何地？”杨少原用发抖的声音说道，手握着拳微微颤抖。杨羽低下了头，拧着被套的一角说：“爸，捐献不都是给陌生人吗？再说了，他们都还不是陌生人呢。您小时候不是教我‘救人一命胜造七级浮屠’吗？我救的是一条命。蝼蚁尚且偷生，何况是人呢？”杨少原叹了口气，摇摇头说：“现在多说都无益了。”

“爸，你怎么知道我在西塘？”

“你老婆说看过一张身份证，头像跟你很像，地址是西塘的。你今天跑了，我掏出钱包看的。”杨少原边说边把钱包递给他，杨羽张开嘴又闭上了，他取出身份证交给我。“我躺得也累了，下地走走吧。顺便过去看看张伯。”

我按住他：“老师多休息会吧，等您要走了再去看也不迟。张伯病房和您这里一个头一个尾的，有些距离呢！”

“没事，我是真的躺得累了，再说了，不就一个走廊的距离吗？能有多远呀！我看起来有那么弱不禁风吗？”他边调侃着边用双臂撑着床，下了地，看看自己身上穿的病号服和床头放的衣服，他瞥了江辰一眼，笑了。江辰低下头，把手里的包递给了杨羽，他扶着杨羽跟在我身后朝张伯的病房走去。杨少原一手撑着门框，一手停在半空中，欲言又止。杨羽转过身去，说了句：“爸，我真没事。您要一起去看看吗？他也就大您几岁而已啦。说不定能聊聊天呢！”杨少原边念叨着不认识怎么好意思过去，边跟着我们走了。

“张伯，您还好吗？我来看看您！”

张伯想直起身也没办法，只能举起手在空中舞动，声音有些哽咽地说：“谢谢您啊，杨老师。子豪多亏了有您呀，不然我怎么对得起他的妈，可怜的小姐啊！”

杨羽身子往旁一侧，对张伯说：“别这么说呀，机缘巧合而已。再说了这也都是我爸教得好呀！”杨羽说这话时，指了指杨少原。听到杨羽如此高调吹捧杨少原，江辰忍不住笑出声来。张伯接了句：“是啊，杨先生福气啊，生了个这么优秀的孩子！”接着他探起头朝杨少原瞅了一眼，继而睁大了眼睛直瞪瞪望着杨少原，喊了句：“张卫国，化成灰我都认得你！你、你把小姐给害的呀，你还是人吗你？”

“啊！张火旺！”杨少原夺门而逃。

张伯声嘶力竭地对李叔喊道：“老李，老李，帮我把他抓回来！这个畜生！”

一屋子的人面面相觑，但我和杨羽同时明白了，哥和杨羽绝对是同父异母的兄弟。杨少原被李叔强行拉了回来，他一下跪倒在地上，老泪纵横。我们眼神交汇后一致退出了房间，关上门。门内，断断续续悲怆的啼哭声不绝于耳。

第十五章

杨羽坐在走廊的长椅上，背靠着墙，按揉着太阳穴。忽然，他一阵咳嗽，接着是排山倒海的呕吐。我轻拍着他的背，语霏拿来了整卷的纸巾，杨羽的脸色越发难看起来，江辰将他扶回了房间。他摆摆手示意我们出去，我们走出去掩上了门。

“老师怎么了?”江辰战战兢兢地问我。我趴在墙上，语霏从身后环着我。“怎么了?你不是一直想知道真相吗?这个真相不好吗?以后你就多了个哥哥呀，多好，既是老师又是哥哥。”“可是，那个人毁了娘一辈子啊!娘一个人，娘一直都一个人。小时候我曾看到娘半夜哭着醒过来的。”

语霏将我拥入怀中，扶我坐到椅子上，她拍着我的背说：“晓云，都过去了，一切都过去了。你娘一定也不愿你带着怨恨过日子的，不是吗?再说了，你娘走了，让你哥多个父亲多个弟弟难道不好吗?”

我抬起头，拼命摇头说：“不好不好，他不配当哥的父亲，他没尽过一天当父亲的责任。他不配，他不配!他让娘等了一辈子，守了一辈子，让哥出生就没有了爸爸，他什么也不是，什么也不是!”

语霏抱紧了我。“我想去看看哥。”她掏出纸巾为我擦拭了眼泪：“哎，整天跟个孩子似的，动不动就哭鼻子。”其实，她不知道她也带着哭腔。

说服了护士，我们从最外层的监控屏幕看去，哥睡着了，输着液。“哥，如果你醒来知道多了个爸爸，多了个弟弟，你会怎么样呢?”我对着屏幕自言自语。“语霏，你说要不要让哥知道?他情绪万一控制不住是不是会影响身体?”语霏眼睛转了转，晃了晃脑袋冒出两个字：“两难!”

护士顺手拿了缴费单给我，说了句：“住移植仓的费用一个月平均二十几到三十万。”语霏张大嘴：“怎么这么贵?”护士抬手指

指墙上的移植仓平面图，对我们说："骨髓移植仓是整座医院设备最昂贵的地方，共分为四室。最外面的是一室，是医生护士洗手、更衣、换鞋的地方。往里走是二室，是淋浴消毒的地方。三室是工作间，护士们配药、处置以及医生观察病情都在那里。三室的周围，是被隔离成一个一个的透明玻璃单间，那就是最核心的四室了。也就是骨髓移植患者居住的房间，空气洁净度要求最高，被称为百级层流间。"

我握着缴费单，想到哥银行卡里所剩不多的钱时，愁云爬上了我的眉梢。"语霏，怎么办?"语霏两手搭在我肩上，一脸坚毅地对我说："没事，不够我们大家凑凑。这几天小安也为了钱在想办法呢。听说她找她妈借钱，她妈的条件是她必须回北京。她还在考虑中。"

我转身时撞上了杨羽。我不叫他，我不想叫他，是他爸害的娘，我还无法释怀。虽然我知道"罪不及子女"，可是我暂时还是无法释怀。他仿佛从我表情里读出了什么，惨然一笑对我说："就算我替他还了欠你哥的债，行吗？父债子还，不行吗?"

"是的，谢谢你救了哥一命。你能还哥一条命，你还得了娘一辈子的守候吗？还的了哥从小就没有父亲的童年吗？娘是怎么过来的，哥又是怎么过来的，你都知道吗？你从小就有爸爸妈妈，他从小只有一个娘。娘从一个首富的小姐变成一个能肩挑手提的妇女，你又知道多少？听哥说，从娘被赶出来后，除了张伯像个亲人一样关照着，她拒绝了家里所有的接济。这一切都拜你爸所赐。"

我把所有的不满发泄在杨羽身上，语霏扯了扯我，我拨开她的手，对着杨羽大吼一声："这辈子你们还不清的!"我哭着跑回了张伯的病房。我蹲在张伯的床头，张伯抚摸着我的头，又一次老泪纵横。

"老张啊，事情都过去几十年了，你家小姐也走了十几年了，真该放下了。你想想如果没有那个年轻人愿意捐献骨髓，那你们又哪里能找得到那人呢？如果没有他捐献，子豪不知道还能撑多久。我们把事情往好处想，不行吗？那人不也被你家老爷打瘸了一条腿了吗？你就想着子豪捡回了条命，又多了个爸爸，多了个弟弟，多好的事呀!"李叔在旁劝说着。

我们都沉默了，道理谁都懂，可是情感的坎在哪里，不是想跨

就能跨过去的。“要不要告诉哥？”我问张伯。“等以后吧，等他过了医生说的排异期。”

小安跑来了，满头豆大的汗珠。“怎么样？真的像我说的吧，他们真的是兄弟，真的耶！”

语霏向她使了使眼色，小安安静了下来，瞟了语霏一眼，努努嘴，唇语道：“到底怎么了？”语霏咬咬嘴唇眨了眨眼睛。

小安还是忍不住说道：“哎呀，我说晓云呀！你现在有啥好不高兴的？子豪手术后也就好了。你又多了哥哥老师，不对老师哥哥，还有啥不满意的呀！”是我太矫情，还是她们都不懂我，我不言不语走出了张伯的房间，独自一人走回了客栈。

刚走到客栈门口，阿芳跳了出来：“阿姐，发生啥事了？听小安说俺叔公一直在哭，还说什么叔的爸爸出现了？”

小猫跑过来攀着我的腿，我抱它回了房间，我想一个人静静。房内，我偷偷抽起了烟，一根接一根。烟雾缭绕处，呛得我泪水直流。门口的风铃响起。“姨，阿姐躲到房里去了。姨，叔和叔公怎么样了？”“走开，谁是你的姨！”小安吼了她一声。最终，阿芳成了这场战争的替罪羊。房里的我，百般歉疚，众谴难排。

走出去，打了盆井水，我将头埋在水里，透彻的冰凉。我对着水面绽放开一个笑容，抬起头，小安和语霏站在我面前，对我点了点头。猫儿顺势窝到了我怀里，水滴到它脸上，它喵的一声跳开了。我换了身衣服，牵着阿芳去了医院。阿芳一路静悄悄，一句话也没有说，只是手任我牵着，速度随着我时快时慢。快到医院门口时，她才蹦出一句话：“阿姐要好好的，以后别抽烟了！”

房内，杨羽睡着了，眼里还噙着泪花。江辰向我比了个噤声的手势，我退出了房间。走廊外的阳台上，杨少原蜷缩在角落，脚边一堆的烟蒂。他看到我走近，用手撑了撑地板，爬了起来，一瘸一拐向我走来。

“你可以恨我，但请不要恨杨羽，他很善良，他是无辜的。我在杭州找了你娘十年，我四处打听，大家都对我指指戳戳，没人肯告诉我你娘的消息。我爸看我腿被打断，一气之下一病不起走了。十年后，我改了母姓随我妈回了北京昌平后才娶的媳妇。我听杨羽说了钱的事，钱不是问题，这个你们尽管放心。我问了医生，他说前后需要差不多一百万，所有费用都由我来负责。”

我猜我的笑容一定很难看，“大叔，钱目前还够用，客栈每天也都还有些进账。我不过是个外人。估计张伯已经告诉你了，我是娘捡来的弃婴而已。我又有何资格恨谁呢？要恨也是哥的事，这是你们的家务事！”‘家务事’三个字我说得特别的重，是啊，我是谁？我又有什么立场去恨谁呢？我只是替娘感到不值而已。

世间也许本就没有完美的爱情吧。爱情？什么是爱情？天，我忽然想到了那一纸婚书！我奔进杨羽房间，把江辰赶了出去，锁上门。门外，江辰和杨少原一脸的疑惑。

“怎么了，哥发生什么事了吗？”

“哥？哦。”听着杨羽叫得那么的顺口，我心中有点酸楚，如今哥有了个半个血缘关系的弟弟了，那我呢？小安呢？“没事，哥现在没事。我想找您商量个事。”我再次用了敬语。

杨羽注视着我，不自然地笑了笑说：“不用这么叫我，要么叫我老师，要么叫我哥，都行的。”

“老师，我想到了那结婚证，现在哥手术做了，应该，应该没有万一了吧。您说怎么办，怎么办？”我还是无法叫他哥，我只有一个哥，一如只有一个娘。

杨羽慌乱起来，他坐直了身体。“哎，你那时太冲动了，也怪我没考虑周全。只是现在如果让哥同时知道了这两件事，恐怕他受的打击会太大吧？不过，你不是说他爱你吗？知道结婚证的事他应该会喜出望外吧？”我对此没有任何的把握，哥对我的爱有多少是爱情，我不知道，估计他本人也不确定吧。“可是，这样对小安不公平，她会恨我的，会恨我一辈子的。我明知她爱着哥……”说曹操曹操到，秦小安在外面敲门。她捅了捅江辰无厘头地来了句：“干嘛呢，两尊门神！”

杨羽赶紧说了声：“你先去开门吧，那个问题让我好好想想，到时候我们再合计合计。”

我打开门，小安朝里探头探脑，吸了吸鼻子夸张得好似嗅出了什么与众不同。她点了点手指头，摇摇脑袋说道：“你们是不是关起门在说我的坏话？”

“哇，何止他们说你坏话，你可真够多坏话让我们说的。你呀，罪行罄竹难书！”江辰在一旁添油加醋，遭到了小安的猛烈攻击，拳打脚踢。江辰拨开她的手脚，掸掸手上的灰，假装不屑地说：

“花拳绣腿，小样!”房里哈哈大笑起来，气氛渐暖，我和杨羽相视一笑，苦笑。杨少原依旧不敢直视我，兴许现在的我像只刺猬，一只竖起全身刺的刺猬。其实，我无心介入他们的恩怨，也不希望上一代的恩怨延续到下一代，我只是单纯心疼哥而已。

想着哥要呆在那个只有五平方米的无菌仓里，孤零零一人近一个月，我心疼不已。每天只有中午半小时可以电话视频的时间，虽然医院有监控屏幕，可是并非每个护士愿意冒着被批评的危险让我们偷偷看看。

“晓云，明天可以让我看看他吗，不说话就看看行吗?我都没有看过，我只看过身份证。我一直都不知道锦枝怀孕了。”杨少原像个孩子一样捂着脸抽泣着，用恳求的目光含着泪问我。

我点点头，眼泪不争气地流淌了出来。我又有什么权利阻隔亲情呢?不知者无罪，不是么?内心里我一次次开导自己。我对他说：“但你明天看的时候哥也能看到你，你别哭可以吗?现在恐怕不是相认的最佳时间吧!”

“他会认出我吗?张伯说过你娘留了那张和我唯一的合影。”

“这我就不知道了。娘走时，哥就把那烧了。反正我见你第一面时是有怀疑的。”

杨少原痛苦地抓着自己的头发，将身子靠在床边，他的右腿瑟瑟发抖着。他说：“如果那样我还是不见了吧。我怕他情绪不好影响身体。以后，等他出院稳定了再说吧。来日方长，对吧?”

我无法回答他的自言自语，他是矛盾的，我们没有人不矛盾。事情真相总会有揭晓的一天，我们谁也无法预估哥的反应，谁也不忍用哥的健康为代价去赌一场。可是同样的，谁也没有权利去阻隔这份血脉亲情。

他踉跄着挪了出去，苍老的背影在他身上映出了一日千年。早上冲进医院的精神矍铄和如今的颓废黯然判若两人。杨羽的眼神里流露出太多的不舍，我看得出，却心有余而力不足。能不那么恨他，能与他平静交流，已是现今我能做的最大限度了。

现在，夜对我来说是最为难熬的。我不再是之前能够秒睡的我，辗转反侧，几乎一夜无眠。我数着天亮的时间，盼望着中午的到来。语霏明天就回家了，想必日后的我必更为寂寞吧。小安呢，为了钱小安又会何去何从呢?她不是个会屈服的人，她是个顺应自

己内心行事的女孩，多情，任性。杨少原，他说他负责所有的钱，他很有钱吗？以前娘的父亲不就是因为他是个穷光蛋，以门不当户不对为由干涉的吗？

我起床给哥熬了点红枣木耳粥，做了几个杯子蛋糕，顺带着杨羽的份。阿芳提着一饭盒满满的饭菜站在门口等我，语霏边换衣服边隔着门说："我明天就回去了，因为七月十日是我爸生日。"

"嗯，我会想你的。"

"我一定会回来的。"

两人对话后，大笑起来，"典型的红太狼与灰太狼。"语霏开门拍了下我的头。她今天穿得格外的漂亮，紫色的蕾丝短裙，头发用紫色发带束着。"你别整天就喜欢穿着白色的，行吗？就不能阳光点吗？五彩斑斓点吗？去，把衣服给我换了去。"她见我色眯眯盯着她，一语双关地说道。

她在我的衣柜里翻看着，最后翻出了一件粉色中裙，上半身蕾丝缀满了珍珠，下半身三层的薄纱，渐变的颜色。那是我二十岁时哥给买的生日礼物，托他朋友从香港带来的，我只在生日时穿过一次。那件裙子的美太为张扬，不是我的风格，我庆幸配套的一双类似的"水晶鞋"没让她发现。

"喏，就穿这件吧。"

"不会吧，穿这件去医院，你有没有搞错？需要那么招摇吗？不要！"我把裙子挂回了衣橱。语霏不依不饶，大喊："小安，小安过来，帮个忙！"小安噔噔噔跑上楼，"干嘛呀，一惊一乍的？"

"帮我把她衣服扒了，换上这件！"

"好咧！遵命！"

两人一唱一和，手也伸了过来，看来今天她们是不会善罢甘休的。我只好投降了，把她们赶出门去，换上了那件衣服。打开门口，我发现阿芳瞪着铜铃般的眼睛，指着我说："姨，阿姐的衣服像婚纱。那天，我在桥边看人照相也这么穿的。"小安没好气地接了句："少胡说，都快去吧。晓云，等会送完饭你就陪语霏和江辰出去走走吧。语霏来了这么多天都没玩过，她明天就走了。"

"遵命！"我换上了白色凉鞋出了门。语霏挽起我的手臂咬着我的耳朵说："美女，秀色可餐呀！"

第十六章

到医院后，从门上小窗望去，杨羽醒了靠在床头，杨少原坐在床尾，江辰坐在椅子上，三个人呈三角形。三缺一，我脑海里蹦出这个词来，忍不住自己也笑了起来。语霏噘噘嘴问："咋啦？笑啥？进去啦！"

我敲了敲门，江辰起身开了门。他眼中一闪而过的亮光被语霏捕捉到了，成了回程途中调侃我的谈资。同样的，杨羽也用复杂的眼神看我了几眼。我坐立不安，冒出了句："红枣粥好吃吗？"

杨羽忙不迭地说："好吃好吃，我刚想吃护士就来通知要空腹抽血，耽误了我好一会，把我给馋的。她说检查化验一下，如果没有问题今天就可以出院了。我爸、我和江辰准备下午就回乌镇去，你呢？你上次说要跟着写生，现在怎么个打算？"

杨少原想插嘴，几番欲言又止。杨羽忍不住说："爸，你想说什么就说！这里又没什么外人，也没什么不能说的。"被杨羽抢白了一番后，杨少原显出了一些害羞的神情。"没，我没想说什么。我中午还是想看看他，还有我想跟你商量个事。"他像一个做错事的孩子等着挨批一样，等着杨羽开口。父子俩就那么静默着。

"你想留下来？"最后还是杨羽开了口，"让我在妈面前撒谎说你要跟着我们一路写生？"杨少原点点头，不敢抬起头看杨羽，头就那么一只往下低，像极了一只顾头不顾腚的鸵鸟。

"爸，这么大的事瞒得过去吗？难道你能保证以后不会再来看吗？早晚会被知道的呀！"

"知道就知道了。三十几年了，我一天当父亲的责任都没尽过，难道就不允许我见见面，看一看吗？人生又有几个三十几年？我又能剩几个年头啊？何况他还姓着'张'呀！"杨少原说着说着哽咽了。

病房里的空气凝滞到了凝点。还好，护士及时进来打破了僵局。"杨先生，您的血液检查一切正常。如果没什么特别的事我们

建议您明天出院，当然了如果您有事随时可以办理出院手续。回去后请加强营养的摄入和保证正常睡眠时间。”

“那，爸，你看喽，今天走还是明天走?”

“我随你们意思，都行。”

看得出杨少原的眷恋，我对杨羽说：“老师，语霏明天就走了，小安让我带她和江辰出去逛逛。要不您和大叔也明天走?”杨少原连连点头，继而转过头征求杨羽的意见，杨羽点点头。杨少原笑了，满眼泪花地笑了。语霏、江辰和我退出了病房，杨少原在后面喊我：“晓云，你们，你们中午会回来吗?”

我知道他在想什么，其实不用他问，我们也会回来的。那是一天中唯一能和哥说上话的半小时。“会，您就在老师房间等我们吧。我要去看哥时会去找你。”“好、好，谢谢你了。你们快去玩吧。年轻人是该多玩玩，闺女穿得多漂亮呀!”杨少原搓着手回了房。

语霏牵着我的手，低声问我：“真的要让他见?这样好吗?你确定你哥不会认出来吗?”

“我也不知道。可是我也没这权利阻隔血脉亲情呀!”

“那倒是，我觉得让他见可以，但最好不要让你哥看到，以免情绪大波动。对了，你都没跟我介绍这个小帅哥是谁?”语霏指了指江辰。我扑哧一笑说了句：“我比你多知道的就是他的名字和学校了，让他给你做自我介绍吧。”

江辰往前跨了一步，对语霏欠了欠身说：“我叫江辰，江水的江，星辰的辰。我就读于中央美院油画系，下学期就大四了。”

“哈，这些我也全知道了，就不能说说什么我们所不知道的吗?”语霏一句玩笑话让江辰羞红了脸。“再说了，不知道的事我也听你表姐小安说起过几件。”语霏继续逗他，江辰快步往前走，留下身后语霏的奸笑声。“他这点倒是和你挺相配啊，有事没事就脸红，弄得自己脸皮多薄似的。”说完这话，语霏跑得跟兔子一样飞快。我穿着裙子并不着急追她，假意在原地背过头赌气似的不理她。她走了几步后又回过身主动送上了门，被我抓住了，一顿捶打。

西塘最美的风景绽放在清晨和夜晚。清晨尚未破晓之时，漫步在青青的石板路上，偶尔几声鸟鸣，剩下的便是自己的脚步声。小

桥流水人家。桥，空无一人，一片安然；河面，柳絮拂过，波平如镜。

我带着他们走过苏家弄，晃到西街，穿过送子来凤桥，沿着烟雨长廊一路漫步而过。上了环秀桥后，语霏走到桥中央环顾四周张开双臂做飞翔状，夸张地对我说："西塘，美丽到让人心醉，摄人魂魄的美丽。果然一方水土养一方人。你说是吧，江辰？"她拐弯抹角地表扬我，顺带戏弄江辰。

江辰从桥上走下，微笑着没有回答。语霏玩心大起，从他背后把他揪住，歪着头说："刚才晓云进病房时你可是两眼发光呢！难道你不认为她漂亮吗？你的眼神早就出卖你了。"江辰的脸一下子通红了起来，我赶紧圆场说："江辰，你别管她，她自从这几天和你姐同睡一屋后，就变成这个德行了。整天没个正经，胡言乱语。"江辰感激地望了我一眼，说："我们早点回去吧，你们要逛下午再来，好吗？"

"喂，怎么这么开不起玩笑。一开玩笑就想走，真没劲。"语霏噘着嘴满脸不满地说，"为什么要等到下午呀？我明天就走了，这几天都没好好逛过呢！"

"我怕错过探视的时间。老师的爸爸不是急着见，见晓云他哥吗？"江辰说得结结巴巴，"你们要逛，到时候见完再出来逛就是了。下午我还是在医院陪着老师好了。"

语霏对我耳语道："果真像小安说的他这样哪里找得到女朋友呀。脸皮又薄，又不会说话，又不解风情。特没劲！""行了，别跟小安学得那么八卦，我们回去吧。"我掐了语霏一下，她尖叫一声跑了。

医院无菌仓的可视电话探视时间定于早上十一点半到十二点。我们返回医院的时候不过十一点十五分，可是杨少原已经倚在门口焦急地看着手表。看到我们回来了他仿佛看到了救星，开心地朝房内喊："杨羽，他们回来了，总算回来了。"进了房，我和杨羽商量了一下，杨少原同意躲在我们身后偷偷看看哥，等哥一个月后如果可以出院后再找个机会让他们见面。

"没事，我偷偷看看就行，有看到就行！我知道的，现在要让他情绪稳定才有利于身体健康，只要他好好的就行。你们说怎么样就怎么样，都好，都好！"杨少原忙不迭地表态，鞠着躬。

我、杨羽和语霏站在前排，江辰和杨少原在后排张望着。哥的精神并不好，毕竟劫后重生元气大伤。他微笑着和我们打招呼，死里逃生的喜悦。他对杨羽百般的感谢，把杨羽弄得如坐针毡，只能也以微笑回应他。“儿子，儿子。”我听到身后杨少原喃喃自语。哥显然还没有太多的精神听到那个隐约的声音看到那个模糊的身影。

哥的虚弱让他只支撑了十分钟的对话，剩下的时间就是我举着话筒抚摸着屏幕望着他。为了让他更好的休息，我们提早挂断了电话。“哎，都不到半小时呢！多可惜呀。”杨少原轻声说道。“虽然剃了光头，比身份证上的照片还帅，双眼皮呢，这点像锦枝。”他自言自语，发觉杨羽盯着他，自知有些失言，干笑了几声转头走了。右脚一瘸一瘸地无时无刻不昭示了那段过往。

“二十几年了，我第一次知道爸腿受伤的真实情况。”杨羽声音闷闷的，转身回了房间。阿芳提着饭菜来了，让她一个人带了三份，着实为难了她。“阿姐，今天姨做了好多好吃的耶，她说今天是杨老师生日。”

“啊？今天杨老师生日？”

“嗯，俺听姨说的。姨说晚上让杨老师回客栈去，要给他过生日。还让俺要保密。俺看了会客栈，姨跑出去定了个大蛋糕呢！”我接过她手里的一份饭菜进了杨羽的房间，杨羽侧躺着，江辰孤零零坐在椅子上，手足无措。

“老师，吃饭了。小安说明天语霏就走了，所以晚上在客栈送送她，请老师也过去吃吃饭，热闹一下，行吗？”

“我人有点累，你们年轻人玩吧，我就不过去凑热闹了。”杨羽一口拒绝。短短几天奔波两地，做了手术，还无意中破解了一个个大谜团。所有的集合体都让杨羽身心俱疲。但我必须劝说他参加，此刻我也想给他一个快乐的生日，他的善良值得他拥有所有的真情和爱。我撒谎道：“老师，我刚跟大叔也说了，让大叔去看看哥开的客栈，大叔也挺开心的。您就一起好吗？江辰也会去的。”语气中略带小女儿般的撒娇。

江辰用一种特殊的眼神望了我一眼，说了句让我们都啼笑皆非的话：“老师，您就去吧，不然她的礼服白穿了。”礼服，这是礼服吗？好吧，只要杨羽应承下来，其他的就随他说去吧。杨羽笑出声来：“什么逻辑呀？有这么说服别人的吗？难道今天她穿婚纱，我

就必须和她结婚吗?”说完后，杨羽脸一红扯起被单盖住了自己的脸。江辰朝我比了个“耶”的姿势，做了个鬼脸。

杨少原听到我邀请他去哥的客栈自是欢喜异常，连连应承。“到时候可以让我看看他房间吗？在外面看一眼就行。别让杨羽知道了，他会不舒服的。闺女，求你了!”用到“求”字，老人的眼眶不自觉的红了。

语霏因为做了我的挡箭牌，讹了我一篇市场报告，得意洋洋找小安去了，也忘记了下午要四处逛逛的事了。于是，我落了个清净，决定去为杨羽挑一件生日礼物。镇上逛了一圈，什么也没买到，我只好又坐车去了杭州一趟，总算买到了件我认为可心的礼物。回客栈时，我被吓了一跳。小安把院子布置得流光溢彩，不像生日聚会，倒像是婚礼现场。

“哎呀，最忙时候躲哪里清闲去了？害我和小安忙了一下午。阿芳已经去接老师他们了。你快去厨房帮忙吧。”语霏站在椅子上挂着彩带，对我大呼小叫。“咦，原来去买礼物了呀！快给我看看是什么?”她跳下椅子扑过来，我一闪，小猫窜了出来差点把她绊倒。“讨厌，连你也来欺负我。不看就不看!”她扭头重新站上椅子。

我把礼物藏了起来，系上围裙进了厨房。从哥生病以后，我就没再见过这么丰盛的饭菜了。除了每天给哥熬汤煲粥，没人再有心思去张罗一顿饭。我一看，有油焖小龙虾、粉蒸肉、香煎豆干、清蒸白水鱼、爆炒田螺、玉米龙骨汤。锅里还有大闸蟹。

我舔了舔嘴唇，决定戏弄她：“哇，小安，你都没为哥做过顿这么丰盛的，那天生日也没有。今天却为杨老师做这么多，厚此薄彼啊！都不知道你怎么爱哥的。等哥出院了我就告状去!”

“简直就是恶人先告状！不来帮忙四处乱晃，我们没说你已经够好了，你还来这里疯言疯语的。懒得理你，去，把圆桌撑起来，人应该快到了!”小安往盘子里码大闸蟹。

彩带在灯花的映照下渲染了整个院子的气氛。大型圆桌、丰盛的宴席、美味的佳肴，我数着人数摆椅子，忽然有一丝微微的伤感。要是张伯和哥都在该有多好呀！

“阿姐，俺今天很乖，俺有保密！俺没有说是给杨老师过生日。”阿芳冲了进来，在我旁边跟着我转圈说。我刮刮她鼻子，我

才不信她呢！“那你接老师时怎么说的呀？”

“俺说了姨请大家吃饭，有好多好吃的，还有大蛋糕！”

我白了她一眼，戳了戳她脑袋说道：“是呀，你真能保密！”她没听出是反话，笑呵呵跑向门口，风铃响了。

“大叔好，老师好！”我迎了出去，让出一条道来。这是小安第一次见到杨羽爸爸，她也乖巧的学我叫大叔。

江辰在院子里左顾右盼，小猫跑到了他腿边，他一直往后退。小安故意抱起猫往他怀里扔，他急忙一躲。猫在空中翻了个跟头，我往前几步想接起小猫，猫顺势扑到了杨羽身上，我和他撞了个满怀。猫在我怀里，我在他怀中，彼此都羞红了脸，我抱着猫跑进了厨房。外面嬉笑声此起彼伏。

“好了啦，快出来吧，别跟个小媳妇似的。我都教训江辰了，都是他惹的祸。”小安把我扯出了厨房，大家都已在桌前坐定，阿芳低着头坐在语霏旁显得局促不安。她看到我来了，起身问了句：“阿姐，你要和同学一起坐吗？”现在只剩一个位于小安和杨羽中间的位置。“没事，你坐那好了。不用搬来搬去的。”我别扭地在杨羽身边坐下，脸，又红了。

吃没几道菜，杨少原蠢蠢欲动，不停瞄着我。杨羽好奇地盯着杨少原，压低声音问我：“我爸干嘛一直看你？他有什么事吗？”我摇摇头又点点头说：“没什么大事，只是他想看看哥的房间。”“哦。”杨羽的脸色有些不自然，他没有再追问下去。我顺势将杨少原领到了哥的房门口。杨少原趴在窗户上，眼睛贴着玻璃。我没有打开门让他进去，只因那是哥的房间，哥才是房间的主人。他也没多要求什么，看了看后下了楼。

“大叔，晓云，你们干嘛呢！吃饭吃一半。”杨少原瞥了一眼杨羽，赔着笑回答小安：“吃饱了，都吃饱了，做得真好吃！客栈也很漂亮。谢谢。”杨羽瞅了他一眼，冷冷哼了一下，走到门廊的书柜前。我转身进了厨房，为大家各泡了杯西湖龙井。语霏和阿芳忙着收拾桌子，刚收拾完就听到语霏对阿芳说：“即将重磅出击。”

院子里的灯一下子全暗了，小安把一座三层的生日蛋糕推到杨羽面前。蛋糕最上层是一匹马的形状，马背上插着两根数字蜡烛，分别是“2”和“8”。在小安的带领下，我们唱起了生日歌。在大家的祝福声中，杨羽吹灭蜡烛切了蛋糕。礼毕后，小安出乎意料地

上前抱住了杨羽，泪眼朦胧地说了句："谢谢老师！"

此刻，不言离殇，不言悲伤，大家心心相印，就已是最美的遇见。杨羽摸了摸小安的头，眼里写满了怜惜。此时他也许想到了那纸婚书吧。

我仰望星空。

第十七章

大家都走后，小安瘫坐在椅子上，她累了。她向正在收拾碗筷的我摆摆手，说："一会再整理吧，先过来坐坐。我们说说话！"难道她知道了些什么吗？我忐忑不安。

我抱着猫坐到了她身边，小猫将两只前爪搭在桌子上，贪婪地吃着桌上的残羹剩饭。小安摸了摸猫头，猫瓮声瓮气地喵了一声叼着鱼骨头往下跳。"晓云，杨老师说他明天回乌镇，问我们是不是照原计划跟着一起写生。我跟他说我留着照顾子豪，你跟着他们去。你看如何？"

"要不以后我们一起去吧。你一个人会很辛苦的。再说了，不知道哥的意见是什么？"

小安将整个人往后仰，拉伸着身体，说："写生是进步最快的方法。杨老师这次是因为画展所以才出去那么久，机不可失，你去吧。子豪要在无菌病房呆一个月，也不能探视，想照顾都照顾不到。也就每天做做饭，不会太忙的，你就去吧。你先收拾收拾东西，明天探视后直接跟老师走吧。放心了，这里有我和牙膏。"她，依然叫她牙膏。

"他们都是男的。"我忽然冒出这句话，小安笑着打趣我："男的怎么了，有两个护花使者多好啊！你什么都不用操心，还有免费挑夫。"我冲她龇牙咧嘴，站起来收拾桌子，转身进了厨房，留下她一个人咯咯大笑。

一枚一元的硬币在桌上翻滚，去，不去，我摆弄着它。有花就去，有数字就不去，结果各半，我坐在吊椅上对着硬币发呆。我放心不下哥，舍不得离开，也不想小安太辛苦。语霏坐到对面的吊椅上，玩着硬币。我问："怎么样，去还是不去？"

"但凡问别人问题时，其实自己心中应该已经有了答案。不是吗？"

我点点头："但是选择总是困难的，总会有后顾之忧，总无法

心无旁骛。”

“那你真实回答我一个问题，可以吗？你和你哥的感情是不是爱情？”

“啊！为什么这么问？我依恋他，可是没有书上写的心跳的感觉。和他在一起很有安全感，很舒服。是不是爱情，我真的不知道。问题是这和出去写生没关系好吧。”我顺手拿起一本杂志敲了她的头。“讨厌！”

语霏夺过杂志说：“我想说的是如果你跟你哥不是爱情的话，那何不多给小安一个与他独处的机会？人在生病时精神都是最脆弱的，这种时候最容易产生感情。你说呢？”

“哼，拐弯抹角，是不是小安让你来做说客的？老实交代！”

“哎，你说可能吗？她可能这么跟我说吗？就算她有这念头，她也不会说出来的。她最多就是每天看看你哥的照片自言自语而已。”

夜深了，月亮躲进了树梢，只剩斑驳的几缕银辉洒落在院子内，影影绰绰。“我明天就回去了，你要好好的。去吧，就算出去散散心也不错呀！你神经绷紧很久了。”我将头靠在语霏肩上，月亮像捉迷藏一样的又爬了上来，忽明忽暗。猫儿跳上我的膝盖，在我腿上蜷缩成一团，慢慢进入梦乡。“我好想像只猫啊！多幸福！”我变换了个姿势，猫儿被我吵醒，伸了伸懒腰，舔了舔我的手，继续睡了。“走吧，天晚了，我们都去收拾收拾吧！”这一夜，我们三个人挤在一张床上，各怀心事。

第二天一早送完语霏后，我拎着行李到了医院。杨羽正在病房里和杨少原争执着什么，音量不大内容也听得不真切，但语气中的气愤还是能让人感觉出来。我侧身靠近门，揣测着进去的最佳时机。江辰出现在我身后，我被吓了一跳。“你，你想吓死人呀！干嘛鬼鬼祟祟躲在这里？”

江辰摇摇洗净还在滴水的饭盒，说：“是你鬼鬼祟祟站在门口的好不好？”

“喂，老师怎么了？好像生气的样子。”

“哦，昨晚回来的路上，他太太打电话质问了一番，说老师不尊重她，捐骨髓这么大的事都不跟她商量。后来，后来我们院长也打电话来责问他，估计也打电话给老师的爸爸了。”

我心想人果然身不由己。“可是，这事关你们院长什么事，教学归他管，生活又不归他管。关心表扬还差不多，凭什么责问呀?”

“哦，对了，你不知道，老师的太太就是我们院长的独生女。小安没告诉你?她不是最八卦的吗?听说当初是他太太主动追求的他，轰轰烈烈呢！具体我是不知道，想知道你可以去问小安，这是她特长。”这对姐弟时刻不忘损对方。

杨少原听到了声音，打开了门把我迎了进去。杨羽坐在床上，一脸的颓废。他瞥了我一眼，苦笑道：“怎么?都听到了?”我回：“没有呀！我刚到，刚送完语霏回来。”“哦，也是，我给忘了。刚小安送的早餐，她说你晚一点到，要和我们一起去写生。”他看着我手上拎的行李说道。江辰从我手里接过画板、伸缩画架、颜料和纸，把它们放在了角落。这些绘画材料都是小安帮我打点齐全的。

杨少原盯着杨羽阴沉的脸和我们战战兢兢的神情，没有再说话，一瘸一瘸走向走廊的阳台。江辰也一起走了出去。

“让你看笑话了！只叹此生不由己啊!”

“老师说哪里的话，我什么都没有听到。人生中又有几人能由己呢?我觉得人的一双生都是在妥协中度过，妥协于自然、妥协于生命、妥协于社会，妥协于情感。”

“你那么小，怎么感悟那么多?你该使自己快乐一点的。”

我踱到窗边用手够着低垂在窗口的柳枝说：“我现在很快乐呀！哥手术也做了，我也要去写生了，小安也能和哥独处了，我又有什么可以不快乐呢?”

“你昨天的衣服很漂亮。”杨羽前不着村后不着店地来了一句，我愣住了。“哦，那是哥送我的二十岁生日礼物。”“你什么时候生日?”说完后他立马停住，眼神飘到窗外。

我站回他床头，笑着说：“娘是5月15日在卧龙桥上捡到我的，所以生日也写了那天。挺好记的，我要我。”

“哦，想起来了。那天你刚过法定年龄一个月，那个大妈还唠叨了半天。”杨羽拍了拍脑袋懊丧地说，“我是不是老了，每次哪壶不开提哪壶！那件事你打算怎么处理?”现在一想到那纸婚书我就头痛，倘若没有小安，一切都能顺理成章。不管对哥是依恋还是爱情抑或是报恩，我必定选择与哥“白首不分离”。哥能找到合适的骨髓是我不敢奢望的，而哥亲生父亲的出现更是始料不及的。人生

就像一场戏，跌宕起伏，虽知旅途的起点与终点，但旅程却都是未知的。

杨少原进来了，满嘴的烟味，杨羽盯了他一眼，他讪笑着走出去。江辰买好车票回来了。“路上再商量吧！”他说，我点点头，这是属于我和他的秘密，唯一的秘密。

中午探视时间到，从屏幕看去，哥今天的精神比昨日好了许多，话也说得多了起来。杨少原依旧躲在我们背后目不转睛地盯着他。“哥，杨老师今天要去乌镇写生筹备画展。小安说让我跟着去，她留下了照顾你。你看这样行吗？你还没出院我就不在身边……”

“没事，你放心去吧。就是要辛苦杨老师了。忙正事还要带着个小麻烦去。”说这话时，哥把目光转向了杨羽。杨羽呵呵一笑，脱口而出：“哥，不辛苦的。晓云很安静的，一点都不麻烦。”天，我捅了捅杨羽，他竟然就这么顺口地叫他哥，而不是之前的张先生。杨羽也意识到了，赶紧补充道：“哦，真不好意思，这几天一直听晓云叫哥，听得习惯，我也就随她叫了。”

“哎，杨老师不用这么客气。我比你大，你不嫌弃叫我一声哥，我高兴都来不及呢。是不是晓云又编排我什么了？”我手心湿了，昨天是杨少原叫儿子，今天是杨羽叫哥，我只能暗自庆幸哥没看到杨少原。“你们俩的事，又牵扯我做什么？你就那么喜欢人家叫你哥吗？叫哥是要给红包的哦！”

也许是即将分离，也许是哥的精神有所好转，今天是护士催着我们放下电话的，她说不能让病人太为劳累。放下电话切断屏幕那刻，杨少原擦了擦眼角。“我今天跟你们去乌镇拿行李，明天就回北京去。”我扫了杨羽一眼，他和我一样诧异的眼神。“大叔，您不是想呆着吗？”我问。“不了，等他出院了麻烦你告诉我声，到时候我再来。现在家里出了点事，我还是回去好了。”杨羽和我对视一眼，四个人一起回房拿行李。

一路上，杨少原的目光始终没有离开过窗外，他就那么一直扭着头。从玻璃的反射，我看到老人隐忍的表情。此刻，他又何尝不是身不由己呢？只是倘若当年他多些果敢和决绝……

乌镇，给我的第一印象是破落的，跟几年前的西塘有些相似。杨羽说那是因为乌镇去年才开始进行古镇保护和旅游开发工程，所以景区还未完全开发。但乌镇除了具备典型江南水乡的特征外，它

完整地保存着原有晚清和民国时期水乡古镇的风貌和格局。

沿途，杨羽向我们介绍着各种高矮参差，风格迥异的建筑。那一座座叫得上名叫不上名的石桥在太湖运河上巍然屹立着，脚下的石板路写就了乌镇千年的历史。“为什么在一个小镇里会出现如此繁杂的各式住宅呢？”江辰不解地问出了我想问却没有问出的问题。杨羽说：“在乌镇的布局中，由于历史上曾地跨两省、三府、七县，加之吴越文化的积淀和儒家思想的潜移默化，就产生了多轴线明确、尊卑有序的各式住宅。”

斜阳下，民居的屋顶在落日的余晖下愈发动人，杨羽一路娓娓道来，我听得如痴如醉，不得不佩服他的学识。“行了，听也听完了，都动笔画吧。江辰，你前天不是说想画黄昏中的乌镇吗？加快动作速度，落日稍纵即逝，比清晨更为短暂。”

一天中我最喜欢的便是清晨，黄昏总让我无端感伤。不仅因为娘是在黄昏走的，更是黄昏时那轮太阳的颜色在我眼里太为诡异，我不敢直视它。

“你不喜欢黄昏？”看到我愣愣站着，杨羽问了句。我点了点头。“为什么？黄昏时落日的余晖让所有的景象变得神秘莫测，能让人有无限的遐思。落日的温暖不同于艳阳高照，也不同于清晨时略带一丝凉意。”

我低头看着架好画架正在打稿的江辰，他在纸上用一层柠檬黄刷底，只为了让整个画面显得更为明亮。“也不是不喜欢，黄昏有时美得令人窒息，但是黄昏给我的感觉是英雄末路，美人迟暮。不是有所谓的‘夕阳无限好，只是近黄昏’吗？”

“你像林黛玉，悲春伤秋。不管你喜欢不喜欢，快点画。”

“不想画，不喜欢。”

“又不听老师的话了？”

我架起画架，心不甘情不愿地黏上画纸。“哼，只会拿这句来压我。”我嘟着嘴在他背后做了个鬼脸小声说道，江辰笑了。

杨羽转过头一脸得意地说：“一句就够了呀，重点的会了就行。”我在心里嘟哝着：“小样。”他用余光贼贼地瞄了我一眼，大笑道：“你哥是不是拿你没办法时也只能搬出他是你哥这个事实呢？”他这句话说得好拗口。“懒得理你。”

“老师，我不会画。”看着江辰的画，我更不敢动笔了，我怕画

得难看，我还是无法接受自己画得难看的现实。杨羽并不理我，走到远处架起了画架。他凝神思考几分钟后直接在纸上打稿，刷刷刷几笔勾勒出小桥流水人家，恬淡的意境跃然纸上。我搬起画架就往他身边凑，“老师，不会画。”声音减小，他继续充耳不闻，只画着自己的画。我干脆就站他身边看着他画，画面和实景并不完全相同，兴许这就是所谓的艺术加工吧。

站得脚酸了，我蹲了下来，他拿起画笔轻轻敲了我一下头：“快点画，再不画天就暗了。”我嘟着嘴说：“不会画。”“不是不会画，是怕画难看是吧!”我点点头，垂头丧气的模样。他无可奈何地摇摇头说：“谁没有画难看的阶段呀！每个人都必然要经过这个过程的，怕什么呢？我又不会骂你。”我心一颤，想起了年少的事。

“我想去那桥中画，可以吗?”

“那桥没有扶栏，你跑那里画干嘛，危险。”

“可是我只会正面画，侧面画我画得更难看了，透视有时还会不准确。”

杨羽的画刚上完第一层关系，他朝桥上眺望了一下，摆摆手说：“去吧，反正没下雨，地面不滑。不过你还是小心点，万一出了什么事，你哥还不把我皮扒了！再说了，画画最佳角度并不是正面，而是四分之三的位置。”

“是你哥把你皮扒了。哈哈哈!”我笑着扛着画架跑到桥中央。他作势要敲我，我一下躲开了。看来今天我穿T恤和牛仔裤的确是明智之举。远处，江辰的脸上浮现出一丝不自然的笑容，很奇怪的笑容。

我是只菜鸟，菜鸟只会画正面的景物。我哼着歌打稿，第一次震撼于夕阳西下竟如此的醉人。一只小鸟在我的脚边停留，蹦蹦跳跳，它用嘴啄了啄我放在地上折叠水桶，水桶一分为二，一边净水，一边浊水。呀，它在喝水呢，而且是很聪明地喝着那边干净的水。我拿起干净的画笔，弓下腰用笔前端的毛触碰着它的前额，它竟然没有跑开，而是睁大了眼睛看我。

“不画画在干嘛!”杨羽大喊一声把我吓了一跳，笔滑落在前方。我往前一迈差点踩到小鸟，只好腾身而过，天，笔捡到了我也掉进了河里。瞬间，我扑腾着水面，正往下沉时我发现杨羽跳到了我身边，溅起的水花朦胧了我的双眼。我继续往下沉。下沉中，我

隐约感觉有一只手牵着我。

我是怎么上的岸我已一无所知，等我醒来时，我发现了六只眼睛盯着我，几乎凑到了我的脸上。杨羽戴着眼镜，四只眼。我不再庆幸自己穿了牛仔裤，而是满心的懊悔。

“总算醒了，谢天谢地，总算醒了！”杨羽的声音沙哑着，“都怪我同意你去桥中央，都怪我叫那么大声叫你，都怪我不会游泳还跳下去，都是我的错。”他忙不迭地道歉，我看到了镜片上的泪珠。

江辰腼腆地笑了笑，推了推杨羽说：“老师，没事了啦，小意思而已。我没考进美院前，连续六年蝉联了区里游泳冠军。高三毕业后我跟救生队学了救生知识，要不是今年暑假出来写生，我现在就在游泳馆当救生员呢，工资可高了！”说到兴奋处，他一改闷闷的模样，兴奋了起来。我感激地看了眼江辰说了句：“谢谢！”他忽然红着脸背过身去。

第十八章

“走，你去换身衣服，一会儿我带你们去吃好吃的，给你压压惊。”杨羽说完掩上门。我换完衣服走了出来，对他说：“老师，不用了啦，又没事。”“你以为老师真只是为你压惊吗?”江辰语不惊人死不休。

杨羽白了江辰一眼，说：“不是为她压惊，那你说我能为了什么?”

“封口费呗。”江辰很有自知之明地边说边往旁边闪去。

“天啊，你说我怎么挑的你们两个呀。老了老了，还受制于人，还被你们两个小孩子欺负，这还有没有天理了!”

“谁是小孩子，哼!”我和江辰异口同声。杨羽假装赌气地往前走，我们只好尾随而上。只可惜，他许诺的好吃的饭菜我们终究没有在乌镇吃上。我们就着萝卜干和一盘酱肉吃完了晚餐。

第一天就出师不利让我心有戚戚然。“福无双至，祸不单行”这句话老在我脑海里闪过，以至于我祈祷上天让所谓的“祸事”赶紧到来，省得我诚惶诚恐不可终日。“干嘛呢？又在发呆。好好画画!”自那天起，接下来的两天杨羽都不离左右地跟在我身边，教训的话也说得温柔多了。江辰暗地里揶揄我：“福祸相依。”从他的叙述中可以得知杨羽是一个严厉的老师，虽不至于不苟言笑，但在课业上却是要求得精益求精，不容半点马虎和应付。

我偷偷问江辰：“那他又是怎么容得我的呀?”

“第一你不是学校里的学生，第二你哥是他哥，第三你第一天就掉河里去了，他的士气被打击了，所以就容得下你了。容天容地，于人又何所不容?”江辰将手背在身后，学着杨羽的样子踱着步从后面打量着我的画，丝毫没有注意到我的挤眉弄眼。

“啊，痛!”江辰装腔作势地跳了起来。杨羽拿了根最大号的画笔敲了下他的头：“没学过‘静坐常思己过，闲谈莫论人非’吗?能耐大了去了，竟敢编排老师，回头告诉你的班主任和辅导员去。”

江辰歪着头偷瞄着杨羽的表情，我和他都分辨不出杨羽是不是真的生气了。总之，他板着脸极其严肃。江辰委屈地求饶道：“老师，我错了，饶了我这回，行吗？您不能不教而诛啊！下不为例，我保证下不为例，好吗？”我笑了，他那样就差没有晃老师的手撒娇了。

“笑什么？正经点。”杨羽正色骂我。“老师，祸不及无辜啊！我又没错。”“你没错，这么几天了，你画了几张了？哪一张是完整的？”我，我，哑口无言。“你害死我了！”我骂了句江辰。江辰一副大义凛然的样子：“我不杀伯仁，伯仁却因我而死！老师，都算我身上吧，您要怎么处置就怎么处置好了！”

杨羽忍不住笑了：“你这么大了，我又打不得。该如何处置呢？先记账吧，等我想想再说。还有谁的错罚谁，没有都算你身上的道理。你们两个的账就先欠下了，别奢望能逃得过。”

好吧，原来祸不单行的祸在这里，而且判的是缓刑，期限未知，形式未知。“还不如打一顿来得爽快呢！”再小的声音也没逃过杨羽的耳朵，江辰的脑袋又挨了一下。

“老师，本来就够笨的，再敲就更笨了！”

“不敲怎么开窍，废话少说，两个都快画画去。本来按路线应该是先去西塘，但考虑到晓云最后要回西塘，我们就先去南浔和安昌好了，这两地都还在浙江省内。晓云，我警告你，如果今天没画出一张完整的，你就是通宵明早也要给我交一张完整的。”我踢了踢脚边的小石子，应了声：“知道了。”向江辰眨了眨眼睛。

“不用眨眼睛，更不用指望他帮你画。他画的我一眼就看的出来，哪怕一笔。如果到时候让我发现，我就以一罚十。”他转过头对江辰说，“到时候应该不算‘不教而诛’了吧！”

我们默默地分别找了个地支起了画架，杨羽依旧找了个离我最近的位置坐下，尽管那个角度并不是太好。我能做的只能是不再吵他，我安静地画着，画得不好，但心情却异常的平静。

哥，我想哥了，才离开三天我就想他了。不知他一切可好。心有灵犀似的小安来了电话：“晓云，你怎么样了，有没有挨骂呀？他要求很严格的。今天子豪抽血检查了，各项指标都有所好转，主任说形势不错，还夸我后勤做得好呢！所以你就尽管放心好了。对了，江辰怎么样，你们两个闷瓜在一起估计更闷了吧，还摊上个

‘周扒皮’，日子堪忧呀!”小安说着说着，不知不觉声调越来越大，很显然被杨羽听了去。

“又一个编排我的！现在的孩子怎么都不懂得尊师重道呢?”杨羽虽是自言自语，但我们都知道他醉翁之意不在酒。他继续画着，画面上两岸杨柳低垂，房屋掩映其中，石拱桥下一叶乌篷船。他见我若有所思地侧着头，问了句：“怎么?看清怎么构图和上色了吗?”

我指着画面上的轻舟喃喃道：“生命如同一叶扁舟随风漂流，看似快乐，而谁又理解那份落寞与孤寂呢?我看清的是画里表达的物哀与风骨。”杨羽听完放下画笔，郑重其事地问我：“晓云，你明年就要毕业了。是想考研还是想工作?有什么理想或梦想吗?”

“我答应语霏如果哥好了，我就陪她考人大。她家在北京，一直想考回去。”我边画边说，“其实我也不知道自己要什么。就算知道，我也从来不会去说自己要什么。哥是希望我继续考研。”可是别人都准备一学期了，只剩五个多月了，铁定考不上。

“为什么不说自己要什么呢?你不说人家怎么会知道呢?你的人生是自己的，不该老是按着别人的想法或者别人的意愿生活。”

“不为什么，兴许因为害怕被拒绝吧。”在我心里，一件事哪怕只有百分之一失败的可能，我也不愿拿百分之九十九成功的可能去赌。

毫无疑问，我的画没画完，江辰留了个心思帮我照了张照片。他用的是一台奥林巴斯的数码相机，这在当时并不多见，据小安渲染，江辰家开着连锁的旅行社，家境殷实。那也是我第一次见到数码相机。

江辰一个晚上都没从他和杨羽的房间出来，我走投无路，只好照着那张照片熬了个通宵。睡睡画画醒醒如此折腾了一晚上，第二天杨羽敲门时，我开门后几乎是跌落在他怀中，两只熊猫眼，一头长发散乱披在肩上。江辰在杨羽身后目瞪口呆盯着我，蹦出一句话：“就差衣衫褴褛了!”房间内，水、颜料、画笔横七竖八躺在地上桌上。

“画的不错呀，比前几张好多了！只可惜是根据照片画的，终究少了一份灵性。”

“老师怎么知道是根据照片画的！为什么写生和用相机拍摄下

来画的感觉会差好多?”

杨羽一边拿笔修改，一边说：“画照片，人的感觉没了，也就是人与自然的交流没有了。另外，照片的东西少了，可选择入画的东西也少了，当然会差很多了。”

我点点头，似懂非懂。只懂感觉，不会技巧，这是我最大的绊脚石。每当我画不出自己想要的感觉时，我总是焦躁不安，偶尔还会对着画面泪流满面。当我纠结自苦时，语霏定会借机把我拖去吃一顿烧烤，然后满嘴油腻啃着鸡腿来一番开导：“你又不是美术专业，只要会欣赏就行了，何必一定要会画呢？如果真喜欢，照张相就行了，多简单呀。”

“你在学校上课也这样吗？整天不是开小差就是发呆。”杨羽扔下画笔，不满地说道。我毫无预期地哭了，边哭边说：“我也想画好，可是我就是画不出我要的感觉，画不出来。我没画画的天赋，是不是？你们都嫌弃我。”

杨羽被我的反应吓了一跳，不忍的眼神一闪而过。本以为他会安慰我，没想到他劈头盖脸骂道：“哭，哭，整天就知道哭。如果哭可以让你画好的话，那就继续哭好了。每天不用画画就坐着哭好了。我告诉你，从今天起，每天两幅，画不完你就不用睡觉了。你想好了，愿意学就学，学了就要按规矩做，不愿意今天就可以回去了。你哥那里我会去解释的。”说完，他转身出了房门，顺手把江辰也拉了出去。

我抽泣着，长这么大还没有人这么骂我过，还威胁我。我一气之下把画撕了，哭得更歇斯底里了。由呜呜哽咽到小声抽泣直至号啕大哭，夹杂着几个月来的压抑，我哭得昏天暗地。

“画你的画去，少多管闲事！”外面是杨羽怒斥江辰的声音。

学不学？学，似乎前面是万丈深渊；不学，我的倔强让我断然不能选择放弃。我无路可选，也无路可逃。我梳洗完毕后，敲响杨羽的房门，他正在收拾东西，准备去南浔。

“怎么样，想好没有？”从语气听上去，没有任何的舒缓，冷冰冰毫无温度，不似前两日的温润。

我咬咬嘴唇，点点头说：“想好了，我继续学。”

“行，看看这张，同意就签个名吧。”他从桌上拿了笔和纸给我，看来是有备而来。“白纸黑字，省得到时横生枝节。”

我接过一看，总结起来共有三点：一上课认真听课认真画画；二按时保质保量完成每天布置的作业；三不许有事没事就哭。“想好再签！”他略带警告的口气，“我的学生可没那么好当。学习就是学习，不是拿来应付和玩的。”我还能说些什么呢？我的手无法控制似的发抖，颤巍巍签上自己的名字。“去把东西收拾收拾准备走了！”他命令道。

乌镇到南浔古镇大约五十分钟的车程，一路上杨羽还是板着脸，没有给我一丝好脸色看。我不理解他如此巨大的转变是为何，我宛如又回到了胆战心惊如履薄冰的孩童时代，再一次想起了金老。

南浔是个更为宁静的古镇，因为开发得晚，客栈更少，就几户农家。最终我们在三拱环石桥安澜桥边的农家住下。屋外视野不错，屋内还算整洁。早上九点多钟的光景，河边零星有几个妇女正在浣洗衣服，石板上棒槌击打衣服的声音此起彼伏。有的甚至唱起了小曲，音质虽非天籁，但也还算清丽。

“各自找个取景点画画，注意安全！”又是没有多余一个字的话，我无法适应他的转变。我一如既往找了个正面取景的河边，我想画的是面前一池荷花以及对岸掩映在参天大树中的几幢白墙墨顶燕檐的房屋。杨羽一反前几日的举动，他离我很远，远到隔着一座桥。江辰见状把他的画架往我身边挪了几米，他探头探脑四处取景，不着声色地关照着，我鼻子一阵酸楚。

当我不会画时，江辰总会适时地站起身退远着看自己的画，实则用余光扫视我的画，轻声教我如何处理画面。在他的指点下，我总算完整地画完了我的第一张写生。画面简洁，称不上漂亮，但我快乐于画出了我想要的感觉。我学着江辰退远端详着自己的画，江辰还在做画面最后的微调。“江辰，我觉得这画面缺少层次感，不立体。”我哼哼唧唧说道。“取景时，先定下近景、中景、远景，然后疏密有度，重点刻画你要表达的具体物象。”杨羽的声音在我身后响起。

“老师，怎么样，有进步吧？”我略有些得意的邀功道，只想博得他只言片语的表扬。

他没有回答，径直走到江辰身边指点起来。为什么，为什么忽然这么对我，我很想问他，却怎么也说不出口。

半个月一晃而过，除了乌镇周庄甪直多呆了一两天外，其余皆是一天一夜的行程。忘了通宵了几天，他布置的作业量越来越大，要求也越来越严苛。自始至终一个笑容都吝啬给予。我不知道自己究竟做错了什么，我也已然忘记自己学画的初衷是什么，我只是在马不停蹄地赶作业，不舍昼夜。此刻，为的，也许只是单纯他的一个笑容。我熬夜时，他房间的灯也几乎一夜通明，江辰的境遇并没有比我好多少，唯一让我羡慕的是至少他还会表扬他，至少他还有与他说笑。

小安已经一周没有主动来电话了，我每次打回去，她总是支支吾吾，左右而言他。难道她在瞒着我什么吗？哥怎么了？不得已，我通过李叔的儿子找到了张伯，张伯刚出院回家静养。

“晓云，怎么了？过得不开心是吗？”张伯莫名其妙的问话让我直觉他肯定知道些什么。

“还好了，哥怎么样了？为什么小安老不打电话给我？”

“子豪，他没事，挺好的。医生说大约再过十天就能出院了。小安哪里那么有空呀，暑假客栈生意挺好的，她忙得团团转，还要给子豪做饭。”

“也是，就我最闲了。”我苦笑道，“张伯，您没骗我吗？”

张伯在电话那头哈哈大笑：“我都这么老了，哪里会骗你们这些小孩子呀。”

“那杨老师怎么……”张伯仿佛知道我要问什么似的，打断我说：“别想太多，他也可以算是你哥了，不管大家怎么做都是为了你好。记住张伯这句话就够了。”我静默了，看来他们有共同的秘密。

很快的，告别朱家角，写生到了最后一站西塘，我归心似箭。半个月来高压阴冷的气氛几乎要把我压垮。背着沉甸甸的行李回来，看着一大摞的画稿，除了瞬间而过的成就感外，我莫名地倍感苍凉。除了上课、布置作业和指点之外，杨羽没有多说一句话，即便在吃饭时也只是偶尔和江辰说说话，我插嘴时他就立马中断。

我，到底做错了什么？他们，到底有着什么共同的秘密？

第十九章

两只猫儿比小安更积极主动地跑来欢迎我。还来不及卸下行李，它们便争先恐后扑到我怀里。眼泪不争气地流淌，我将头埋在两只猫儿中间。其实我要的并不多，我要的只是一个笑容、一句鼓励和一点温存。

“老师，您回来啦！辛苦了哦，喝个茶吧！”小安端出茶来。

“哎哟，才几天不见，你就变得这么乖巧了呀！爱情的力量真是巨大啊！”杨羽开始由暗转明调侃她。

小安用羞涩的声音回答：“老师，您能有点为人师表的样吗？胡言乱语的，也不怕那两个学生笑话。”小安说完朝我走来，“下去、下去。”她把两只猫从我怀中赶走后才发现泪流满面的我。她一把搂过我把我往门廊带，焦急地问：“怎么了，它们抓你了吗？应该不会呀，它们跟你最好的了。”

我摇摇头，死死抱着她不肯放手。她拍着我的后背，也不再多问，帮我把身后的画夹取下，翻看起来。“哇，不会吧，这些都是你画的吗？才半个多月呀！老师也太牛了吧，半个月能把你训练成这样。如果再给他几个月，估计一定能把你训练得进美院了。”小安吃惊地叫喊着，她只看到了画纸上的光鲜，没看到背后的艰辛。最可怕的不是艰辛，而是那种气氛，那种让我窒息的气氛。倘若我可以选择，我宁愿选择安然恬淡下的毫无进步。

“老师，老师，您也太偏心了吧！才半个月都能把晓云训练成这样。我们跟了您那么久，进步都没她半个月来得大。”小安跑到杨羽面前扯着他的衣角说道。杨羽把她的手轻轻打落：“你是想要我回答‘你底子好，进步空间不大’，还是想让我回答你‘朽木不可雕’呢？哈哈哈。”杨羽又逞了回口舌之快，他喝了口茶满脸得意地在吊椅上摇晃着，

小安抛下句“懒得理你”就跑一旁和江辰说话去了。

“阿姐，你回来了呀！俺可想你了，一会有空要过去我家，叔

公说听到你声音了。”

我趁机跟着阿芳走了，我实在不知该如何与他独处。可是，可是结婚证的事怎么办呢？哥都快出院了。想了想，我还是决定一会探望完张伯后单独和杨羽好好谈谈。以何话题为开始呢？好吧，就算自我牺牲一回，以那笔欠账开始吧。

“老师，老师，我……”

“有事吗？今天你刚回来，一会我们去看看你哥，下午休息一下，明天再开始写生。”

“老师，我想请问？”

“有事就说，没事我去收拾东西了。”

我想了想，鼓起勇气问：“我是想问上次老师说的欠账什么时候还？怎么还？”杨羽皱了皱眉，转了转眼珠，直视了我几分钟，盯得我毛骨悚然。“怎么？熬不住了吗？我还没想好呢，暂且记着吧。等你下次犯错的时候一起算。”“哦。”我低下头盘算着怎么提起那事。他宛如洞察一切似地挑眉一问：“恐怕你想问的不是这问题吧。说吧，到底什么事？”

我的脸火辣辣的，烧到了脖子上。我揉着衣摆说：“老师，我是想问问那个，那个结婚证的事怎么办？”

“那你想怎么办？”杨羽反问我。

“晓云，过来帮拿一下东西，该给子豪送午餐了。咿，你不是一直着急着见他吗？现在怎么老是腻在老师身边了。有了新哥哥就不要旧哥哥了，是吧？回头我告诉子豪去，就说你喜新厌旧。叫他不要再那么爱你了！”我接过小安手里的保温桶，顺手打了她一下，杨羽瞪着她但没有接话。“对，对，对，让哥不爱我，让他都爱你得了。”

“要走再叫我一声。”杨羽转身走进了小安为他和江辰留的房间。小安俯在我耳边问：“你们两个怎么了？我发现他这次回来变得好严肃，好凶。你半个月进步那么大，他难道不高兴吗？老实交代，你是不是做错了什么大事？看你一脸的苦大仇深。”

我摔进河里算不算大事？我哭着喊不会算不算大事？我敷衍了事算不算大事？什么是大事？“小安，我想哥，我想开学，我不想画画了！”

“行了，别耍小孩子脾气了。”小安拎着饭盒朝着二楼杨羽的房

间喊道："老师，可以走了吗？快到探视时间了。子豪知道你们今天回来，可高兴了！"

医院内，我看到了神采奕奕的哥哥，无论精神还是气色他都比半个月前好了许多。哥胖了，真的胖了。哥对杨羽又是一番感激之言，感激他的救命之恩，感激他教我。杨羽一直微笑着和哥聊着天，大有相见恨晚之意。哥发觉出了我的憔悴，又不好当众的面问些什么，只是一直说我瘦了，让小安做些好吃的给大家吃。

"子豪，我现在可真成了你家名副其实的厨娘了，原本只做给你和晓云吃，如今还要做给你弟吃。"小安当着众人嬉笑怒骂，形同撒娇。哥傻傻笑着，害羞低下头。杨羽插了句："行了，小安，真够闹腾的。让他好好休息吧，我们明天再来看他，我会在这呆三天。"挂了电话后，小安凑到杨羽耳边说了句让他面红耳赤的玩笑话，半真半假："别老说我坏话，小心有一天我成了你嫂子。"

"这么说，那他该如何称呼我呢？不是古语有云：'一日为师，终身为父'吗？"小安又输了，她跟江辰诉苦道："哼，老师只会以大欺小，真不厚道。"江辰干笑着，他也是欠着账的人，自然多一事不如少一事，沉默是金。小安落败，气呼呼地快步走在我们前面。

这天的下午是我半个多月来最为轻松的时光。我和小安坐在院子里的吊椅上，面对面。我们很久没有这样悠闲的时光了，望着茶叶在玻璃杯中翻滚，望着天空中的云卷云舒，我们各自抱着一只猫享受着下午茶时光。

"晓云，你说如果子豪没有生病，那么也不会有杨羽捐骨髓。如果张伯没有摔倒，那么也不会阴差阳错认出杨少原。世间所有的安排都是没有早一分钟，也没有晚一分钟。好神奇！"

"小安，你想过未来吗？真的就这么等着哥守着哥吗？"我的一句话让小安从兴奋的制高点跌落到低谷。我并非有意伤害她，我只想听听她的想法，我也想许她一个繁花似锦，春意满园。

小安梳理着猫儿的猫，抚摸着它的脊背，提起它的两只前爪将它举到面前，用自己的鼻子蹭着猫儿冷冰冰的鼻子，说："跟你说句实话吧，别问我什么是爱情。我也不知道。那时他被诊断出白血病一直找不到骨髓，我随他走了的心都有了。我当时就想着，如果他走了，送完他，我也悄悄地走了。那时的那种绝望我相信你也一

样有。”

倘若那时没有深深的悲哀与绝望，我又如何会费尽心思去领取那一纸婚书呢？我当时只希望让哥走得了无遗憾。那时，我想我送他时，必定是以遗孀的身份送他。这些我都无法告诉小安，那样太为残忍。后来戏剧性的变化是我们始料未及的，但却也是我们愿意用生命去做交换的。

“假如，我是说假如，假如哥心里已经有别的女孩，你会怎么办？”

小安眼里飘过一丝慌乱：“难道你知道些什么？告诉我好不好？快一年了，我没看到子豪和哪个女孩交往过呀，哪怕连多说几句话也不多呀！那女孩是谁？”

“别急嘛，我是说假如。”

“不，你不会随便说假如的。一定有什么蛛丝马迹。”小安钻进牛角尖里，十头牛也拉不回来，她扳着指头在清点着和哥有说话的女孩。“按理说没有呀，总不可能是牙膏。”我站起身来，从书架随意取下一本书，小猫还吊在我的胸前不肯下去。“没有啦，真的只是假如。”

小安滴溜溜转动着她那双大眼睛，说：“除非这个人是你，不然我决不放弃。我就不信了，感动天，感动地，感动不了他。就算真感动不了，那我就在这守着自己一个人的地老天荒好了。”

“欧耶，那就行了。他都能战胜死神，我又有什么不能战胜的呢！FIGHTING！”忽然，小安像只补满血的精灵一样跳起来，“走了，做饭去了。哈哈哈，想像杨羽叫我嫂子的样子我就充满动力了！”小安不愧是小安，愁云惨雾也只是须臾之间，转眼立刻活力四现。我将小安按在椅子上，扔了本书给她：“行了，大小姐，您就好好休息休息。晚上我做饭。”

“真的吗？那我要吃红烧狮子头、桂花糯米藕和炸茄盒。”小安砸吧砸吧嘴，罗列着她喜欢吃的菜。

“好，好，省得你说整天做我们的厨娘。中午那委屈的模样呀，把哥给心疼的呀！”

江辰下楼正好看到小安手舞足蹈的样子，笑着说：“晓云，你别给小安做太多好吃的。要不到时候她会在你耳边叫嚣着减肥的，烦都烦死人了。”

“死江辰，坏江辰，关你啥事？我很久都没吃晓云做的菜了。告诉你，等会你一口也别想吃。再说了，我胖关你啥事？”小安站起身叉着腰指着江辰开口大骂。

我上前再次把小安按回椅子上：“哎呀，小安，你就不允许他开开玩笑吗？你不是老抱怨他是闷瓜，如今人家跟你开个玩笑，你就破口大骂的，把他吓着了，以后不就更闷了吗？”我边说边使眼色让江辰先走开。

小安拿起杯子啜上几口茶，哼了一声埋头看起书来。我转身进了厨房，江辰尾随而至。“需要我帮什么忙吗？”他问。“不用了，哪有大男人下厨房的道理，小时候娘就说了不能让男人下厨和洗衣服。”“这什么思想呀！现在那些酒店大厨师不都是男的吗？”“那是职业，不一样的，你出去看看书或者逛逛吧。我先去买点菜，等开饭了我再叫你。对了，老师在干嘛？”“他刚才出去画画了。怎么，他出门你们都没看见？”

我搜肠刮肚回忆了下，还是摇摇头，风铃都没响，他是怎么出的门？难道我和小安都暂时性耳聋了吗？也许，他分明就是不想让我们跟着才蹑手蹑脚的吧。“那我去帮你拎菜吧。”我想了想点点头对他说：“好吧，今天要买的菜挺多，就辛苦你当苦力了。”

西塘的菜市场在镇子外，走过卧龙桥出了景区就是。一般都是哥买的菜，因为我曾一直抵触卧龙桥。今天和江辰一起走上卧龙桥，我竟然没有太多的感觉，只是在桥中央站了站眺望了眼沿河的风景。江辰在不远处等我，我发现亮光一闪，回头时，光线没了。江辰转身跑了，我只好跟上他的步伐。

“你们这里的肉和菜都好新鲜啊！”江辰拿起藕嗅了嗅，一股清香的气味。当我和江辰提着大袋小袋回家时，阿芳已经蹲在客栈门口逗小猫玩了。看到我走近，她跑到我面前接我手里的袋子说：“阿姐，阿姐，你买这么多菜干嘛呀！我刚才来了一趟，姨说你买菜去了。”

“阿姐，我帮你择菜吧。”阿芳刚把菜拿出来，张伯在隔壁叫着：“阿芳，阿芳，过来帮个忙！”

“诶，来了。”阿芳跑走了，我把江辰赶出了厨房，顺便泡了杯茶给他。当我烧完三道菜后，阿芳跑了进来。“阿姐，阿姐，晚上你做饭呀！俺闻到香味了。哇，阿姐，今天准备做这么多菜吗？”

我用食指指肚点了点她的额头说：“你这只馋猫。今天老师和江辰来，当然多做点好吃的了。小安累了那么久了，也该让她休息休息。一会儿好了我喊张伯和你过来，到时你顺便帮我去把李叔和他儿子喊过来吧。”

“阿姐，就你对俺们好。姨做饭都不喊俺们吃。”

“别乱说，你姨一个人又要做饭又要打理客栈很累的，当然没办法每次做那么多菜。菜少了，她也不好意思招呼你们来，是吧。”

“牙膏，你又在说我坏话是不是！那上次杨老师生日，你没来吃吗？那回不也是我煮的吗？”

我夹起一粒狮子头送到了小安的嘴里：“好了，好了，吃东西还堵不住你的嘴呀！别老跟小孩子一般见识。”一粒狮子头把小安的嘴堵得鼓鼓囊囊，看着她瞪大眼睛箱想说话又说不出话的样子，阿芳捂着肚子蹲在地上笑。

“行了，行了，别在这里添乱了。一会叫你！”我把阿芳轰了出去。小安咽下了狮子头，喝了口茶，睁大眼睛眨着眼说：“能再堵住我的嘴吗？”我拿起抹布作势要扔过去，她倒退着躲开了，撞上了抬着画架进门的杨羽。

杨羽穿着件白色的T恤，被小安一撞后，画架上未干的画贴到了身上，胸前一片颜料。他低头一看，摇摇头，白了眼小安。“老师，老师，别生气。您脱下来，我给您洗洗。”小安边说边往杨羽身前凑。杨羽推开她，没好气地说：“不用了，我自己会洗。你有本事倒是赔我一幅画吧。”

“老师，老师，那我先去忙了。”小安一溜烟跑了，杨羽上了楼，看来他一个下午的心血算是白费了。

风铃响了，又是阿芳。“你又来干嘛？晓云不是说了等好了去叫你吗？”

“俺想，俺想晚上这顿饭可能要吃得老久了，俺想要不要先给叔送饭去。等送完饭，俺再回来吃。”

“呀，是啊，都五点半了，我去送吧。”小安从吊椅上挪了下来。

阿芳跑到我身边，回头对小安说：“姨坐，姨坐，俺去送就行。俺跑得快，一会就回来了。”她拎起饭盒和汤罐就往外跑，差点踩到了门边的小猫。猫拱起身子朝她喵了一声，竖起了胡子。

“小心点，别把汤洒了。”小安大声嚷道，“整天做事毛毛躁躁的。”

“俺晓得了，俺马上回来。一定要等俺哦。”

我隔着两重门应了她一声：“知道了，你这只馋猫。”小猫跑到我身边，蹭着我的脚，仰起头盯着我，喵了一声。我夹起锅里的一只小河鱼扔给它，它猛地一咬，嘴被烫着了，大声哼唧着。“又一只馋猫！”小安笑道。

我接了句：“一共三只，大中小各一。”

“那两只猫差不多一样大好不好，哪里还分中小。”

我哈哈大笑，挑了一只大点的鱼在嘴边吹了吹塞进她嘴里，说道：“大的在这里。”

“你，你……”小安又被堵着嘴说不了话，刚下楼的江辰戏谑地瞄了她一眼，说道：“肥猫。”院子里，两姐弟闹腾了起来，原来江辰也并不那么闷呀。“做好了，你们摆桌子吧。”江辰和小安顿时安静下来，老老实实干活了。二楼走廊上有个人倚在栏杆上俯视着楼下若有所思，我定睛一看，原来是杨羽。“老师，准备开饭了！”我朝他喊了一声。他点点头，下楼来了。

第二十章

风铃响了，张伯、李叔和李叔的儿子都到了，阿芳是最后进来的。“要是叔也能一起吃饭该多好！”她太多不合时宜的“真话”常让人不知如何应答，气氛一下子沉重了起来。

我站了起来，打着圆场说：“今天是庆祝张伯出院，还有欢迎杨老师和江辰来写生，等哥出院了自然会再摆上一桌。阿芳呀，你是一顿饭还没吃就惦记着下一顿呢！”

“俺，俺，俺不是那意思。”阿芳红着脸想要解释，被张伯的眼神制止了。他低声呵到：“小孩子别那么多嘴，不然以后不让你过来吃了。”阿芳一副委屈得快哭了的模样。

张伯给杨羽夹了粒狮子头，说：“来来来，杨老师，您快请吃。多亏了您呀，不然我们子豪就……现在一切都好了，等子豪出院，您如果有空一定要来啊！您是他救命恩人啊！”

杨羽站了起来，面对着用了无数个敬语的张伯连连说：“张伯，别这么叫我。叫我杨羽就行了，我就一晚辈，您这么叫我会折我寿的！”

张伯把他按回座位上，两个人聊起天来，绕开了杨少原。这顿饭从华灯初上吃到了月上柳梢头，宾主尽欢。杨羽在张伯的盛情下被灌得醉醺醺的，一步三晃的在江辰的搀扶下回了房间。

不一会儿，江辰跑了下来找我要拖把，说杨羽吐了一地。江辰拿着拖把上了楼，屋内酒气冲天，我也难受得干呕起来。江辰开了窗，我把杨羽扶到了哥的房间，杨羽趴在桌上歪着头眯瞪着眼睛，话多了起来，不着边际。

从杨羽神神道道中，我得知杨羽的岳父是学院的院长，也是杨羽读研究生时的导师。他的太太王莉对杨羽的一见钟情并不亚于小安，只是她会主动表达她的爱，她会为了爱去争取，而不同于小安的隐忍。王莉雷厉风行我行我素随心所欲的性格决定了她在这场爱情和婚姻中的主导地位。无论居家的装修还是购车的颜色无一不是

王莉的喜好。

杨羽没有说一句任何人的是非，他单纯自言自语，一会谈到她女儿，眉开眼笑；一会谈到杨少原和自己的母亲，离愁别绪。在酒精作用下，杨羽思维跳跃，天马行空。说着说着，他趴着睡着了。嘴里似乎喊着女儿的名字：梓涵。

江辰打扫完房间满头大汗端着一盆水进来了，胳膊上搭着条毛巾。他说："让我给老师擦擦脸吧。"杨羽的脸通红，酒力还没消退。他脸趴在桌上，江辰费劲地把他的头扶了起来，我接过毛巾说："你扶着好了，让我来擦吧。"

杨羽浓眉微蹙，双眼紧闭，我摘下他的眼镜，当毛巾拂过他眼睛时，他稍稍一动，头搁到了江辰胳膊上。才擦了几下，脸盆里的水浑浊了，他似乎也醒了。他睁开眼一看我手里的毛巾，醉意全无，将头迅速抬起，一眼望到江辰，又佯装醉意。我和江辰相视一笑，端着水，我走出了房间。

第二天一早，我以为有了昨晚的醉酒风波，熟悉的杨羽又会回来，可结果表明那不过是痴人说梦。杨羽一如前半个月的严肃，继续板着脸对我，稍有不满便大声斥责，毫不顾忌我的脸面。日子，愈发过得艰难。所幸只剩三天，我安慰着自己。

第三天早上，杨羽吩咐我和江辰出去画画，他说临走前他想找张伯聊聊天，关于哥的事。听了后，我如释重负，所到之处都觉得空气清新了许多。

"江辰，你说老师最近怎么都那么凶？在学校他会这样吗？"

"不会呀。他虽然严格，可是只要我们不上课不迟到，认真做作业，他还是经常和我们说笑，还和我们一起踢足球呢。他足球踢得可好了！"

"那他怎么对我那么凶？"

"嗯，我也奇怪，他对男生都没这么凶，何况对女生？不过那天我跟小安提起时，她开玩笑说老师是恨铁不成钢，爱之深恨之切。"

我洗洗笔，伸伸懒腰，甩甩手说："别听小安乱说，没句正经的！我本来就是铁，哪那么容易炼成钢，我才不要千锤百炼呢。再说了哪来的爱？胡言乱语。"

"那也不一定，如果绕着弯说来，你也可以算是他妹妹了。"

江辰打开了话匣子，娓娓道来杨羽在学校里的趣闻。他，真有那么风趣吗？“江辰，你明天就回去了，暑假还准备干嘛？”我转移了话题，不想再谈他。

“哦，我回去先要和老师整理这些画，还有别的老师同学的画也会一起汇总。布展前还是有很多事可以做的。我还要去当救生员，事情多了去了。还要准备考研，还考本校。你呢？”

我无端地在画面的右上角加上了一株巨大的旁逸斜出的腊梅。粉红花瓣黄色花蕊飘摇在屋顶上，飘荡在水面上。江辰凑近一看，兴奋地说了声：“妙，只不过天空最好处理一下。”他拿起笔往天空中点下碎碎的白点，哦，雪花肆意飞舞，宛若一个个洁白的天使在浅斟低唱。

夏天写生画出冬天的神韵，只因一株腊梅，只因几许雪花。

“你还没说你暑假想干嘛呢！继续画画吗？你考研吗？”

“不画了。考研，看哥的情况吧。”

“那你想考哪里？还是浙大吗？”

河面结冰了，我用笔锋扫出几道坚硬的纹理。“其实我想考浙大，想离哥和小安近点。可是我答应语霏了，如果哥好了，我就陪她考人大。”

“太好了，你一定要考上哦，那样我们就能经常见面了。”

我不解地问：“经常见面干嘛？”

江辰脸红了，前言不搭后语地回答，支支吾吾：“我的意思是你就可以经常见到老师，他也是你哥嘛。我们也还可以一起学习。我没别的意思，真没别的意思。”我越听越乱，回了他句：“我才不想见他呢，那么凶。”

“我们回去吧，快到探视你哥的时间了。”江辰收起画架，顺手也扛起我的，他一肩挂着一个，提线木偶似的。他，也没像小安说的那么无趣呀。

第二天，杨羽和江辰回去了，我和小安送到了车站。送君千里，终须一别。没有想象中的煽情画面，我和杨羽只是淡淡地互道珍重，倒是江辰一脸不舍的神情。他们走后，小安直截了当问了我句：“江辰是不是喜欢上你了？”

“你能不乱点鸳鸯谱吗？”我朝她屁股挥了下巴掌，她跳着跑开了，装腔作势。糟，我又忘了和杨羽商量结婚证的事了。哈，他也

忘了欠账的事了。算了，这么费脑的事就先搁着吧。我们回到客栈时，张伯习惯性坐在门槛上抽着旱烟。张伯站了起来，招呼我进他家。院子里，他说："晓云，有些事我想听听你的想法。"

"嗯?"

"昨天杨老师跟我谈了一早上，他说他刚开始也无法接受他爸爸在外面有孩子的事实。但他还是希望我原谅他爸爸。可是，我心里怎么也无法原谅那个畜生。他把你娘给害得还不够惨吗?"

我不知道如何去回答这个问题，所有的反应都是人之常情，只是立场不同而已。当我知道的那刻，我也恨他，但一切都是娘的选择。娘选择把哥生下的时候不就选择了她和哥的人生吗?

张伯见我沉默不语，抽根烟接着说："他还跟我说他爸想等你哥出院后来看他。那畜生以为我不知道，他是想认子豪。我拒绝了他。我不能让子豪受刺激，至少现在不行。"

"嗯。"

张伯不停地抽烟，烟圈一个个腾空而上。"晓云，你不会也认为是我做错了吧！你是不是觉得张伯不近人情？你觉得该让你哥见他吗?"

"我觉得等哥好得差不多再说。等哥出院，我旁敲侧击听听他的意思再决定吧。"

"阿姐，你来了！姨怎么了？我送饭盒过去时，看见姨边打电话边哭，好像在电话里吵架呢。"我告别张伯，回了客栈，四处没有小安的身影，打电话也没有接听。"张伯，麻烦您帮我照看一下，我去找找小安。估计发生什么事了！"说完，我冲了出去。

半个多小时后，我在一条巷子的尽头找到了她，她盘腿坐在地上对着挂得满墙的同心锁和祈愿红带子发呆，眼角还噙着泪花。我蹲下问她："怎么了，怎么跑这里来了。打你电话也不接。"小安猛地跪起身搂住我大哭，抽抽泣泣地说："我妈逼我回去，她说不回去就断绝我经济来源。虽然在这里我都不需要花钱，可是我需要钱！"

"你需要钱做什么?"

"你傻啊，子豪生病花了那么多钱，后续治疗和营养也需要钱。如果不是这样，我才不在乎她断绝我经济呢！"

再多的钱在医院都称不上是钱，医院里的病人每天都苦笑在烧

钱，哥的骨髓移植手术包括前前后后的费用已经五十几万了，哥的存款所剩无几。我们所能赚钱和省钱的速度永远赶不上花钱的速度。至于杨少原说他会全权负责，我是不抱希望的。

“你爸妈从国外回来了？你不是说他们签了三年的合同吗？”

“没回呀，合同还有一年多才到期。他们是不放心我一个人在外面。回家了身边有爷爷奶奶和外婆，还有阿姨，反正他们非要我回去才放心。”

我知道小安定然是不愿意回去的，可是为人父母的操心亦是人之常情。如今她因“投鼠忌器”，又能如何选择？如果我是她，必是两难。

小安站了起来，抚摸着墙上的同心锁，满脸艳羡地说：“世上安得两全法，不负如来不负卿？”“挂了同心锁，真的就会一辈子同心么？”小安问这话时她心里其实已经有了答案，因为她接着说：“不过是一种愿景，一种商机而已。”她自言自语：“大不了跟他们签订合约，等他们回来之时也是我回去之日。”她壮士断腕似的表情让我哭笑不得。“问题在于他们会相信你的承诺吗？万一到时候你毁约了呢？再说了，你这缓兵之计谁看不出？”

小安像只打蔫了的鸡一样，哼唧哼唧道：“那你说怎么办？我不想回去，至少现在不想。我喜欢西塘，回去了也还是我一个人。一群人比一个人还寂寞。”小安的电话响起，她求助地望着我，把手机递给我，电话显示“妈妈”。我把自己的神经瞬间调动到了一级战备状态，如临大敌。

电话响了几声后我才接起：“阿姨好！”

“你是谁？我找小安，请让她接电话。”生硬的口气掩盖着愤怒。

“阿姨，老师刚上厕所了。她听到电话声喊我帮她接电话的。”

电话那边的语气舒缓了下来：“你是晓云？我听小安提起过，她说你在浙大读书，很喜欢画画，是吗？”

“是的，小安，小安老师人很好的。我们这里不管邻居还是客人都很喜欢她。阿姨什么时候有空，随时欢迎您来玩。”

“谢谢，我在国外，不方便，要不等会小安出来，你让她上个QQ，我想和她视频，顺便看看你，行吗？之前你都在学校，我都没见过。”说完后，她挂断了电话，我的汗顺着刘海往下滴。

小安感激地看着我。我，所幸不辱使命。接下来的视频，小安转动着摄像头，看得出她妈妈还是很喜欢这个客栈的。小安趁我在身边，和她妈妈撒着娇。虽没有太大实质性的改变，但鉴于有外人在，一切的战火都自然而然烟消云散，化戾气为祥和。视频后，我瘫坐在椅子上，一个多月来哥的突发状况，二十天来杨羽的苛责再加上这场没有硝烟的战役让我身心俱疲。我躲进房间，再次抽起了烟，一支接一支，直到喉咙冒火。

用了整整一周的时间我才从那份疲惫中走出，迎来了哥出院的日子。哥的房间被我们打扫得焕然一新。草席暴晒了，床单被套也换成新的了。小安还特地为哥买了两套新的睡衣。

张伯和阿芳去医院接哥，我和小安忙着洗衣做饭。“阿姐，叔回来了!”远处传来阿芳的喊声，估计三座桥之外都能听到。我和小安分立大门左右，对着哥鞠躬道：“恭迎圣驾!”

张伯大笑，哥摊着两手说：“哎，两个小鬼头演戏呢！告诉你们，皇上最近国库空虚，没有打赏的。”“哼!”我们俩做鸟兽状散去。院内，欢歌笑语，张伯兴奋地和哥聊着天，小安难得地也和阿芳说了几句话，一幅太平盛世下歌舞升平的画面。我，静静坐着，静静望着，祈祷时间在这刻停留。

这顿饭吃得有些长，哥渐显疲倦，在我们的催促下他进房午休了。小安的电话响了，是杨羽的来电，问着哥出院的日子。小安用唇语问我让不让哥接电话，我摇摇头，示意哥在睡觉。

“老师说等晚饭前再打电话，说要向子豪问好，祝贺他出院。对了，杨羽说他爸准备了一百万要给子豪，意在缓解下我们的经济压力。说白了也就是对自己心理愧疚的一种补偿吧。收还是不收?你拿主意吧。”

有人说过如果能用钱解决的问题都不是问题，有很多事是无法用钱来解决的。钱，能弥补缺失了几十年的父爱吗?钱，能弥补娘几十年来的含辛茹苦孤独终老吗?钱，在情感面前，一如语言，苍白无力。一百万对于大部分人来说是个天文数字，但对于杨少原来说不过是冰山一角，这是我们之后才知道的。杨少原以做环保起家，身家数千万。

“再说吧，我觉得这事还是要哥自己决定，我们没有人有权利替他做这个决定。原不原谅在他，认不认也在他，接受不接受还在

他。日后所有的一切都在他的一念之间。我不想有一天哥有所遗憾，一如我也不希望有一天哥怪我们替他做了决定。”小安盯着我像盯着外星人，她幽幽说了句话：“怪不得老师说你的思想超过了你的年龄。我的幼稚和你的成熟形成了鲜明的对比。”

成熟？第一次有人用这个词来形容我。也许成长环境的不同，我只不过有时比小安看得透彻些罢了。童年时娘的离世，哥的辍学，同学的取笑，曾经的过往让我一点一滴看清世事。不知是因为受伤而敏感，还是因为敏感而受伤，或者两者兼而有之吧。其实，更多时候，我宁愿自己是小安。

从窗外望去，哥睡得很安稳，有哥在的地方才算是个家。你若安好，便是晴天。

啡吧

第二十一章

出院的前一天主任说："移植过后为了避免排异反应，患者通常要服用3个月的免疫抑制剂。在出舱后约有50%的患者再次复发，移植宣布失败。另外的50%一年内病情没有反复，那么就宣布治愈。"他的话像埋下个地雷似的，让我们惶惶不可终日。服用药物对哥的身体有着极其大的副作用，他经常头晕、呕吐、乏力。

因为医生交代了哥要远离人群，避免感染，所以哥始终戴着口罩，活动的范围也极为有限。哥精神时好时坏，体力较之前相比更是不可同日而语。我和小安看在眼里，疼在心里。我们只能用食补的办法来抵消点药物的伤害。

开学前，哥去复检了一次，他的血小板和白细胞数值皆有大量的回升，这结果让我们兴奋不已。开学后，我同意了语霏的意见，和她一起考研，备战人大，只剩四个月了，看不到一丝光明，也毫无退路。

那段日子过得极快，每天昏天黑地的复习、习题、单词、简答、论述，我们疲于奔命。每日三点一线，一天四五个小时的睡觉时间对我们来说都是奢求。我不得已推掉了手头的几份家教。可是，为了自己想要的远方，不就只能风雨兼程吗？虽然，更深意义来说，那是语霏的远方，我只是一个陪同与附和者。

几个月一晃而过，我依然保持着每周末回家的习惯，只不过时间缩短为周日一天。哥的精神和体力日渐好转，脸色红润了起来。从脚步声就听出他的身体状况。2000年的最后一天恰巧是周日，第二天便是元旦，因此我在家多逗留了一天。那夜，小安接到了杨羽的电话。杨羽有我的电话，但自从写生后便没有通话过，连QQ也不曾有过只言片语。学习的紧张让我忘记了除了哥身体以外的所有一切，直到新历新年到来时，我才发现一别竟已快半年。

"老师说他爸爸想让他放假陪他来看子豪，问问你的意思。"

"既然要问我，何必打你电话，让你传话？"我略带生气的

口气。

"哦，估计他是怕你复习功课没空接电话吧。我有告诉他你忙着考研。晓云，你能不总是这么敏感，不总是想那么多吗？"

"杨少原执意要来，我们阻挡得了吗？我一会旁敲侧击哥的看法吧，你跟他说明天回复。"我冷冰冰的口气。

一个晚上，我始终找不到一个合适的契机问哥，几次话刚要开头，总能被一些鸡毛蒜皮的小事打岔了。我心想，也许是天意吧，明年再来处理这个棘手的问题。

一场小雪，应景的在新年的第一天光顾了西塘，雪花飘落梅花开枝头。白墙还是白墙，墨顶却成了白顶，只有屋檐的颜色勾勒出了一间间房屋的外形。举目远眺，一幅江南水墨画。

今天哥的兴致特别高，早早地就坐在门廊处喝茶，见我走了过来，他招呼我在身旁坐下。我特地搬了块小椅子坐在他脚边，托着腮帮子抬头仰望着他，如同儿时听他讲故事一般。

"哎哟，今天怎么像只小猫似的？"他摸了摸我的头。

我拨开他的手佯装生气道："别像摸小猫一样摸我，我是大人了。"

"呵呵，是啊，新的一年到了，我们晓云大了一岁，是大人了！"他特地拉长音来突出'大人'一词。"说吧，大人，有什么事吗？表情这么诡异？"世事洞明皆学问，哥，是有这番学问的，一如他的人情练达。

我打着腹稿，滴溜了眼睛，侧着头问他："哥，假如，我是说假如。假如有一天我的亲生父母来认我，我该怎么办呢？原谅还是不原谅？接受还是不接受？"

哥眉头一蹙，睁大眼睛低头望着我："怎么？发生什么事了吗？"

"没呀，我说了只是假如。"

"不对，不可能是假如。这是你的禁忌，你从来不提的。今天莫名其妙提起，肯定有事瞒着我。"

我叹了口气说："真的没有，我只是问问，你就不能回答我吗？"

哥直视着我仿佛要把我看穿。许久后他晃了晃身体回答："那要看他们的目的是什么了。如果单纯想要弥补让你缺失的亲情，我

觉得你还是可以接受的。原谅估计需要时间吧，若不原谅苦的还是自己，累人累已。”

“除此之外，还可能有其他目的吗？不会吧。”

“世事难料，你也说了是假如。那么具体事情具体分析，真出现时再说吧。”

我心里有了点底，最后问了他句：“哥，你的意思是可以原谅他们，接受他们的弥补吗？”

哥喘了口大气，艰难地点了点头，回了房。我觉得我有些残忍，他此刻必定是百感交集，思绪万千吧。

“怎么样？”小安不知从哪个角落窜了出来，把我吓了一跳。我点点了，小安笑着跑出门打电话去了。

我们这学期的课程结束于 2001 年 1 月 12 日，小安和杨羽商量后，由杨少原挑了个良辰吉日，也就是 1 月 17 日，小年那天来。小安说北方很重视小年这个日子。农历腊月二十三和二十四是民间传统的祭灶日，又称“小年”。大家在这一天准备年货，表示新年新气象，乞求来年平安和财运。

“那你今年还在这里过年吗？”我问小安，她妈妈现在已经不打她电话了，有事都找的我。小安噘着嘴哼了一下说：“我就知道你要赶我走，过河拆桥。你就不能厚道点吗？老实交代，是不是我妈又找你了？”

“嗯，你妈问你什么时候回去，我想你就和杨羽他们一起回去吧。这样我也放心，你妈也放心。我一会给她回邮件说去。怎么样，大小姐，没意见吧？”

小安嘟着嘴对着墙壁念叨着：“不开心，不开心，整天被人管。”

我搂过她说：“行了啦，有舍才有得，不是吗？现在阿姨对你多好啊，又没管你什么。再说了，过年本就该一家团圆，这是天经地义的呀。父母在，不远游。他们已经够纵容你了。别闹了哟！”

“那你答应给我做好吃的，我还要吃麻辣小龙虾、粉蒸肉、茄盒。让我想想，我还要吃……”说到吃，她手舞足蹈起来，像极了语霏。我拍了她一下，笑着说：“哈哈，怪不得你和语霏一见如故，原来是臭味相投，两个吃货。”

回校后，期末考和考研随之而至，又是两个星期的昏天暗地。

“哦，放假了！回家过年了！”语霏把书往空中一抛，兴奋大叫着。“哼，你是算计着回家拿红包吧。过年事小，红包事大。”语霏拿起书轻轻敲了我头一下，说道：“哼，讨厌！知道就好，干嘛要说出来。我妈说了我如果进入复试，会给我更大的红包呢！”

阿芳站在客栈门口，小安做了一大桌的菜等着我。哥悠闲地窝在新买的藤制摇椅上看书，听到风铃声响，他坐直了身体，张开双臂。“哥！”我扑进他怀里，他把我往身旁一挪，说了句：“哎，又重了！”小安得意洋洋，肆意放声大笑。

“那件事你来说还是我说？”我刚放完行李，还来不及洗脸，小安就把我拖进厨房。

“哪件事？”

“就是杨羽和他爸爸要来的事，你忘记了？老师昨天刚打电话来确认行程了。他们呆两天就走。我也订了那天的机票和他们一起走。”

“哦，小年！哪一天，我忘记了！我说吧，等会就说。”

阿芳蹑手蹑脚扒着厨房的门，探头探脑看着我，又看了看小安。“行了，别看了，去叫张伯一起过来吃饭吧！”阿芳蹦跳着跑了出去，又冲了回来。

“哎呀，晓云，你瘦了！哎，考研是干嘛的？我听小安说你考研？瘦了，瘦多了！”张伯仔细打量着我，转头对小安说，“小安啊，趁寒假多做些好吃的给晓云吃，少让她干活，有活让阿芳干去。你看晓云瘦的！”

小安撇了撇嘴，围着我绕了几圈，摇头晃脑说：“子豪说你胖了，张伯说你瘦了，你到底是胖了还是瘦了？”小猫学着她也绕着我转了几圈，最后扒在我裤腿上，爬了上来。“是它胖了！”我指指小猫回答阿芳。

“对了，哥，你那时出院杨老师本来说要来看你，可是他要上课还有画展就没能来。现在他放假了，说过几天想来看看你，不知道你方不方便。他就呆个两三天，然后顺带把小安捎回去过年！”我故意省略了杨少原要来的事。

“哦，跟他说随时欢迎他来，说什么客气话，哪来什么不方便呀？手术时一直在那无菌仓里也没来得及当面谢他。那几天记得让阿芳陪小安多买点菜，就你做饭吧。”小安不满地瞪着我说：“我又

不是货物，用捎的。”张伯插嘴道：“对啊，让他来，我还想跟他喝酒呢！他不像你，喝个酒磨磨唧唧，一点不像个男子汉，跟那人一个德行。”“谁？我跟谁一个德行了？”哥满脸疑惑问张伯。张伯自知失言，不再多话，哥倒也没有继续问下去。

几天后，西塘飘落了第二场雪，比元旦那场来得大，梅将雪共春，银装素裹。张伯正弯着腰在他的小船里找些什么，那画面让我想起了“孤舟蓑笠翁，独钓寒江雪”。他直起腰，拿出一坛酒朝我晃了晃：“瞧，这可是我的宝贝啊！一会杨羽来了，让他陪我喝！”

“张伯，别让老师喝那么多！上次他都喝醉了，吐得乱七八糟的。喝多了伤身体。更不能让哥喝了。哥这段时期少茶戒酒的，对身体不好。”张伯抱着那坛酒喜滋滋进了家，扔了句：“知道了，就你会心疼人是不？他来了记得叫我。”

接下来的故事谈不上惊心动魄，荡气回肠，但张伯的反应超出我们的想象，哥的冷眼旁观更是越过我们的预期，他平静得让人害怕。

风铃响起，杨少原裹着一件大衣，戴着帽子，两手蜷缩在怀里，一瘸一拐地跟在杨羽身后，他低着头用眼睛的余光忐忑地瞄着院子，寻找哥的身影。他用围巾遮住了半张脸，仅剩两只眼睛在外露着。他的腿瑟瑟发抖，心底暗藏着焦灼与恐惧。

“老师，您来了！”小安打招呼时，身上系着围裙手里拿着一盘掰了一半的蚕豆。“哎哟，我们小安越来越贤惠了！谁娶了你真幸福啊！”杨羽又打趣她，回头整了整杨少原的衣领。我从厨房钻了出来，打了声招呼。哥听闻声音赶紧下楼来了，脚步声铿锵有力，他特地摘了口罩。

“哎呀，杨老师好！快请进来坐！晓云，怎么还不泡茶去！”看我杵在原地，哥有些不解。“杨老师，请问这位是？”哥微微侧身朝杨少原点了点头。杨羽的紧张显而易见，我相信哥也一定能感觉得到。他的声音有些克制不住的颤抖：“这是我爸，杨少原。他说他也想来看看你。”

哥把大家让进门廊内，招呼着坐下。杨羽脱了大衣，杨少原摘了帽子，但围巾依然搭着。他坐直着身体，两只手搁在膝盖边，如同一个做错事孩子的不知所措。他的不自然让哥又多看了他一眼。

“杨老师，听小安说上次画展很顺利，您作品还获奖了是吧，

真是年轻有为。哎呀，都不知道该怎么感谢您。晓云也让您费心了，我看了她那些画比以前强多了，特别是一张雪景的，感觉上是最放开的一张，似乎还有点灵气。”

“雪景？哦，那张是她和江辰两个人出去画的，没我在身边她就放开了，看来都是我的罪过啊！”哥听得出那是句玩笑话，呵呵笑道：“杨老师哪里话呀？我不过是个门外汉，看个热闹罢了，哪懂那么多门道？”

两个人继续交谈着，哥的精神很好，只不过他总会偷偷瞄着杨少原。“对了，杨老师，您父亲是不是在我手术时也来过？你们和我视频电话时我隐约看到一个身影。”哥还是忍不住问了，杨羽点了点头。

“大叔，谢谢您肯让杨老师捐骨髓，如果不嫌弃以后就经常和杨老师过来走动走动。”哥说这句话时的语气有些奇怪，但我又不知道奇怪在哪里。杨少原点点头，还是没有解下围巾，看来他还没做好足够的思想准备。

门外，张伯抱着酒过来了，大声喊道：“晓云，你也太不厚道了吧。说好了杨老师来就喊我。人都来了也不叫我。”我跑了出去堵在门口，说：“哎呀，张伯，我都说了吃饭就叫您。现在不还没做好饭吗？还不到十一点呢！您老怎么这么着急？”

“还没吃饭，我就不能找杨老师聊天吗？真是的。你堵着我干嘛呀！”

“收费呗。”

张伯把酒坛往我怀里一扔，好重，我往后几步，张伯顺势进了门。

“好啊，原来这畜生在啊！你是害怕我来坏事是吧？好好好，都把我当外人，我走就是了。”张伯撂下一句话，整张脸扭曲着。他夺过我怀中的酒气呼呼走了。哥一时慌了神，看了看我，又看了看杨少原。一旁，杨羽尴尬着。

杨少原缓缓解下围巾，哥的眼神在变化，他呼吸剧烈了起来，后又慢慢平静下去。杨少原扯扯杨羽，杨羽站起来为难地对哥说：“对不起，爸说想来看看你，因为你像他的一个故人。”

哥用疏离的口气说：“杨老师，可能令尊认错人了吧。你们身在皇城，我们人在山野，怎可能会有共同的故人呢？更何况令尊年

事已高，我与他更是无交集。”哥说这话时，一字一顿，隐藏着愤怒。我们心如明镜，他已认出。

“孩子，你母亲没说过我吗？你母亲是林锦枝对吧，张伯是张火旺对吧。”杨少原再也忍不住，在大家面前号啕大哭起来。

“抱歉，您应该是认错人了。人名相同者太多了，从未听过家母说过有一个姓杨的故人。”

杨少原情不自禁地冲过去扯住哥的衣袖，哥往后一躲，扫开他的手。“我本姓张，张卫国。你母亲没提起过我吗？和你母亲分离后，我在杭州找了十年都没找到，也不知道你母亲那时已经怀孕了。我父亲后来去世后我随了母姓回到母亲的娘家北京昌平。”

哥竟然笑了，他的笑让我浑身不自在，满心凄凉。他走到杨羽面前说：“杨老师，大恩不言谢。您的救命之恩我不知该如何才能报答。请给我点时间，容我好好想想。我有些累了，回房休息会，失礼了！”

“晓云，带老师去房间休息会吧，舟车劳顿的。午饭就辛苦你送我房间了。”哥对我说完后转身上楼进了房间，锁上门并拉上了窗帘。

哀莫大于心死，我宁愿哥此刻歇斯底里的叫骂。小安抱着我，眼神里流露出了恐慌：“子豪没事吧？太可怕了，怎么可以这么平静，仿佛所有的事都和他无关一样。你不是说他会原谅和接受吗？可他甚至都不愿意和他们共进午餐。一顿饭都不愿意啊！”

杨羽扶着杨少原随我上了楼，我低声说了声对不起。杨少原含着泪看着我说：“没事，他需要时间。都是我的错，都是我的错。”他回房搬了把椅子，坐到哥的房门口，像尊雕塑似地坐着。

大张旗鼓准备的午饭草草结束，没有人有心思吃饭。直到他们离开前，张伯都没有再踏进客栈一步。

第二十二章

“哥，吃饭了。”我端着盘子上楼，杨少原依旧坐在门口，见我过来，赶紧回了房。

“哥，吃饭了。”门开了一条缝，哥一把将我扯了进去，盘子里汤碗的汤四溅。哥把盘子往桌上一扔，猛地把我推倒在椅子上。“你们可真厉害，联手瞒了我这么久。旁敲侧击，避重就轻，暗度陈仓你们都学得炉火纯青了。为什么，为什么要瞒着我？”他不停摇晃着我的肩，和刚才判若两人。

我揉了揉肩膀推开他喊了声：“痛。”“你还知道痛，那你知道我心有多痛吗？几十年过去了，我只剩你。我一直以为这一生就会这么走下去直到你结婚成家。我谁都不要，不要小安，不要他，谁都不要。”哥说着说着忽然哭得像个孩子，我站起来抱着他。

门口一声巨响，几声哭泣，一阵急促的奔跑声。我拉开窗帘一看，杨少原跪伏在地上，楼梯转角处小安掩面而跑。哥坐回椅子上，我起身抱着他，拍他的背。“哥，那时你手术住院，我们都怕你情绪失控而影响手术的效果，波及生命。哥，我们真的别无选择。在你的健康面前，其他都是微不足道的。”

哥抬起头看我，停止了哭泣，长时间的静默。

“你们都觉得我该原谅他吗？除了张伯，你们都希望我能接受他，是不是？”

我点点头，又摇摇头。

“你说妈如果还活着，会原谅他吗？”

“我不知道。我只知道娘选择留下你，选择自己一个人承担，那就意味着娘在亲情和爱情中选择了爱情。你是娘和他爱情的见证，也是娘生命的延续。哥，你比我幸福多了，至少有个那么爱你的娘，有张伯。”

哥两眼无神地盯着桌面，继而趴在了桌上。“难道妈不爱你，我不爱你，张伯不爱你吗？”

我不想和他纠结这个问题，他明知道我不是那个意思。“哥，上一代的恩怨不应该让它继续延续，不是吗？你上次不是也说了吗，不原谅是累人累己。张伯说娘那么坚强，坚强到可以放弃锦衣玉食放弃荣华富贵也要保着你，她保护的不仅是你的生命，还有爱情。不是吗？”

“孩子，你别说了，别说了。你哥不原谅我是正常的，都是我的错。”杨少原跌跌撞撞进来了，绊到了门槛，摔倒在地。他两手扶地，一点点蜷缩膝盖撅起屁股爬了起来。

哥看了他一眼说：“请出去。”杨少原步履蹒跚地走了出去，带上了门。“他腿怎么了？”“被你外公打断的。”哥的眼里闪过一丝不忍。“你先出去吧，我想静静。”我只想再说一句话，哪怕再为残忍，我也不愿前功尽弃，我赌哥的不舍，赌哥的睿智。踏出房门时，我留下了一句话：“哥，对于一个死里逃生的人，还有什么是不能放下的呢？”

我翻遍了整个院子，没有发现小安的踪迹，杨羽和杨少原也消失了。冬季，本就是西塘的淡季，春节前后，游客更是稀少。唯一的一对韩国情侣早上也已动身回国。忽然，我觉得院子如同一座空城。

张伯，让我吃了个闭门羹，阿芳也被软禁了。他对杨少原的恨已然深入骨髓，无可消减。

小安、杨羽和杨少原三个人是一起回来的，小安红着眼，杨少原微驼着背，神情疲惫。我用探寻的目光看着他们，他们一个个从我面前走过，不留只言片语。直到我走出门外时，小安叫住了我：“晓云，我和老师他们去改签机票了，明早就走。”

“为什么，给哥一点时间，也给我一点时间，不行吗？”

“他说了，除了你，他谁也不需要。”

“你明知他心情不好，何苦把他的话放心上。他怎么对你的，难道你毫无感觉吗？”我很想说，现在哥除了爱情还没给予她外，其他能给予的都给予了。包括呵护、包容，甚至纵容。

小安上前一步抱住我说：“可是，晓云，我好累，真的好累。咫尺天涯，人在咫尺，心却天涯。我熬得过时间吗？不是说等待是一生最初的苍老吗？”她将头埋在我肩上，没有哭，只是那么一直抱着不肯松手。杨羽看了我们一眼，牵着杨少原上了楼。

"对了，我今天知道为什么老师那时对你那么凶了。"

"为什么？他讨厌我？"

"不是，讨厌你他便放任自由了，何苦逼你，管你，当了回小人，让你怨恨。他是觉得在画画上你的心结太重了，阴影太为强大。他只能以暴制暴，希望让你在短时间内有所突破，走出心理障碍。你，还真错怪他了。"

"那他干嘛不说？他说我会听的。"

小安捏了下我脸蛋，说："问题是他说你听了吗？你不是还哭着说不会，闹着说画不出感觉吗？"我脸红了，哼了一声，抱起脚边的小猫跑进了哥的房间。对了，忘记了要避免感染，我又把猫抱了出去，换了身衣服洗了手再次进了哥的房间。哥侧身躺着休息。"怎么不敲门？越发没有规矩了！欺负我是个病人是吧。"不辨喜怒的语气。

我跑出门关上，重新敲了门，又进去。哥转身看着我，笑了。"脱裤子放屁。"他说道。"啥意思？"我挠挠脑袋不解。"多此一举。""好啊，调侃我，欺负我。"我不依不饶地和哥打闹起来，他投降了，以我的胜利而告终，终于又看到哥的笑容了。

晚饭，我照例做了一桌子好菜，单独盛好饭菜正准备端上楼给哥时，哥下了楼。杨少原站了起来，眼里闪动着喜悦。我和小安心中一喜，忙着活跃饭桌的气氛，虽然大家交谈不多，但还不至于吃得寡然无味。哥和杨羽似乎都有话要说，他们一次次相望，一次次又低下头扒着碗里的饭。

杨少原用手肘顶了顶杨羽，又埋头吃起白饭来了。"张先生，我明天就带小安和父亲回去了。看到你好好的，我也放心了。多有打扰。"杨羽对哥说完，不等哥回答就转头对我说："晓云，听小安说你今年忙着考研，还在准备复试这个时候我也不好逼你。如果你考完还想画画，那到时候再学吧。"我不停地点头，连声说好，他，终于又跟我说话了。我掩饰不住内心的快乐，脸上洋溢着笑容，喜上眉梢。小安在旁偷笑，用一种异样的目光看我。我瞪了她一眼，杨羽笑着对杨少原说："爸，你看，她们其实就俩孩子。"他一直在极力缓解气氛。杨少原附和着："嗯，孩子，孩子，都是孩子。"

哥放下碗，对杨羽说了句话，四座皆惊。有的喜极而泣，有的呆若木鸡，有的若有所思。哥说："杨羽，你应该叫我什么呢？"两

人对视许久后，杨羽哽咽地叫了声哥。杨少原站了起来，走到哥身边，又走回位置上坐下，没有说话。估计我们都在思考着同一个问题："承认孩子等于承认了父亲吗?"没有人敢轻举妄动，谁都不想摧毁这个刚建立起来的岌岌可危的"亲情"。

"晓云，吃饱了就陪我出去走走吧。"我故意收拾碗筷对小安说："小安，你陪哥出去走走吧。你知道我那个，有点不舒服。"哥听懂了，走出了客栈。小安上楼抓了哥的大衣和围巾，跑了出去。"天气冷，早点回来!"我在后面喊道。

杨少原哆哆嗦嗦地捧着碗，揉擦着鼻子，红着眼对我说："谢谢你，谢谢你，晓云。这样就很好了，我不敢奢求什么，这样就很好了。他和杨羽都好好的，我就很开心很知足了。"

"爸!"杨羽牵着杨少原的手，眼泪差点流了出来。第二天早上，哥让我把杨羽他们三个人送到车站，小安趁大家说话时，冲进哥的房间又冲了出来。哥晕眩地看着冲来冲去的小安，问道："你干嘛呢，慌慌张张的?"

"没呀，前天给你洗的床单收了忘放回你房间了。"

"哦。回家代我们问你爸妈新年好哦!"

"知道了，你要乖乖听晓云话哦，要静养。就是要多吃多睡少动。"小安调皮地指手画脚比划着。哥拍了拍她的手刮了下她的鼻子说："行了，你那叫养猪，哪里叫静养。"

还算平静的告别，雪地里杨少原一深一浅的脚印密密麻麻，他走得极慢，一路上重复着一句话："早知道就不改签了。"他还是抱着希望的，他的希望只有时间才能解决。有人曾说时间可以冲淡的爱情就不是爱情了，那么时间能冲淡的仇恨是不是也不是仇恨了，貌似有些牵强。

我是在返家的路上遇到哥的，他跑得气喘吁吁。见到我，他弯下腰扶着膝盖拍着胸脯。

"哥，干嘛呢，跑那么快。他们已经上车了!"

哥从口袋里拿出个信封递给我。"哎，估计是小安帮他们在我枕头下放了这。"我打开一看是本存折和写着密码的纸条，密码是哥的生日。哥不解地问："奇怪了呀，他们是怎么用我名字开户呢?银行开户不都需要身份证吗?"

我的确也不知道，存折分两次存款的，一次开户时，一次是昨

天，共一百万。我回想后才理清了思绪。杨少原是拿着哥的身份证来找杨羽的，意外地知道了这个秘密，所以和杨羽商量存了款。只有这个解释了，但我不敢说出，它牵扯着更大的秘密。

“哥，我们回家吧。又下雪了。”我伸开手掌接着飘落的雪花，晶莹剔透。“哥。”我牵起哥的手，荡起了胳膊，现在的世界真的只剩我和哥了。不，客栈里还有两只可爱的小猫，其中有一只快当妈妈了。“哥。你说它会在过年前生吗？你说他会生几只呢？”“哎呀，我哪里知道呀！又不卜卦的。”哥拿着那存折发呆，敷衍我的问题，“晓云，你说怎么办？这钱我是万万不会收的，可是怎么退回去呢？都是小安惹的祸。”

车内，“杨老师，你说子豪是不是在骂我？”小安打了个喷嚏问杨羽。

“小安，你说他原谅我爸了吗？”小安摇摇头，冒出一句话：“君心难测。”

小安说对了，君心难测。我也揣测不出哥的真实想法。他正无比纠结着存折的事。“晓云，你说怎么办？往哪里退呀？这么多钱。”世间很多事只有两条背道而驰的路可以走，但又注定着无法两全其美，忠孝两全。“哥，你让杨老师叫你哥，是原谅了他爸爸吗？”

“没，就算有一天真原谅了，也不会是现在。”

“那你那句话什么意思？我们都不明白。”

“他是他，他爸是他爸，他是我的救命恩人，不等于他爸是。我恨他爸但我对他心存感激。事实上，于情于理我都是他哥。”

“哥，你怎么越来越像阿芳了，说个话跟个绕口令似的。”

说曹操曹操到，阿芳在门口大呼小叫着。“阿姐，阿姐，生了，生了，五只。跑我们家生的。”呵呵，真在年前生了呀。连猫儿生孩子都跑回娘家生呀。“哥，你说给它们取什么名字好呢？”“阿姐，俺取好了，叫大福、二福、三福、四福和五福、因为叔公说了五只代表五福临门。”我算是彻底服了阿芳了。当我用箱子把猫孩子接回家时，哥还拿着那本存折发呆。“我刚给他发了短信，他不给地址，说是他爸给的，让我多吃点营养的。你说我挂号寄回他学校，他应该能收到吧。还是，我们给他送回去？”

我摸了摸哥的头，“哥，你发烧了吗？你现在还在静养期，最

害怕感染的，不能随便外出。存折，依我看，你先放着，反正我们也不会取出来花。总会再见面的，到时候再还他们就是了。那么多钱的东西万一路上丢了怎么办？”哥脸色陡然而变：“哎，我都忘了自己是个还在隔离期的病人了。好吧，那就先搁着吧。”

大四的最后一学期已经没有任何课程了，属于实习期。有的忙于备战考研复试，有的忙于找工作，有的忙于出国，开学报道日是2月8日，农历正月十六。小安是在正月十五下午傍晚回来的，她说她做到了“不负如来不负卿”，元宵节，中午陪她爸妈过的，晚上陪我们过。“爸妈明天也回去了。”说这话时，小安有些伤感。

过了元宵，年也就过了。感觉这学期更忙了，先是论文答辩，后是参加复试，再后来去了家旅行社实习。我和语霏形影不离，同一个导师，同时进入复试，同在一家旅行社。很幸运地六月初我们都收到了人大的录取通知书。我特别记得那天的原因是，语霏竟然特地跑回了学校旁的烧烤摊买了整整一百只肉串。

毕业典礼后，语霏并没有迫不及待地回家，而是死磨硬泡地跟我回家了，她的目的很明确。晚饭时，张伯和阿芳也过来了，语霏得意洋洋地跟哥说：“我成功拐走了你唯一的妹妹。”暗地里她对小安耳语道：“我把她带走了，留给你们更多的独处时间，要好好加油哦！”她以为我和哥都没听见，其实哥的脸在那瞬间红了。

很奇怪，我和哥无所不谈，可是小安的事我却始终说不出口，无法点破。哥没有再和我提起过那些纸条的事，是羞于启齿，还是尚未分辨？哥是有过爱情的，我记得住的是两次。一次是大约在我七八岁的光景，有个姐姐隔三差五老来找哥玩。后来张伯说他们分手的原因竟然是因为那个姐姐抱怨哥每天要接送我上学照顾我。第二次是在我初中时，他们相处了整整三年，最后分道扬镳，原因我知道，还是因为我。从那之后，哥对我说他再也不要爱情，不要婚姻了。

哥的个人问题一直是张伯的心头大患，他一直盼望着哥有个完整的人生。成家有个孩子，这是张伯对他唯一的期盼。然而，我成了哥最大的障碍，我二十岁生日吃完饭后，张伯把我拉到一边，给了我个红包后说：“晓云，你也长大了，懂事了。如果有机会就劝劝你哥找个女朋友成个家吧。他不能像我总是一个人呀。现在有你和他相依为命，可是你总会有出嫁的一天，难道让我们看着他一个

人孤独老去吗?”

我没能给哥一个女朋友，上天却赐给他了一个机缘。当张伯知道小安的来意后，虽然对小安大大咧咧的性格不太满意，但却也乐见其成。张伯说他暗地里提醒了哥几次，哥总是装聋作哑。“我真想揍他一顿!”这是张伯游说不成功后对我说的。张伯屡战屡败，最后他也只能无奈地摇摇头说：“算了，随他去吧。缘分天定!”

“想什么呢？在发什么呆呀？想怎么敲诈我是吗?”哥拍了拍我肩膀。

第二十三章

“哥，我也叫你哥好不好？”语霏一脸正经满脸期待地对哥说。哥刚喝了口汤差点喷了出来。他笑道：“今年什么年呀，来个弟弟，又来个妹妹。那我现在不就有三个妹妹，一个弟弟。你也要红包是吗？”

“少自作多情，我才不当你妹妹呢，别把我算进去。”小安白了哥一眼。语霏适时地插了句话：“那你想当什么？”小安又白了语霏一眼，脸红了。

阿芳语不惊人死不休：“俺知道，姨一直想跟叔好，姨想跟叔生小宝宝。”平底响惊雷，院子里出现了这么一番情景：小安追打着阿芳，我和语霏一人拉住一个，好不容易把小安稳住了，阿芳又说了句：“俺又没说错，可是叔想跟阿姐好！”天啊，更乱了，张伯上前扇了阿芳一个嘴巴：“小孩子成天胡说八道的，滚回家去！”阿芳捂着脸哭着跑出了院子，一场晚饭不欢而散。

厨房内，小安边洗碗边问我：“牙膏说的都是真的吗？”

“你不是说她说话总是疯疯癫癫的？我怎么知道？”

“你不否认，那就是默认了。”

“什么逻辑？我没否认是因为我不知道，不知道的事我有什么权利随意定义别人的心思呢？”

“他又不是别人，他是你哥。”

“你也说了，他是我哥！”

“又不是亲哥，一切皆有可能！”小安不依不饶，一块碗反复洗着。哥走了进来，莫名其妙对她说了句话：“洗碗用温水吧，又去油又不伤手。”小安眼泪肆意而下，哥慌了：“怎么，我说错什么了吗？”小安扑进哥的怀里，我转身走了出去，哥双臂伸开着。自此以后，每当小安说我勇敢时，我总拿这天的事作为例证，她，比我勇敢。她为了一个人，爱上一座城；为了一份自己的爱情，背井离乡。

第二天早饭后，我在厨房洗碗，小安在擦桌子，语霏黏在哥身边，一个劲地叫：“哥，求你个事？”语霏叫哥上了瘾，“哥，行不行嘛？哥……”哥坐在院子里摇着扇子，身边一群妹妹，像极了贾宝玉。想到这，我嗤嗤笑着。

“什么事都没说，一直叫，说吧求我什么事？对了，你会有什么事需要求我？你都要把我妹妹拐跑了。”

语霏话锋一转，整一个二百五，这是小安的评价。“真好，有个哥可以让我叫。晓云好幸福，有哥哥。”我敲了敲她的头，追着她挠痒痒：“有病呀！叫你爸妈给你生个哥去！不许抢我的哥！”

“行了，行了，语霏到底想说什么直接说。”

“哥，我想邀请晓云去我家过暑假，我爸妈都同意了。同个学校本科毕业又考进同一个学校的研究生，我爸妈说这样老有缘了。你看行吗？”

小安嗤之以鼻：“还老有缘呢！你以为你东北人呀！不行，晓云走了你想忙死我是不是？暑假是旺季，懂吗，大小姐，旺季！数钱数到抽筋，做事做到脚软！你老自个儿哪人多哪玩去。”

“我又不问你。你真厉害，做事做到脚软，做事是用脚做的。哎，我又当了回吕洞宾。”

哥倒是坐在那里笑得肚子抽筋，看着小安和语霏闹腾着，语霏话里有话，小安也算歪打正着，一唱一和。

“啊！你竟然骂我是汪汪，你才是汪汪呢！”小安总算反应过来了，满院子追着语霏打。

哥坐在摇椅上，几只刚出生的小猫正在椅子下玩弄着自己的尾巴。“行了，小心点，别踩到小猫了。语霏，你们开学不就在一起了，干嘛非让晓云暑假过去呢？给个理由，合理就批了，不合理可不行。”

语霏一听窜到哥面前，很认真很诚恳地点了个头说：“哥，我保证理由绝对合理，绝对充分，绝对物超所值，绝对……”小安从后面偷袭了一下语霏屁股，说道：“废屁真多，有话就说，有屁就放，哪来那么多绝对。”

两个合格的演员，两个合格的观众，演员演得尽兴，观众也看得尽兴。我和哥狂笑着，极其配合。“晓云不是在学画画吗？暑假不是就可以去学画画吗？她说过老师中央美院的，家也在北京。”

哥仿佛想起了什么似的，蹦了起来，拉起我说：“对，这个理由是充分，你就去吧。去了顺便帮我把那信封还了。”

“哼。”小安左右转动着眼睛闷闷不乐。语霏推了推她说：“你能再笨点吗？”小安还是不理解，在旁的我恨不得帮语霏接了下半句——这么两全其美的事，何乐而不为呢？这只能说我太了解语霏了，毕竟四年来朝夕相处，按她自己的话说的——“我还没说话，一个眼神张晓云就知道我要说什么了。”

哥这回并没有深思熟虑，而是立马打了个电话给杨羽，当着我们的面打的。哥用着极其礼貌的措辞表达了自己的想法，我没听清杨羽是怎么回答的。他们最后的决定是我八月中旬去北京住语霏家，然后每周一三五去杨羽的画室学画画，九月上旬我也就开学了。

“嗯，这还差不多，要是让她去个两个月，会累死我的。才不要呢！”

“哈哈，你不是说过若为爱情故，二者皆可抛吗？”语霏又赤裸裸调侃她。“适度，适度！”我朝着哥的方向努努嘴提醒语霏，她终于闭上了嘴。小安故意用一种微弱的苟延残喘的声音回答道：“没命了哪来的爱情？”

哥摇着扇子上了楼：“我乏了，你们玩吧。”他朝我招招手，我也跟着上了楼。“刚忘了征求你意见了，你还想跟着他学画画吗？我听小安说了他上次对你是严厉了些。”忽然提起画画，我才想到时间一晃而过，竟然已经快一年了。画画，倘若说我喜欢它，那我为何能一年没动一笔呢？倘若说我不爱它，那我为何还是无法说出放弃呢？我承认我没有画画的天赋，这是我不得不承认的事实。至今我仍无法学会画面的取舍，更谈不上虚构，艺术的真实为何物仅限于理论上的接受。

小安看完我的风景素描后是这么评价的：“你更适合画建筑工程设计图，一丝一毫，都忠于原型，还原表象。”我很有自知之明地接了句：“没有灵性。”“答对了，加十分。”她那个夸张的姿势和笑声历历在目。

“不想去就不去了，在家或者去旅游一次吧。”哥见我发呆，以为我并不想去，“要不你和小安选个地去旅游吧，你长这么大还没让你去旅游过，是哥亏欠了你。大不了我让阿芳过来帮忙就是了，

趁这几天刚放假去吧。”哥从抽屉拿出钱包数了一叠钱给我。我推了回去：“不要，我自己有钱，做家教赚的。我想去画画，不想去旅游。”我的确是舍不得花钱旅游。哥的这场病让我懂得了，再多的钱在病魔面前都是不值一提的。

正如小安描绘的，自语霏走后，我们做事做得脚软，原因在于我们在客栈内设置了小型茶餐厅。我和小安学会了做许多糕点，越来越多的游客惬意下午天热时不出客栈就那么窝在吊椅或摇椅上喝茶品饼赏景。

小安的口头禅渐渐变为——“哎，累得跟狗似的。”我出于捣乱反复纠正她——“应该说是累得跟汪汪似的。”在我走之前，小安迫不得已训练起了阿芳。为了上次那件事，她们足足一个月不说话了。最后在哥的调停下，两人斗鸡眼了一番，算是一瞪泯恩仇了。有了阿芳的加入，工作量没有减轻，反而更重了。我们不停地在收拾着阿芳的残局，不是蛋糕焦了，就是咖啡苦了，要不就是茶浓了。哐当，又一个咖啡杯破了，小安心疼地蹲下拾起碎片。

“子豪，我求你了，让阿芳回去吧。我宁可自己累死也不用她帮忙了，越帮越忙。”小安伸着渗血的食指在哥面前晃了晃。

“怎么了，创可贴呢？”哥从前台的柜子里掏出医药盒，用碘酒帮小安消了毒，贴上了创可贴。“小心点呀，杯子摔了就摔了，拿个畚斗扫起来就是了。”

小安这个暑假的巨变就是开始无时无地无节操无底线地朝哥撒娇：“不要，不要，我就不要她帮忙。”她继续在哥面前摇晃着她那只贴着创可贴的指头。毫无疑问，再一次以哥的失败而告终。要走的那天，哥在门口送我，小安一把鼻涕一把泪装腔作势帮我背着画板，同时送我出门的还有那几只猫，祖孙三代的猫。

北京，在我二十一岁那年，第二次踏上这片土地，不可抑制的心潮澎湃。天安门、故宫、颐和园、圆明园、白塔、未名湖和水木清华，这是我脑海里构建出来的北京。踏上的那刻，我庆幸于语霏的坚持和我的追随。

语霏的妈妈薛文珍开车来接我们。我把哥为他们准备的特产拿了出来，有西塘黄酒、八珍糕、麦芽塌饼和嘉兴粽子。“哎，当初忘了跟哥多要些糕点了。还要带给爷爷奶奶他们呢。”语霏自言自语嘟囔着。“没事，我让哥给寄过来吧。”

“妈，你当时怎么不给我生个哥，有个哥多好啊！”一路上语霏叽叽喳喳说个没停，话题如同卷毛线一样纠缠在哥、客栈和我之间，当然少不了小安。文珍边开车边抿着嘴笑。

“晓云啊，你哥有没有嫌语霏太闹腾，都去你家打扰两次了。”

“没呢，阿姨，小安也很闹腾，哥习惯了。”

语霏顺势躺在我腿上对我吹胡子瞪眼：“哼，拐着弯骂我！”

“你说你，跟着晓云四年了，也没见你学个淑女样回来。都说近朱者赤近墨者黑，我看你啊，是朽木不可雕。”

“妈，哪有这样说自己女儿的呀！我这叫活泼率性，懂吗？”

文珍摇了摇头，忍不住大笑起来。

语霏的爸妈把我安置在书房，崭新的被褥。语霏拒绝了：“我才不要呢。我要晓云跟我一起睡。”她妈妈哭笑不得，揉揉她的头说：“哎呀，不都在一起四年了吗？我是怕你睡觉不老实影响晓云。一米五的大床你都能把所有被子踢地上，到时候晓云被你踢下床怎么办？”

“妈，妈，您怎么可以这样揭我的老底呀！真不厚道。反正不管，我要跟晓云一起，让她贴着墙睡好了，我总不能把她踢墙上吧。再说了还省了一间的空调，又节能环保。是吧！”她从后面搂着她妈妈说道。

“好，好，一起就一起。那就只好委屈晓云了。”

刚到家不久，文珍开始张罗起晚饭来了，望着她忙来忙去的身影，我想起了娘。她不让我帮忙，说是没有让客人帮忙的道理。“妈，你就让她弄吧，不然我又会被她念叨一晚上。她肯定会说不好意思啊打扰啊不安心啊废话一堆的。”

“是啊，人家就是比你懂事！”

语霏过来扳着我的肩摇晃：“为什么，为什么，这还有天理了没有？躺着也中枪。”

“行了，行了。两个都出去。”文珍把我们赶出了厨房，顺带锁起了门。“有妈真好！”我悄悄在她耳边说道。

杨羽打来了电话，说杨少原第二天晚上准备为我接风，顺带邀请了语霏和江辰。他费心地将地点设在画室旁边的一家杭帮菜馆。他问了语霏家地址说要来接时，语霏拍着胸脯说不用接，那地方恰好是她的地盘。

第二天在语霏的带领下，我们整整迟到了近一个小时，如果目光能杀人的话，她早已数次躺在血泊中了。倘若问起我对北京的第一印象，我只能说北京太大了，大得一站地能走上半个多小时，大到为了抵达那触目可及的灯光处需要近一个小时的跋涉。

除了对不起我似乎无话可说，倒是语霏在一旁慷慨激昂述说着所有一切都是她的错。她是知道杨羽和哥的关系的，她偷偷捅了捅我说：“嗯，果真是有点像，一个英俊潇洒，一个温文儒雅。”我弄不清到底在她眼里哪个是英俊潇洒，哪个是温文儒雅。“嗯，不错，这样挺好。”语霏重复着这句话，莫名其妙。

饭桌上我不敢多和她说话，一是觉得失礼，二是怕她多言，江辰也是埋头吃着饭，偶尔抬头看我几眼，极少数几句话。当语霏得知江辰是小安表弟时打开了话匣子，就像打开了水龙头一般，怎么也拧不紧。

饭后，杨少原拉着我问东问西，杨羽坐在旁边安静听着，没有插话。我把信封双手递给了杨少原：“大叔，我哥说了老师为他捐献骨髓他已是感恩不尽了，没有理由再拿您的钱了。哥说他还有些积蓄客栈生意也还不错，经济方面应该没什么大问题的。”我没有把话说得太死太满，我想为哥留点余地。杨少原没有接，他看了看杨羽，杨羽面无表情。“大叔，哥都下了死命令了，您就收了吧，只当可怜可怜我吧。”杨少原不置可否地望了杨羽一眼。

“那我呢?”

“老师什么意思?”

“引用你哥一句话‘你应该叫我什么呢?’”

“老师。”

杨少原瞄着杨羽一脸正经的样子居然笑了。他接过存折，对杨羽说：“行了，你就别逗她了。这我先保管者，大家总还会见面的，来日方长。”我给哥发了条短信，四个字：“幸不辱命。”我无法得知哥看到短信时真正的想法，他只是很简单地回了风马牛不相及的四个字：“好好学习。”

吃完晚饭后杨羽带着我们去了他的画室，不大，两室一厅的房间。厅里摆放着一幅油画，目测约两米乘一米五，正处在收工阶段，角落里散放着颜料画笔。其余两间房一间书房，琳琅满目的图书杂志，另一间房放置些画框画材。

江辰东张西望，欲言又止，最后他还是没忍住：“老师，上次不是听说学校给您配了间很大的工作室，您还没搬过去吗？这里有点小呢！”杨羽笑得有些微妙，之所以用微妙这词在于我无法形容出他笑的含义。他回道：“哦，那工作室我拒绝了。我刚进学校还不到四年，仅仅是个讲师而已，何德何能配那么大的工作室呢？用了不过授人话柄而已。这是我之前的宿舍，学校能让我无偿使用我已心怀感激了。”他的意思无非是他不想夫凭妻贵，落人口实。杨少原站在一旁，笑容有些僵硬。

第二十四章

语霏捧着一幅画像只猫一样窜到杨羽面前说："老师，老师，这是在西塘画的吧，好漂亮。"西塘的雪景！他什么时候画的呢?好美的雪景，整幅画面不着一粒雪，却尽得风流。语霏放下画和江辰聊了起来。"梅须逊雪三分白，雪却输梅一段香。"我凝视着画面，陷入沉思。白墙墨顶、小桥人家、梅花柳枝，由远及近，层层叠叠。我抱着画直视着杨羽，问："老师，这幅画可以送我吗?"

"送你干嘛，你整天都在西塘。老师，送我可以吗?是我先看中的。"语霏凑了过来。

"是我先说的。"我第一次毫不示弱主动说出自己想要什么。我猜我的眼里一定滚动着泪花。语霏惊呆了，默默低下头不再说话。'

杨羽一脸无辜不知所措站在那里："这张画我不是很满意，等我以后画得好点再送你们，一人一幅，行吗?"中庸之道的安抚。语霏赶紧点着头，如同小鸡啄米："没事，没事，我就闹着玩而已，晓云喜欢送她就是了。我就不必了，谢谢老师。"我抱着画不肯松手："不，我就要这幅，行吗?"

杨少原朝杨羽使了个眼色说："晓云喜欢你就送她嘛。什么时候这么小气了?"

"爸，我哪里小气了。那张画我真的不是很满意，我只是说等我画更好的再送她们。"

我赌气道："只要是你画的我都喜欢，我现在就要。"杨羽当着杨少原的面不好再说什么，他没能拗得过我，我终于抱着画离开了。

夜空下，我抱着画，执意不肯坐地铁。"地铁快!""坐公交好吗?""很晚了。""坐公交好吗?""好吧。为什么今晚你这么固执，什么都这么固执?算了，让着你好了。谁让你以前平时都让着我，还帮我整理材料。看，我很有良心吧。"

我抱着画上了公交，夜色中虽是一片灯光璀璨，但至少车厢内是暗的，这就足矣。语霏不知道我执意不坐地铁的原因其实仅仅在于地铁车厢内灯火通明。我像暗夜绽开的玫瑰，泪水成了我的露珠滋养着我。到家后，我忽然问了语霏一句："你晚上一直说挺好挺好，什么意思？"

"什么挺好？"她显然忘记自己刚说了什么，在我的复述下，她笑得花枝乱颤地说："哦，我是说他们俩兄弟，可以从对方身上要么回忆起从前的模样，要么预见以后的模样。"哦，原来是我想多了。

第三天一早，在语霏千叮咛万嘱咐后我还是执意独自转车去杨羽的画室，一个多小时后我出了地铁站时发现杨羽站在出口处翘首等待。"哦，到了就好！语霏给我打了几个电话了，她担心你一个人第一次来北京会走迷路。还好呀，时间差不多，看来挺顺利的。""嗯，谢谢老师。我分不清哪个出口时就询问工作人员，他们都很耐心地告诉我。"

杨羽把我带进了屋，白天仔细看来，屋里有些杂乱，阳台横七竖八倒着许多废旧的画材。见我盯着地板，杨羽讪笑着说："不好意思，乱了点。平常没什么时间整它。上课忙，回家还有个小婴儿。"我条件反射地拿起角落的扫把。"晓云，别扫了，先上课吧。过两天有空我自己慢慢收拾。"

课，他上得很仔细，对我这种菜鸟，他没有丝毫的不耐烦和嫌弃，也一改那年的严厉。不过，作业还是要定期交的，数量齐了，质量他倒不是十分苛求。我诧异于他的巨变，旁敲侧击，他的一句玩笑话让我红了脸："你这么大了，我总不能打你吧？"哥打过我吗？我在脑海里搜索着记忆的碎片。

每次课后我顺手打扫一间，几次课下来总算让画室整洁了不少。我捶捶腰环视四周，又蹲在去抠起地上凝结的一块颜料时。他打趣道："行了，行了，有强迫症吗？四处那么整齐，我都找不到东西了。"大人，果然说的和想的不一样。如果说他是大人，那么我是小孩吗？好像也不是。

世间万事机缘巧合，早一分钟也不行，晚一分钟也不行。站在阳台，望着街上车水马龙，我梳理了整个事情的来龙去脉，小安因为和杨羽到西塘写生遇到我，继而遇到我哥，因为我哥她来了西塘

当起了我的小老师，哥生病了杨羽因缘际会骨髓与哥配型成功，捐献时杨羽父亲杨少原来阻挡，巧遇因骨折住院的张伯，哥的生父浮出水面，一切如同一场戏。真是人生如戏，戏如人生。

“想什么呢？在发呆？想你哥了？最近小安怎么样了？”

“小安，挺好的呀。事情被语霏无意中挑明了，她也算是如释重负，无需再隐藏了，开始会和哥撒娇了。”

“那你哥怎么想的？他之前不是……”

“那事我没问过，哥也没再提起过。一切随缘吧，缘聚缘散，缘起缘灭皆有定数。我是希望哥有个幸福的人生，能像老师这样娶妻生子，平平安安健健康康过一生。至于那纸婚书，到他们的爱情瓜熟蒂落，还需要老师帮着周旋，行吗？”杨羽点点头。

“我错了吗？”

“不，每个选择都有它的理由。而每个选择都会各有利弊。只要初衷是善意的，都没有错。”

我叹了一口气，再次把目光飘向了远方。

此后的上课我们不再拘泥于画画，我们谈学习、工作、文学、人生，更多的是谈他的女儿，他打开钱包让我看他女儿的照片，大大的眼睛，长长的睫毛，樱桃小嘴，一个天生的小美人。都说女儿像爸爸，我仔细看看，真与杨羽有几分神似，眉宇间似乎还有一丝哥的影子。

很快的暑假扑腾着翅膀飞了。杨羽学院里开学前会议频繁，我们的上课时间也变得支离破碎起来。时间都去哪儿了？半个多月的时间除了上课做作业外，语霏带我把北京的大景点玩了个遍。我还是喜欢校园，无数次流连在未名湖畔、水木清华边。我很固执地不去人大走走，我想在开学时才去揭晓它的美丽。

开学时，我成功蜕变成一只棕色的猴子。我猜，哥和小安肯定大吃一惊，原来白皙的我不见了。在文珍的护送下，我们浩浩荡荡提着一堆行李到了学校

“妈，您说我们家这么近，干嘛让我带这么多行李呀？笑死人了。”

“哪里会，就你这丢三落四的，多带着以防万一。近，还是有段路程的。多带点方便，别那么懒。在学校就和晓云好好读书哦。”语霏在旁撇着嘴，一脸装出来的不高兴。我连忙回答道：“阿姨，

谢谢您。打扰您这么久真的很不好意思。我会和语霏好好读书的。”

“哎呀，晓云，你说的哪里的话呀。以后啊，你就把我家当成自己家好了，周末有空和语霏一起回来吃饭。语霏啊，从小一个人孤单的，有你陪着她，我们大家开心都来不及呢！”

我别过头去，眼眶红了，好想好想娘。

研究生的生活和本科生并没有太大的区别，只不过自主支配的时间多了，有了和导师互动的时间，我和语霏选了同一个导师，很幸运的导师也同时接收了我们两个，还有另外一位男生李毅。

我一成不变的生活和慢热的性格常令语霏所诟病，她是个很容易交上朋友的人，我却不是。一旦我选择了便不轻易更改，哪怕那人为负我，我也不改初衷，所幸我遇到的都是对我极好的人。傻人有傻福，语霏是这么总结的。

语霏爱逛街，我并不热衷；语霏爱吃烧烤，我只是一般；语霏爱玩游戏，我却爱看书。所有的不同并没有阻挡我们的友情，她有了新朋友后也拉着我一起玩，通常是她们一群人玩，我在旁边静静地看。“来啦，来啦，合群点嘛！”这是她的口头禅。“我没有不合群，只是喜欢安静。”渐渐地，她和朋友去玩时便不再带上我，我除了看看书，定时每周去杨羽的画室两次学画画。一晃，一个学期过去了。

那天，我去画室时，杨少原也在。他摆弄着桌上的杂志，杂志上有杨羽的画，他研究生时画的画，风景油画，没有鲜明的颜色，暗藏着一种孤芳自赏。

“晓云，快放假了吧。”

“嗯，下周四考完，周五我就回去了。”

“好快啊，一年了。”

哦，我明白了，他想见哥。但我又无法应承他什么，我不知如何开口。杨羽替他说出了：“我爸的意思是想让你问问哥，过年可否和你一起来这里过年。反正小安也要回北京，年前你们客栈也是淡季。到时候我把画室收拾收拾，打上床就行了，你说呢?”

来北京过年，这我还真没想过。杨少原见我犹豫了下，说：“晓云啊，要不你寒假也不回去了，就在这里学画画，跟你哥约个时间，省得来回路程。这样会不会更好些?”

“嗯，省点路费。”我脱口而出。

给哥打了个电话，不出意料，哥拒绝了，他以身体还未痊愈为由拒绝了，理由太为充分，杨少原黯然神伤，咬着嘴唇。他的神情让我有太多的不舍。我拨通了小安的电话，她谨慎回答了句——尽力试试。但她并不是太为赞同，毕竟还有半年的观察期。结局和我预感的一样，杨少原嗫嚅道："没事，身体重要，来日方长。"又是来日方长，来日到底有多长？谁都不知道自己的来时去时路，正如人有旦夕祸福。

第二天，图书馆十点熄灯后我照例和语霏骑车回宿舍，我俩一前一后，下坡处一块不起眼的石头把我绊倒了，我摔倒在地，沿着坡滚了下去。语霏的呼喊声离我越来越近，当她靠近我想扶起我时她尖叫了一声："血。"她指了指我的额头，我只感觉脚踝撕裂般的剧痛。我撑着地想站起来却怎么也站不起来。

"怎么办，怎么办？"语霏拿出纸巾贴在我额头上，我一摸，满手的血。脚撕心裂肺的痛让我无暇顾及额头上的血。我再次双手撑地，语霏扶着我的腋下，我却还是无力站起来。最后，语霏打电话把李毅叫了来。学校医务室已下班，李毅把我背到了社区医务所，是严重的软组织挫伤，韧带拉伤，淤血、膝盖肿胀医生做了消毒包扎后开了些外敷和口服的药，李毅又把我背回了三楼宿舍。

痛，像万虫噬骨般让我一夜未眠。第三日中午我实在还是无法走动，于是给杨羽打了电话取消了下午的上课，他问原因，我支支吾吾，只说第二日就期末考了要温习功课，他答应了。打电话时我听到江辰的声音，他考研后还经常跟在杨羽身边。因为杨羽的原因，院长选了他当学生，成了他的导师，这对于研究生来说是个殊荣。但江辰始终觉得别扭，并总会不自觉地把两人做个对比。他虽从不做褒贬判断，但言语之中尽显对杨羽的尊敬。

"你怎么了？"过了会江辰给我打了个电话。

"没啊，明天要考试了，所以今天就不过去了。"

"我们昨天期末考就都结束了。那你什么时候回去？"

"过几天吧，语霏妈妈让我去她家住几天。"

"哦，我昨天还听老师说你周五就回去呢。"

见我没回答，他挂了电话。我脚肿得像馒头似的，一动便痛，两日来连水都不敢多喝，生怕上厕所。语霏除了去食堂打饭外寸步不离地守着我。她打饭回来了，还没进门就听她大呼小叫："江辰

要过来看你了！”

“你又多嘴了是吧！”

“我哪里知道你没告诉他，他问我你今天怎么没去上课。我就实话实说了呀，你又没和我通气。”语霏噘着嘴说。

我自知错怪了她，打着哈哈向她道了歉，她没有小安的不依不饶，笑呵呵地把饭递给了我。我扒了两口就放下了筷子，实在毫无食欲。痛，让我无法专心做任何的事，包括复习，包括吃饭。语霏的电话响起，江辰到了。“糟，我给忘了男生不能进女生宿舍，你又下不去，怎么办？”语霏拍了下头咬了咬嘴唇恨恨说道。

“是啊，让他大老远来一趟，哎，怎么办？”

“对了，我跟舍管说他是来背你去换药的怎么样？”

“你不是跟李毅说了让他下午过来的吗？”

“那你说现在能怎么办？只能这样了，没事，李毅就我哥们，一句话的事。他，和我特铁。”她边打电话边往楼下跑。几分钟后江辰上楼来了，二话不说把我背下楼去。

我僵硬地将手环在他脖子上。“对不起，辛苦你了。”我轻声说道。“怎么剩了那么多饭，以后多吃点。”一路上，语霏和江辰说着话，大多是语霏问，江辰回答，像是一场记者招待会。

医务所内，换完药我们坐了会，见我微蹙着眉不怎么说话，江辰体贴地说：“走吧，明天考试你肯定还惦记着复习吧。你明天几点考试，我再来背你去，反正我考试结束了。”“不用了，你那么远折腾一趟，明天下午会有同学来帮忙的。对了，别跟老师提起我受伤的事。”

江辰把我背回宿舍就回去了，没过一会杨羽的电话来了，他怒气冲冲问：“怎么受伤了也不说声，到时哥以为我不关心你，见面还不把我撕了呀！你这报喜不报忧的性格什么时候才能改改。是怀疑我们保护你的能力，还是质疑我们保护你的心？”盛怒之下，话，说得难免重了些。

“对，对不起。”除了对不起我不知道自己该说些什么，我只能选择沉默。似乎是我的沉默激怒了他，他扔了句：“明天考完再说。”就挂断了电话。自始至终我不明白自己错在了哪里，更不明白他为何如此盛怒。

第二天中午，语霏打饭上来，指指门外说：“江辰在楼下了，

说一会背你去考试。”“啊？他怎么又来了？那么远一趟！”“估计他喜欢你。”我恨不得踹语霏一脚，却苦于无法动弹：“乘人之危算什么英雄，胡说八道。让小安知道了小心她打你。”我只能用小安威胁她。

“小安，算了吧。我可是她的恩人，她现在应该对我感激不尽的吧。看看，我把她的情敌拐到这么远的地方。她不该感谢我吗？”我拿起筷子夹起一根鸡腿塞进她嘴里，她哼哼唧唧：“哼，看吃的还能堵不住你的嘴吗？整天胡言乱语，口无遮拦。”

“哈，不错，我有两根鸡腿吃。”语霏毫不客气吃了两根鸡腿，吃完后还舔了舔手指：“好了，收拾一下，一会就考试了。江辰还在楼下等呢。”众目睽睽之下我被江辰背到了考场，虽是感激，却感如芒在背。

第二十五章

考完试后，手机上几条关机时未接来电的提示短信，除了一条是杨羽的，其他都是江辰的。像是随时都在拨打似的，我刚开机，江辰的电话进来了：“晓云，考完了是吧？那我现在马上去背你下来。老师来了，他在我身边。”这又是什么情况？

下楼后，我见到杨羽黑着脸站在大门口。他朝江辰走了过来，我对语霏说想上厕所，江辰将我在厕所门口放下，语霏搀着我进去了。在外我尽量表现得行动自如，厕所内又是一阵剧痛。“装，你就逞能吧！我看你能装多久？”语霏闭着眼一只手让我扶着。一跳一跳到了门口，杨羽蹲了下去，说了声：“上来。”江辰见势赶紧说：“老师，我来吧。”“没事，你帮她提书包就行了。”江辰见杨羽一脸阴沉，不敢多说一句话，默默接过书包，我趴到了杨羽背上。

“老师，我们是回宿舍吗？还是去哪？”

“哦，我们去吃饭，老地方，我爸已经在那等了。”

我两手轻轻搭着杨羽的肩膀，羽绒服很滑，我身子总往下掉。他又害怕动到我的脚，回头呵斥道：“把手放好，没被背过是吧。刚才江辰背你，你就挺配合的，现在和我置气是吧。”

“哪有？我是不敢而已。”

“不敢什么？我是你哥。”

“没有。”其实我想说的是我不敢环着他的脖子，不敢伏在他背上，不敢把头靠在他肩上。为什么不敢？我也不知道。

“你这思想不是传统，是太封建了。都什么年代了！他结婚了也还是你老师，你哥，这有什么啊！”当语霏知道我的想法后除了大笑以外，顺带损了我一番，“再说了，从法律意义来说你是已婚。”语霏的玩笑话让我大彻大悟，我宛然一笑，顿悟自己不敢的症结在哪里了。

学校门口停车场，杨羽将我放下，他开车来的，是一辆大众，

鲜艳的红色，刺得我眼睛生疼。红色？一个男人开红色的车，百思不得其解。他好似看穿我的疑问一样，解释道：“哦，我家离学校近，平时我很少开车，都是孩子妈开的。”我们上了车，半个多小时后才到那家餐厅。杨羽停车，江辰把我背了进去，杨少原正独自坐着喝茶，隔壁是家京味小吃店。

他放下茶站起来要扶我：“哎呀，这是怎么摔的呀？都快过年了。你哥知道吗？”我摇摇头。

“他不知道？那你怎么回去呀？要不让杨羽送你回去？”

“大叔，不用了，再过个两三天也就好了。老师和您还要全家过年呢，家里还有个小宝宝。”

“没事没事，我正好想去看看子豪。”终于说漏嘴了，杨少原呵呵笑着低下头搓着手。

杨羽进来了，我对他说：“老师，杭帮菜太甜腻了，很多人都吃不惯。要不我们换去隔壁吃小吃行吗？”

“行啊，有老北京豆汁、酱肘子、爆肚、宫廷奶酪和栗子，可好吃了。”说到吃，语霏蠢蠢欲动，江辰扑哧笑出声来。“笑什么笑？难道你不喜欢吃啊？哼，你姐比我还贪吃，不信你问晓云。”

语霏搀扶着，我又一跳一跳往隔壁店里去，杨羽走过来，一把把我腾空横抱起来走了进去，我羞红了脸埋在他怀里，两只手不知往哪里搁好。他小心翼翼把我放在椅子上。江辰站在远处望着我们，目光触碰处，他眼睑低垂，一闪而过。“老师，我刚接到同学会通知，我忘了晚上的一个会了。对不起，我先回去，大家慢慢吃。”江辰站了起来，挥挥手机对杨羽说，一脸的不自然。杨羽似乎没发现出异样，只是点点头嘱咐他路上小心。

李毅急匆匆打电话找语霏说有急事，语霏望着一桌刚上的菜，有些怨愤。杨羽笑着打包了一些让她带回学校。“谢谢老师。那晓云怎么办？一会怎么回去？”她问杨羽。“一会我送她回学校，到了给你电话就是了。”“好嘞！”语霏拎着餐盒冲了出去，哼着小曲。“哎，她和小安真的有些像呢！异曲同工，殊途同归。”杨羽这两词用得真是不着边际。

只剩三个人，杨少原轻松了不少，很多话自然而然地说开了。他问杨羽：“晓云这样，要不我送她回去？顺便见见子豪，你看行吗？”当着儿子的面提起另一个只谋面几次的儿子，杨少原一直揣

测着杨羽的想法，他瞄着杨羽，企图从他的表情里读出什么。杨羽没有露出不悦的神情，只是有些担心地问："你怎么送她回去，你自己走路都不太利索。"

杨少原挠挠脑袋，嘿嘿笑了两声。"要是再让你陪着去，你妈你老婆肯定有意见。"

"爸，您要谨慎啊！小心东窗事发，连累无辜啊！"这关头杨羽居然还有心情打趣他。杨少原要了瓶二锅头就着酱肘子喝了起来。"不然你说怎么办？一年没见，我经常做梦都能梦到他。我这年纪了，见一次少一次的。虽然他不原谅我，但再怎么样也是我的骨肉啊！"借着酒胆，杨少原越说越激动，最后竟然当众哭了。

"爸，好了，在外面别这样。大不了我陪你送晓云回去一趟。"

"真的吗？"杨少原抹了抹眼泪，"那我们怎么说才好？"

杨羽打断了这个话题，他转向我："你准备什么时候回去？我和爸送你吧。"我无法回答不用，心里干笑着摔得真是时候，挺有价值。心底，我希望哥能原谅杨少原，既然老天绕了一个大圈把亲生父亲还给他，他何不顺水推舟重拾亲情呢？

"看老师方便吧。"我猜我乖巧的回答想必会得到他一个会心的微笑吧。嗯，他夹起块酱肘子放我碗里，和杨少原合计着以何种原因何时动身。饭吃完了，此题依然无解。"走吧，我送你回学校，有点迟了。"杨羽在我面前背对着我蹲下。我老实地趴他肩上，搂着他的脖子。到校后，我要打电话给语霏，他制止了："别打了，她导师找她可能有重要的事，你告诉我宿舍哪里，我背你上去就是了。"

"不用了，宿舍离校门远，教室近些。"

"不用？那你跳着回去吗？"不容我分说他将我横抱了起来，我只好投降，再次乖乖地趴在他肩上。他穿着件黑色的羽绒服，肩上软软的，我忽然淘气地朝他脖子吹了口气，他猛地缩了下脖子，转头看我："呵，还会淘气了呀？"我玩心大起，咯咯笑着，又吹了一下。

路太长了，他有些累，我强行从他背上滑了下来。"老师扶着，我跳着走走就是了。反正回家也要慢慢走，你总不可能一直背着我吧。"他的确累了，接过我背上的包，搀扶着我，路更长了。

"你说你哥会原谅我爸吗？这一年老头活得并不开心。说个事

都能联想到生死，老说不想死不瞑目。”

“会的，总会原谅的。因为舍不得娘，所以哥才会恨他。娘这一生冰火两重天，分水岭就是你爸。”

“你娘恨他吗？也是，她走时你才三岁，三岁的娃知道些什么？”

我想了想，停下了脚步，在小道旁亭子里的椅子上坐下。“我只知娘夜里经常发呆，她还会点上蜡烛在纸上写些什么，写着写着就抹抹眼泪。娘随身的荷包里除了些零钱外就是他们那张唯一的合影了。娘还留下了好几本日记。”

“日记还在吗？你看过吗？”

“在我房间的藤箱里，哥本来要烧的，被我哭着夺下抱着，照片已经烧了。娘不恨你爸。她说她感谢上苍给了她这么一个人，让她可以去爱，还给了她一个孩子，让她有所慰藉。”我的眼睛潮湿了，杨羽从口袋掏出张纸巾递给我。那么多日记，我记忆最深刻的是一句诗：“红颜未老恩先断，斜倚熏笼坐到明。”说完后，我情不自禁遥望夜空潸然泪下。杨羽帮我擦拭着眼泪，我忽然扑进他的怀里哭了起来，他抱紧了我。

夜漆黑，月若隐若现，没有星星的夜晚。我停止了哭泣，从他怀里直起身来。“恨君不似江楼月，南北东西，南北东西，只有相随无别离。恨君却似江楼月，暂满还亏，暂满还亏，待到月圆是几时？”

“别伤感了，以后你会有个圆满的爱情的，只有相随无别离。”

“会吗？娘日记里写道我周岁时有个和尚给我算了一卦，说我此生有情劫，注定无夫有儿，娘她不想我步她后尘。”

“江湖术士有些就是骗口饭吃，哪能都信呢？一个周岁的娃儿手都未长全，手纹又哪里会准呢？再说了，什么叫无夫有儿？别老把他们的话放心上。”

语霏的来电响起：“老师还没送你回来吗？我在宿舍，你现在在哪里？一会哪里合？”她枪炮子一出，射出几个问题。

“再走个十来分钟就到了，你在宿舍楼下等我吧。”

“走？你走得动？他怎么没背你？还自称是你哥呢，一点都不怜香惜玉。”语霏的声音实在太大，不被听了去也很难。“背着呢！没事别乱说老师坏话！”杨羽把书包递给我，对着话筒喊了两句，

背起了我。

宿舍楼下，冰天雪地，语霏不知从哪弄了根雪糕在吃。她穿着大衣，围着围巾，穿着长靴，吃着雪糕。这造型怎么看怎么怪。“自己上，还是背上去?”她舔了舔雪糕问我。

“让她自己上，我还不被你的口水淹死?去跟你们舍管说一声，我背上去马上就下来。”舍管探出头来，搓搓手说：“语霏，冷不冷啊，这天吃雪糕。”才一个学期，语霏的大名早就名扬四海。语霏呵呵笑着：“老师，不冷不冷，不然怎么叫吃货呢?老师，这位老师背她上去后马上就下来。您看人长得好就是好，扭个脚一会有同学背，一会有老师背，幸福死了。赶明天我也去扭一下。”

舍管哈哈大笑，开了门，调侃她：“算了吧，语霏。就你，如果真想那样，你还是别吃了吧。背你多累啊!”

“老师，累才能看出他是不是真喜欢我啊!轻，谁都背得动，说明不了问题的。再说了，我这叫丰满，不叫胖。OK?”

“少贫嘴，快上去!”舍管关起窗户摇摇头，“真闹腾!”杨羽不合时宜地接了句：“看来比小安还闹!”立马遭到了语霏的自卫还击。我比划了个小声点的手势，她吐了吐舌头，蹑手蹑脚开了门，一看宿舍没人，她招招手让杨羽进去。

杨羽把我放在椅子上，环顾了下寝室。“环境还挺不错的嘛，卫生也做得挺好。”他背着手踱着步调侃道。“哦?别把油画放床上，毕竟颜料有重金属矿物质气味重对人身体不好!”他看到了他的那幅画在我的枕边。说完，摆摆手走了。

“哎，巧玲和嘉怡一考完试就去约会了，哪里像我们这两个悲催的落着单，还有个是伤员。”语霏装出一副凄凄惨惨戚戚的样子。“对了，”她忽然来了精神，眨巴着眼睛，一脸奸笑地问，“江辰是不是对你有意思?”

“李毅才对你有意思呢!”

“他，就我一哥们!刚认识的哪里可能!!”

“那我跟江辰也不熟，哪里可能?”

“哪里不可能，以我阅人无数，锐利无比的眼睛看来，绝对可能!再说了，你们不是认识挺久了吗?”

“哪里挺久，我想想，2000 年认识的，除了那次写生外，又没见过几次面。能不能不乱说了!”

语霏不肯结束这话题，她开始整理自己的思绪，一看她那沉静下来的样子，我立马知道下面的一番话肯定会有论点论据，然后还会来个“一二三，总而言之”之类的。果不其然，知她者我也。“第一，你们有共同爱好；第二，你们写生日久生情，从他看你的眼神就能看出；第三，听到你受伤他跑得比兔子快，殷勤备至；第四点也就是最重要的一点：他那天为什么走，就是因为老师背着你照顾你，他吃醋。总而言之，明确可以肯定的是他喜欢你，绝对可以肯定的是他爱你，相对肯定的是他想追求你！”

“姚语霏，你写论文吗？是不是还该来个中心词，注脚和参考文献呢？乱七八糟什么的一堆。江辰不是说了晚上学生会有事吗，照你话说老师也算是我哥，他都结婚有孩子了，江辰至于吃他的醋吗？你这么能胡诌，怎么不说老师也喜欢我？”说完，我自知失言，心跳加速，假意转过身拿出，脸有点红。“也是，不过谁规定结婚了不能喜欢别人，又不是爱！”

嘉怡人未至声先到：“哎呀，我们小妮子是喜欢上谁了，还是爱上谁了，李毅吗？”

语霏气鼓鼓进了洗手间，哼了一声：“讨厌，能不能不都拿李毅来调侃我！是不是逼我写份声明贴在门上。”

“我不介意，我想晓云也不会介意的。”嘉怡摊开两手朝我做了个鬼脸。“熄灯了，熄灯了，该干嘛干嘛！”语霏出来把灯关了，跳上了床。嘉怡恶作剧地迅速开灯：“让我瞧瞧这小妮子是不是脸红了呀？”嘉怡还嫌不够乱，故意拿了手电筒照了照语霏。“好了，好了，睡觉啦！”我扯了扯嘉怡，语霏赌气地用被子把头蒙上，一场口舌之争总算落下来帷幕。

第二天中午，语霏妈妈就来电话问她什么时候回家，让我一起去吃饭。“妈，您老等等，让我先请示下领导意见。”

“领导？谁？”

“晓云呗。她现在就一伤病员。不是说病人就是老大吗？”

“晓云怎么了，都没听你说起。”

“忙着复习考试还捎带着照顾她，我亲爱的妈啊，哪有空啊？”

“说重点！”语霏妈妈终于忍无可忍，大叫一声。

“哦，她就骑车从坡上滚下来，脚扭到了。”

我向着话筒喊了声：“阿姨好！我没事，这两天就回去了。语

霏本来就准备下午回去的。”

“喂，我什么时候说下午回去了？”我掐了她一下：“啊，是是，我傍晚就回去，再不回去，小命就不保了。”她恶狠狠盯着我。

挂完电话，语霏贼兮兮问我：“怎么，这么快赶我走，有啥情况？江辰接你还是老师接你？”

“我自己回，行吗？”

“不行！我要先把你安顿好了再说。我先去借本书再去打个饭。”她背起书包出了门，原来她打电话给了江辰，回来时据说江辰支支吾吾语焉不详，她所不知道的是那时江辰和杨羽在一起。因为她走后不久杨羽来了电话，劈头盖脸一句莫名其妙的话：“你有什么事可以直接找我，干嘛老让语霏打电话找江辰？江辰不用上课吗？他不用画画吗？”我瞬间大脑一片空白，这闹的又是哪门子的事啊！我，又做错了什么？

第二十六章

“老师，什么情况？我没让语霏打他电话啊！”我百口莫辩。

“说吧，你什么时候动身回家，我去定个票。”

“可是大叔昨天不是还担心家里吗？我自己可以的，真没事！”

“废话少说！快点，明天还是后天？”

“随老师就是了。”我挂断电话，泪水簌簌而下。电话再次响起，我不接，我不知道自己做错了什么，为何他会如此的质问，我直接关机趴在桌上发呆。

不知过了多久，语霏撞开门，十万火急的样子，进门大嚷道：“你怎么不接老师电话？我的电话都被他打得没电了。”

“哦，我忘了他留了你电话的。对不起哦！”

语霏声音转缓，又显现出她八卦的本质：“你和他吵架了？怎么了？发生什么事了？刚才我给江辰打电话他说话也吞吞吐吐，搞什么嘛！一个男人连说个话都磨磨唧唧，真烦！”

我懒得再说，也懒得回答她，闷闷吃起饭来。

“咦，我的充电器呢？晓云，看到我充电器了吗？”

“没啊，你不是放包里了吗？咦？你的包呢？”

“啊，我忘食堂了！”语霏一阵风地跑了出去，又一阵风地跑了回来，“他来了，他来了，他要见你，脸是黑的！你小心点哦！”

“谁来了？我不见！”

“你希望是谁啊？老师还是江辰？”她露出鬼鬼的笑容，“走吧，不见也得见！”

语霏扶起我，把包塞给我。我脚好多了，能轻轻踩着地走路。“你先去拿包吧，我自己可以的。”我走了几步给她看，她一溜烟跑了。从走廊往下探去，杨羽在楼下踱着步。

我是用鸭子的步伐晃出宿舍楼的，一脚深一脚浅，杨羽见了蹲了下来。我看了一眼，摇摇头，继续往前走。他站了起来，跟在我身后，从脚步声中我听出了隐约的愤怒。他大步流星走到我前面，

堵住了我的去路。

“说说吧，今天干嘛让语霏那么跟江辰说话？你也喜欢他？喜欢他就不要影响他。今早他导师把我和他一起叫到办公室了。”

他导师，哦，绕了一圈，是杨羽的岳父，学院的院长把他们叫去办公室了。明白了，我总算明白事情的起因了。语霏到底说了什么？我想知道，却不想问。我知道他在等我问，我就偏不问。

“老师，第一我没有让语霏打电话；第二我没有喜欢江辰，所以不存在‘也’这个字；第三对于今天的事我深感抱歉，保证下不为例。”

也许是我生硬的口气让他冷静了下来，他说：“我没有反对你们谈恋爱，江辰的确很优秀，无论家境还是学业都很优秀。他最近很不在状态，这我多少有些发觉，但因为现在我没有带他，所以知道得不是太清楚。是他导师颇有微词找我说的。你让他注意点就行了。”我本不想解释，却又不得不解释，我完全不理解他在说什么，从他飘忽的眼神我觉得整个事情远远没有他说的那么简单。

“老师，我真的不知道您在说什么。我没有和他谈恋爱。”情急之下我说出了句让杨羽变脸的话，“我时刻提醒着自己我是个有夫之妇，不管现实如何，那一纸婚书尚在，我有何资格谈恋爱呢？”杨羽眼里飘过一丝黯然的神情，为江辰？为小安？还是为哥？

“这次我恐怕没办法陪我爸过去了。你们两个行吗？后天走行吗？”

“哦，我没事。过一两天就好了。”

杨羽不久后发来了条短信：“机票已买，后天中午十一点班机，我八点到学校接你送你和我爸去机场。”我回了条谢谢，开始整理东西。语霏回来了，嘴里叼着根棒棒糖：“什么时候走，现在就在收拾东西？”

“后天早上十一点班机。”

“哇，中午时段飞机最贵了。不过也对，你还要转车，那要方便些。”文珍来了电话问她具体回去的时间。“别催，在整理了，好好好，把你另一个宝贝女儿也带回去。”挂完电话她摇头晃脑哼起歌来。

“怎么这么开心，阿姨又做什么好吃的了是吧？”

“你怎么知道？对了，妈让我把你带回去吃饭。你收拾收拾，

后天从我家走吧。我让妈请个假送你去机场。”

“我现在脚还不是太方便，就不过去打扰阿姨了吧。老师会送我去的。”

“给我闭嘴，废话少说，收拾东西！”

干嘛每个人都让我废话少说，我真的很多废话吗？我给杨羽发了条短信说了语霏家的地址。

“妈，妈。残兵败将回来了！”还没进门，语霏拖着行李哐当哐当的声音已经震耳欲聋了。

“瘦了，怎么又瘦了。”文珍伸手摸了摸我的脸说，继而捏了捏语霏说，“怎么又胖了？你们两能不能中和一下？”晚饭丰盛而愉快，饭后文珍接电话，我进了厨房洗碗，家的感觉再次让我的心百转千回。

第三日，杨羽开车到了楼下接我，语霏执意送我到机场，告别文珍后我们下了楼。机场内，人来人往，貌似中午时段的人特别多。一个个身影在我面前晃来晃去，在一个个转角消失。

我最后悔的莫过于同意语霏的相送。“咦？江辰！”茫茫人海中，语霏竟然能在不经意间看到他，“江辰。”她摆着手叫他，杨羽循声也转向那个方向。江辰看到杨羽时停住了脚步，怔了怔还是往我们这边走来。

“好样的啊，长亭送别啊！我想怎么问我具体时间，原来是要来送啊！可是你知道吗，千里送君终须一别。我送晓云真是肝肠寸断，那你呢？别一会黯然神伤哦！”

我捅了捅语霏。“哦，对不起，我开个玩笑嘛！”

“老师好！”江辰向杨羽点了点头。

杨羽道：“好了，不闹了，你们路上小心。爸，你腿脚不好，自己注意着点。有什么事打个电话，我想哥不会难为你的。”

“老师放心吧，我扶着大叔。”江辰走过去扶起杨少原往安检入口处走，他的语气不似从前，带着某种疏离，我不解。我转头摆摆手抱了抱语霏也跟着往里走。江辰站在杨少原后面等杨少原进去后，他把我让到了他的位置。他伸出手想扶我，又缩了回去。我笑着说：“谢谢你，我已经好多了，再见！”万万没想到的是他在我身后进了安检，那刻，我才知道他一路同行，以探望小安之名。

一路有他，我心安了许多，我想杨少原也是这么感觉的，他笑

得从容多了，眼角的皱纹，两鬓的斑白，让我下定决心说服哥原谅他，接受他。我不想有一日哥会有那样的感慨——子欲养而亲不待。人就一辈子，有今生没有来生，不是吗？且行且珍惜。

能八卦的人随时随地都能八卦，语霏发来了短信：“老师是不是喜欢你？”我懒得理她，她的想象太为丰富。“看到江辰进去后他的脸色都变了，现在我在他车上，空气都快凝固了，我大气都不敢出。太可怕了！”短信又来了。我回了句：“对于你未来职场的合理化建议——编剧。”飞机即将起飞，我关了机。揣测着语霏的短信，他素来喜欢江辰，见有人陪着照顾，不是应该开心的吗？想必他应该是担心杨少原吧。

兜兜转转到家时已是下午四点多。从铁门望去，小安悠闲地坐在摇椅上看着书，几只猫也在她身边，哥也许在房里休息吧。

风铃声起。“不会吧！一拖二，晓云，你的手段了得啊！”小安蹦了起来，小猫又跑来抓着我的裤腿。“大叔好！江辰，算你还有点良心，来看看你姐！晓云，你脚怎么了？”

“呀，我家公主回来了呀，怎么也不早说呢？”哥闻声下了楼，看见杨少原时，他愣住了，脚停在空中，上也不是下也不是。还好江辰解了围，他笑着说：“您好！晓云前几日脚扭伤了，老师本来要送她回来，可是家中有事，大叔就送她回来。今天是我姨妈让我过来看看小安，因为姨妈和姨丈今年不回来过年。凑巧我们在机场碰到了，就一起过来了。抱歉，给您添麻烦了。”

哥听了后，不好意思说些什么，倒是小安跳了起来兴奋地说：“真的吗？我爸妈不回来过年？那么我今年就可以在这里过年了啊！真啊真开心，我这就去泡茶给你们喝。”

“哥，我想你了！”我上前抱着哥，“傻丫头，怎么摔了也不说一声，每次有事都非要自己扛着。这几天怎么过的啊？”

我朝杨少原站的地方努了努嘴，杨少原愣愣站着，盯着哥，想说话却又不敢说。这个老人，每每让我心疼。老人望着我，眼里充满了期盼。一瞬间我说了句连我自己也从来没有想过的话。我拉过杨少原的手，将他扶到椅子上坐下，在他身边蹲了下来，余光出哥诧异不解地看着我。当着众人的面，我轻声问他：“大叔，我可以喊您声‘爹’吗？”

“孩子，好孩子。”杨少原弯下腰搂着我哭得泣不成声。江辰体

贴地扶起了他，我揉揉脚踝站了起来。哥冷冷说了句："不要以为你认了他爹，他就会与我有任何关系。"说完就往楼上走。

"哥！"我拖着脚往他身边走过去拉住了他，"哥，我无权干涉你什么。我只是娘捡来的弃婴，对于你和娘我只有感激。我只是不想有一天你有遗憾。我相信娘在天上看着，她也希望有个完美的结局。"

"完美？"哥再次冷笑道，"他走的那刻已经没有完美了。所有的都是他背叛的代价。"

"那是因为娘的父亲不允许啊！你也知道娘是被抓回去的！他也被打折了一条腿。冤冤相报何时了？"

此时的哥已不再保持冷静，他钻进了一个个牛角尖，他有他的怨愤，我理解，但没有谁能感同身受。"既然没有能力给予，又何必要开始？害人害己。妈为他守了一生，他呢？他还不是娶妻生子？几十年了他有想过妈，有找过妈吗？妈独自一人终老时，他又在哪里，又在哪里？妈一个个深夜怎么熬过来的，那时他又在哪里？人家为妈介绍了上好的人家，妈的爸爸也为妈张罗了个不错的人家，可是妈为了我，为了一个连父亲都不知道存在的我拒绝了。守着自己一个人的爱情，守了一生，他在哪里？他又在哪里？"

哥歇斯底里嚷着，泪流满面，大声喘着气。小安拍着他的背，对我说："求求你，算我求求你，子豪不能太激动，这你知道的啊！求你了，再给他点时间，别逼他了好吗？"小安扶着哥上楼了。我冲着哥的背影喊了句："人，不就因为有了死，才应更加珍惜生吗？人，没有来生！"哥打了个哆嗦，小安抱紧了他，回头瞪了我一眼。

我，我又错了吗？

"阿姐，阿姐，你回来啦？叔怎么了，我听叔好像在和谁吵架。"阿芳一手扒着门，头探了进来，"啊，阿姐，你怎么又让他来了。快让他躲起来，叔公来了又要和他吵架了。"江辰扶着杨少原躲进了厨房。

张伯抽着旱烟走了进来，他看到了杨少原的背影："哼，你又把那老东西带来了。"这回他至少没有用畜生这词。我已无心无力应对他，我单脚跳着上了楼。身心俱疲，我将自己摔倒了床上，娘在天上看着呢！

晚饭，是我做的，小安赌气在房间里不理我。除了江辰，没有

人出现在饭桌上。江辰替我送饭到了哥、小安和杨少原的房间。

又下雪了，我站在院子里，看着纷纷扬扬的雪，呵着气，搓着手。江辰脱下自己的围巾从身后为我披上：“天冷了，进屋吧。”我摇摇头，走出大门，伫立在河边，望着环秀桥，桥面上影影绰绰的雪花覆盖着，这让我想起了断桥残雪。

“去过杭州吗？”我没回头，但知江辰在身后。

他答非所问：“春去春又回，吹皱一池春水，灰飞烟灭。断桥不断，孤山不孤，那人呢？小安如此，我亦如此。是否真走不出宿命？”

断桥不断，孤山不孤，那人呢？

他见我一言不发继续道：“姨妈说了这是小安来西塘的第三个春节了，人生有几个三年？女孩子又有几个青春。明年姨妈他们就都回来了，他们不会再袖手旁观了。我无法说服小安，一如无法说服自己。可是我求你，求你们为她想想未来，行吗？有时，相濡以沫，不如相忘于江湖。”

江辰拾起地上一朵飘落的梅花递给我，花瓣上结着冰晶。有花堪折直须折，莫待无花空折枝。世间万物都有它的生命，何须去折呢？人生本就有太多的无奈，人生本也就是在妥协中度过，不是吗？

踏雪寻梅，我心依旧。我的心，此刻在何处？天大地大，何处是我家呢？心，四处飘零，无处安家。

“天冷了，你脚还没全好，我们回吧。”江辰小声说道。兴许是冻着了，我一个趔趄差点摔倒，江辰冲过来扶住我。他蹲了下来：“别逞能了，我背你回去吧。”脚踝，真还有些别扭的痛，我趴上了他的背。走着走着，他在一棵梅花前停下，转头对我幽幽地说：“能许我个未来吗？”我没有过多的吃惊，长叹一口气道：“我本就是一个没有未来的人，又如何许别人未来呢？”江辰不言不语，抬手处，梅花飘落，零落成泥碾作尘，只有香如故。

“我自己下来走吧。”“不用了，我没那么小气。”这是他走前我们最后两句对话。他是两天后陪着杨少原离开的，小安和哥送的他们。忽然，觉得那纸婚书挺好的，至少它能让我从心底拒绝感情的萌芽与发展，堂而皇之。

回客栈时，除了院子里的灯笼亮着，其他房间都已熄灯。江辰

将我背上楼转身离开。我不想回房面对小安，也不想打扰哥，随便开了间客房，我将自己锁了起来。梧桐深夜锁清秋。剪不断理还乱……睡吧，羊数了数万头，终于在拂晓时分我昏昏入睡。

“晓云呢?”我听到门外敲敲打打的声音。“就这间房反锁着，不是没人吗?”

我迷迷糊糊听到哥的声音：“怎么了？一大早找她干嘛？你想砸门啊!”

“昨晚我睡的时候她还没进来，早上起来她的床还是那样!”

“什么？人呢？一晚上去哪里了?”

“昨晚，昨晚我把她送你门口了呀!”我听到江辰的声音，很遥远的声音。继而很大的响声，我想起身，却怎么也动弹不了，浑身像棉花一样无力。

“睡觉怎么也不换了衣服盖被子啊！快过年了也不会好好照顾自己。”小安的声音。“啊！怎么那么烫？昨晚你去哪里了!”我的眼皮重得怎么也睁不开。“去哪里了?”

感觉有人把我横抱起来。“问这么多有什么用！医院，送去医院看看!”哦，是江辰的声音。“小安，拿件大衣啊，能不能不只会骂人?”他在朝她狂吼。剩下的事基本我就一无所知了，直到我醒过来。

第二十七章

醒来时床头挂着点滴的药瓶，我手胀痛胀痛的。小安坐在床头的椅子上，江辰站立目不转睛盯着瓶子。

“醒了，你总算醒了!”小安叫了一声，江辰回过头看了我一眼，转身走了出去。难道，他现在连见也不想见我了吗？难道，昨天我的回答太绝情了吗？本就无情，何来绝情。我安慰自己，我只是不想误了他而已。

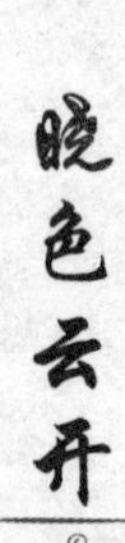

突如其来的伤寒让我在医院里躺了两天，最近的两次生病也都应验了“福祸相依”，第一次脚扭伤让杨少原借口来了，第二次伤寒让哥似乎在一夜之间顿悟。据小安说我在医院的那夜，她无论怎么劝，哥还是在房里抽烟，一支接一支。在我印象里，哥几乎是不抽烟的，除了偶尔陪陪张伯。

住院的这两日似乎让我错过了许多，我只知道哥和小安送杨少原和江辰去的机场。我没问，哥也没多说，我想，能去也已然是种妥协了吧。杨少原来过医院，因为我的枕头下放回了那本存折。江辰是带着满心伤痛走的，因为我的枕头下放着一封信。信里是一张纸条，纸条上只有九个字：“你心里是不是只有他?”他？他是谁？哥吗？哥我已默认是小安的了，我们是该为她想想未来。除了哥，还有哪个他？他，无声无息住进了我的心里，这是在很久以后我才发现的。发现时，一切皆晚，我已深陷其中。

2002 年的新年过得热热闹闹，因为有了小安。小安倾尽全力地布置着客栈，张伯和阿芳也都来了。阿芳年后就要回老家成亲了，算的好日子正月十六。虽说她和小安整日像只斗鸡似的，但彼此还是有些伤感。人非草木，孰能无情？

寒假本就短暂，过了元宵年也就过完了，我又再次启程。启程前的那夜，我赖在哥的房间里，和他谈到了深夜。

“人不能太贪心，你让我原谅他，我也算是原谅了。现在你又要我全心接受小安，我的心是有多大，大到能无所不容?”

“哥，她那么爱你，三年了，女孩子的青春转瞬即逝，又有多少个三年！你明知她那么爱你，为了你背井离乡，为了你她什么家务都学会了，你还要求什么？论起外貌家境她也不辱没了你，就不能考虑一下吗？”

哥揉了揉我的头发说：“傻孩子，你以为人的心真的很大吗？有时住进了一个人就没有任何位置了。”

我问了个极其白痴的问题：“那么古代是怎么会有三妻四妾，那些皇上又是怎么能有三宫六院七十二嫔妃呢？”

“哎呀，说你傻，你还真是傻得透顶。你以为那是他们愿意的吗？多少政治婚姻，多少家族利益，更有甚者国家利益。所谓‘一入侯门深似海’说的不就是那样吗？古代的男女都不容易啊！”

“哥，求你了，试试，再试试，行吗？”

“好了，不说了。我尽快解决这事吧。”

我像只刺猬一样跳了起来：“答应我，不许欺负她，不许赶她走！”

“我会吗？”

夜一片寂静，只剩雪花和玻璃亲吻的声音。

今夜，我躲进小安的被窝，许久没有过的了。她往墙壁边让了让：“怎么，有啥指示？刚给你哥下达命令，现在轮到我了。快说吧，我洗耳恭听。”我挠着她的胳肢窝，她咯咯咯地笑着。

“阿芳要走了，你会不会觉得寂寞啊？”

“寂寞，为啥，少个人吵我，多好啊！就知道整天俺得我头晕，她一来帮忙那些碗筷就遭殃了。”

“我让哥一定要善待你。”

小安把背留给了我，脸朝着墙壁说：“他哪里没善待我？他对我挺不错的，好吃的留给我，还给我买衣服，还……”她想了很久，没有了“还”。我听得有些心酸，鼻子也酸了。

“晓云，我说实话，能这样每天在一起，能这样望着，对我而言已是幸福。比起很多相爱不能相守的，我已是幸福了。呵呵，相爱？你说他爱我吗？不，你说他喜欢我吗？不，你说他不讨厌我吧？”

我从背后抱紧了她，她的双肩在发抖，她越说越卑微，卑微得令我的心痛无以复加。我爬出了被窝，来不及套上衣服，敲开了哥

的门，仅穿着一件薄薄的睡衣。

“怎么了？穿这么少跑过来，你又想生病啊！”哥掀起毯子就往我身上罩，重得我差点摔倒。我把小安的话一字不增一字不减地叙述给他听，他从抽屉里拿出了烟。我没有制止，如果烟能让他再次顿悟的话，我宁愿牺牲他一点点健康来换取小安一生的幸福，哥也会幸福的。

他拿出烟，又收了进去，苦笑了下：“你回去睡吧，吸二手烟不好。”我回房后，小安没有在房中，走廊往下探去，也没有在院子里。我披上衣服下楼转了一圈，发现她蜷缩在猫窝旁抱着猫瑟瑟发抖。爱情，本应是甜蜜的，如果令人痛苦，那是否还该继续下去？等待就一定会有结果吗？如果是，我必义无反顾地支持小安。

第二日我返校，这是我行李带得最多的一次，给语霏妈妈的，给杨羽的，给杨少原的，给江辰的，还有一份宿舍的。箱子是用挪的，我终于把行李挪到了学校。到校后，破天荒的语霏竟然在擦窗户，走廊是她晒的被子。

“今儿太阳从西边升起啦？大小姐亲自动手，这些玻璃怎么还是完好无缺呢？”我调侃她。

“喂，张晓云，我擦玻璃还不至于把玻璃擦破好不好，少在那挤对我！”

“哎，我是说那些玻璃怎么没有感动得五体投地。”天，一块抹布往我脸上飞，我躲开了，抱着被子进来的嘉怡遭殃了。两个人扭打在一起，跟只麻花似的。

我打开行李拿出特产：“行了，行了，别闹了，吃东西了。”“哦，有好吃的。”语霏立马冲了过来。我用双手环住东西说：“这是宿舍的，没你的份。哥给你妈带了一份，要吃吃你的那份去！”

“张晓云，你能不能再小气一点？不就一点吃的吗？至于这样吗？不吃就不吃，我可是有骨气的！”她边说边伸出了手。

嘉怡一把打了她手一下：“把你的前爪收回去。”

“什么叫前爪？”

“行，请把你的后蹄收回去。”

又一番剑拔弩张。“吃都堵不住你们两个的嘴。”我一人往她们嘴里塞了块糕点，总算天下太平了。等嘉怡出去打饭时，我蹭到了语霏身边，笑眯眯看着她。“怎么？有啥事？”她警惕地瞥了我一

眼："无事献殷勤，非奸即盗。"

"好妹妹，姐有个事求你帮帮忙，行不？"

"什么事？说来听听？"

"你先答应了行吗？"

"不行，都不知道什么事。"

"我请你吃烧烤，行吗？"

"多少？"

"随你！"

"成交，啥事？"

"哥让转交一份特产给江辰，你帮我拿给他。"

语霏睁大了眼珠，一脸怀疑地说："你确定就这事？你肯为了这点事请我吃烧烤？"她摸了摸我的额头。我把一袋东西往她手里一塞，说了声："那就辛苦你了，回头请你。""那你去哪？""去把剩的送了呀。省得一件事搁在心上。""我明白了，厚此薄彼。"

这是我第一次去中央美院找杨羽，因为我联系时他回短信在会议室开会。我心血来潮去了学校，历时两个小时倒了三次车才到。我承认我是想偷偷看看他的办公室，顺便偷偷看看他在干嘛，纯属好奇。好奇害死猫，这句话说对了，因为我问路时问错了人。那也是我第一次见到杨羽的太太，她把我领到他的办公室门口。彼时，我向她颔首致谢，她转身离去。

"老师，这是哥让我带给你和老爹的。"不幸中的万幸，我在"爹"前加了个"老"字。因为这次口误，从那以后我都喊杨少原为"老爹"了。"你哥还好吧，没事让你带这么多东西干嘛？一份就够了！"他从饮水机处装了杯水递给我。

她推进门，杨羽站了起来，对她说了句："这是我学生。"我立马反应了过来，赶紧说："您好！"我无法找出一个确切且不违本心的词来称呼她。

"哦，学生。"她重复了一遍杨羽的话，我打量了她一眼。她穿着一件红色的连衣裙，又是红色。

"老师，那我走了。"

"再坐会嘛！才来就要走，替我谢谢你哥哦。"

"老师再见！"

杨羽转过头对她说了句："第一次来，我送送她。马上回来。"

“我去爸办公室。”

杨羽朝她点了点头，把我送到大门口。“会走吗?”“会，你快回去吧，要不她该说了。”我催他走。“真的会?”“嗯。”“那我走了。”“走吧。”他走了，其实，我刚才看到她的目光，充满了对杨羽的不信任与对我的敌意。敌意从何而来？百思不得其解。

“老实交代，你和江辰怎么了!”我刚进宿舍就被语霏拖了过去，桌上摆着哥给江辰带的特产。“他说无功不受禄，不接受礼物。到底发生什么了。他变化好大，一副冷冰冰的模样。”

“不知道。”

“怎么可能?”

“真不知道。不收算了，这些大家吃了就是了。”我把东西往桌上一扔，背起书包去了图书馆。

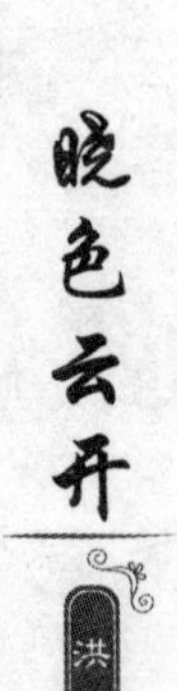

刚开学，图书馆里零零星星几个同学散落在角落里，放眼过去大多都是准备考研的同学。去年，去年我和语霏也是如此没日没夜的备战，那是段让人无法忘却的记忆。

“你和江辰怎么了?”杨羽打来电话，又是江辰。

“没有啊，怎么了?”

“哦，没什么。对了，这学期课表出来了，五月份去庐山和凤凰写生，三周。去吗?”

我有些兴奋，醉翁之意不在写生在玩也。忽然很想出去玩，以写生之名。“真的啊，到时候看看吧，能逃课就去。三周可能跑不了，只去一个地方行吗?”

“都行，随你的意。”

“问题是我又不是学校的学生，可以跟着吗?”

“要去提早说，我来安排就是了。”

想到可以去玩，我蠢蠢欲动。现实终究是现实，有些事也仅限于想想而已。这学期有些忙了，去杨羽画室也由一周两次缩减为一周一次了，作业也由四开缩为八开，最后成了十六开。杨羽有些无奈，但也都睁一眼闭一眼，他的转变令我有些不知所措。

“怎么？知道你忙，体贴你，你倒也有意见了。严了喊严，松了说松，做你老师还真难做啊?”

“严师出高徒嘛!”不等他说话，我赶紧拐了个弯，“放心吧，就算你是严师，我也不可能是高徒。所以呢，这样就好，这样

就好。”

我的头被狠狠敲了一下。我嘟着嘴哼了一下，转身埋头翻起桌上的画册来。有本速写本，我翻开一看，他的。饶有兴致翻看了一阵，他探过头来：“看什么呢?”

“你的画啊。怎么，有什么不可告人的秘密吗?”

“拿过来我看看。”我递给他。“哦，这是我研究生还没毕业时的。”

我指着扉页上一张女人的画像问他：“这是谁。”“孩子她妈。”他合上画册，我放回了原处，压到了一摞书的最下面。许久之后我才接了句：“你同学吗?”“校友。”我目光望向窗外，静默。

“你哥最近怎么样了?”

“好多了，小安说各种指数都趋于正常值了。谢谢老师。”我把老师两个字说得很重，仿佛在强调着什么。只要我还叫他一声老师，他也只可能是我的老师，我一次次暗示自己。

“怎么样，下个月就去写生了？排得开吗?”

我掐着手指计算着，算来算去没算过宿命的安排。临行前的一周得知之前参加的全国文学大奖赛进入复赛了，现场比赛时间排在他们写生出行的第二天，导师也把一次外出实践排在了五月底。彻底去不了了，无奈与不舍。

接通杨羽的电话，虽是淡淡的语气，但听得出有些异样。转眼间，他去写生，我去参赛和实践了。意外的，我取得了一等奖，奖金五千元。我当场把奖金全部捐给了希望工程，一阵哗然，各种声音都有。赞扬的，质疑的，猜测的……我不想做任何解释，我一直坚持——不忘初心，方得始终。

他回来的那个夜晚，我们在 QQ 上上聊着天，那是聊得最长的一次，我依稀记得下面的对话。

“今年没去写生，好遗憾。”

“没事，明年吧。”

“年年岁岁花相似，岁岁年年人不同。”

“你去，我一定带队。”

“大人不许骗小孩。”

……

“你的文笔，诗意盎然，空灵缥缈，如梦如烟，远离凡尘。”

“我，不合时宜。”

“感悟的东西比较多，每个人对生活的切入点不同罢了。”

“我是奇葩。”

“听说你把奖金全捐了？”

“有人说我高尚，更多人不理解而已。其实我无非想做自己想做的事而已，通过这件偶然的小事我变得坚强多了。”

“你是个很有爱心的人，做你想做的事吧。时间会证明一切的。”

夜深了，感谢这份温暖为今天画上一个圆满的句号。知我者，他也；懂我者，亦是他也。已是子时，正要收电脑时，QQ 头像闪动，一看是小安的。

“爸妈要回国了，怎么办，他们催我回去。”

“好快，三年了呀！”

“是啊。八月份合同到期，如果没有续签应该就回国了。我妈说如果他们能续签就把我带出去。但现在貌似没有续签的动静。所以我妈下最后通牒，他们这次回家要看到我。”

“出国好呀，去见见世面。你不是成天羡慕人家一口流利的外语吗？在国外混个一年都比在国内读个十年英语强。”

小安有些不满，发了个鄙视的表情：“子豪希望我出国，你也这么说，难道我是烫手山芋不成？都想把我扔了。再说了，出国的事也就那么一说。有没有续签要下个月才知道。”她又发了个抓狂的表情，“快说怎么办？”

“两条路，去和留！”

她忍无可忍骂了粗话：“MD，简直就是废屁！不然还能有第三条吗？”

“我意思是要么和哥结婚，要么只能回家，我说的没错吧。”

“可是两条路都走不通，子豪还是不温不火，我又不愿意放弃。”

我除了劝说哥什么都做不了，劝了他也是左耳进右耳出的，看得出他是喜欢小安的，只是此种喜欢无关爱情，还略逊于兄妹。

“那等我下个月放假回去我们再好好商量商量，看看你爸妈有没有续签，到时候我们具体问题具体分析，行吗？”

“对了，江辰怎么样了？这学期都没他消息。你们还有经常见

面吧，”

“这学期一次也没有。”

我发了个晚安的表情，下了线。我，晚上却是如何也安不了了。江辰消失了一个学期，原来，这就是他所谓的爱情。原来，爱情可以只是说说，是可以轻易放弃的。没有太多的伤感，也好，如此风轻云淡。

仿佛为了与开学来时对称似的，我回程的行李更重了。语霏妈妈和杨少原带给哥的特产，包括四只烤鸭，蜜饯果铺无数，最沉的莫过于那一篮的九宝桃，香气四溢。如何也婉拒不了，我只好收下了，原本订了的火车票也被杨羽拿去退了，为我买了机票，说是杨少原给钱买的。比原定日期迟了两天的机票，他说想带我和江辰去北戴河玩。

我，诚惶诚恐，生怕横生枝节。看出了我的顾虑，杨羽说了句：“他们都知道我和江辰一起去，没事的。记得带上速写本。”原来如此，江辰是他的挡箭牌。

第二十八章

研一过去了，一年里以为能逛遍北京的各大景点，结果除了刚到时语霏带我去玩的以外，我就再也没有去过别的地方。所以对于杨羽的自作主张，我还是暗喜的，我求他把语霏一起带了去。于是我们四个人一起去了北戴河。

火车上，杨羽和江辰坐在我们对面，桌子上堆了些语霏带来的零食。

“老师，您看您把我带来多明智啊！”语霏叼着棒棒糖玩弄着手里的扑克说。

“怎么说?”

“省得三缺一啊？不然怎么打八十分?”

我抢过她手里的扑克说：“哼，没有你，我们斗地主，正正好。”

杨羽笑着看我们闹腾，江辰还是无法自然，他低头拿着速写本有一笔没一笔画着，眼神一片迷离。

“好了，江辰，我们一起玩吧。”语霏推推江辰的手。

“不了，你们三个斗地主吧。”

“你在画什么?”

我边分着牌边对语霏说：“你别吵他了，让他画吧。”

“就他那无精打采、心不在焉的样子，眼神都没个聚焦点，哪里有在画什么？还不是乱涂?”语霏抢过江辰的本子，“啊，他在画你!”

画我？我伸过头一看，似是而非。“哪里是我？你睁大眼睛看看!”我对比着画指指点点，江辰一把抢了过去，合上本子靠在椅背上闭起了眼睛。还好全程就两个小时，目送窗外的风景，时间一晃而过。临近下车是，杨羽推了推江辰，他揉揉眼睛，醒了，避开我的目光。

“老师，你都不会游泳，怎么想到来海边玩啊?”

“你上次不是说你只看过河和湖，没见过大海吗？我是带江辰来画画的，你们两个是捎带的。再说了，人家说‘士别三日当刮目相待’。那次以后我就去学游泳了。”这句话立马抓住了语霏八卦的胃口，她挤过来好奇地问：“什么？哪件事？”

“行了，老师去学游泳而已，啥事也没有！”

“那江辰会游泳吗？”

“他游得可好了。”回想起那天的情景，我脸微微泛红。语霏滴溜着眼珠：“这你也知道。”我闭上嘴，决定不再说话，她就如同八卦报纸的主编，如同肥皂剧的编剧，总能在平常一件小事里挖掘出她想要的新闻。杨羽瞪了她一眼，语霏赶紧闭了嘴。

“走，先做作业去。我这就带你们去鸽子窝公园，那是北戴河的象征。”杨羽一声令下。下了公交后，举目远眺，有一块嶙峋巨石竖立在目测十几米的临海悬崖上，恰似雄鹰屹立在海边。

“老师，这看起来像老鹰，为什么叫鸽子窝公园？怎么临海会有那么个悬崖啊？”我不解地问。

“因这里曾是野鸽的栖息地，所以留下了鸽子窝的名字，又名‘鹰角公园’。悬崖是因为地层断裂造成的，这块岩石据说有17.5亿年的高龄了。你和江辰选个角度画画去。”

语霏摆弄着挂在脖子上从江辰那里抢来的相机：“老师，那我去那座亭子玩，可以吗？”

杨羽点点头：“去吧，那是一座具有民族特色的亭子——鹰角亭，你们等会都可以去看看。喜欢的话不妨画一画。”

“那您干嘛呀？”

“我也画画啊！你和小安真的很像呢，走哪里都是你们的声音。”语霏嘟了嘟嘴，跟着江辰朝亭子跑了去。语霏最闲，四处乱晃，报告着别人画画的进展，并且拍了下来给我看，所谓“有图有真相”。“画画真闷啊，你们真厉害，一幅画可以磨上一两小时。”她指指手表伸伸懒腰向我抱怨道。

“你知道不知道有一种作业叫长期作业，一张素描能画上一周甚至两周的时间。”语霏做晕倒状，跑开了。“告诉你个秘密。”不一会儿她神神秘秘蹑手蹑脚走了过来，一反狂奔的习惯，“我告诉你，江辰的那本本子里画着很多穿旗袍的女子。我偷看到的，被他赶走了。我猜他画的是你！”

我本画得慢，又被她叽叽歪歪吵吵闹闹，画得更慢了，眼见杨羽已站起身来。我没好气地说："行了，你除了八卦能做点别的吗？下次跟我们一起学画画，不然就不带你出来玩。"

"你带我出来玩？别以为我不知道，你带我出来是当挡箭牌的。你怕人家说闲话，就把我一起带出来了。我都不戳穿你，你还好意思嘚瑟！"语霏大声嚷嚷道，原来，她什么都知道。

"好了。"我拉过她轻声说道，"我，只想护他周全。"

"他？老师还是江辰？"

我的头被重重敲了一下。"半天了就画这几笔，整天就知道闲聊，中午饭你就不用吃了。我们去吃，你继续在这画。再画不完，晚饭也免了。"

我斜眼瞪了语霏，咬了咬嘴唇，闷声不说话，继续画着。语霏被杨羽支开了，我看见他们远走的背影。他，真的舍得就这么把我一人扔在这里吗？惶恐滩头说惶恐，零丁洋里叹零丁。不知过了多久，身边的人渐渐走远，我，成了景里的一个小黑点。他们没有出现，也没有给我电话，连条短信都没有，消失得无影无踪。我负气爬上鹰角亭，任自己蜷缩在一个谁也看不到的角落里。我无心玩任何游戏，也无心测试谁更关心我，我只是想自己一个人静静，想想自己，想想小安，想想似水流年。

我双手环膝坐在角落里，用球鞋的鞋尖蹭着地板。忽然发现地上飘落着张纸，明显是从本子上撕下来的，纸的一边是螺旋柳丁的眼。我伸长手把它抓了过来，那是一幅未完成的彩铅画。画面上的女子身着汉服，长发盘起，盈盈款款。右下角写着一行字：云，许你嫁衣入画，方不负似锦年华。我认出了，那是江辰的笔迹。心，泛起一丝涟漪。如同平静的水面滴入一滴水滴，晕开，后又归于平静。我承认在那一刹那我是感动的。哪个女孩不幻想着一身嫁衣与心爱的人携手同游人间呢？只是如今我长发及腰，他，却不是那个少年。

"晓云，晓云。"我听到了叫我的声音，是语霏的声音。我无意躲藏，站起身来，朝她晃了晃手。杨羽和江辰站在她的背后。她朝我摆摆手，高举着一个袋子示意我下来。我赶紧把那张图插进了我的速写本，咚咚咚下了亭子，肚子委实有些饿了。

"喏，给你打包的。"语霏把袋子递给我，杨羽一把抢了过去。

“先把画拿出来，说过了，画完才能吃。”我嗫嚅道：“没，还没画完，有点累，就上去走走了。”杨羽顺手把袋子扔进了旁边的垃圾桶，那刻，我的泪井喷了出来。眼前的一幕让我回想起了水乡之行。

语霏惊呆了，继而过来搂住我，杨羽一手把她拖开。“不是刚叫嚣严师出高徒吗？你是叶公好龙吧。除了哭还能干嘛？要么画好要么走，随你的便！”说完他朝江辰和语霏大喝一声：“走。”他们来了又走了，在垃圾桶里留下了一份饭，在我心里留下了一道伤痕。我反省自己的脆弱，但却无心继续画下去。我在等待着天黑，等待着英雄末路，美人迟暮。江辰，总是在我最脆弱的时候出现，没有早一分钟，也没有晚一分钟。

天黑了，江辰来了，他扶起两腿发麻的我，递给我一袋零食。“快吃，我偷偷买的，没让老师发现。”

“你不是不理我了吗？一个学期都不理我了吗？哥给你的特产你也退回了？”

“我只是不想你为难。既然你心中有他，我只能远远望着，我又能和他争些什么呢？”

“什么意思，他是谁？你上次留的纸条，我本就想问你，你说的他是谁？”

江辰替我撕开了一包薯片递给我：“你就别隐藏了，他不就是老师吗？”

“什么？你在说什么？你明知道他是我老师，他有老婆有孩子，我和他什么都没有，除了学习，什么都没有！”我急于辩解。

“你都说了你是没有未来的人，不就是这意思吗？不就是说你和老师没有未来吗？”

我长长叹了口气，原来他抓住的是这句话，我说出那句仅仅因为那纸婚书，仅仅因为不想误他。“你误会了，我无法向你解释那句话的具体含义，但我可以肯定的是你误会了。只要我还叫他老师一天，那他只可能是我的老师。”

江辰脸上露出了久违的笑容，他对着我笑：“真的吗？只要不是他，我才不管是谁呢？反正只要你没结婚就有希望。”天，我又说了什么？说什么错什么吗？我的解释顷刻成了他的希望，他又拿出了飞蛾扑火的精神。我，几近崩溃。那纸婚书，说与不说，两难

之间。我没有理由剥夺小安的幸福，所以，我选择了不说。江辰一夜之间又恢复成了圣斗士星矢，这令语霏大跌眼镜，杨羽也一脸的疑问。

杨羽说到做到，我果然没有晚饭吃。江辰不敢帮我动笔，在旁边急匆匆指导着。语霏像个墙头草，立马又变了：“你上次不是说你和江辰没什么吗？没什么人家冒着生命危险给你买零食还这么教你？”

“冒着生命危险？语霏，你敢再夸张一点吗？”

“对了，你是不是哪里得罪老师了，他今天那么凶。”

我一脸的郁闷，他的凶毫无征兆。“我哪里知道他怎么突然那么凶。伴君如伴虎啊！这就叫君心难测！”头又被敲了一下。我别过头，杨羽拿着铅笔。“老师，君子动口不动手。”

“你不是刚说伴君如伴虎吗？我是君，不是君子。”一听他咬文嚼字说话，我心知他的气已消了一半，只是我还是不知道哪里惹的他。

杨羽对着画指指点点，近景、中景、远景又重复了一遍。“老师，您对她讲得详细多了。”江辰开玩笑地说，孩子气十足。

“连这你也吃醋，果然是小安的表弟。我就教一个非专业的学生你们都能吃醋。你是专业的，如果这些还需要我跟你说的话，那你可以三天不用吃饭了，直接面壁思过去。”今天什么日子，杨羽和饭较上了劲。“哦。”江辰识时宜地闭嘴了。

对于今天的情况，据语霏八卦推测：“估计是老师为江辰创造英雄救美的机会，想要玉成你们好事呢。”她故意挑了挑眉，眉飞色舞地说。事实是不是如此，杨羽的本意是什么，无人得知，自然无人敢问。

第二天，我们倒是好好地玩了一天。在那我见到了迄今为止最美的太阳，那是被称为“浴日”的奇景。浴日，顾名思义，太阳洗澡。当一轮金红的太阳升出海平面时，另一轮太阳紧紧黏在它下面，仿佛也要随它呼之欲出。我们睁大了眼睛，不敢轻易眨一下，生怕错过了美景。有一种美丽，就在一瞬间，如同昙花一现。上面的太阳往上跳起，粘在下面的太阳潜入海底，海平面上波光粼粼，到处洋溢着人们的雀跃声。我和语霏情不自禁相拥着。在自然面前，人又是何等的渺小，正如在那有着十几亿年高龄的碣石旁，我

们只能再次感慨——人生一世，草木一春。

看完日出我们去了联丰山公园和秦始皇宫遗址，语霏痴迷于照美景，而不在于欣赏美景。心情大好的江辰自然无暇顾及他的相机，相反语霏拿着我放心多了，至少她无心偷拍我。最令语霏开心的莫过于杨羽请了顿丰盛的午餐，一桌子的海鲜让语霏垂涎三尺，她一边啃着梭子蟹一边盯着扇贝，暗呼过瘾。杨羽坐在对面看着她吃，哈哈大笑："语霏啊，就你这吃相，以后怎么嫁人？"怎么和哥说小安的一样，怪不得是兄弟。

语霏哼哼唧唧道："我不嫁，招赘总行吧？"杨羽刚喝的一口雪碧喷到了地上，惹得江辰也哈哈大笑。两天的行程如同坐过山车，时起时落，落差巨大。回北京后，杨羽和江辰一路，我和语霏一路，江辰往我手上塞了条珍珠手链就跑了。我，摊着手心，不知所措。我心想，所幸要回家了，至少可以还给小安，顿时释然。

少有的，小安在车站等着接我。她穿着中国风的棉麻白色上衣，下摆处青花瓷颜色的荷花，下身九分靛蓝色的长裙。"漂亮吧？子豪买给我的。"她得意地转了个圈。总算让我看到了小女人的甜蜜，心底唯希望这次是两情相悦而不是一厢情愿。

"怎么带这么多行李啊？真够沉的！"

"老爹和语霏妈妈让带了很多特产回来，喏，还有一篮子九宝桃。哥怎么样了？复查得怎么样？"

说到这，小安开心极了，叽叽喳喳说个不停。"所有指标都在正常值范围内了。子豪胖多了，估计会把你吓一跳。人精神也好，现在都能正常做事了。当然，我才舍不得让他做呢，只要他好好的就行了。"

"你们怎么样了？你不是说你妈催你了吗？有续签吗？"

小安的眼神一下黯淡了下去："没，八月底就回来了，让我回去，我说这几个月正是客栈旺季。她才勉强同意我最迟年底回去，除非，除非……"

"除非你和哥结婚是吧？那哥的意思呢？"

"子豪说他老了，心里住不下别人了。我妈有点介意他比我大那么多。"小安吞吞吐吐说。

我发现我们都忽略了哥的年龄了，在我眼里四十不惑正是男人的大好年华，可是比小安足足大了十六岁。"你妈多大？""只比子

豪大八岁。”我已想不出任何话来接续这个话题了。

小安忙碌的身影在客栈内形成了一道美丽的风景。长裙飞扬，转身处，年华悄然而逝。客栈愈发漂亮了，四处点缀了些花草和藤蔓。书柜里的书多了起来，都顶到了最高层。池塘里的锦鲤硕大无比，密密麻麻占据了池塘的角落，有深红的，有金黄的。睡莲，我深爱的睡莲也绽放着它娇羞的笑容。

哥和张伯走了进来，张伯手里提着一条活蹦乱跳的鱼。“给你的，刚钓上来的，你哥钓的。”对了，张伯，我找到了可以求助的对象。我莞尔一笑，如获至宝，张伯此时俨然成了小安的最后一根稻草。

第二十九章

“张伯。”吃完饭后我叫住了他，“张伯，有件事想请您帮忙。”

张伯心怀戒备地说：“除了那老东西的事，其他都好说。”

我笑了笑说：“是关于小安的。”

“哎，你不说我也知道你要说什么。三年了，那孩子来这里三年了。要是我闺女我也舍不得啊！晓云，你别怪张伯多嘴，我看得出子豪喜欢你，还有江辰那孩子也喜欢你。我也想问问你的意思。”

老人就是老人，世事洞明，只是很多时候他们选择沉默而已。“张伯，实话实说，知道哥喜欢我是在哥住院我第一次单独进他书房才知道的，但我不知道自己对哥是不是爱情，我依恋哥，有哥在很有安全感。那时哥住院我也就没心思想这些，再后来小安那么执着，您说我该怎么办？让哥负了她吗？至于江辰，我想我们此生无缘。”

张伯抽起了旱烟，吐着一个个烟圈。“那你想我撮合他们是吗？有时你哥很固执，我试试吧。男女的事有时真说不清啊！”我回房后，哥被张伯拉走了，我稍许心安，但提醒自己不可抱太大的希望，希望越大，失望也就越大。忐忑之下，我在房间里绕着圈。

“晓云，干嘛呢？第一天回来就魂不守舍的？想谁了？”

“对了，对了，有件事还要麻烦你。敬请务必帮忙。”

小安拉住我：“停，别一直在我面前绕圈子就行，我头晕。”我拿出珍珠手链交给她，让她帮我转交江辰，附带昨晚写的一封信。

小安接过，立刻了然，但她会错意地苦笑道：“果然，你心中只有子豪，和他一样。”我抱住她，紧紧抱着：“小安，你还不能了解我吗？我答应江辰，也告诉自己一定要为你好好想想未来。有你在，今生，他只会是我的哥。”小安抱着我抖动着双肩无可抑制的哭泣着。她小声抽泣的样子使我想起了一句歌词：“看我看一眼吧，莫让红颜守空枕。”

忽然想起那句话——人生最遥远的距离不是生死永隔，不是天

各一方，而是我站在你面前，你却毫不在意我的存在。

夜，深了，月亮躲进云层睡觉了，朦朦胧胧。哥坐在客栈外的茶桌上抽着烟，桌上摆着一壶茶。哥转头见我走过去，掐灭了烟，拿起桌上的茶漱了漱口。我返回客栈内拿了块矮凳子搁在了哥的身旁，坐下后，我将头枕在哥的腿上。“哥，我好想回到小时候，回到枕着你的腿睡觉的小时候。”

“傻孩子，尽说傻话。哎，一眨眼，哥老了，你都长这么大了。”

“哥哪里有老，还是十八岁的模样！”

哥哈哈大笑，摸摸我的头：“说吧，你什么时候见过我十八岁的模样？”

“哼，梦里，总行了吧。”

“行行行，我们家晓云说什么都是对的，不对就参照上一句话。人老了就更不会争什么了，你说什么就什么，你要什么就什么！”哥宠溺地说。

“真的吗？”我像讨得了一块免死金牌似的欢呼，“你确定你刚说的话。君子一言，驷马难追。”

哥喝了口茶，又拿了一杯放我嘴边。“说吧，要什么？我就知道无事献殷勤，肯定有事。”

“我要你和小安在一起，行吗？求你许她一个未来，行吗？她妈妈逼她回去，她也就两条路，要么和你结婚，要么放弃回去。三年了，我不知道她是怎么熬过这三年来的漫漫长夜。”

“别说了，晓云，婚姻不是一件物品，说给就能给的。熬的又何止她一人？不是我不给予，是我没有能力，但凡我能给的我都尽力去做。给她买新衣，带她去玩，给她做好吃的，我能做的只有这么多了。没有的东西，如何给？”

“难道你不喜欢她吗？真的一点都不喜欢吗？她也不像以前那么闹腾了，她会做很多事了，主要她那么爱你。感动天，感动地，怎么就感动不了你？”

哥拿起烟，又放下。我替他把烟点上，顺手拿起了根烟。痛，痛，我的手被重重抽了一下。他怒目圆睁盯着我：“想干嘛！造反吗？你敢给我点一根试试？看我不打死你！”我拿起烟，点上了。“好啊，你打死好了，打死我也省得操心，打死我也不会痛苦，打

死我也就能见到娘了。”我当着他的面抽了一口，呛得我直咳嗽。他没有打我，一壶茶往我脸上泼，顺道熄灭了我手里的烟。

“知道了，给我点时间。”他愤怒地绝尘而去。我对着他的背影跪了下去，泪眼婆娑，听到声响的张伯出了门扶起了我。

“我跟他说过了，你不该又来逼他，他需要时间。”

“可是小安没有时间可以等了啊！我才着急的。”

张伯扶我坐下，摇起了大蒲扇。夜，静得只剩河里鱼儿的冒泡声和青蛙的呱呱声。哥书房的灯光，一夜通明。我抱着只猫坐到了天亮，喂饱了一群蚊子，满腿的包。那刻，我下决心以后一定要找一个首先我爱的，但同时也是爱我的人携手一生，那样的爱情才不会痛苦。可，理想和现实总是天差地别，感情，更是微妙到毫无来由，毫无道理可言。

人，是不是只有离别时才知道相聚的可贵？人，是不是只有失去时才会想去珍惜拥有的？人，在感情中迷失了自我。

哥走出来的时候，我还抱着那只猫，猫在我怀里睡得很香。他摸摸我的头说：“去休息吧，我会考虑的。没有什么比你更重要的了。我答应过妈会好好照顾你的。”他一脸的憔悴。他和小安无一不让我心痛，可笨拙的我终难想出两全其美之道，也只能委屈他了。

回房，一觉到了中午，是小安把我喊起来吃饭的，一桌子的佳肴，三个黑着眼圈的人，五只四处乱窜的猫。客栈在小安的打理和宣传下生意越来越红火，生活的忙碌没有留过多的时间让她伤感。从她忙碌的身影能看出她从中得到的满足与幸福。感谢琐碎且一地鸡毛的生活。

夜，只有深夜才会让小安偶尔焦躁不安。我背着她给她妈妈发了 QQ 留言。我求她再给我一点时间，我会竭尽全力给她和小安一个交代。有时我在想是不是我太自私了，以爱之名来绑架哥的思想。在心底我忏悔着，忏悔着我所有的过错，有天堂，那必会有地狱，为了他们，我愿沉沦。

小安的妈妈给我写了一封长信，我不想公布信的内容，那倾注着一个母亲对女儿的担心和爱，字里行间，让人肝肠寸断。每个人都是有故事的，只在于故事是平铺直叙还是跌宕起伏。小安的妈妈也是一个为爱走天涯的人，她在信中对一个晚辈坦言了她曾经荡气

回肠的爱情。因为自身的经历，她对小安的执着与爱感同身受，只不过多了几分母亲的忧虑。她说她终于理解了自己年少时母亲一夜白头的焦虑，但为了小安的幸福，她愿意等待。但，等待需要一个期限，我们以一年为约。

我毫不怀疑那封信是用血泪写就的，一年，一年说长长，说短也短。当我把信的具体内容隐去只告诉小安她妈妈与我的一年之约时，她如释重负的表情。我搭着她的肩膀，坚定地点点头对她说："我们一起努力吧。记住，是我们！"

有了小安妈妈的约定，有了哥许诺的考虑，一个暑假过得充实而快乐。QQ 邮箱里堆满了江辰的信件，我原封未动，从未打开。他锲而不舍地写，扰人心志。迫不得已，开学前的前一夜我与小安第一次长谈起江辰。

"你为什么不喜欢他呢？江辰真的挺优秀，学习好又帅气家里又有钱。他毕业后就要接手家里的旅行社了。当初他为了考研和家里都签合约了，白纸黑字还有手印，笑死人了。"

"那你为什么对哥一见钟情，死心塌地？"

"说你的事扯我身上干嘛？"

"同样的道理，喜欢既然可以毫无理由，不喜欢也可以毫无理由啊。再说我没有不喜欢他，不喜欢我连见面都不。喜欢不代表爱情，不是吗？"

小安听着我绕着圈说话，睁大了眼睛，一脸的茫然。但她切中要害地问了句："是不是已经有谁住进了你的心里？"

我摇摇头，不否认，也无可承认。因为我不知，不知亦不想欺骗与敷衍，那唯有摇头。

"手链和信你拿走吧，有时拒绝也不需要如此，让时间慢慢淡化就可以了。没有人能熬得过时间，不是吗？"小安似乎一语双关。这忽然让我想到了生死，想到了哥生病住院的情景。希望哥能想得通，人，就一辈子。

我走时，哥把我送到了车站，他除了走路还无法回到从前的风风火火以外，一切如常。因为小安，我们仿佛一夜之间有了疙瘩，说句话都小心翼翼，生怕有别的含义。我抱了抱哥，上车了，他的手里多了张纸条。纸条上写着："你欠小安一个拥抱，一年为限。"

不得不佩服江辰消息的灵通，当我还没走到宿舍楼前，我就看

到他伫立在灌木丛中的身影。我想绕开，却无路可绕。

“你回来了？”他跑过来接过我手里的行李，“你平时都不上QQ吗？我看你头像没亮，给你发了邮件。”

“是啊，没上。客栈暑假太忙了，阿芳回去结婚了，小安一个人忙不过来。怎么？有事？”我装作什么事也没发生的样子。

江辰憨憨一笑：“没，也没啥事。”说这话的时候，他看了看我的手腕，一丝失望的眼神掠过。我听了小安的话，手链没有还他，我想找个尽量不伤害他的时机还他，给他一份尊重。

“我帮你提上去吧，跟舍管说马上下来。”

“谢谢，不用了。我怕被别人说了去，无事生非。”

江辰缓缓放下箱子，抬头望了望我宿舍，说：“你就不能再考虑考虑吗？”我找不出一个合理的理由来再次拒绝他，只能回了句：“还在上学呢！等毕业再说吧。”毕业，还有两年，毕业后，遥遥无期。我，颇有些一筹莫展。

不出所料，我是第一个到宿舍的。等我花了近一个小时打扫完后，依然无人出现，该吃午饭了。“你到学校了？”杨羽发来短信。我回了电话：“老师，你们都装了监控器吗？怎么都知道我这会到啊！”

“你不是明天下午报道吗？以你的性格应该今天到。再说了，我刚问过你哥，他告诉我的。”

“哥真是个叛徒。”

“不许对哥没礼貌，真是和尚打伞——无法无天了。”

“哪里有嘛，老师有何指示？”

“什么时候来交作业？我下周要出去开会一周。你这几天找个时间来上课吧。”

我恨不得赶紧挂了电话，天，作业，竟然忘了这件事。见我没答话，杨羽咆哮道：“怎么？玩疯了，忘记了是吧。那今天就过去画室吧。反正你明天才报道，早死晚死你都逃不开一死。”天，我对于自己提早一日回来悔青了肠子。

“我……能过几天去吗？”

“不能，立刻，马上。”杨羽挂断了电话。我开始对于古人出门掐着时间算着良辰吉时的做法起了深深的敬意。我，坚信今天必然无法全身而退。

因为忐忑不安坐车坐反了方向，倒车换车，原本一个多小时的路我花了快三个小时才到。我一看手表，下午三点十五分了。画室里，杨羽正在摆放着油画框的背板木龙，黑着脸。

“怎么？没脸来了是吗？从学校到这里需要三个小时吗？一周三张，七周二十一张，说吧，画了几张？”他见我两手空空，边说边往我身边靠近，我边往后退。背顶到了桌角，一阵痛。我，退无可退。

“老师，对不起。暑假客栈很忙，阿芳回家结婚了，小安一个人忙不过来，所以我就没时间画了。”

“没时间。”他坐下，拿起镇尺敲了敲桌子，“白天没时间，那晚上呢？两天一张没时间吗？一天抽出一两个小时没时间吗？没时间你也不用学了。你走吧，从今天开始不用学了。我跟你哥说去。”

我至今还是不理解我对画画的感情，抑或说是不了解我之所以不能放弃的理由，也不确定我坚持的意义。但我脱口而出：“老师，饶了我这回，就一回。下次不敢了，我要学，求求你。”

杨羽打开门把我推了出去，毫不理会我的哀求。我拍打着门，最后绝望地坐到了地上，手还垂挂在门上。我的哭声有些嘶哑，门开了，杨羽把我拖了进去，扔到了椅子上。“说吧，想怎么办？”

“老师，我补，我补作业行吗？”

他第一次用一种不满且略带鄙夷的目光看我：“说吧，怎么补，离今天结束只剩不到九个小时，你确定你能画完二十一张？”

我摇摇头，忽然灵机一动：“老师，老师，我本来是明天才报道的，我提早一天到的。可以多给我一点时间吗？”

杨羽见到我垂死挣扎的样子，冷笑道：“行啊，明天下午报道是吧。那我明天中午过来收作业，大约二十一个小时，一小时一张，那倒还是真能赶得完。说好了，少一张以后就不用学了。”

“谢谢老师，谢谢。”我像小鸡啄米似的点头谢他，却忽略了一个不争的事实，我画画的速度堪比蜗牛在爬。

“顺便友情提醒一句——要数量也要质量。”

杨羽狠心地没有留下陪我，把我锁在了画室里，只有水没有食物。画了十二张后，我头晕脑胀，几近虚脱。之所以说画了而不是画完，那是因为每张都不够深入，压根没有时间让我深入。一看已是早上六点半，整整十五个小时过去了，我不眠不休。杨羽既没有

电话，也没有只言片语，我宛若一个被扔在沙漠任其自生自灭的孩子。

人在绝望时总会不计一切后果地想抓住最后一根稻草。“江辰救我。”发了条短信，我已无力说话，我坐在地上靠着墙，见他没回短信，我拨通了电话又挂断。不一会儿，江辰发疯般急切地问：“怎么了？晓云，快说，怎么了?”我用几乎自己都听不到的声音回答:“老师画室，救我。”

电话里我听到江辰开门锁门奔跑的声音，然后手机没电了。纸，散落一地，我的眼前出现的不再是线条，不再是瓶瓶罐罐，而是一张张恶魔张开的大嘴，它们要将我吞噬。越画越慢，我哭着趴在地上。

第三十章

不知过了多久，总算画完了手里的这张，这时我听到了急切的敲门声，门反锁着。一阵乒乒乓乓的声音，抬头处我看到了铁门顶部的窗户上露出一张脸。我朝江辰指了指地上，我从门缝处塞出了张纸条，上写着："八张静物素描，十二点前。"

江辰大声说："剩不到五个小时了，快把纸和笔塞出来。"我塞出了几张纸和一支笔。画板上我换了张纸，却怎么也提不起笔来。我扶着墙颤颤巍巍走进洗手间，呕吐连连，冷汗和泪水哗然而下。镜中的我披头散发，脸色苍白，活像个女鬼。不画不行，我还是强打起精神面对着一堆瓶罐。

一张张纸从门缝处塞了回来，江辰模仿着我的笔法尽量笨拙地刻画。我捧着画大声喘息着。一阵急促的奔跑声惊醒了我，我匍匐着收起地上的画瘫坐在椅子上。我趴在一堆画上，两手漆黑。

从杨羽进屋的神情看来，江辰应是安然无恙地躲避起来了。

"都是你画的吗?"

我点了点头，迷离的眼神。我猜他还是看出来了。他开了门上下楼走了几步，又回了屋。他拨打了电话，我默默祈祷江辰已经逃离，事实证明，江辰的应变能力还是很强的，他关了机。我长长舒了口气，其实，我的表情尽入杨羽的眼里，只是他没说出而已。他不过在给我一个教训，一个血泪的教训。这次的教训让我从此以后没有再拖欠过一次作业。我在心里骂了杨羽千百回，自此之后的一个月我赌气地不和他说任何一句话。上课时也仅以点头摇头作为呼应。

从那以后，江辰时不时又借机来找我，对于他大难之时的出手相助我心怀感激，我只能每次笑脸相迎，偶尔陪他吃顿饭。

"哎，看来老师无意中成了你们的媒人啊。要不是他，江辰怎么可能一次次英雄救美?又如何虏获美人心?"

"少胡说。"

“没有吗？你都跟他出去吃饭了啊！”

“不好意思拒绝就一起去了，如此而已啊！”

语霏把脑袋从床上倒挂下来，仔细观察了我一番说：“晓云啊，如果你真这么想，那就不要给他希望，这样很残忍的好不好。”

“哦，那是不是不能答应他见面，更不能和他吃饭？”

“是，单独绝不可以。既然没有可能，又何必给人希望呢？”语霏针对我优柔寡断的性格一顿猛批。于她看来，快刀斩乱麻才是正确的选择，而我太为拖泥带水。其实，我只是想把伤害降到最低，我又错了吗？

错错错，莫莫莫。

于我而言，世间没有比情更为重要的，亲情、友情、爱情胜于金钱名利地位。然而我却一次次被各种情伤得千疮百孔。认真反省以后得出一个残酷的结论，在逃无可逃避无可避的现实面前，所有的情感都微不足道。正如哥生病时倘若没钱没骨髓再多的爱都是徒劳无功，那纸婚书只是我幼稚的最佳注脚。

江辰对于我一百八十度的转变无可适从，他找不到我就找语霏，语霏不胜其烦，但考虑到这是她的主意，她也只能苦笑周旋。在很长的一段时间里她自称充当了江辰的“情感垃圾桶”。某些时刻，通过语霏的阐述，我怀疑江辰移情别恋爱上了语霏。所有的一切，我只能睁一眼闭一眼，对江辰我充满愧疚，对语霏我充满感激。小安，又一次蹦到我脑海里。

“小安，最近怎么样？”她应是懂我问话的。

“忙啊，除了忙还是忙啊！”

“你知道我问什么的？哥怎么样？”

“子豪啊，挺好的啊，张伯家也被哥开发成了客栈，张伯很少划船了，当起老板了。”

“秦小安，我是问你和哥怎么样了！”

小安沉默了一会儿说：“没什么，还是老样子。没有你想要的，你的纸条我帮他洗衣服时看到了。别说拥抱了，连个手都没牵过。”

“秦小安，牵手、拥抱和谈恋爱有必然关系吗？我也没有过牵手和拥抱！”

“什么？你谈恋爱了吗？和谁？江辰？”

“没啊！”

小安哼了一声，极其鄙夷地语气说：“没谈恋爱的没资格在这废话。对了，你都多大了，人家本科都谈了多少次恋爱了，你研究生了还没谈。能不能跟上时代节奏啊！”话题又转移到我身上。

“剩半年了，抓紧点啊！”

“知道了，知道了，忙死了，挂了。”嘟嘟嘟忙音响起。

有了语霏之后，江辰没有再找过我。有了江辰之后，语霏也学起了画画。我乐见其成。我依旧在教室、图书馆、导师办公室、食堂、画室奔波。时间越来越不够用，但就算我搁置所有的事情，我也没有再拖欠过一次杨羽的作业。我们依然不温不火地上课，聊天。

研二的第一学期过去了，小安很主动积极地准备回家过年。我朝着忙碌准备特产的哥喊了句：“哥，你也去北京过年吧，杨少原肯定开心死了。”哥还在用十字麻花的方法捆着特产，他抬起头回了句：“我去干嘛？过年不在自己家呆着跑别人家凑啥热闹。”话音刚落，他立马察觉出自己无意间的失言，赶紧补充道：“我意思是何必去看人家父慈子孝，兄友弟恭呢？”他发现自己又说错了，跺了下脚，不说话了。

我恶作剧地调侃他：“你不去，人家如何上演兄友弟恭的剧目呢？”

“没事干了是吧，画画去。你老师说你这学期进步多了，再过个一两年都能赶上他的那些专业学生了呢！”

“哥，你敢再笨点吗？他不过说着让你开开心而已，你也当真？人家都是科班出身，多少年的功底，就我，算了吧。他没被我气死，我都觉得他很有造化，我没被他整死，也说明我福大命大。”

哥停下手里的活，捶了捶腰说：“呵，如今你还真是谁都敢调侃啊！皮痒了是不？赶明天，我跟他说下次如果没做作业先打一顿再让补，省得便宜了你！”我羞红了脸跑走了，原来，那事哥也知道。想到他或许是个帮凶，我气不打一处来。最终，哥还是和我在家过年，杨少原因为腿脚问题没有过来，从他的电话中听出了一丝悲凉。除夕，谁又不想团圆呢？那夜，哥说起了不想去的原因只为了不让杨少原和杨羽两难，为了不打扰他们平静的生活。

我忽然想倘若杨羽的妈妈知道了这件事，她将情何以堪？她是能大度容之，一笑而过，爱屋及乌视哥如杨羽，还是大发雷霆，闹

得鸡犬不宁呢？我终于理解哥的心思，我也哥一样，但凡有百分之一失败的可能我们都不愿去赌那百分之九十九的成功。也许，这就是优柔寡断，这就是懦弱。

寒假一直都是西塘的淡季，游客稀少，我有大把的时间读书、画画和码字。每天陪着哥散步，哥的体力也慢慢恢复，年前又做了次复查，一切指标都正常。我们和张伯一起过的年，红灯笼高高挂，张伯兴奋地抽着旱烟喝着小酒。

“哎，总算都好起来了。现在就差你跟小安结婚了，我还想抱抱孩子呢！”张伯趁着酒意对哥说。

“张伯，怎么又提这事了？”

“不提这事提啥事，要是小姐看到该有多高兴啊！”张伯又把娘搬了出来，屡试不爽。

哥无奈地点点头说：“知道了，知道了。”

今年春节开学得晚，大年二十才报道。小安过了元宵就来了，毫无征兆的，她妈妈杜云华也跟着来了，我们措手不及。“我至少该来看看女儿呆了三年多的地方，看看女儿一见钟情的人吧。”这是最正当的理由，无可反驳。她是个极其标致的美人，真的是徐娘半老，风韵犹存。内穿一件浅紫提花连衣长呢裙，外罩一件白色毛绒短大衣，短靴。哥朝她颔首，她亦回礼。

小安扯过我，急匆匆解释着无法提前告知的原因。哥去泡了壶枸杞红枣玫瑰花茶出来，两人坐在吊椅上寒暄，我和小安上楼为她收拾了个房间。

“天，家长出动了，哥应该快晕了。”

“我哪里知道，我爸妈送我到机场，我妈就当场买了机票跟我来了。我发誓我连提早一分钟知道都没有。我想给你发个短信才发现我妈偷偷把电池给卸了。哎，魔高一丈道高一尺啊。还是没能斗得过他们。”

“他们也是担心，人之常情啊！之前没来还不是因为人在国外，然后害怕跟你闹僵了。现在人都回国了，哪有不来看看的道理，说来是我和哥疏忽了，不是他们的问题。”

小安有些焦急：“你说子豪没事吧。我妈应该不会说什么难听的吧？”

“看你妈刚才说话和气质，应该不会。再说了你妈是过来人，

一定能理解的。她应该不会为难哥。”天，说漏嘴了，好在小安没心没肺抑或是精神没聚焦在这里，她对于我这句话毫无反应。

哥在楼下叫我：“晓云，房间收拾好后你就下来陪阿姨，我先去买些菜。”我应了声好，风铃声响起，哥应该是出了门。

“妈，怎么样？客栈漂亮吧？子豪，子豪，都还行吧？”小安见哥出去，大步流星冲下楼，我闪进了厨房。

云华说道：“他比他实际年龄看上去年轻多了，也像你所描述的温文尔雅，谈吐风趣，进退有度。只是我觉得他并不适合你。”

“为什么？为什么嘛？人家喜欢他嘛。”

“小安啊，相信妈妈的判断力，我猜他也喜欢你，但应该不是爱情。倘若你想用感动能换取一份爱情，三年多也足够了，可是如今还是‘落花有意流水无情’。妈既然和晓云有一年之约，我言而有信，暑假如果还是没有结果，你就回来吧。”

小安略带哭腔地撒娇道：“妈，你们就谈了几句话，再看看，再看看。子豪真的对我挺好的。您看，这身衣服就是他买的。不信您等会看，他绝对会买我喜欢吃的，真的。”小安不惜一切地辩解，越着急越显示出一种不肯定与心虚，我的心揪了起来。

我看到了云华摇着头，将小安搂入怀中。风铃声响起，哥买菜进来了。“小安，你陪阿姨出去走走吧，一会吃饭时再回来。”我有意支开她们。小安看了哥一眼又低下头，牵着云华走了。

“哥，小安妈妈说了什么？没让你为难吧？”我边择菜边问。

“没，也没说些什么。都是些闲聊。”

“她知道你白血病的那些事吗？”

“她不知道，但我说了。”

我扔下手里的菜锤了哥一下：“你，你怎么这个时候说？以后说也不迟啊！”

“何须隐瞒？做人不是就该如此坦坦荡荡吗？我感激小安那时倾尽全力的照顾。”

“你不会连老师和杨少原的事也说了吧？”

“没，那事关别人隐私，她没问我也没必要说。”

沉默了许久之后，哥冒出了句话：“也许，我真的没有理由负她！人非草木，孰能无情，我又如何不会感动呢？可是，可是我害怕自己的病有一天复发，连累了她。如今，我负她只是三年，日后

若负她，可就会是一辈子啊！你不也说过，人就一辈子吗？”我想假如小安听到最后这段话定然也会如我一般心潮澎湃吧。莫名的，有一种心酸从心头飞过。

中午的菜肴极其丰盛，的确如同小安预料的，哥买的都是她喜欢吃的，自然我做出的也都是她喜欢吃的。小安开心地拉着她妈妈炫耀着我的厨艺，不时娇羞地瞄着哥。小安的妈妈始终微笑着，微笑中却不辨喜怒，一种冷眼旁观的微笑。我感觉到了一丝凉意，胜过千里冰封，万里雪飘。

小安的妈妈是在西塘呆了三天后和我一起走的，她说我还在读书是最小的，客气地包了个红包给我。推辞不下，我只好收了。哥和小安把我们送到了车站，小安象征性地熊抱了她妈妈一下。车上，我们彼此无言。我拿出书佯装阅读，心乱如麻。第六感给我的提示是山雨欲来风满楼。一路上，云华似乎有话要说，又三缄其口。我们是从杭州换乘飞机回的北京，哥心疼我，执意让我坐飞机。候机期间，我安静如初，因为不知话题应从何开始，该说的在客栈都已经说了。

“晓云，要是我家小安像你这么安静就好了，淑女的模样。”

“阿姨，小安的性格真挺好的，她善良活泼大方，大家和她在一起都很开心。她是我们的开心果，我性格太闷了，有些不好。”

云华伸出手帮我捋了捋遮住了眼睛的刘海说：“不会呢，我喜欢宁静的感觉。宁静让人能更好地思考，如同孤独。小安太闹腾了。”

“你喜欢画画？小安说你越画越好，挺有天赋的呢！”

“是小安教得好呢，她很耐心。”

我无法预知云华要问些什么，她急速地转换着话题。“我听说你在北京时是跟着小安当初的老师学习的。”

“是的，杨羽老师在教我，也是小安帮的忙。”

她到底想知道什么，到底想问些什么，我绷紧了大脑里的每一根神经。她的优雅和从容尽在一举手一投足之间，小安的性格和她简直天壤之别。

“我还听说你哥两年前得了白血病，后来做了骨髓移植手术。现在怎么样了？”

“挺好的，年前刚复查，一切指标都正常。哥的精神和体力也

都恢复得差不多了。这都多亏了小安。”我在想要不要说出杨羽捐献的事，她究竟知道了多少？

我和她断断续续的对话让我如同回到了高考那天，紧张到了无以复加。谈话中她自始至终面带微笑，静观其变，静观天下。她的淡定与我的恐慌形成了鲜明的对比。她还想多说时，广播通知登机了。我，刹那间如释重负。

北京机场，那是我第一次见到小安的父亲秦国斌，他身材魁梧，目测约一米八五。穿着黑色长呢大衣，鼻梁上架着金丝眼镜，他微笑着朝我点点头，接过我和云华手中的行李，一手拉着一个箱子往前走。如同小安形容的，他爸爸少言寡语，但父爱如山。

秦国斌开车从机场送我回学校，车上，他们两人没有过多的言语。只是问问西塘的风景，随口聊了几句客栈和小安而已。我默不作声，实在不是因为矫情扮淑女，而是无从插嘴，更无从谈起。倒是秦国斌从后视镜看出我的尴尬来，也就顺口问了我几句学校的生活以及毕业后的去向。

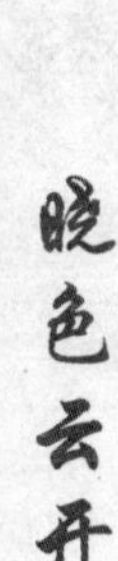

毕业，这个近在咫尺的问题我似乎从来没有考虑过，我从来不善于思考将来的事情。语霏说江辰让她毕业后去他家开的旅行社负责企划，让我也一起去，这事江辰提起过。只是以当前的这种现状，如何与江辰相处是个大问题。我搞不清江辰和语霏如此不点破不咸不淡的相处算不算谈恋爱，但当我看到了语霏一副快乐的小女人模样，心中十分欣喜。有心栽花花不开，无心插柳柳成荫。

也许只有当一段爱情是甜蜜时，它才有了继续的可能与必要。虽然她偶尔会抱怨江辰将她的聒噪和我的恬静拿来对比。

第三十一章

哥依旧给杨羽和杨少原带了些吃的，我去上第一节课就转交了。那天杨羽特别开心，笑容挂在脸上，递给我一个红包，说是杨少原给的。我推辞不要，他打趣我——都叫老爹了，爹给女儿红包是应该的。什么事让他这么开心呢？我左思右思观察一番还是没得出结论。

“老师，有啥好事说来听听，看看你脸上都乐开了花！”我开始不对他用敬语，也学会调侃他。

“啊！好事？没什么特别的好事啊。开学了又该忙了。”

“哦，我以为你跟我们那个教旅游文化研究的老师一样呢，听说他刚从讲师评上了副教授，最近神清气爽，说话有劲，腰都挺直了许多。”

杨羽假装板起脸来：“回头我告诉你哥去，怎么越学越没礼貌。不许对老师没礼貌。”

“是不是嘛！是就要请客，独乐乐不如众乐乐，不是吗？”

“从讲师到副教授至少需要五年教学经验，而且还要有几篇SCI论文和一堆的规定，哪里像你想的那么容易啊！哎，你说那么多无非是要吃一顿嘛，这还不简单。画好了就请你吃大餐，画不好嘛……”他拿起镇尺笑嘻嘻威胁我，“那就只有竹笋炒肉了。”

我狂笑，夺过镇尺藏在背后：“不管好不好都要请客。”

“凭什么？”

“因为好不好都是你说了算，本着公平公正的原则，为了避嫌，你当然只能请客了。”

杨羽抽过我手里的镇尺轻轻敲了我手背一下：“少贫嘴，快去画画。跟小安还是语霏学的，伶牙俐齿。对了，小安怎么样了？”

我边画画边有一句没一句地跟他聊天。

“哥还是不同意跟小安在一起吗？”他省略了“你哥”和“结婚”两个字词。

“哥说他不是没感动，他害怕自己的病情复发耽误了小安。”

杨羽收起笑嘻嘻的表情，拿着镇尺敲了敲自己的手心，说：“嗯，也许那是其中一个原因。但很多时候感动却未必是爱，我猜他还没能走出自己的心。”

“什么意思?”

“没什么意思，很多事就交给时间吧。怎么画的?”我手背又被敲了一下。我嘟起嘴说：“哼，以后我戴手套画画。”他扔给了我一副脏兮兮的手套，那是他调松节油用的。

“戴上啊！你不是要戴手套吗?”他露出贼兮兮的笑容，肯定有陷阱。我瞥了他一眼，不理他继续画着。“怎么不戴了?”“算了。”我一副英勇就义的表情。

画着画着，我还是忍不住问了句：“如果我戴了，你会怎么样?”

“没怎么样啊!”他望了一眼窗外，嘴角上扬，明显在偷笑。转过头又一脸严肃地说：“那就把你当成小孩子了嘛。”

“什么意思?”等反应出他的意思时，我羞红了脸。他一阵狂笑，我站起身捶了他几下。

他拽住我的手：“呵呵，越发没大没小了。调侃完老师，开始动手了，看来不教训一下不行了。”说完他拿起镇尺作势要打，我跑向阳台从外锁起了门。

“好了，不闹了，画画去。”他隔着落地玻璃门说道。

我噘着嘴：“那你答应不许打我。”他点点头：“我什么时候打过你了？最多敲一下。”好吧，也是，我开门继续去画画了。

“嗯，放开了画，不要有思想包袱就能越画越好。技巧可以教，但还是需要自己的努力和悟性。”听完，我含笑点头，认真画了起来。画完画，他果真请我去吃饭，那是我第一次单独和他吃饭。

锁上门，他问：“想吃什么?”我摇摇头，没有什么我特别想吃的。“到底想吃什么?”“不知道，随便你。”我不是矫情，是真的不知道想吃什么。跟在他身后慢慢走着，我除了学校方圆百米以外其余都不熟，何况是他画室周围的商家。

“杨老师，好久不见了。”有个人在叫他，他停了下来和他寒暄，我轻轻从他身边擦肩而过，他瞥了我一眼，想叫但没有叫出口。我就这么静静走过，到巷口等他。我，只想护他周全，无论何

时何地。

又是同一个问题："吃什么？"

又是同一个答案："随便。"

他想了想："我们去吃牛排可以吗？"我点点头，继续跟在他后面。没有并肩而行，就那么一前一后走着，两三步的距离。"喜欢吃牛排吗？""嗯。"我点点头。"我女儿喜欢那里的环境和小食之类，所以经常带她去。"他说。

穿过三四条街道，我们来到了牛排店门口，杨羽将我让进店内。一进店门，是我所喜欢的环境。左手边一个高台，台子上有一架三角钢琴，一位搭着坎肩身穿旗袍的女子正在弹着舒缓的曲子，《少女的祈祷》。高台旁是落地的水幕玻璃，五彩霓虹灯闪烁折射出梦幻的气息。

"坐哪？"杨羽问我。我指指离钢琴最近的一个四人桌。迎宾小姐将我们领了过去，熟练地摆上餐具。杨羽把菜单递给我："吃什么？"我翻了翻，点了份中间价位的牛排："黑胡椒，八分熟，谢谢。"

那位弹钢琴的女子又继续弹了两首曲子后离开了，换上了一位约莫十来岁穿着牛仔服的小姑娘，她用不熟练的指法弹奏着《致爱丽丝》，下面有位先生在鼓掌，后来我才知，这架钢琴只是顾客随兴的"大玩具"。我也跟着鼓掌，那位先生礼貌地向我点点头，想必是她的父亲吧。

"别发呆了，牛排来了。"杨羽低声说道。我手忙脚乱拿起餐巾挡在身前。"想什么呢？做什么事都不专心，连吃饭也不专心。"我低头切牛排，用眼角余光看他。他倒是专心致志在切牛排，他切了一块放我盘里："来，试试我的。"我也切了一块给他。"不会吧，需要这样还吗？""没，我只是怕你吃不够。""不会吃不够的，吃不够还有水果呢！"我把两块面包推到他面前。

吃了半块牛排后，我停了下来，望着钢琴发呆。自那小女孩下台后再也没有人上去过，它就那么静静地在那，忘了说，台子的地面是钢化玻璃的，玻璃下是个鱼池，池里有水草有金鱼还有小石块。所以，钢琴并不孤单，有鱼儿陪着，鱼儿也不孤单，有水陪着。

"怎么，不好吃吗？再不吃一会凉了更不好吃了。"杨羽歪着头

看我："怎么又在发呆？有什么心事吗？""没。我想上去玩玩，行吗？"我指了指钢琴。"你会？"他问。我点点头又摇摇头："我只想玩玩，行吗？"那是读本科时，语霏心血来潮大一下学期去学钢琴，她每次都拖着我陪她去，玩着玩着我也开始学了。只不过三天打鱼两天晒网，所以并无多大成效。

我上了台，环顾四周，或埋头吃饭者，或窃窃私语的情侣，除了杨羽似乎没有人注意到我。我心安了。杨羽一手托着下巴注视着，我低下头脸上一片绯红，心跳加速。鬼使神差地我弹起了《梦中的婚礼》，音乐结束时我一抬头，和杨羽的目光触碰处，我的眼泪和着音符莫名地流淌。我尽力以一个优雅的转身掩盖，快步走向洗手间。

"学多久了，弹得还不错啊！都没听你提起过。"

"没提起的多了去了。"

"哦！"他叉了一块西瓜放到嘴里，"这么说，你会的还不少，是吗？这么嘚瑟！"

"我承认我会的不少，可是精的并不多。我没有嘚瑟，只是没必要提，也没有什么提的机会。"我切了一块凉凉的牛排刚要放进嘴里。"别吃了。"他夺下我手里的叉子，"要么再点别的，要么让服务员拿去热热吧。"他说。

有个看似两三岁的女孩蹭蹭蹭从我们身边跑过上了台子，啪的一声被台阶绊倒了，孩子号啕大哭。杨羽放下叉子冲上前抱起了孩子，孩子在他怀中立马安静了，叫了声："爸爸。"接着又号啕大哭起来。杨羽愣住了，一边转头寻找着另一个身影，一边拍着她的背安慰着："梓涵乖，没事的。乖了，不痛痛的。"

"你怎么在这？呵呵，是不是想说这是第一次和学生吃饭？"我认出来了，那个红衣女子，今天依然一身红色，只不过由枣红转为玫红。杨羽的脸色并没有太多的变化，因本就没有什么值得他心虚的事。他没有站起来，只是拍着孩子的背对她说："是，的确如你所说这是我和她第一次单独出来吃饭，之前都是和我爸一起吃的。"我猜他肯定想说出那件事来，说出来他也就天下太平了。我，最多只能是他妹妹，是的，本来就是。我起身朝她礼貌地点了点头，于情于理都应如此，她，毕竟是杨羽孩子的妈妈。

"和爸？连爸她也认识了，什么关系啊！"

“你不是已经知道我去捐献骨髓的事了吗？她就是那个受捐者的妹妹，后来也就成了我的学生，就这么简单。”原来他并没有和盘托出。那个红衣女子嗤之以鼻，一把从杨羽怀里抱走孩子，刚安静的孩子又哭了。杨羽生气地说：“干嘛呢！大庭广众的。”

“你也知大庭广众，你不是大庭广众和她出来吃饭吗？救了哥哥，连人家妹妹也一起收了。杨羽，你可真有能耐啊！”

杨羽冷笑了一声：“你的意思是我不能大庭广众和别人出来吃饭，而是应该偷偷摸摸吗？”杨羽一怒之下买单拂尘而去，我在他的钱包里看到了我的那张照片，十八岁时的那张照片。我紧随其后走了出来。

“照片还我。”我朝他伸出手。“还没画完，画完就还你。”看得出他在盛怒之下，我没有多做坚持。那张照片是个住店的游客无意中偷拍的，在他临走前洗出来送给了我。那年的第一场雪，我披着白色披肩身穿汉服站在张伯的船中央，仰望天空，柳枝低垂红梅吐蕊。

第一次单独的晚餐戏剧般结束了。杨少原特地安排了一次让我们正式见面的家宴，在那次宴会上我第一次见到了梓涵的外公王少华，也知道了梓涵妈妈的名字，她叫王莉。说起那名字我才想起之前杨羽提起过一次，我忘了。

宴席上，王莉对杨羽横眉冷对，没有一丝笑容。倒是王少华有些尴尬，斜眼看了眼王莉，当着杨少原话中有话的说：“王莉啊，你做人要大度点。学学杨羽，他救人也是我们家的光荣啊！再说了，人家妹妹喜欢画画，这也是好事，现在好学的孩子不多了，我们既然有能力教人家，这也是件好事，不是吗？”他瞥了我一眼转头对杨羽说道，“杨羽，我说得对吗？施比受有福。予人玫瑰，手有余香嘛！”杨羽笑着点点头。一顿饭貌合神离，烽烟四起。

走出饭店时，杨少原走到我身边，悄悄说：“晓云，委屈你了。”“老爹，我没事的。”我搀扶着杨少原，王莉翻了个白眼哼得一声从我身边走过。我能理解她，一场误会而已。自那以后，我们再没有单独吃过饭。

五一长假的最后一天，语霏哼着歌从家里返校了，一首挺好听的我没听过的歌曲，有些凄美的感觉。“语霏，什么歌？都没听过。”

“你这老古董没听过是正常的，这是最近在热播的《金粉世家》的主题歌。就是那个陈坤和董洁演的，我这次回家看了，挺好看的。”

“哦，董洁，我挺喜欢她的。她本身就让人有种我见犹怜的淡雅。”

“是呢。我刚买了张海报，就为了这首歌。”她展开一张卷起来的海报给我看，那是张年历，2003 的年历。年历左半部是董洁仰望天空的侧影，她穿着蓝色的袄长仅过腰袖长刚过肘，黑色裙子长及足踝，民国女生的打扮。右半部是主题曲《暗香》的歌词。

画面透出的淡淡哀伤直面扑来，我的心猛然一抽。歌词的凄美让我有了强烈的代入感，我不知为何我会有这种伤悲。情到浓时情转薄……

“晓云，怎么了？最近看你怪怪的。怎么像黛玉一样伤春悲秋的啊？一句诗一句歌都能让你流泪？”

“没，没什么。可能是泪腺太发达了吧。”我吸了吸鼻子。语霏凑到我面前凝视着我：“不对啊，泪腺又不是现在才长出来，怎么忽然就发达了啊！告诉我发生了什么？”我拍拍她的肩，踩着楼梯上了床，盘腿坐着。“说嘛！”她也挤上了床，“到底发生什么事了。”

“能有什么事啊？我不是几乎时时刻刻和你在一起，除了你和江辰出去以外。”

语霏仰起头，转了转眼睛，噘着嘴点点头道：“说得也没错，除了我和江辰出去，除了你去画画，我们几乎没有分开过。不对，上厕所是分开的！”她说完自已哈哈大笑。

“不对。”语霏像是想起什么似的，她再次凑到我脸前担心地问，“杨羽没为难你吧？你有做完作业吧？”

“有啦，没事。”我把她赶下床，脱了外衣躲进被窝。

当花瓣离开花朵，
暗香残存。
香消在风云起雨后，
无人来嗅。
如果爱告诉我走下去，

我会拼到爱尽头。

心若在灿烂中死去，

爱会在灰烬里重生。

语霏继续唱着这首歌，歌词给了我太大的震撼。我闭上眼睛，有个人影在我面前晃动着，晃动着，由模糊转为清晰。一夜，辗转反侧。

第二天一早，杨羽打来了电话："晓云，五月十九日我要带学生去写生了，你想去吗？写生是提高水平的最佳途径了。"

"还像去年那样去三周吗？我导师五月底才要出国开会十天，那时这学期课程也结束了。我只能跟着你后半程了，跟完正好回来期末考复习。今年去哪里玩啊？"我磕磕巴巴地问。

"不是让你去玩的，是让你去画画的！前半程是永定土楼，后半程是武夷山，都在福建省。"

"福建？好远啊！一南一北。福建好玩吗？我只听说过厦门的鼓浪屿。"

"跟你说了，不是去玩，是去学习！画不好我是要骂的哦，到时候别又躲起来哭鼻子。"

那次被锁在屋里的情景猛然蹦到了脑海，我承认我仍心有余悸。"谁哭鼻子了，再威胁我，我就不去了。"

"好了，考虑完尽快告诉我，要订票和住宿的。"说完杨羽挂断了电话。我又开始发呆了，去，还是不去呢？他的学生水平会不会都很高呢？我想得最多的是会不会给他添麻烦，会不会丢人现眼。

"真的啊，可以出去玩你就去呗。多好啊，老师也会照顾你。"当语霏知道这个消息时，她抱着我转了圈。"正好我也刚答应江辰下周去他家的旅行社晃悠晃悠，积累积累实战经验。我正发愁怎么跟你说呢！"

"实话实说呗，你这小妮子！"我追着她挠痒痒。

第三十二章

我下定决心去写生是在第一次去中央美院上杨羽的课之后。

“晓云，下周有人体课，要不要过来画画。人体课很难得的，你没画过。”

“人体课？素描吗？”

“是，早上八点开始。”

我和他约定了下周三去，那是我第一次去听杨羽给本科生上课，也是第一次接触人体课。之前学的都是石膏头像和肖像画，所以我把它单纯想象为头像素描了。

我起了个大早，倒了三次车终于赶在七点五十分找到了教学楼。我不敢打他的电话，只是问着同学教室的位置。当我看到坐在暖风机旁的女子时，我忽然反应到了人体课的含义了。

“不好意思，这是一个研究生，选修这门课。”杨羽坐在讲台边温和地对那女子说，女子正吃着早点，点了点头。我坐在杨羽身边的矮凳上，心怦怦直跳。旁边学生们围坐在不同的位置，他们面前画架上尚未完成的画中人正是此女子。

八点到了，女子脱去衣服，露出美丽的胴体，我还是抑制不住地羞红了脸，将头转向杨羽，不敢直视女子。我的脸几乎埋到了杨羽的腿上。他站了起来开始四周巡视，指指点点。不时有学生问他问题，他无一不耐心且细心地回答。

他在一个女生的画面前停下了，把女生叫了起来，自己坐下。女生的画一时间被擦掉了半幅，杨羽比照着模特，认真修改了起来。几个同学围着他站立，一脸崇拜的表情。我在后面看得有些得意，心想杨羽就是很棒嘛！

“老师真的好好哦。”那个女生说了一句。其他几个女生也附和着：“就是，我都没遇到一个肯这么给我们改画的老师。”“是啊，而且一改改那么多。”“讲得也很仔细呢！”“老师，为什么以前我们都没排到上您的课啊！真亏！”“老师，以后我有什么不会可都找

您了哦。”

怎么都一副花痴的模样呢？我偷偷笑着。杨羽看着她们的表情也笑了，说了句：“老师好，那还不好吗？老师好，就好好画。”这句话惹得那女生吐了吐舌头，笑了。原来，当他的学生真的很幸福，这不是我一个人的看法。原来，他们比我幸福，只要他在学校他们都能见得着。课下，我直接跟杨羽说了我要跟他去后半程写生的决定。“知道了。刚才学生都在，所以我都不想骂你！”

我一下蒙了：“我又做错什么了吗？你生气我没画画吗？我是真的没画过，不会画。”

“不是，当模特脱去衣服时，你不该那种表情。我对学生说过上人体课首要的就是尊重模特。”

我再次羞红了脸语无伦次地回答：“我，我，我没有不尊重啊。可是我真的是第一次看到。我不是故意的，我也没别的什么想法，我……”杨羽看到我的表情，摇了摇头，笑着说：“行了，知道了。还好五一前的那周没让你来，要不你是不是会现场打个洞钻进去！”

“为什么啊？打洞？我又不是地鼠。”我歪着头问他。

“那一周是男模特。”他坏坏的笑。“不理你了。”我跑开了。不得不承认专业学生的淡定，但我想，他们第一次面对时想必和我也一样吧。

我是在五月二十九日到武夷山下梅村和杨羽会合的，倒了两次火车，坐了一次汽车，到的时候我蓬头垢面背着画板提着水桶如同一个落难的拾荒者。杨羽忍者笑摇着头说：“你也真厉害，怎么能把自己弄成这样？”我委屈地嘟起嘴。“好了，好了，到了就好！我们也才比你早到一个多小时，刚安排完宿舍出来取景。”

“你又来了呀！我叫姜秀丽。”上次说杨羽好的那个女生迎了过来，“老师，让她住我们那间吧，我们那正好空着一张床。”

“哦，没事，我一会安排吧。”

姜秀丽接过我的东西，调皮地对他说：“老师，难道您想金屋藏娇吗？”杨羽瞪了她一眼：“不许对老师没礼貌！没大没小的，胡说八道。”他朝我挥挥手示意我跟姜秀丽过去。

基地的宿舍六人一间，上下铺，房间不大但采光通风都很好，从窗户望去可见古民居错落有致依山就势地分布在青山绿水中。

“走吧，我们去画画吧，回头再看。要不老师又该说了。”

“没看出你们怕他啊?”

“前两天全班刚被他训过，我们要学乖点。”

我好奇地问：“他会凶你们？什么事啊！很少看他发火的。”

“哎，边走边说吧。”我背起画板提起工具和她一起走出房门。“前天晚上，老师在为我们的画做点评。有个同学接了个电话，说话声很大，都盖过了老师。老师很生气地说了他，他当众说别的带队老师都没有晚上上课，其他班同学晚上都能玩之类的，说完还企图逃走。”

“然后呢？被老师抓回来骂了?”

“嗯，老师把他抓了回来，大发雷霆教训了一通，最后顺带把我们全班训了。老师很负责任，其实大部分同学都很感激的。”认真负责正直敬业，这也正是我敬重杨羽的原因。

“去一趟宿舍怎么那么久?”杨羽说道。姜秀丽吐了吐舌头，赶紧跑去取景了。我放下画架，蹭到他身边：“老师，怎么那么凶嘛！我洗了下脸所以迟了点。”

“不凶不行啊，一个个都不听话，好好说不听。”

“不听就罚他们画画嘛，这不是你擅长的招数吗?”我没少受过他的罚，所以调侃道。

他苦笑道：“你以为每个学生都像你啊。有的学生根本不会领你的情，你带着满腔热情去教学，他还把你的话当耳边风，你还想让他多画画？哎，前天就有件事搞得我心情很不舒服。”他没有继续说下去，但我明白他指的是姜秀丽说的那件事。

杨羽望着远处的眼神有些黯然神伤，我安慰道：“老师别生气了。会珍惜的人自会珍惜，不会的就随他去吧。像你说的学习靠自觉，你做得仁至义尽，俯仰无愧天地就行了。”他拍了拍我的肩膀：“是啊，我们也只能做到这样，别的事我们也掌控不了。快去取景吧。”说完他四处检查去了，他的背影越拉越长。

吃过午饭后杨羽请了个当地的导游为我们做文化概况的介绍。据导游介绍，下梅古村村落始建于隋朝，里坊兴旺于宋朝，街市繁华于清朝。村里现存三十多座的清代古民居建筑，结构以砖木为主，石砌墙基，柱础以木为主，结合精巧的闺楼、书阁、花园等形成了下梅的居住风格。介绍完毕后，杨羽让我们好好观察民居的景观特色。同学们七嘴八舌回答着，我静静站在他们后面，对着窗棂

发呆。“看什么呢，那么专注?”同学们散尽后，杨羽走到我身边。“没，窗棂的木雕真的是巧夺天工，没有一颗钉子，只有木榫。”

“嗯，那你觉得这里有什么特色?”

“我觉得这里的民居将三种雕塑完美的结合。”

“哪三种?”

“石雕、砖雕和木雕。”

杨羽用诧异的眼神看我：“倒是总结得挺准确的，确实如此。”

“这三种在我看来就是匠人的心思和手艺，我觉得民居设计更多的是想表达一种人文与哲学的思想。”

“说来听听。”

“武夷山是三教名山。早上坐汽车上山时，我看到了宫观、道院、庵堂，那些虽是破旧不堪，但精神却还是在的。我想民居所有的设计估计都逃不开‘天人合一’的思想吧。”

杨羽听了后，感慨道：“现在我终于彻底理解你为什么画得那么痛苦了。感悟与技巧无法成正比，感悟得太多，无论表象还是内在，你的感悟都超乎了许多人。但你在画面处理的技巧却无法跟上你的思想，这也就是你经常叫嚣着画不出来的原因了。”我向来明了，只是思想无从改变，眼高手低，我唯有苦笑。“怎么办?”

“没有捷径，量变才会引起质变。天才只是少数的，这里大部分的学生哪个不是画了十几年的吗？他们天天都在画，暂且不谈画得好与坏，他们每天都在画。每天画和一周画几张和一个月乃至一年画几张，自然悬殊越来越明显，这也就是我不放宽你作业的原因了。”我点点头，心悦诚服。我本就无法心无旁骛做一件事，也许有时真的是——如搏二兔，未得一兔吧。

“去吧，知道了就好好去做，少想多做才是正道。不然你只会自苦，而且还阻碍你的进步。”他转身走了，身边的同学有的取景完毕，有的甚至在开始构图了。他说的是对的，少想多做。

用一句很不恰当的话来形容第三天的事就是：“人无远虑，必有近忧。”那是六月一日的前夜，有几位男同学怂恿着女同学过儿童节。过儿童节的游戏定为丛林探险。五月三十一日晚上十点多，姜秀丽神神秘秘跑到我身边，俯下身问我：“怎么样，去不去探险?他们说要带我们去丛林里逛逛，据说夜晚萤火虫出来可漂亮了。说不定还能遇到松鼠之类的呢!”

“不，不去了。你作业做完了吗？”

“早做完了，不然哪里敢去啊？还不让他把皮扒了。”她夸张地说。

“哎，真羡慕你们那么棒，画得好，动作又快。你们去吧，我来不及交作业了。”

姜秀丽有些不死心，瞄了一眼我的画说：“去吧，反正你又不是正式的学生，他不会怎么样的啦。大不了回来我帮你画画，很快的。”想起江辰代为画画的事我还是胆战心惊，笑着推了她一下说：“你去吧。不过要注意安全，据说武夷山有很多蛇呢，小心点。”

“那好吧。如果有查房你们帮着喊一声就行，反正老师不会进来。”姜秀丽眨了眨眼睛，失望地走了出去，顺道带走了另两位同学。查房？会吗？据我所知这次带出来写生的三位老师都是男的，应该不会吧，至少前两夜都没有。我还是禁不住惴惴不安。

我很“佩服”自己一幅速写用了三四个小时才完成，更别提正常的写生了。我偷偷地对照着姜秀丽拍的照片补充着画面的不足感，此举实在出于无奈。我猜杨羽必然能一目了然，但我却已没有第二条路可以走了。真的是怕什么来什么，我听到了杨羽的声音：“都睡了吗？”这句话问得我不知该如何回答。回答睡了也不对，回答没睡他会不会进来。“睡了吗？作业都做完了吗？”他敲了敲门。

“老师，小声点，有的睡了，有的没有。”另一位舍友曾琦回答道，她的声音有些颤抖。

“都在吧，别到处乱跑。”

“好的，老师晚安！”

“嗯，晚安！晓云应该还没画完吧，开着灯会不会影响你们，要不晓云出来去教室画吧。”

“哦。”我把门打开一条缝探出头去，“我在宿舍画就行了，老师去休息吧。”杨羽似乎洞察了我用相机弥补的诡计，说了句：“你这样同学怎么休息，出来。”为了不让他进宿舍，我只好灰溜溜拿起画板出了宿舍，一副“风萧萧兮易水寒，壮士一去不复返”的架势。

杨羽打量着愁眉苦脸的我，说：“是不是又看着照片画了？跟你说过，那样只会有表象，不会有情景交融的心理互动，没有感觉的东西怎么会画得好呢？动作那么慢！你宿舍几个同学画画还是不

错的，尤其曾琦，多跟她学学。”

“嗯，你去睡吧，我自己去教室画。”

“怎么今天所有宿舍都赶我走，而且态度都那么好，奇了怪了。”

“你人好好嘛，大家就都关心你身体嘛！”我学着姜秀丽的语气说话，杨羽笑了：“真是小鬼头，不行，我还是觉得怪怪的。我再去男生宿舍查一次。”

我心里一咯噔，糟，男生不在万一让他知道了姜秀丽她们不也就遭殃了吗？我，我该怎么办呢？我做了个决定，一个自认为很英勇的决定——牺牲小我，完成大我。“老师，我都不怎么会，你如果不想睡就教教我嘛！”我难得地用撒娇的口吻对他说，睁大了眼睛，假装出渴望的样子。“好吧，这几天也没时间照顾到你，行，现在就看看吧。”有他在身边我只有画得更加拘束，他的骂声也多了起来。“姜秀丽，你赶紧回来，”我在心底祈祷着。

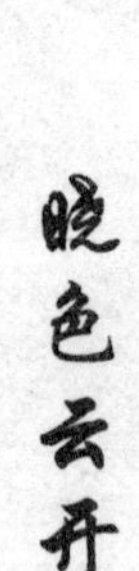

“好了，别画了，心不在焉的。”他忽然扯下我画板上的纸一把撕了，天，四五个小时的画灰飞烟灭，我欲哭无泪。都是姜秀丽惹的祸，我在心底狠狠骂了她一通。看到我泪水盈眶的样子，杨羽眼中闪过一丝不舍，他说：“去睡吧，这么晚了。”我一看表，已近深夜一点。我们下楼时，有人冲了上来，看到杨羽一下扑倒在地，喘着气说：“老师，老师，有人在山上被蛇咬了。不知道是不是毒蛇，说是伤口肿得好大！”曾琦大呼小叫，眼泪都流了出来。

杨羽一脸惊慌：“怎么回事？谁这么晚跑出去，不是说都在寝室吗？”

“是，是姜秀丽，她，她被蛇咬了，刚打电话说的。”杨羽的眼神让人恐惧，曾琦越说越小声，最后抽泣着蹲了下来。杨羽盯着我，不怒自威。他抓起我的手问：“说，你是不是早就知道了？你是不是存着这个心？你是不是在暗中帮忙？说！”他的手将我的手腕抓得紧紧的，痛，好痛。我不敢直视他的眼睛，躲闪着眼神。忽然一个巴掌铺天盖地而来，我眼冒金星，往后退了几步。

“告诉你，这巴掌是替哥教训你的，如果有个万一，你就自求多福吧。不知轻重！”他怒气冲冲狂奔出去，我捂着脸也跑了出去。还好我福大命大，姜秀丽也只是有惊无险，那是条无毒的水蛇。杨羽背着她回来，一身的疲惫。我不停地道歉，他毫不理会，扔了句

“好自为之”就走了，从此之后到写生结束，他没再跟我说过一句话。

为了这件事每个人都付出了代价，包括杨羽，毕竟天下没有不透风的墙，他和其他两位老师遭到了学院的点名批评，姜秀丽等七位同学也被警告处分了。我不杀伯仁，伯仁却因我而死。哥知道此事后打电话把我狂骂了一顿，逼我写了份检讨给杨羽。杨羽并不接受，他借筹备毕业生画展为由暂停教我，也不再和我说话，杳无音信。这一停就是三个多月，我顿时像只海上没有了方向的小船，漂啊漂，不知道漂往哪里，也找不到彼岸。

哥，给了我安全感，杨羽，却是给了我前行的方向与力量。他的忽然离开让我噩梦连连，午夜梦回，泪湿衣襟。

第三十三章

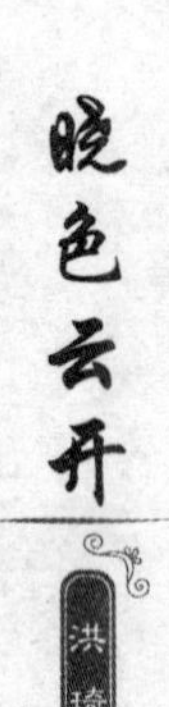

研二结束了，我正在收拾回家的行李时，语霏开心地哼着曲子回来了。“晓云，下学期就是实习了，江辰让我问问你要一起去他家的旅行社吗？一起去吧，有个伴。”

“喂，你和江辰怎么样了？”

“老样子啊，吃吃饭，画点画，偶尔逛逛街。”

“哦，就这样吗？”

语霏白了我一眼：“不然你还想怎么样？他那性格就像温水煮青蛙一样，还能指望什么。我猜他还是忘不了你。”

“那你帮我把手链和信交给他吧。你们这样也不是个事，我可不想成为阻碍你们的千古罪人。你直接告诉他我心有所属了。”

“算了，那就算了，反正我也没想怎么样。”我知道语霏话里有话，但我读不出她想表达什么。“慢点，心有所属。谁？我认识吗？竟然瞒了我那么久。”她又开始八卦了。

“你认不认识不重要，是谁更不重要，我没有瞒你，只是我一直不能确定自己是不是爱上了而已。”

“那他爱不爱你？”

这句话触及了我的泪点：“其实我和他都是没有资格谈爱情。我有那纸婚书在，他也已婚。他爱不爱我，我不知道，我爱他就足够了。只要那份爱不是卑微的就足够了。”

语霏拉起我的手：“那你试探过吗？”

“也不算试探，我只是说了我敬佩金岳霖，他为了林徽因一辈子不娶，他守了一辈子自己的地老天荒。”

“那他说什么？”

“他说，爱情应该是两情相悦的。”

语霏静默了，握紧了我的手。我强装着笑颜：“没事，我也没想怎么样。缘起缘灭，总有一天都会尘归尘，土归土的。”

“别说了！”语霏打断我的话，“我们出去走走吧，怪不得我最

近看你的情绪不对，经常一副抑郁寡欢的样子。我知道了，是他，是他！”

“别乱猜了，你不知道的！”

语霏表情严肃一本正经地说：“我发誓我不会说出去，但我相信我没猜错。我可以看得出你是数着时间在过日子，每次你开心的去，回来时都不开心。只是我一直以为你是因为没画好才不开心。原来如此……”

“我求你别说了，求你了。”听到宿舍门锁响动的声音，语霏话题一转：“对了，你哥和小安怎么样了？你上次不是说过那个一年之约吗？”哦，说曹操曹操到，小安急匆匆打来电话：“你快回来啊，什么时候回来？”

“怎么了，后天就回去了，明天导师要给我们开会布置任务。我正收拾行李呢！哥，哥怎么了吗？”

“不是，我妈打电话说她明天就过来要接我回家参加奶奶八十大寿的生日宴会。然后她说要么回家，要么结婚。”一年之约马上就到了，小安妈妈的理由合理且充分。哥，小安的意思是哥不跟她回去吗？我想如果我说服不了，我需要杨羽的帮助。

“那么哥的意思呢？”我问但生怕触及她的伤痛。

“我还没跟他说呢，我不知道怎么跟他说，你快回来吧。”

我以为她只是单纯地想让我说服哥陪着她一起，没想到她说：“我是想如果我回去了，客栈那么忙，子豪不能太辛苦了。”自古忠孝难以两全，何去何从，小安别无选择。杜云华以一个最堂而皇之的理由召回小安，给我们留了情面，也给了哥一个最后抉择的机会。解铃还须系铃人，哥，一下子被推到了风口浪尖，只有他才能解决这个棘手的问题。

第二天我临近中午到家时，他们都不在，只见张伯在两家客栈间忙碌着。

“张伯，他们人呢？”

“晓云啊，哎，你回来就好了，都快忙晕了。他们去接小安的妈妈了。”

我大吃一惊：“哥也一起去了？”

“是啊，刚走！这里就先交给你了，我一会再过来！”张伯急匆匆走了。他们这一去很久才回来，小安打了个电话说是飞机晚点，

云华已经在飞机上坐了两个多小时了飞机还没起飞。

“说重点，你跟哥说了吗？你妈人都快到了，商量完了没有。”

“没啊，一直在等你回来。”

我还是不理解她为什么一定要等我回来，平时风风火火大大咧咧的她在感情面前永远都是小心翼翼战战兢兢如履薄冰。“要不你把电话给哥，我跟他说吧。没时间了，现在只能快刀斩乱麻了。”“不，我宁可不问，那至少他还在身边，我还能看着他。”我想哭，真的想哭，都已经到了这种时候了，小安还无法走出去，还是贪恋那一点点的温存。哥，不是个无情之人，如今却扮演了最无情的角色。我挂断了电话，斟酌着给哥发了条短信，哥没有回短信。

他们这一去很久才回来，下午四点多，我正打扫着庭院，风铃响起。我迎了出去：“阿姨，您来了，辛苦了。”杜云华朝我点点头，取下墨镜，依旧一脸的微笑。她穿着麻质白色长裙，裙子下摆处是一幅水墨荷花，小荷才露尖尖角。“哎呀，晓云瘦多了，比我去年见的瘦。什么秘诀告诉小安吧，她老说她又胖了。”

我笑了笑，接过哥手里的行李，行李很轻，看得出她马上要返回的意思。“阿姨，小安的胖有时就是几克她也能纠结的。她哪里有胖嘛，差不多呢。”

“是啊，我是没觉得，我觉得这样正好，有点丰满。自从她和你认识就开始整天重视体重了。呵呵，爱美之心人人有之嘛！”说这话时她瞥了哥一眼，分明想表达的是小安为了哥该做的不该做的都做了。哥，笑得极不自然。安置完云华后，我迫不及待拉过哥，压低声音说：“怎么样？看到短信了吗？你想怎么样？”

“短信，什么短信？我手机充电忘了带出门了。”我只好三言两语解释了整件事。“怪不得小安一路上心事重重呢！她没提起。”“她不说，我怎么知道？她不问，怎么知道我一定会拒绝？”

“因为她太爱你了，舍不得失去你。”我一语中的。“你说得没错，人非草木，孰能无情？”身后传来杜云华的声音，我一惊回了头。“阿，阿姨。”“子豪啊，实话说，我原来是不同意你们在一起的，更别说结婚了。你人很好，但是我担心，你知道我担心什么的。只是小安爱得太深了，我不想她伤心。几年了，我想你也都能感觉得到吧，坚冰应该也会融化了吧。”哥张张嘴又闭上了。

“你不用急于回答，我后天走，明天你还有一天考虑的时间。

我知道感动不是爱情，但是爱情很多时候源于感动。”云华说着说着有些动情，不再如同之前的波澜不惊。小安站在她身后凝视着哥，一副快哭了的样子。问世间情为何物，直叫人生死相许？

晚饭虽是丰盛，但所有人都各怀心思，一顿佳肴也就草草结束。一桌子小安爱吃的菜，小安却只是象征性地吃了点。月圆之夜，朗月清辉铺洒在庭院内。我和哥坐在摇椅上，我依偎着他。

“哥，你也发呆了。”

“去睡吧。”他推推我，“让我一个人静静。”

我和小安两人各自在床上辗转反侧，我入睡得比她还晚。一夜杂乱无章的梦境将我搅得头晕脑胀，想起床却头重得起不来，又是一觉。醒来时，墙上的钟显示九点十二分。小安不在房内，哥也不在房内。下楼后，我看见张伯正站在前台为客人办理退房手续，一脸的笑容。

“晓云，怎么了？脸色那么差？没睡好？”

“嗯，有点。我哥他们人呢？”

“他们刚出去不久。这不，才刚九点多，人家刚上班嘛。”张伯脸上洋溢着笑容，无可隐藏。

“去哪？”

“不会吧，那么大的事你不知道？难道是你哥想给你个惊喜？”

惊喜，给我惊喜？什么意思，我一头雾水。天，不会吧，他去办理结婚了吗？天啊，惨了，惨了，结婚证，我忽然想到了结婚证。我急得大哭起来，不知所措。张伯和客人都被我吓呆了。客人走了，张伯焦急地问：“怎么了，怎么了？你哥结婚你不高兴吗？怎么哭得这样？”我抽泣着和盘托出整件事。“哎呀，晓云，这事咋整啊！快，快给你哥打电话。”

一切都已为时晚矣。

“为什么？为什么这么对我？”秦小安发疯似的朝我狂吼，她晃动着我的身子问，“为什么？”哥平静地看着我，没有说话。我语无伦次地解释，可，小安一个字也听不进去，云华更是黑着一张脸，她虽然没有质问，没有大骂，但眼神足以杀人。

“小安，几年都等了，难道都等不了几分钟的解释吗？那个时候那个境地，你懂的啊？当时我只想哥走得了无遗憾！”

“就算像你所说的那样，那后来呢，后来呢？你瞒得密不透风，

连子豪都不知道。”

“我一直要处理，可是一直不知道怎么跟哥开口，对不起，真的对不起。”我拉着小安，哀求着，哭诉着。可我拉不住她，小安甩掉了我的手，哭着跑上楼。云华跟着上楼拉起小安，甚至来不及带走任何一件衣物就这么绝尘而去，一分钟也不肯多留。我瘫倒在地，天作孽尚可为，自作孽不可活。哥追了十几米后，停了下来，转身回来抱起了瘫倒在地上的我。他拥着我远望着小安的背影，小安没有回头，步履蹒跚。

哥把我放在吊椅上，坐到了我对面，他泡了杯茶给我。他看着我，没有说话，两眼凝视着。我起身上楼开锁从藤箱里拿出了那两本结婚证。新崭崭，红彤彤躺在我手中。我将它们紧贴在胸口，走下楼去。

“哥，先答应我一件事。”

“嗯。说吧，于我这种死而复生的人而言，没有什么是不可理解和不可原谅的了。”哥抿了口茶说。

“那件事都是我一个人的主意，与他人无关。所有的错都是我一个人的错，不要责怪别人。”

哥眉头紧锁，点点头，我把整件事的前因后果过程都老实交代了。哥伸手向我要去了结婚证，一看，哥的名字，杨羽的照片。哥，竟然笑了。他的笑无端让我心生恐惧。

“他还真的和我身份证上照片挺像的啊，怪不得能让你们蒙混过关。”

“那时，那时，情非得已，我真的以为你会……我只想你走得了无遗憾。”

“你那也真的只是感动而不是爱情，不是吗？”

我摇摇头，坦言我并不了解。“我不知道，我一直都不知道。我曾经想对你说过‘清风朗月，辄思玄度’。我曾想对你说过‘长发及腰，你就是那个少年’。可我终究没有说出。”

哥再次笑了，又抿了抿茶说：“既然你现在能这么坦然地说出，那么我能肯定那不是爱情，也许只是你对我的依恋。”

“那你对我的是爱情吗？”我不再扭扭捏捏，我也想知道答案。

“实话说，我想让这个本子陪我终老一生，但我不想误了你一辈子。可是我还是误了你，害得你还要办离婚手续。”

“可是你都同意跟她结婚了呀!”

“对她是责任，一种责任。责任超越了感动和喜欢。当我看到她妈妈的目光时，一个母亲的心情我感同身受。我比小安大了十六岁，有时我觉得自己宠着她如同宠着小女儿，这和我宠你的感觉截然不同。”

我明白了：“那你现在怎么办？小安那边怎么办?”哥顺手从书架里拿出一本书，翻看了起来。“现在，现在只能让小安冷静冷静了，这事过后，她妈妈不可能再轻易纵容她了。我想，或许我们也走到了尽头。”尽头……爱的尽头。“哥，我唱首歌给你听吧，刚跟语霏学的。”哥眼睛一亮，饶有兴致的表情：“哦？难得大小姐肯唱歌啊!”

我清唱了起来——

当花瓣离开花朵，
暗香残存。
香消在风云起雨后，
无人来嗅。
如果爱告诉我走下去，
我会拼到爱尽头。
心若在灿烂中死去，
爱会在灰烬里重生。

唱完后，我陷入沉思，迷离的眼光扫向远方，泪已盈眶。

“告诉我，他是谁?”

“谁是谁?”

“晓云，你变了，这两个学期放假回来我发现你变了。变得更加多愁善感，变得更加敏感。小安说你晚上经常失眠，说你看本书读段文字都会哭，告诉我，他是谁?”

“我不知道自己是何时喜欢上他的，也不知道自己喜欢上他什么，我就莫名其妙地卷入了感情的漩涡。哥，也许当初和尚的话会一语成籤。”

哥急了，放下手中的茶杯站起来绕到我身边：“晓云，不许胡思乱想，你会幸福的。你心中的他是已有女朋友还是已成家?”

“他有孩子了，一个可爱女儿。”

哥把我拉了起来：“看着我的眼睛说话，你真的爱他吗？想过未来吗？”

我知此刻我的眼神必然充满了惆怅，我微笑着说：“未来？我从没想过未来，更别说去破坏他的家庭。于我而言，能这样淡淡相依，足够了。因为不用开始就已知结局，何必去弄得鸡飞狗跳呢？有个人可以让我去爱，可以思念，可以相见，已是幸福。至于相守，今生无缘，自知也无来生。”

“真的是慧极必伤，情深不寿啊！”哥爱怜地将我拥入怀中。我轻轻推开他，走出客栈，给语霏发了条短信后，我走进了间网吧。

语霏的 QQ 头像闪动。

“什么事这么急着找我？”

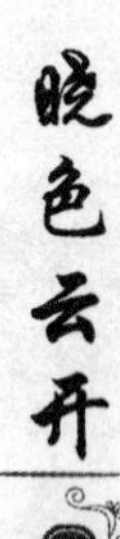

“小安跟她妈妈走了。”

“啊？一年到了吗？怎么这么突然，毫无征兆？”

“哥经过思考后同意跟她结婚了，早上去的。”

“挺好的啊，这样不是不错吗？怎么了？啊，对了，你那结婚证还没注销呢！”

“霏，我好累。他今天问我是不是爱上了谁？”

“你跟他说了？”

“没。”我对着电脑的屏幕哭了，我趴在桌上抽泣着，全然不顾旁边人的眼光。我下了线，走出网吧，没有同她告别。

没过多久，语霏打来了电话：“怎么了？怎么下线了？你没事吧。那么远，我都陪不了你，你没事吧！”

“嗯。”我哽咽地说，“没事。”

“不开心就说出来，说完就好些了，别老憋在心里。”

“谢谢，我没事。”泪像决堤的河一样再也无法控制，我挂断了电话，留下了两个字：“短信。”

最后我发了一条短信给语霏——“当爱和思念都只能对别人诉说时，痛彻心扉。”所有的一切都是我的错，与他人无由。他没有任何的错，不管他爱与不爱都没有任何的错。一个人的爱情，真的可以地老天荒吗？我断然不会和他诉说，诉说之时也必是终结之日。

第三十四章

给语霏发完短信后我手机关机，不想说话，不需要安慰，什么都不需要。如果可以选择，我想青灯古寺，了此残生。我知我是懦弱的，我是逃避的，在这个当下。最后是张伯找到我的："你哥都找得快疯了，你怎么躲在这里?"张伯将我从他的船上拉了出来。"你怎么了？眼睛肿成这样?"不说还好，说了我忽然觉得眼睛好痛，连睁开都痛。

"回来了，回来就好！什么都不用说了，回房休息吧。"房间里，四处弥漫着小安的气息，她的衣物都在。我把结婚证拿了一本给哥，哥不解地看我："现在就去办吗?"我摇摇头，说了句："满目山河空念远，何不怜取眼前人?"哥抱住了我。

就放着吧，先放着吧，如果有一天小安和他还能重续前缘时，那我会优雅的转身。现在就放着吧，时刻提醒着自己的身份，也许，也许那样就能把那份情感淡忘，回到当初时的风轻云淡吧。

"哥，对不起，对不起。我想去旅行，我想一个人出去走走，就几天，行吗？原谅我的自私，就几天行吗?"

哥爱抚了我的头："去吧，客栈还有我，还有张伯。只是一个人注意安全，我随时有权利查岗的哦。"他晃了晃手里的结婚证调侃道。

我想到了那首诗，因此我去了西藏，只为了寻找仓央嘉措的身影。

第一最好不相见，如此便可不相恋。
第二最好不相知，如此便可不相思。
第三最好不相伴，如此便可不相欠。
第四最好不相惜，如此便可不相忆。
第五最好不相爱，如此便可不相弃。
第六最好不相对，如此便可不相会。

第七最好不相误，如此便可不相负。
第八最好不相许，如此便可不相续。
第九最好不相依，如此便可不相偎。
第十最好不相遇，如此便可不相聚。
但曾相见便相知，相见何如不见时。
安得与君相决绝，免教生死作相思。

二十五个“相”写尽了决绝与无奈，我一直不相信世间会有一种如此执着与悲戚的爱情，会有一种如此孤独无望的爱情，如今，我信了。

人生若只如初见。

第一次知道西藏是在中学的地理课本上，图片上雪山、森林和峡谷构建了一座人间的天堂。我曾无数次幻想着踏上这片土地，但从来没想过会以此种心境此种理由到来。

这是一片神秘的土地，这是沧海变成高原的地方，是雪山朝拜太阳的地方，这是离天国近在咫尺的地方，这是人间的仙境，这是心灵的净土。我从拉萨出发，出发前我买了几套西藏的明信片和整版的邮票。此后每到一地，我问的第一句话就是：“哪里可以寄信?”我每到一地都会寄上一张明信片，没有署名，我第一次写下了“天涯咫尺”四个字，第一次写下了“把酒祝东风”……无处诉说的思念就让它随着明信片而去吧，单纯的一种心灵慰藉。倘若他问起，我会说起这是我的习惯，寄明信片的习惯，这小安知道，语霏也知道，她们都有。

拉萨是藏民们心中的圣地，大昭寺和八廓街是拉萨古城的精魂所在，布达拉宫则是朝圣的终点。因此明信片中大昭寺给了小安，八廓街给了语霏，布达拉宫给了杨羽。在布达拉宫，导游为游客们介绍了仓央嘉措的传奇的一生，他多情，他浪漫，他神秘，他无奈——世上安得两全法，不负如来不负卿？听完导游的介绍后，翌日我还去了阿拉善左旗南寺仓央嘉措灵堂的供奉地，在那里我感受到了他的存在。在那里我猛然想起席慕蓉的一首诗。

如何让我遇见你，
在我最美丽的时刻。

为这我已在佛前求了五百年，
求他让我们结一段尘缘。
佛于是把我化成一棵树，
长在你必经的路旁，
阳光下慎重地开满了花，
朵朵都是我前世的盼望。
当你走近，
请你细听，
那颤抖的叶是我等待的热情。
而当你终于无视地走过，
在你身后落了一地的，
朋友啊，
那不是花瓣，
是我凋零的心。

我再次想到了他，漫天寂寞是我的身影，他的名字。

十天的时间在路途奔波中仓皇度过，一路走去，那座座高山峡谷，那片片雪域高原，那些转经筒磕长头为众生祈福的虔诚信徒们，无一不让我震撼。在我踏入这片土地时，我心中起伏着一座高山——珠穆朗玛峰，但我终究只能在山下仰望它金字塔状的身影，即便遗憾，我也只能错过。有时，错过就是一辈子了，不是吗？但沿途的风景给了我许多意外的惊喜，云蒸霞蔚，群山连绵，还有波澜壮阔的大峡谷。

体力透支是我回到西塘后的第一个感觉，洗完澡后我把自已扔在床上，整整睡了一天一夜，哥笑言我成了只小瘦猪。旅途中我想了很多很多，想到天地广袤人类渺小，想到了人生一世草木一春，想到了儿女情长英雄气短。

我醒来后换上了运动套装跑下了楼，哥正坐在前台电脑前发呆，啪的一声我蹦到哥面前把他吓了一跳。

“哎呀，干嘛呢，怎么跟小安一样啊？”哥又无意识地叫出小安，当小安成为习惯，当小安如同空气一样存在时，她已经无可替代。

“哥，有没有小安的消息？”

“没，她的手机一直关机，联系不上。你看，她 QQ 头像也都是暗的。”

如同我预料的，她消失了，消失得无影无踪。接下去，哥说了句让我惊悚不已的话：“我打电话给杨羽了，说起了结婚证的事。”长时间的停顿，哥在观察我的表情。

“哦，他肯定一直道歉了吧。”我企图让自已的情绪平静下来。

“嗯。我们还谈起了你。”又是长时间的停顿，再一次的试探。

我笑了：“又说我什么坏话了？对了，让我也上上 QQ 吧，看看小安会不会和我联系。”我成功地转移了话题。

一登陆，一堆的信息跳了出来，居然有江辰的，手机在西藏的信号一直不是太好，十天来我也仅仅接到哥两次电话，那都是还在拉萨的时候。汇总起来的信息如下：江辰和语霏打了我几次电话都是暂时无法接通。小安被杜云华关了起来，电脑手机通通没收了。江辰现在也被列入禁止探望的对象了。杜云华抱着“宁可错杀一千也不放过一人”的思想严格监控着小安，家里安装了联网摄像头，而且连日来杜云华安排了几次相亲，她要快刀斩乱麻解决这件事。小安三天绝食送医院后杜云华还是不为所动，以小安的失败而告终。

“相亲，她妈妈还真是着急啊！”哥这话说得醋意百出。原来男人当有情敌出现，哪怕假想情敌出现时，总能激发他们的雄性激素。这样挺好，我想想就乐了。哥推了推我：“笑什么呢！这种时候还有心思乐？”

“我在笑某人曾经说过他对人家只是责任而已，如果只是责任又怎么会如此大的反应呢？空气都是酸溜溜的。”

“你，你真的像杨羽说的不知轻重。你喜欢他吗？”哥单刀直入回到了原来的话题。

“啊！喜欢啊，当然喜欢。老师善良、认真、敬业、负责，这样的老师是可遇而不可求的。而且所谓‘经师易求，人师难得’，他既是经师，又是人师。”

“哇，这些话我要好好反馈给他，他该乐开了花吧。要不，现在就打个电话？”

语霏的电话来了：“喂，你最近去哪里了？怎么电话老是无法接通啊？我又不敢问杨羽。你们发生什么了吗？江辰因为小安的事

想找你，你知道了吗？”她的大嗓门把我推入了深渊，我无法准确形容哥的表情，但能感觉出寒气逼人。

“喂，姚语霏，话可别乱说啊，哥在身边呢。某人刚为了小安的事醋意大发，你就别来刺激了。再说了，我跟老师能有什么事嘛，无非就是他还是不原谅我帮姜秀丽的那事。我去了西藏十天，回来又黑又瘦，开学你该认不出来了！”

“西藏，西藏？你真的去了西藏？一个人吗？太强悍了吧。怎么也不叫上我啊？小气鬼。”哥把我电话抢过去：“语霏啊，晓云也是刚上 QQ 才知道小安事情的，麻烦你看看能不能帮帮忙。我是怕小安出事，江辰说她绝食三天。”

“好，我尽快和江辰想出个办法来。但是，如果你能来北京就更好了。现在晓云在家了，你应该能脱身吧。”语霏用谨慎的口气问道。

“哦，这个，我和晓云商量商量。”哥把电话递给我，我怕语霏多话匆忙结束了对话。

哥把身体靠在椅子上，仰头看着我：“说吧，你和杨羽怎么了？”

“哥，你能不胡思乱想吗？你是联想集团总裁吗？我和老师能怎么？我还称呼他老师呢，我能怎么呢？”哥还是一脸怀疑地盯着我。

“哥，语霏说得对，你去趟北京吧。杨少原也挺想你的，顺便看看也不错呀，又有个照应。我觉得误会还是要解释清楚的，你看小安绝食就说明她还没放弃，所以我觉得于情于理你都该去一趟。对了，去之前把那事办了吧，省得杜云华说我们没有诚意。”最后一句倏然让我有些心酸。

又一波客人到了，终止了我们的谈话。过了两天，哥在我和张伯的说服下同意去北京一趟，杨少原作为间接受益者在电话里开心得合不拢嘴。三年了，这是哥第一次去北京，他张罗着哥的住行，事无巨细亲力亲为。

“哥，你去趟北京都赶得上总统出访了，你看杨少原那架势，就差没开个阅兵式让你去风光风光了。”我极尽调侃之能事。哥敲了我头一下，果然是兄弟，都爱敲人家的头。“小鬼头，我不在时你自己一个人要照顾好自己，客栈张伯会过来帮忙的，有事找他。”

"哎，就你一个人在，真让人担心。"他继续念叨着。

"停，哥你就别念了。一个大男人怎么这么磨磨唧唧的呀！"

"哎，二十几年没踏上那片土地了，近乡情怯啊！往事不堪回首。"

"哥，哥，今天怎么了嘛！"我摸了摸他的额头。"真调皮！"他打了我一下手背，又是和他一样的动作。我跳着跑开了。那个下午我们去办了离婚手续，一场我自导自演的闹剧落下帷幕，淡淡的哀愁萦绕着我。不知道应该说无巧不成书，还是应该说人生如戏，戏如人生。那天，哥原计划是中午到的北京，而小安是早上从婚姻登记处逃走了。小安炸开了一个马蜂窝。

语霏打来了一个电话，惊天动地的消息。"晓云，出大事了，小安逃走了。江辰刚打电话过来，说她妈妈正在歇斯底里发作呢。"

"啊，逃走？她怎么逃的啊，她不是手机钱包之类都被没收了吗？哪里有钱啊！"

"这事还真的说来话长。"

"快说重点，重点就行。"

语霏用了五分钟叙述完了重点。与其说是重点，不如说是她叙述了整件事的来龙去脉，严格意义来说是她通过江辰的二手转述经过推测得出的——

小安在十天内已经被安排五场相亲了，平均两天一次，每次杜云华寸步不离守着小安，当着电灯泡。第六场的对象正好是小安的邻居，高中同桌孟然。杜云华很看好这次相亲，她觉得孟然和小安属于青梅竹马两小无猜，所以愈发上心。上心了反而不敢像前几次，于是她选择了隔桌相望。小安抓紧了这次机会，把自己的事情向孟然和盘托出，孟然很感动，同意冒险帮小安。他们连续三天的约会让杜云华喜上眉梢，第四天时小安提出要登记，终于拿到了自己的身份证，趁登记拍照时一溜烟跑了。孟然装出一脸无辜的样子，小安再次惹怒了杜云华。

"现在呢？现在人呢？"

"现在我在跟你说话，我怎么知道。我正跟江辰一起出来找呢。对了你哥什么时候到？"

"哥中午到，现在飞机应该已经起飞了。小安的电话依旧处于关机状态，看来是联系不上她了。"

“是啊，她手机被没收了，卡钱包都没有了，她逃了能怎么样呢？又没钱！”

“我猜她既然拿了身份证肯定解决了钱的问题了，估计她去机场了，因为火车还没实行实名制。”我听到语霏跟江辰说话的声音，他们觉得我说得有道理因此决定去机场转转。接下来的场景如同一段荡气回肠的影片，我以为只有在电视或电影上通过艺术手法才能表达出来，当语霏兴奋地打电话狂欢时我难以抑制住激动，心情随着他们而起伏。

“你知道吗？你知道是谁发现小安的吗？是老师。老师和他爸去接你哥，你哥飞机晚点，老师四处乱逛，竟然在喧嚣的机场中发现正在排队换登机牌的小安。我们到机场时看到小安埋在你哥的怀里，久久没有抬起头，你哥也张开双臂抱着小安。老师爸爸知道后决定去一趟小安家，好好解释并解决这件事。我们现在正在车上呢。哇，老师今天竟然开奔驰耶。上次接你开大众，今天接哥就开奔驰，待遇就是不同呢。”

“姚语霏，哪有你这么编排老师的，还是当面！上次开的是我自己的车，这是我爸的车。”杨羽的声音，我的心一阵悸动。“行了，等会有状况再跟你汇报，不然我的话费要超标了。”说完后语霏挂断了电话。我的耳朵一阵痛，第一环境吵，第二她的嗓门太大了。语霏如同一个现场记者进行着实时报道，但还是不改八卦的本质。以下是她的实时报道。

当哥、老师、杨少原、江辰和语霏陪着小安回家时，杜云华不在，只有秦国斌和江辰的妈妈杜月华在。男人在大事面前永远显示出更多的理性，他没有破口大骂，也没有刨根问底，先是很礼貌地招呼大家坐下。

“小安，介绍一下客人吧。”

“爸，江辰和语霏您都见过。另外几位分别是我的大学老师杨羽，老师的哥哥子豪，和老师的爸爸杨先生。”

秦国斌点点头，这是他第一次见到哥，子豪这个名字已经把这个家弄得鸡犬不宁。他在等哥的一个解释，眼前的这一幕无法让人联系到只是偶然的巧合，任何人都会直觉认为是哥导演了这场逃婚风波。

哥和杨少原相视之后正要解释，杜云华闻讯赶回来了。她当着

众人狠狠给了小安一个耳光后推搡着将哥推到门口。小安跪下了，两手扯着她的衣角求她："妈，求求您，求求您别赶子豪走，我离不开他，真的离不开他。那件事只是个误会，他来之前也都解决完毕了。求您了，人就一辈子，有今生没来世的。求您了，我守了几年终于守到今天。"

杜云华甩掉小安的手，扔给了秦国斌一句话："这里就交给你了！"杜月华见小安回来也就放心了，于是把江辰带走了。

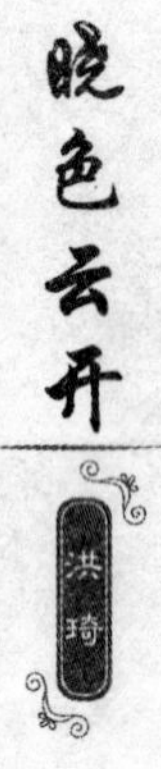

第三十五章

客厅内，小安没有起身，她跪行到秦国斌旁，将头枕在他的腿上。“爸！”话音未启泪先流。秦国斌摸了摸他的头，把她拉了起来。“孩子，爱情是人生必不可少的，但如果爱情是卑微和痛苦的，你觉得还有继续的意义吗？爱情应该是两情相悦，应该是有喜有悲。也许你守得到婚姻，但不一定守得到爱。两人结婚后，如果仅仅只有责任而没有爱的话，这段婚姻必然也不会幸福。”他其实是在说给哥听。

“爸，我也有喜啊，不然怎么能坚持这么久呢？子豪也喜欢我啊，不然他怎么会同意和我结婚呢？现在不也追过来了吗？”

“孩子，你的喜我看不到，就算有也只是微乎其微。我和你妈看到的都是你的泪水，你这样叫我们情何以堪？他若有心，前几天就会追来。”

哥听完后，朝着秦国斌欠了欠身：“伯父，很抱歉。小安走的第二天我妹妹就去西藏了，客栈只剩我一个人，现在是旺季实在走不开。我妹妹一回来我就马上赶过来了。”杨少原终于说话了：“秦先生，实在非常抱歉我家孩子给您添麻烦了。实不相瞒，这是我的大儿子，我也是三年前一个偶然的机会通过小儿子认回他的。往事说来话长，我一直没有尽到做父亲的责任，非常羞愧。关于小安说的人就一辈子有今生没来世的，这话从她嘴里说出来是悲观些了，但到了我这个年纪真的是不想人生有太多的遗憾。子豪性情温和做事认真待人也非常好。”

秦国斌打断了他的话：“杨先生，关于您家的家事我无权过问。只是有几个问题可以请您回答吗？”

杨少原点点头回答道：“秦先生请说，我知无不言，言无不尽。”

“你说子豪人很好，那为什么这个年龄了还没结婚。”

“因为晓云啊！”小安插嘴道，秦国斌瞪了她一眼，她乖乖地站

回了原位。

“哦，这个据我所知的确如小安说的，子豪是因为他妹妹晓云，晓云比子豪小十八岁，是捡来的弃婴。当时子豪妈妈去世时晓云才三岁，子豪从北大辍学开始照顾这个妹妹，和她相依为命。之间也有人介绍或者喜欢子豪，但都对于晓云的去留有所分歧，所以也就单身到了今天。”

杜云华冲了出来：“单身，你知道你儿子都登记结婚了吗？”姜还是老的辣，杨少原脸色未变，反而笑着说：“那件事我也无权苛责他们两个，因为情急之下，兄妹情深，晓云想要子豪的人生了无遗憾，这也是人之常情。倒是我批评了杨羽，他虽然是有悲天悯人之心，但是做事不知轻重。杨羽的为人我相信小安在学校四年肯定也很了解的。”他巧妙地把问题还给了小安。

“是啊是啊，杨老师在学校口碑可好了。你们肯定都不相信，学校每年的学生给教师评分，老师的最后得分竟然是99，全校最高。那意味着什么呢？那意味着大部分同学给了100。老师认真负责敬业这些都是师生公认的。其实，我都没告诉妈是老师捐了骨髓给子豪，就是这个机缘才让他们一家团圆的。”团圆这个词的应用让杨少原和哥彼此有些尴尬。小安自知失言，没再多说。秦国斌和杜云华脸色浮现出一丝难以捉摸的表情。杨少原打破了僵局，他说：“大中午了，大家都饿了，一起出去吃个饭。可以给我个面子就当我赔罪，行吗？”

“妈，我饿了，出去吃饭吧。我好久都没吃好东西了。”小安摇着杜云华的手撒娇着。女儿很久没和自己撒娇了，杜云华的眼里蒙上了一层水汽，她抱了抱她点头同意了。“你若安好，便是晴天。”“妈！”母女俩抱头大哭。天下没有赢得过子女的父母，不是他们赢不过，而是他们爱自己的子女，爱到哪怕可以放弃自己的生命。

这十几天来，杜云华目睹了小安的消瘦憔悴，通日以泪洗面。作为母亲，那绝对不只是感同身受，而是更为强烈的心痛。其实她要的无非是哥的解释，哥的承诺，小安的幸福。

杨少原的一句话一个举动让整场宴席到达了一个巅峰，全桌子的人睁大了眼鸦雀无声。当语霏说出这件事时，我最想知道的是杨羽的表情。因为哥和杨羽是这件事的正反方，抑或说是受益方和损失方。杨少原吃完饭后向秦国斌杜云华做出了正式的提亲。他直言

想快刀斩乱麻，他说择日不如撞日，也好了却大家的一番心愿，成全了小安的幸福，也成全自己作为父亲对哥几十年来父爱缺失的弥补。他当面开出了张一百六十八万的支票作为聘金。我知道杨少原没有想以钱压人的气势，他单纯地想做出一个弥补，我不知道杨羽事先知不知情，更不知道杨羽心里会怎么想。语霏说杨羽在那一刹那是面无表情的，甚至是冷眼旁观的。

“这个，杨先生，这样不合适吧。这个数目太大我们实在承受不起。而且实话说孩子她妈妈希望孩子留在北京，毕竟她在北京生活了二十几年了。北京的发展机会也比较多。”秦国斌委婉地拒绝。对于哥的去留杨少原自知无权干涉，他所能做的就是尽自己所能让哥能幸福地过日子。语霏说杨少原的脸色由晴转阴，这时杨羽开了口。

“秦先生，很抱歉，照理说有长辈在没有我说话的余地。但作为小安的老师我想说几件我亲眼所见的事情。小安是98年随我去西塘写生的，从那回来之后就一直听她说起那个‘花开半夏’的客栈，她原来中性的打扮也都彻底改变，这也许就是所谓的‘女为悦己者容’吧。2000年我很诧异在西塘见到小安，她孤身一人在那里，但看得出子豪很宠着她，她也过得挺快乐的。她对我说她是因为一个人爱上一座城。感情的事不是我们旁观者能全然体会得到，但她很爱子豪那是事实。后来我就是被她感动同意捐献骨髓的，当然那时候我还不知道我和子豪是同父异母的兄弟。”

杨羽的陈述让秦国斌和杜云华沉思了片刻。杨羽接着动情地说：“我很佩服小安的勇气和执着，更佩服她对爱情无私地付出，几年过去了，她现在也总算守得云开见月明了，我想她和哥一定会很幸福的。至于他们把家安在哪里，我觉得不是问题，不是说‘有情相守才是家’吗？情在哪家就在哪。倘若他们还留在西塘，两位也就像多了一个家，不是吗？”

语霏说她为杨羽鼓掌了，小安泪眼涟涟望着杨羽哽咽着说：“谢谢老师。”杨羽回了一句：“我只想你们的人生能了无遗憾，或者说少一点遗憾。”在场的人无不为之动情。动情归动情，毕竟婚姻不是儿戏，秦国斌提出三天考虑的时间，杨少原同意了。他说正好可以带着哥四处逛逛。这件突发事件自然而然引发了另一场战争，一场硝烟弥漫的战争。当杨羽的妈妈林丽萍和老婆王莉知晓这

件事后，天翻地覆，家似乎能在一夜之间分崩离析。

本着对当事者的尊重以及对事实公正的原则，我无法描绘出具体的情节，只知道最后的结局是杨少原展开了和林丽萍的冷战，而王莉对杨羽更是千般刁难，杨羽陆陆续续在学校办公室凑合了几晚。林丽萍和王莉第一次结成了坚不可摧的同盟军。

哥走后，小安还是被软禁在家里，依然没有手机等通信工具。杜云华先后又去找了孟然几次，不断解释事情的缘由，但都被孟然拒绝了。杜云华并不死心，哥曾经的白血病是她心底一道挥之不去的阴影。房内，秦国斌和杜云华商量着，杜云华坐在梳妆台前愁眉苦脸，秦国斌拿着本书斜靠在床上。

“云华，你上次不是去西塘时同意他们结婚了吗？怎么现在一定要他们在北京啊？”秦国斌不解地问。

“哎，当时也是权宜之计，我看子豪那个样子觉得他未必同意，没想到他同意了。实话说喜忧参半，结果出了结婚证的事，我一气之下也算是顺水推舟把小安带回来了。就想着回来赶快张罗好她的事，没想到她还是那么坚决，更没想到子豪追了过来。他爸那么大的气势，我除了这个用这个理由还能怎么样？”杜云华无奈地说，毕竟事情没有顺着她想的方向发展。

“说好了明天答复人家，你还是拿个主意吧。我是觉得小安经不起折腾了，那个子豪和小安的老师看起来人都还不错。再说了，人家经济条件也不错，小安有个人照顾衣食无忧也就行了。”

杜云华还是不舒服，把气撒到秦国斌身上：“什么都让我拿主意，到时候错了又都推我身上。子豪那个白血病不知道还会不会复发，这才是最重要的。我才不要小安……”

“妈！”小安闯了进去，“妈，您就答应了吧。当初您也答应了呀。子豪真的很好，我不想放弃，我也割舍不了。至于您担心的那个，就听天由命吧。万般皆是命，半点不由人，不是吗？人有旦夕祸福，有的健康的人不也一夜之间就没有了吗？”小安声泪俱下，短短半个月来小安消瘦了许多，再也看不到以前快乐的模样，哪怕不悲不喜的模样也看不到了。

杜云华望着眼前女儿的样子，悲从心中来，她忍不住抱着小安哭了起来。秦国斌起身把她们拉开：“好了好了，结婚是喜事，怎么搞得哭哭啼啼，别人还以为我们家出什么事了呢！就这样，这事

由我决定了。儿孙自有儿孙福，我同意小安跟子豪结婚了。”小安搂着秦国斌的脖子破涕为笑：“爸，爸，我也好爱你！”

秦国斌假装推开她：“行了行了，你心里哪里还有位置装得下我们啊！满心都是那个子豪。不过我有件正事倒是想跟你说说。”

“嗯？爸有什么事？”

“你呀，从小学画画也画了那么多年了，我不希望你放弃。你看这几年你画了多少？人，总该有自己的一些东西。不该把全部身心放在一个男人身上。当然了，客栈是你们的事业，红红火火我们都很开心。可是有些精神上的东西我是不希望你放弃。你为了他放弃太多了，我就怕有一天你会后悔。”

小安腻在秦国斌身边蹭着他的肩膀：“爸，知道了。我不会后悔的。以后我和晓云一起画画，行吗？等她画得好些了，我们开个画展，怎么样？”秦国斌摸摸女儿的头，笑了。他顺手也搂过了杜云华：“哎，两个女儿，真麻烦！”占了便宜的杜云华娇羞地笑了。

经过半个多月的折腾，结果还是令人满意的，哥终于要和小安结婚了。两家人商量后决定在2004年1月9日，农历十二月十八举办婚礼，婚礼现场定在北京。哥做出了个令众人喜出望外的让步，每年十二月份到来年二月份都住在北京。小安的父母把聘金一分为二，给了他们一百万在北京购置一套住房。

几家欢乐几家愁，杨少原那头后院起火，结束了这件事后他只好把重心转移到了林丽萍那里，经过那件事后，林丽萍搬到了杨羽家和媳妇站在了同一战线，杨羽作为夹心饼干苦不堪言。

“好了，回家吧。”

“不要，我留在这里帮着带梓涵。”

“梓涵都上幼儿园了，不需要你带了，回去吧。”

杨少原怎么劝说都无效，他把目光转向了杨羽。杨羽总不能轰自己妈妈走吧，他一脸的茫然。林丽萍看着忽觉得又好气又好笑，她笑出声道：“认儿子的时候想过今天吗？给钱扮大款的时候想过今天吗？你们父子不是都挺能耐吗？一个背着老婆连儿子都有了，一个背着媳妇去捐骨髓教学生。还真的是父子啊，有默契！”林丽萍得理不饶人，连杨羽也不放过。

杨少原有些怒了：“说话要有根据，当着晚辈的面胡说八道成何体统！背着你有儿子？第一我和子豪他妈分开时根本不知道有这

个孩子；第二我是和他妈妈分开十年后才和你结婚的，怎么叫背着你；第三多亏杨羽为人善良有大爱去捐献骨髓不然我怎么可能在古稀之年能知道自己在世界上还有个儿子!”说完后，杨少原扬长而去。杨少原的离去让杨羽再一次成了众矢之的，杨羽终于忍无可忍摔门走了，扔下了一句话：“不可理喻!”

哥是在一周后回的西塘，秦国斌以出嫁前的风俗为由将小安留在了北京。两家人开始张罗着房子婚礼等细节，婚纱照定在小安二十五岁生日的那天拍摄，10月17日。小安让我当她的伴娘，让江辰当哥的伴郎，我拒绝了，把伴娘的位置留给了语霏。她和江辰更应该沾沾喜气，拥有幸福。

“那你干嘛？什么事都不帮我？”

“我帮你看婚纱啊，帮你选照片呀!”

“呵呵，那倒是，你还可以帮我试婚纱!”

我无语了，第一次听说有人让帮试婚纱的。接下去的一句话让我彻底无语：“可以让杨老师帮试西装，省得子豪来回跑，反正他们身材一样。”原来，在她眼里有很多事是可以代劳的，真的不愧是小安。

这个暑假是我前所未有认真画画的暑假，我每天哪怕不眠不休必定也要画完一张。

“去睡吧，都累了一天了。”哥摇着扇子在旁边心疼地说，递了块糕点给我。

“不了，多画点将功补过了。他都不原谅我。”

“傻孩子！那件事真是你的不对，虽然你不是始作俑者，可是帮凶有时会让事情变得更加复杂。万一那天那个同学有个三长两短，大家都糟糕了。不是吗？”

我懊丧地点点头：“我知道了，所以想弥补一下。”

哥没有再阻止我，只是帮我把灯光调近了些。“早点睡!”画完时，已是深夜一点半。我站在院子里，仰望着暂满还亏的月亮想着他。关山难越，谁悲失路之人？萍水相逢，尽是他乡之客。你可知，我在西塘想你？我的爱我的思念此刻只能对着月亮对着河水诉说，我笑得苍凉，心底荡漾起一种“大漠孤烟直，长河落日圆”的悲怆。

我在院子里看书，看着看着坐了一夜。不知道是不是哥和杨羽

说了些什么，第二天，他给我打了个电话，让我好好画画，这是他自那事以后第一次和我说话，时隔近两个月。我因此一夜好梦，日记里我写道：“悄悄是别离的笙箫，沉默是今晚的康桥。你，如同那一米阳光，驱散了所有的阴霾，晨光微曦，你若安好，便是晴天。”

第三十六章

暑假过去了，研三到来了，我没有跟语霏去江辰的旅行社实习，而是去了杨少原帮忙联系的一家旅行社，一周三天。首先我去了旅行社的策划部，负责旅游线路策划和产品推广策划。一个月后我得心应手了。这个月杨羽还是没有给我上课，我用一地鸡毛的繁忙把自己的生活填得满满当当，以为这样便能不再想起他。结果，天不遂人愿，即便再为繁忙，我仍会不自觉地想起他，在每个日出日落，在每一个月圆月缺。

“晓云，国庆放假出来，帮我去挑挑婚纱，行吗?”

“行，你说好时间地点，我一定去。”

“哦，我和影楼联系了10月7日，刚也征求了杨老师意见，他同意帮子豪试西装。”

自6月份写生结束后，这是四个月来我第一次再见到他。那刻，心底的悸动如同枝叶上几滴露珠滑落在平静的水面上，泛起一丝涟漪，也许，五年前的第一眼，已打下了伏笔。

“老师好!”我听得到我的心跳声。

穿着婚纱的小安像个童话里的公主。那层层叠叠裙袂飘飘，那盘起的长发，美轮美奂。我定定地望着小安，她穿着雪白的婚纱转着圈，刹那芳华成了永恒的定格。“真美!”我不禁赞叹道，接过她手里的相机，我为她拍了张照片。

“晓云，晓云，帮我试试那件!”她指了指一件上身缀满珍珠下身蕾丝层层纱的婚纱，裙摆长度约为五米。

“你自己试啦，哪有我帮你试的!”

“你就帮帮我嘛。我都试了好几件了，真累。”她提着裙子过来蹭着我一副撒娇的样子。

“好啦，好啦!”我转念一想，我也想看看自己穿婚纱的样子。在店员小姐的帮忙下，我穿上了那件婚纱，“重”这是我第一个感觉。当我走出试衣间时，杨羽站在门口和小安正说着什么，小安帮

他整了整衣领。

“天啊，惊为天人!”小安大声叫着，拉了拉杨羽，“我觉得晓云才是最美的新娘。”小安说话真的有欠考虑。

旁边有对新人盯着我看，我被看得浑身不自在，那个新娘的一句话让我红了脸：“真的好般配啊!”她在说我和杨羽。小安在旁边笑弯了腰。

小安把我推到了镜子前：“快看，快看，你才真的像是童话里的公主！他就是那个王子!”她恶作剧地把杨羽往我身边拉，杨羽一脸的不自然。我抬头看着镜中的我和他，恍若隔世。小安用相机记录下了那刻，那是我今生和他的唯一一张合影，至今仍在我皮夹里。

我提着裙子跑进了试衣间，换下了衣服。我抚摸着那袭长裙，想起了那首《同桌的你》——“谁为你盘起了长发，谁为你做的嫁衣?”我想，此生我定然与婚纱无缘。

既知无望，何必奢望？我不知道自己能撑多久，能撑多久是多久吧。我不知道我们的师生缘分何处是终点，能走多远就多远吧。现在我总算明白自己挣扎着不放弃画画的原因了，那便是——半缘修道半缘君。忽然想起几年前对他说过的一句话“老师之后再无老师”，又一次一语成籤。

“晓云，照相那天你一定来哦，有你在我才有安全感。”

“不了，我还要上课呢。是哥给你安全感的好不好!”我二话不说拒绝了，自私地不想让自己再一次心痛。我发现自己变了，可我走不出自己的作茧自缚，回不到原来的风轻云淡。

杨少原在小安拍完婚纱照后为她举办了一场生日宴会，洋溢着温馨。三层的玫瑰花蛋糕和哥送的一大捧玫瑰交相辉映。小安激动得热泪盈眶，杜云华也忍不住擦拭了眼角。我们一起幸福着他们的幸福，我看到桌角处语霏偷偷牵住了江辰的手。

“晓云，你看他们!”小安揭穿了坐在她身边的语霏，害得语霏低着头一声不吭。“你也要加油哦！可惜江辰语霏还在读书，要不我真想我们能一起举办婚礼，妈妈说了那叫双喜临门。”

语霏掐了下小安，小安装腔作势啊了一声。“都要结婚的人了，怎么还这么顽皮啊!”秦国斌说了句，大家哄堂大笑。

杨羽坐在我的对面，我们就这么静静相视而笑。也许，于我们

而言，能这样远远望着，若即若离，便是佳境吧。“人生自是有情痴，此情不关风与月。”他走出房间时，我也借机出去，我想对他说一句话，那是一个梦境里的故事，那夜我哭着从梦中醒来。

“老师。”

“有事？哦，对了，下周开始上课吧。画展的事已经处理完毕了。但是这学期赶上学生毕业论文准备，下学期答辩，所以会比较忙，上课改成两周一次，你看行吗？”

从一周两次到一周一次到两周一次，难道他感觉出什么了吗？我点了点头说：“行啊。老师，都听您的，您说怎么样就怎么样。”

“哟，怎么变得这么乖了？你同意就行，我就怕你多想。”怕我多想什么？难道是掩耳盗铃，欲盖弥彰？

“老师，我有个不情之请，求您怜惜，行吗？”

杨羽的眼神忽然变得严肃起来：“说吧，只要我能做到。”

“老师，求您，如果有一天我们师生缘分走到尽头的时候，请您，请您把那句话留给我说，行吗？成全我仅剩的一分孤傲，行吗？”说完我跑进洗手间，镜子前，泪水肆意流淌。

说与不说，爱都在那里。不说挺好的，至少能维持表面上的风轻云淡，即便内心是风起云涌。情到浓时情转薄，一切适度最好。耳边传来一首歌，极其应景，那是周蕙的《约定》——“要做快乐的自己，照顾自己，就算某天自己一个人孤寂。”

从此，要做快乐的自己，照顾自己。

“对了，晓云，以后你该叫我什么呢？”

我还来不及反应，杨羽白了她一眼：“你就死了那份心哦，我只承认我哥，哈哈哈！”“我也是，你是小安，我的小老师。”小安想一石二鸟的“阴谋”被我们联手打破，宴席上高潮迭起。

林丽萍和王莉也来了，她们虽然板着脸，但并没有添乱。一顿饭总算天下太平地过去了，小安和哥的事万事俱备只剩婚礼了。

接下去两周一次的课，杨羽总会表扬我的进步。我努力地完成作业，努力地做更好的自己。我想帮他，想替他分担，我偶尔能做的也只是帮他找找论文资料，打扫打扫画室，我能为他做得太少。我想有一天我离开的话，一定不是因为我无法得到什么而是因为我无法给予什么。我只想让他感觉我是他的幸福而不是他的负担。

我用文字记录着我们在一起的每一分每一秒，记录着每一句对

话，记录着每一次眼神的交汇，记录着我实时的感受。日记本越来越厚，之所以记录那是因为我害怕，害怕时间的洪水会无情地卷走所有曾经的美好。我希望留下的是一个个美好的片段而不是一些残存的记忆碎片。纵使别离若相逢，都是未来最美的回忆。

曾有那么一段时间我和语霏每天都去买体彩，她说她如果中了五百万第一件事就是和江辰去环游世界，我想如果我中了我一定先为他办一个大型的画展拍卖会。也许痴人说梦而已，但心愿在那里，一直在那里。

转眼之间，到了哥和小安举办婚礼的日子了。我们聚集在酒店里，婚礼现场搭建的台子上是一个花和气球的海洋。百合玫瑰被做成一个心的造型摆放在台子的右边，四边环绕着粉色和紫色的气球，左边是一驾白色的马车。王子和公主即将步入幸福的生活。

我看得出王莉的眼里有艳羡有嫉妒有愤怒的表情，她站在杨羽身边，穿着身紫红的套裙，格外醒目。林丽萍终于被杨少原说服来客串一次长辈，她和杨少原穿着传统的古典衣服站在酒店门口陪着新人迎接宾客。杨少原满脸堆着笑容，在这种场合下林丽萍自然是知道进退的，她也笑容满面地迎来送往，毫不吝啬夸奖着一对新人。倒是哥尴尬得不知该如何称呼她，后来他称她为“小妈”。

台下，我、杨羽、王莉、语霏和江辰坐在了同一桌，望着台上的新人被司仪像拉线布偶一样操纵，我们嬉笑着。当台上的司仪拾掇着让哥亲吻新娘时，小安没脸红倒是哥的脸一片泛红，他蜻蜓点水地亲吻了下小安的脸颊，小安眼里有着幸福的泪花。

如果没有那一幕出现的话，我想这会是一个完美的婚礼，那一幕也改写了我的一生。婚礼最后，司仪让一对新人向两对父母鞠躬致谢时，小安父母各拿出了丰厚的红包，林丽萍也拿出了红包，而杨少原拿出的却是一把车钥匙。司仪也许是为了调动气氛渲染高潮，他大声宣布杨少原的礼物是一台刚刚问世的奥迪 A6，举座哗然，林丽萍眼里闪过一丝隐忍的愤怒。

台下，王莉把气撒到了杨羽身上，虽是压低了说话，但还是被我们听得一清二楚：“你看就你最没用的，跟老头几十年连个车都是大众的，你救回来那个不知道从哪里蹦出来的儿子一夜之间有房有车。你看看连你学生都过得比你好。”话越说越难听，杨羽的脸色也越变越难看。顾及到哥的婚礼他没有发作，我看到他握着拳发

抖。这半年来，委屈他了。

林丽萍刚下台，王莉就上前拖住了她："妈，你说这算啥事嘛！当年我结婚可没这排场，聘金也没那么多，还有豪车。您到底还是不是杨羽的亲妈啊？"

"够了，给我闭嘴。不闭嘴就滚出去！"杨羽终于忍无可忍朝王莉大吼了一声。"行了，王莉觉得委屈也是正常，她不委屈我也替你委屈。"林丽萍打着圆场，"再怎么说，今天大家面子上还是要做得过去的，不是吗？别吵了，好好吃饭，吃完各找各妈。"她又转头劝王莉，"你也算了，回家妈给你做主，要不，让老头给杨羽也换一部一样的？"王莉稍稍有些平息。

我不知道自己淡然的眼神哪里惹到了她，她转而攻击我："算了吧，老头哪里会肯给我们，说不定给了最宠的那个小女儿呢！"她朝我努了努嘴，"人家长得那狐媚的样子，哪个男人见了不喜欢？装清纯！"

我抑制着想要流下的眼泪。"说什么呢？别没事指桑骂槐的。你这么说一个黄花闺女合适吗？"杨羽替我鸣不平，其实我更希望他什么也不说，如果什么也不说我只会稍许伤心，而不会引发接下来的所有事端。

"哎呀，怎么不合适了？都是离婚的人了哪来什么黄花大闺女！"

"够了，说话注意点场合。"

王莉越说越来气："够了，哪里够了？怎么？你怎么就知道人家是黄花闺女？"她抓住这几个字在责难杨羽。"是，我不知道她是，那你又怎么知道她不是！"

我不明白自己是与不是与他们何干？他们争得不可开交，杨少原火了，拉下脸："都给我闭嘴。"王莉不满地看了眼杨羽，两人怒气冲天。一顿饭吃得别别扭扭，我的存在如同她的眼中钉肉中刺一样。我想离开，却无法离开，小安不时来找我，我只能强装笑颜和她那些同学朋友应酬。

宴席逐渐进入尾声。

"哎呀，小安，原来你是看上人家哥哥了呀！早知道我就把我哥哥介绍给你小姑子了！"有同学在调侃她。

"不行，不行。晓云是我家的宝贝，哪里可以轻易被追走啊！

她是我家的！”

小安微醺中，把刚平息下来的战火又挑了起来，她自己撞上了枪口，顺带把我也堵在了枪口。

“小妈。”她摇摇晃晃走到林丽萍跟前，“小妈，如果您那有合适的人选，记得给我们家晓云介绍一个哦！她可好了！”

我扶着她，在她耳边说：“哎，你醉了，少喝点，别老乱说话。”

“我哪里有乱说话，你就是好嘛，好就是好嘛！”

王莉哼了一声：“小安啊，人家挺有自知之明的嘛，二婚的还谈得上好吗？”

我的眼泪在眼眶里打着转，我仰了仰头。

“妈，瞧瞧，瞧瞧人家装出的那可怜样。”我咬着嘴唇，望着杨羽。杨羽起身拉起我走了出去，我挣脱开他的手，不想给他惹任何的麻烦。“杨羽，我警告你，今天有她无我，你走了就别再回家！”王莉当场咆哮道。“我已经忍很久了！”杨羽停顿了一下，再次拉起我的手，强行把我拖了出去。

拖到酒店门口，他打开车门把我塞了进去。车子，绝尘而去，车内的音乐放得很大声，仿佛在诉说着主人的愤怒。他把车子开到了一家酒吧前：“走，进去喝两杯。”喝酒？宴席上他也只是小酌几杯，现在竟然进酒吧喝酒！“走了，别喝了，喝多伤身。”“进去！”他把我推了进去，身边有人瞥了他一眼。“看什么看！”他吼道。我扯了扯他的衣服，他骂骂咧咧进去了，这是我第一次看到他痞子般发怒的样子。

酒吧的嘈杂不是我喜欢的，劲爆的音乐，灯红酒绿，十里洋场，到处弥漫着酒精和香烟的气味。杨羽边喝酒边抽烟，醉眼迷离，说着些不着边际的话。

“老师，这里真的很不舒服，我们能换个地方吗？”我还是忍不住说出来了，这里让我晕眩。

“行啊，晓云说去哪就去哪！”他真的有些醉了。

“我也不知道，可是这里太吵了，到处都是烟味，空气很差。”

他竟然伸手抓住我的手腕说：“走，那我们走。酒吧旁边那条街有家 KTV，我偶尔和哥们去唱唱歌，环境还挺不错的。怎么样，我们去唱歌，唱歌可以吗？”他另一只手招呼着小妹买单。

他醉醺醺摇来晃去，我搀扶着他，把他的手搭在我肩上，艰难地把他扶到了 KTV。又是霓虹灯，我摇了摇头。转身，他吐了一地，吐完后貌似清醒了许多。“走，进去唱唱歌。”

抽刀断水水更流，举杯消愁愁更愁。

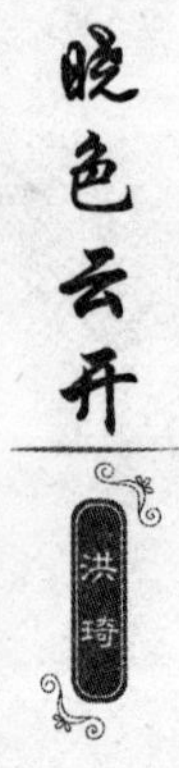

第三十七章

他开了个包厢唱歌，叫了十二支啤酒。偌大的包厢，他就那么醉醺醺地唱歌。他竟然也会哭，男人有泪不轻弹，只因未到伤心处。

“晓云，你说，你说我怎么就那么窝囊呢！我做错什么了。”他断断续续语焉不详地说着，“你说爸，爸想补偿哥，那没错啊，人之常情。可是，干嘛，干嘛非要那么高调呢？弄得那两个女人不爽，鸡飞狗跳的。”

“老师，别想了。你还是唱歌吧。”我把麦塞回他的手中。他放下手中的酒，一手拿着麦，一手竟然搂过我，他醉了。

他在唱周华健的《花心》——

花的心藏在蕊中，
空把花期都错过。
你的心忘了季节，
从不轻易让人懂。
……
只要你愿意，
只要你愿意，
让梦划向你的心海。

“晓云，晓云。陪我喝酒，喝酒。”他开始说起了醉话，他把酒瓶往我嘴边递。我抿了一口，他继续灌着我，我第一次被他搂在怀中。“晓云，晓云，无法诉说爱的，发乎情，止乎礼的又何止你一人？你又怎知我不是一直备受煎熬？”他越说越小声，放开我，抱着自己的头埋在腿中。我想哭，因为此刻的他是醉的，我也想笑，醉着的他比清醒的他可爱了几分。渐渐地，我也喝多了，我开始唱起歌来，还是那首《暗香》，这是我第二次唱这首歌。

当花瓣离开花朵，
暗香残存。
香消在风云起雨后，
无人来嗅。
如果爱告诉我走下去，
我会拼到爱尽头。
心若在灿烂中死去，
爱会在灰烬里重生。
……

我是流着泪面对着他唱完这首歌的，我们俩都醉眼迷离，他亲了我，在那一刻，之后的事虽在意料之外，但似乎又都在情理之内。哥的洞房花烛夜，同时也成了我一生唯一的一次洞房花烛夜。清醒后，我们彼此无言。看着那一抹殷红，他还想再说些什么，被我以吻封缄。一阵阵手机铃声狂响，此起彼伏，我们同时关了机。一夜缱绻，够了，一切都够了。

自那夜之后，我将自己包裹了起来，谁也不见。哥和小安去度蜜月了，去的就是小安一直魂牵梦萦的有着“下关风，上关花，苍山雪，洱海月”的大理丽江玉龙雪山。他们去度蜜月时我正与毕业论文做着殊死博斗。

“晓云，你在哪里？怎么还没到？都迟到快一个小时了！”杨羽的电话把我从论文的资料堆里抓了出来。

“啊，对不起，老师，我，我忘记了。最近太多事了。”

他叹了口气：“躲着我是吗？对不起。”

“没，没呀。毕业论文还有实习，我真的忙得脱不开身。我真的忘记了，老师，对不起啊！”

他没有再多说什么，挂了电话。这是那夜过后我们的第一次电话。

因为哥在北京过年，我也就留在了北京，住进了哥和小安的家里。两房两厅不大，但温馨。小安穿着兔子的棉鞋在我面前晃悠。

“晓云，下学期毕业后留在北京还是回西塘？”

“不知道，没想过。”

“子豪，你说呢？”她转身坐在哥的腿上，搂着哥的脖子问。我

早已习惯了她在家里的肆无忌惮，她的家，她是主我是客。

哥把她放回沙发上，坐到我身边说：“怎么样？你怎么打算，我们都尊重你的决定。”他说话由“我”变成了“我们”。

“哥，我真的不知道。如果留在北京，那我就去现在的旅行社，他们都让我留下。如果回西塘那我就去帮你们和张伯。都行呀！”

小安拿着一杯茶暖着手，坐到沙发扶手上拍了我肩膀一下：“废话，有说跟没说一样。问你决定，知道你肯定二选一。决定，什么叫决定，懂吗？”

“行了，别闹她了。这不还有一个学期吗？让她好好考虑嘛！”哥说道，“好了，去做饭吧。你在这废话不就为了逃避做饭吗？”哥拍了下小安的屁股，自己却站起来走向了厨房。小安幸福地笑了。原来，幸福就是这么简单。原来，这么简单的幸福离我却是咫尺天涯。我，永远也无法拥有幸福，哪怕是再为简单的幸福。

“烟花三月下扬州”，三月同时也是西塘旅游旺季的开始，哥和小安在婚礼后的两个月就要启程回西塘了。杨少原在酒店了摆了一桌家宴，未免横生枝节，他只叫了秦国斌、杜云华、哥、小安、杨羽、语霏和江辰。

“爸，告诉你个好消息！”哥俯在杨少原耳边神神秘秘地说。

“什么事？有话大点声说，别跟个女人似的。”哥被抢白得脸上一阵红一阵白。倒是小安笑嘻嘻站起来一字一顿地说：“爸，您又要当爷爷了。”说完，她对秦国斌眨了眨眼，夸张地摸了摸肚子，一片平坦。哥捅了捅她：“才刚一个月又十天，哪里看得出肚子啊？”大家笑了。

杨少原开心地咧着嘴，倒上酒连喝了三杯：“真好啊，又要当爷爷了，最好来个男孩。”说完，他赶紧又说，“男孩女孩都行，都好。这下有个姓张的孙子了。真好，真好。”杨羽笑着，笑得有些苦涩。这是哥婚礼之后我第一次见到他，他似乎消瘦了许多，有些憔悴。

今晚的菜都有些油腻，又是北京的全聚德烤鸭，又是西塘的粉蒸肉，还有小安爱吃的东坡肉，我一下子反胃了起来，跑向洗手间。这几天莫名其妙地想吐，除了青菜什么也不想吃。一顿饭如此三番两次，小安诧异地盯着我。

“你怎么了？胃不舒服？”

“嗯，这几天可能着凉了，肚子不怎么舒服，不想吃油腻的。”

小安把所有蔬菜往我面前堆：“正好，我吃荤的，你吃素的。”哥想把盘子换个位置，被小安按住了手：“晓云肚子不舒服，要吃素的。”“知道了，你属猫，她属兔子。”哥夹了块东坡肉给她。

“人家猫吃鱼的。”

“行了，我们家猫吃肉的，基因变异。”

哥对小安的宠爱杜云华看在眼里，欣慰地笑了。如今两人有了孩子，那么更是喜上加喜，两家人都开心异常。但杜云华忽然有点忧心忡忡：“小安，你这样刚怀孕，要不还是在家里养养，等生完孩子再回去行吗？你在那里也只会给子豪添乱，帮不上什么忙的。”

“妈，我这不是好好的吗？没事！”

“刚四十天当然没事，再过十天半个月有的孕妇就会有反应了。到时候想吐又吃不下饭，谁照顾你呀！客栈就够子豪忙的。”

“不嘛，我要跟子豪回去。”

杜云华见说服小安无效，转向哥：“子豪啊，你觉得呢？孩子要紧是吧。你随时想回来就回来，想回去就回去，都很方便的。你看行吗？”哥想了想，点点头，小安狠狠瞪了哥一眼，哥装作没看见。

“妈。”小安还是不死心，“我们才刚结婚嘛！”她赤裸裸地表达。杜云华脸上有点挂不住，点点她额头说：“别忘了你现在是孕妇了！”不知是急中生智还是抓到救命稻草，小安指着我说：“妈，您看晓云不也是又想吐又吃不下饭的，难道她就成孕妇了吗？您啊，就是‘关心则乱’。没看我都好好的吗？”

哥拉了拉小安的胳膊，低声说：“好了，别乱扯了。晓云就一女孩，你这样乱扯有意思吗？还好都是自己人，让外人听了去还不起疑乱猜测？”这句话让小安闭上了嘴，她吐了吐舌头。怀孕？这是我没想过的。他们的对话让我心生恐惧，特别是在杨羽看我那一眼之后，我更加恐惧了。怀孕，怎么测怀孕，回学校的路上我满脑子想的就是这个问题。百度，我能想到的只有百度了。上网后，我知道了通过试纸测怀孕，可是，可是让我去药店买试纸，天，怎么开口？从学校到药店的路上，我低着头，一直考虑着怎么开口。终于我鼓起勇气买了包试纸匆出忙放进书包溜出了药房，我环顾四周，还好，没有熟人，我舒了口气。

晴天霹雳，我不知道该如何形容我此刻的心情，我真的怀孕了，一夜之后。我头脑一片混沌，不知所措。何去何从，去留两难。我想不出找谁商量这件事，哥，那是万万不可的；小安和语霏又都是八卦类型的，我实在难以将这么大的事告诉她们，我找不到人可以商量。杨羽？不，更不可以了。我说过了无论何时何地我都要护他周全。我，不想让他成为千夫所指的罪人，不想破坏他的家庭。错，全都由我来承担。

小安让我的心痛更加无处可躲，无处可藏。作为她的闺蜜她的小姑子，哥又不在身边，我理所当然地担负起陪她孕检的责任。看着一对对有说有笑期盼新生命的到来的夫妻，小安有些心酸。“哼，都是妈害的，害我孤零零的。只有你陪着。”其实，我很想说，那我呢？我又有谁陪着呢？耳边是医生的叮嘱：“如果要流产两个月内为宜，孩子大了对大人就有危险了。”如今已经快四个月了我还是无法决定这个小生命的去留。小安三个月时就去建卡孕检了。

“晓云，你最近胖多了，以前瘦骨如柴的。”

“怎么用词的？哪里有？”

小安比比划划道：“哪里没有？脸也圆了跟婴儿肥一样，你看你竟然有了点游泳圈了。要注意了，不然像我以前减肥多痛苦啊！”

“知道了。你快进去吧，我还在门口等你。”

十五分钟后小安出来了，她摸着肚子兴高采烈说：“晓云，晓云，刚才医生让我听胎音了，我听到宝宝的心跳声了，扑通扑通的，好神奇啊！”

“哦，真好！你等等，我上个厕所。”我害怕她看到我的泪水，我转身进了洗手间。我也想听宝宝的心跳声，我也想看看宝宝的身影，我想留下宝宝，他将会是我生命的慰藉。我走出洗手间时，小安站在门口等我，她把我拉到一个角落，用从未有过的一本正经的神情问我：“实话告诉我，你是不是怀孕了？”

“什么？你在说什么？”

“刚才你去卫生间时，站我身边那阿姨说我为什么让个孕妇陪我体检？我说你没有，她坚定地说一看就知道你怀孕了。”

“你傻啊，人家说什么你都相信。我怀孕，跟谁怀孕去？”我故意戳了戳她的额头。

“也是，所以让你减肥啦！游泳圈！”

回学校后，马上就进行毕业论文答辩了，我以此为由取消了所有的画画课，自哥走后我没有再见过杨羽一次，他倒是打过几次电话，我们也都是匆匆几句就挂断，相见不如怀念。

他再次见到我时是我穿着深蓝色学士服戴着方形黑帽正在被院长拨深蓝色流苏的时候，他和小安一起来看我和语霏的毕业典礼。学士服的宽大遮住了我日益隆出的小腹。每个人都叫嚣着让我减肥，包括语霏。

“你胖了点。”杨羽说，“不过胖点好，以前太瘦了。”

“老师，她那哪里叫胖了点，整一个游泳圈。要不是穿这宽松的，估计上车人家都给她让座了。”

“小安，你那肚子那么大，是不是双胞胎啊?”语霏替我解围道。

面对着他，我无法做到古井无波，无法做到不动声色，想到他是这个小生命的父亲时，我想哭。我常想宝宝是不是和哥一样，父亲都不会知道有他的存在，他是不是只是个错误的产物?

“想什么呢?又在发呆?毕业了画画是不是也该继续了?”杨羽问道。

“我，老师，我暂时不想画画，可以吗?”

小安又冒了出来：“为什么?为什么又要半途而废?停一段再捡起来又要费劲了。”

“我，我就想好好休息休息，论文答辩太累了。”

“对了，我听导师说你把旅行社那里也辞了，说有事要回家，回家帮你哥，是吗?”语霏问道。

“嗯，毕业了就回家。”

“这里好好的，干嘛回去啊?你回去了谁陪我孕检，哼，哪有你这么不负责任的小姑。”

我沉默，我保持沉默，在她们无意的狂轰滥炸中，我发现自己即将无力招架，我怕我一不小心就会说了出来。还好，同学们跑来让我和语霏去照合影，语霏拉起我就跑，我轻轻甩开她的手。“怎么了?”“没事，有点累，你先去，我马上来。”“好吧，你越来越反常了!”说完她追上了前面的同学。

阳光刺眼让我一阵晕眩，杨羽扶住了我：“告诉我，是不是怀孕了?”我挣脱开他的手，摇摇头：“你想多了，就是累的。这天气

太热了，你赶紧送小安回去吧，她一个孕妇，要小心的。”我把他推开了，他和小安离开时，一步三回头地看我。

我强撑起沉重的身子往前跑，那天我的孕期已经二十三周了，每次，我都是孤零零去的孕检，选的一家很偏僻的医院。孩子，在悄然无息无人祝福下一天天长大，想到这，我无法逃开泪如雨下。语霏抱住了我：“不就毕业吗？至于如此伤感和煽情吗？”她顶到了我的肚子。她怔怔地抱着我，没有放手。

“你真的怀孕了！”她站在阳光下抱着我俯在我耳边说。“他的，就你哥结婚那一夜的，对吧？那夜你没回来，手机关机，是不是？是不是！”我的脆弱让我点了点头，我懦弱而又光明正大地靠在她肩上，她将我扶到树荫下。我已无力再支撑下去，已身心俱疲。

“你打算生下来是吧，那手续怎么办，你想过吗？上户口怎么办？”语霏帮我脱下沉重的学士服，几个月来我都穿着韩式的连衣裙，腰身高悬于腰上许多，宽松的风格。我摇摇头。

“还好你肚子小，不像小安那么大，真是跟双胞胎似的，要不就惨了。对了，双胞胎！”语霏激动地叫了一声：“你和小安预产期差几天？有没有可能走个关系让都上户口在你哥名下？这也许就是最好的选择了。”她想了想又问，“还是你想让他知道？他毕竟是孩子的父亲，你真想让他重蹈你哥的覆辙吗？”

我摸了摸肚子，凄然一笑：“我除了护他周全，还能如何呢？你已经帮我想了个最为两全其美的办法了。只是那就意味着哥和小安都会知道，他，恐怕也就会知道了吧。”

“你是想瞒着他是吧？我觉得这就需要跟你哥从长计议了。我觉得你现在找你哥比找小安靠谱点。以她的性格，我不敢保证没人知道。”语霏是个知轻重的人，重大事情之前她都能给出客观的意见，一改往日的八卦。

我决定回西塘一趟，毕业了，回家了，合理的理由。小安叫嚷着要跟我回去，被她妈妈阻止了，她又别扭了几天。

第三十八章

哥看到我时有惊有喜，他朝我身后看了看，他在寻找小安的身影。“她妈妈不让她回来。我回来了，过几天你就去看看她吧，她怪想你的。”哥高兴地点了点头：“怎么想到回来了？不在那家旅行社了吗？怎么忽然胖这么多啊！小安打电话让我劝你减肥我还骂了她，原来真胖了那么多。”哥把我迎进客栈，我考虑着如何跟他开口，想想，还是晚上说吧。夜深人静，那时说，应该会好些的。

“哥，我有点事想和你商量商量，想请你帮忙，行吗？”我泡了杯茶给他。

“说吧，什么事？去留的问题吗？你想怎么样都可以的，我没意见。”

“不是的，哥。我有个事想跟你说，但你能答应我两个条件吗？第一保密，第二不要大发雷霆。”

哥盯了我半晌，吐出了五个字：“怀孕了是吧？”

我点点头。

“谁的？他的？”

我猜他是猜对了，我再次艰难地点点头。

哥长长喘了口气说：“你呀，真傻，你难道希望孩子跟我一样吗？一出生就没有爸爸？你觉得这样对他公平吗？说吧，希望我怎么帮你？”

“语霏提醒我说我和小安预产期很近，到时候看看能不能走走关系把孩子归到你和小安的名下，就当是生了双胞胎。”

“这，这要看看了。但是如果小安不在这里生，我还找不到熟人。让你在这里生又会引发闲言碎语。真是两难啊。让我好好想想，你先去休息吧。”哥的平静让我难以置信。我上了楼，对着坐在摇椅上沉思的哥说了句：“答应我保密！”哥点了点头。哥是在我回西塘后三天去的北京。他虽不放心我，但为了和小安商量出个万全之策，他也只能走这趟。小安，自是高兴不已。

“这么大的事瞒了我们这么久，你也真的很厉害啊。”小安知道后给我来了个电话。“妈终于同意我回西塘生，因为我说你回西塘了，会照顾好我。再说了总不能让我一结婚就两地分居嘛。好不容易才说通的。我明天就回来了。”

“小安，谢谢你，辛苦了。”

“说什么傻话，其他等我回来再说，电话不方便。”

第二天，西塘客栈内，哥和小安回来了，张伯瞧着小安偌大的肚子，对哥说：“子豪啊，搞不好真是双胞胎呢！你效率还挺高嘛！”说得哥一下子脸红了。“对了，张伯，有个事忘了跟你汇报了。”哥在没有与我商量的情况下对张伯说：“晓云和江辰结婚了，有了孩子，江辰出国学习一年，所以她只好回娘家了。哎，可怜我一个人要伺候两个孕妇了。”张伯半信半疑，但笑着打着哈哈。

月夜当空，哥特地买了两块躺椅放在院子的角落处，躺椅上还有厚厚的椅垫，小安窝在躺椅里跟只球似的。哥削好了了苹果喂她，也顺便削给我了一个。小安摸着她的肚子咯咯地笑：“你看他又在踢我了，好调皮啊！”此情此景，我幸福着哥和小安的幸福，但仍然触景生情，心生悲凉。

“来，宝贝，让爸也摸摸！”哥察觉出了我的心痛，“怎么，到时候他不是该叫我‘爸爸’吗?”我靠在哥的肩上哭了。“哥，谢谢你，谢谢。我快撑不下去了。真不知道娘是怎么走过来的。娘好坚强，而我好懦弱。”哥把我牵到椅子上坐下，他蹲了下来：“晓云，人总该学会坚强，但哥永远都是你坚强的后盾。你在选择留下他的那刻，你就只能选择坚强，选择责任。我知道你很爱他，那就生下吧。至于以后如何，尽人事听天命吧。”

小安插了嘴：“我可不要宝贝叫我‘小妈’，生完怎么办？你还回北京吗？孩子叫谁妈妈，你想过吗？还有个问题，你生完孩子邻里都会知道的，你只能回北京，不然你在这里我们就要有三个孩子，那样才能说我生了双胞胎。”这个复杂的问题我没想过，户口如果上到哥名下，那么孩子只能叫他们爸爸妈妈，可那是我的宝贝，我想听他叫我妈妈，我想喂他喝奶。

“哥。”我求助地看着哥。“小安分析得没错，这样做也是万不得已，我们必须能自圆其说，也要能掩人耳目。我和小安决定了，不管你们哪个先生，另一个当天也就做剖腹产。这样才能顺理成

章，别人也好帮我们一点。”我点了点头，他们已经帮我想了很多，其他的只能与天赌命了。

很凑巧的我在小安生日的那天进了医院，2004 年 10 月 17 日，孩子出生了，是个男孩，六斤八两，取名张梓萱，萱草是忘忧草的意思，我希望他一生无忧，梓是他女儿名字的中间字，我也顺着取了。小安在我进产房五个多小时后，经过检查顺利剖腹产下一个女婴，五斤九两，哥为她取名张雨萱。两个孩子相差二十分钟出生，小安的是姐姐，我的是弟弟。

“肚子大的生小的，你怎么一肚子的水啊，看人家晓云的多结实。”我和小安住在同一个两人间的病房，哥看看这个，看看那个，喜上眉梢。

“哼，早进产房的成了弟弟，你看这样多公平。”剖腹产的伤口让小安鬼叫鬼叫的，但也没耽误她伶牙俐齿地反驳哥。

“你瞧，雨萱长得多像我啊，怪不得人家说女孩像爸爸。看来老话还是有道理的。辛苦你了，老婆。”他弯腰亲了小安一下，小安朝他使了使眼色，他赶紧转到我床前说：“小安，你瞧梓萱就长得多像晓云，好清秀的男孩，男孩像妈妈。”

“给爸妈打个电话吧，宝贝真会挑日子，挑了个和我一样生日的。去年这时候我们照婚纱照，今年这时候宝贝降临，真好。”

坚强，坚强，现实时刻提醒着我必须坚强，否则累人累己。“喂，秦小安，这你要感谢梓萱的，是他选的今天。”我决定从这一刻起收起眼泪，尽力给孩子一个幸福的童年。倘若委曲求全能让他幸福的话，我愿意。小安因为剖腹产在医院呆了一周，我也在医院呆了一周。张伯陆陆续续来过几次医院，哥装着满心伤悲地解释我的孩子脐带绕颈没于腹中，张伯即便心有怀疑但除了安慰也不好多说什么了。

一周后，我和小安出院了。杨少原带着杨羽没打招呼就来了，说是为了给大家一个惊喜，应该说是有惊无喜。他们进来前，小安正摇着雨萱哄她睡觉，我正给梓萱喂奶。听到哥的声音我只好中断，孩子大哭了起来。我们两个手忙脚乱换着手里的孩子。他们进来时就是这样一幅情景：我抱着雨萱走来走去，雨萱在哭，小安喂着梓萱，梓萱也在哭，一团乱麻。

杨少原心疼地说：“哎呀，快让我看看宝宝。小安啊，我觉得

你妈说得对，你还是回北京吧。你看晓云也还是个孩子，孩子怎么会照顾孩子？两个人手忙脚乱，两个孩子都在哭。要不出了月子就回北京好吗？我请个月嫂去你们家帮忙。晓云也该出去工作，哪能一直帮你带孩子。”杨羽看着我，上下打量了一番，说：“你瘦多了，也憔悴了。”我挤出一丝笑容。哥打着圆场：“这段时间她帮小安照顾孩子，晚上都没睡好，是瘦多了。”

“就是嘛，哪能长期这样？出了月子就回去吧，就这么决定了。”杨少原斩钉截铁地做了决定，不容更改。事情的急剧突变让我们不得不再想接下去的对策。月嫂，有个月嫂是轻松多了，可是也就危险多了。我害怕真相大白的那天，害怕千夫所指的那天。我跟哥说了孩子叫他们爸妈，叫我小妈就行，对外说是我干儿子就是了。至少我知道他们会善待他，至少我能一直陪在他身边，至少我能听到一声妈，哪怕前面多了个小。

小安唯一担心的是她的父母，她知只有说出来才不会委屈了我，可是说出来却也伤害了我，我们一直商量着这事，一次次无解之后，我们选择临时性逃避，顺其自然。最后为了安全起见，哥让张伯请来了阿芳照顾孩子，阿芳倒也很仗义，扔下了两岁多的孩子虎子来了西塘，而后随我们去了北京。

我和小安是在孩子满月那天回的北京，两家人在一起为孩子庆祝了满月。宴席上，林丽萍、王莉虽然面和心不合地敷衍着，但面子上也都做得过去，冷冰冰也胜过酸溜溜的指桑骂槐。

我从不在阿芳面前喂奶，不是不信任她，而是经不起任何的闪失。阿芳依旧大大咧咧，口无遮拦，经常能听到她对哥说：“叔，宝妹长得像你，宝弟像阿姐。”她执意用宝弟、宝妹称呼两个孩子，小安和她又因为这句话回到几年前剑拔弩张的局面。可是综合考虑，小安还是以大局为重，睁一眼闭一眼了。

可是百密一疏，纸总是包不住火的。就在六个多月孩子断奶期，他不停啼哭，也许是她心急没敲门，也许该怪我急得也没锁门，她看到了我在小安房里喂奶的那一幕。“阿姐，你，你……”情急之下，我无法自圆其说，也不想和盘托出，我选择了沉默。她转头问小安：“姨，姨，咋回事？”小安把她带去了客厅，我不知道她是如何解释的，等她再进来时，她不停地保证一定保密，不会说出去，也不会跟张伯说。

那天的事就像身边埋了个定时炸弹一样，让我惶惶不可终日。有时真有种想说出的冲动，长痛不如短痛，但理智也一次次战胜了情感，我还是撑了下去。这一年多来，我屡屡失眠，重演了娘的“红颜未老恩先断，斜倚熏笼坐到明”。小安父母来探望的次数多了，周岁宴席那天，他们当着杨少原和杨羽的面说：“晓云啊，这样老让你帮着带孩子真的很过意不去，现在孩子慢慢大了，阿芳也挺能干的。你还是去工作吧，我们真不能这样耽误你的，这叫我们于心何忍啊！”他们包了一个大红包给我说算是补偿我的误工费，我推辞不过，转手给了两个孩子当周岁红包。

宴席上，孩子咿咿呜呜叫着“妈”，梓萱把两只手伸向我要我抱，我残忍地拒绝了，小安抱过了他，他大哭，众人不解。哥连忙说：“雨萱很黏小安，连小安上个厕所她都要哭，所以梓萱晓云带得多些，他也就粘着晓云了。”还算说得过去的理由，众人便也不再追究，从杜云华眼里我看得出她的怀疑由来已久，只是都被我们搪塞过去了。

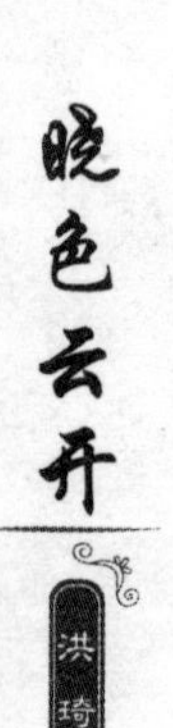

回家后，我们把小安支出去买东西，我们在电脑上和哥视频，开了个家庭会议。第一是关于哥的问题，他长期两地跑也不个是事；第二关于要不要让小安家里知道孩子的事的问题。孩子越来越大，我们一致认为只要我还在孩子身边早晚会真相大白。如果我不愿割舍亲情，终会有水落石出的一天，只不过那天来得早还是来得晚而已。

我们最终的选择是小安带着两个孩子回西塘，阿芳也跟着一起去了，我留在了北京。亲情的割舍不是我所愿意的，可是我别无选择。小安走的前一天我带着梓萱去照了张照片，我在他对面逗得他咯咯咯直笑，他感觉不出即将别离的伤悲。我的心却如同刀割般。我不知道以后我将如何度过一个个漫漫长夜。这一年多来是他陪着我度过，他已然成了我生命的慰藉。

他们启程前，出乎意料的他似乎有了预感，死死抓着我的衣服像只螃蟹一样扒在我肩头，我花了一个多小时才把他哄睡，小安轻轻接过，他又醒了，如此几番到了登机前他总算累得睡着了，我看到他眼角的泪。强迫自己转身冲出机场大厅，外面狂风暴雨，我将自己淹没在洪流之中。

那一夜，我彻夜未眠。我住进了哥和小安的家里，空气中弥漫

的奶香时刻提醒我他的存在。不远不近，他就在那里，我的梓萱。那场大雨和无尽的思念让我浑浑噩噩发高烧躺了一周。身边空无一人，直到语霏的出现。

我是在迷迷糊糊中听到敲门声的，声音由弱转强，再由强转弱，继而手机铃声响起，“语霏”两个字闪现了出来。我拖着疲惫的身体去开门。

“天啊，你怎么把自己弄得人不像人，鬼不像鬼？究竟怎么了？今天我刚听江辰说小安回去了，我就赶紧来看看你。”

“嗯，回去一周了，七天。”

“怎么生病了？脸色这么惨白。”她摸摸我额头，还有点发烧的余温，“去打个点滴吧。那样好得快些。”

我摇摇头，望了望摊开在桌子上的钱包，钱包里是梓萱的照片，他正朝我笑着。

“你不是说你要选择坚强吗？如今这样也算是能想出来的最好的权宜之计了。等孩子大点我们再从长计议，小安父母那里才是这件事的重点。”语霏进了厨房，翻箱倒柜：“怎么什么都没有啊？就剩水饺和泡面。”说完她冲下了楼。

坚强，谁不想坚强？可谁告诉我如何坚强？茕茕孑立，形影相吊的人谈何坚强？无夫有子，和尚还真是明察秋毫。

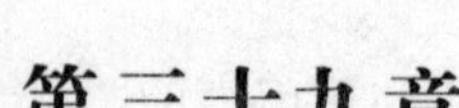

第三十九章

语霏再次进来时，我正站在阳台上抽烟。她夺过我手里的烟，气呼呼地说："够了，为了个男人至于这样吗？一个男人，让你学会了抽烟，让你有了一次说走就走的疗伤之旅，还让你不眠不休写下那么多日记，流了那么多眼泪。更重要的是你把孩子也生了，这就等于葬送了自己的一生。谁值得你如此用生命去爱？如果他有所回应的话，也许你所有的付出都是值得的。问题是没有，没有，我看不到你任何的快乐，但凡我眼睛能触及的都是你的伤悲，你的眼泪！醒醒吧，快点醒醒吧！"语霏摇晃着我的身体，说完后她也抑制不住地痛哭。

"有，有的，如果没有快乐，我又怎么能撑到今天？"我极力辩解着。

语霏竭尽全力要唤醒我，她说："有，就算有，那也是微乎其微的。有，也就是你每次相见后用残存的记忆去温暖自己的岁月。你说说，你倒是跟我说说，自从你知道自己爱上他，除了那次一起吃饭以外，你哪一次不是含泪目送他的背影？你哪一次不是算着时间过日子？又哪一次不是'相见时难别亦难'？告诉我哪一次不是！"

我想不出反驳之词，我只能说："别怪他，别怪他，所有一切都是我的错，与他无关。真的，是我作茧自缚，是我爱上他的，与他无关。他是个难得的好人，难得的良师益友。"

语霏还是不肯放过我，她选择深深刺痛了我："别忘了，连和他看场电影对你而言都只是奢望！"

电影，她提起的电影，是我第一次主动向他说出自己的想法。那日，是一场电影的首映式。我向来不喜欢看电影，可就在那日我却很想和他看一场电影，他拒绝了，以他女儿需要照顾为由毫不犹豫地拒绝了。我无心也无力去跟任何人争他，跟谁争，我都不屑。两条平行线不会有交集的，那天是我第一次也是最后一次在他面前

抽烟。心，在那刻如同死灰。离别后，我目送他远去的背影，泪眼滂沱。把笑容留给他，把泪水留给自己，成全自己仅剩的一份孤傲。返回的公交车上，我给语霏打了个电话，她陪了我一夜。

语霏抱住了颤抖的我："现在你只有两条路，要么忘了他，要么把他摆回原来的位置。"

一念天堂，一念地狱。我从语霏的怀里抬起头来，我不想欺骗自己的心。哪怕上刀山下油锅，我也不愿走过那座奈何桥。

"我不想忘了他也忘不了他。你知道的，我无数次不想再见面，可是我做不到，我真的做不到。他在，至少可以让我偶尔见见面，对我而言已是幸福了。人就一辈子，既然没有办法两情相悦，那你就让我守着自己一个人的地老天荒，不行吗？总有一天所有的都会不复存在，当那天到来时我绝不强求。不行吗？"

"不行，不行！我不想看到你这样，我想你回到原来的你，回到有着灿烂笑容的你。"

"回不去了，再也回不去了。我真的想青灯古寺了此残生。"

"你做不到的，别忘了，你还有梓萱。"

我点燃一支烟，看着青烟缭绕，猛然将烟按在自己手腕处，痛并快乐着。那刻，所有的前尘往事，所有的刹那芳华，尽已如烟。我用笃定的眼神凝视着语霏："一切都已过去了，未来，为了梓萱，我苟活于世。"

一周后，我去了江辰家的旅行社，应我的要求，我没有去语霏所在的企划部，而是当起了一名导游。我想用繁忙的工作和居无定所的漂泊让自己纵情于山水之中。每到一地，我还是忍不住寄出两张明信片，一张给哥报平安，一张给他，给他的明信片上除了收件人名址之外没有多余的一个字。

如此的日子，我像人间蒸发似的远离了他的世界。我，换了手机号码，将自己与世隔绝。遂了语霏的心愿，我把他摆回了原来的位置，相见不如怀念。再次见到杨羽是在一年后，旅行社里。那日我刚带团回来，进社里结算旅游款填资料。江辰说有人在他的办公室等我。"晓云，你黑了，更瘦了。"他说。

"老师好！"我仍叫他老师，除了老师我又能叫他什么呢？"老师找我有事吗？"时间改变了许多，我一度以为自己早已心如死水，没想到见面的那刻心跳加速，我发现时间没有淡化我对他的爱。不

见和繁忙只是一条搁浅了的小舟，涨潮后，小舟终将回到大海。

“没，没什么事。我找江辰商量点事。”原来，原来如此。“我有打听过你在哪里，大家都说去外地当导游。我知道那些明信片都是你寄的，那是你的字迹。可是全部都是空白的，只言片语你都吝啬。”我听出了他淡淡的感伤，只言片语？早已没有当年的心境了，当年觉得天涯咫尺，如今却是咫尺天涯。

“你真不学画画了吗？”

“没空学了，要上班呢！”

“时间挤挤总是有的嘛！江辰还在我们的高研班进修，他应该不比你轻松多少吧！”

我总不能回答我是因为不敢见到你所以不学的吧，我正斟酌着遣词造句，江辰进来了。

“老师，过两年就是学院九十年校庆了，听说会举办大型师生画展，我和小安也想参加，您看怎么样？您也会参加吧。”

“应该会吧。你们能参加挺好的呀，小安还有在画画？带着两个孩子怪不容易的。”他瞥了我一眼说，“你看看人家小安，当了妈妈还没放弃画画，江辰也没有。现在就属你最自由了，还不抓紧时间，到时候结婚有了孩子就难多了。”

江辰有意替我开脱：“老师，晓云也很忙的，一个月带三个团呢。”

“你自己看吧，不勉强的。”他说完开始和江辰谈起画展的事。

我坐在他斜对面，端详着他。他似乎长胖了点，和手机私密相册里的他相比。桌面上有一个迷你鱼缸，鱼缸里有两只金鱼，几根水草，些许小石子。忽然我想起了一段有关鱼和水对话的文字。

鱼对水说：你看不见我的眼泪，因为我在水里。

水对鱼说：我能感觉到你的眼泪，因为你在我心中。

鱼对水说：我永远不会离开你，因为离开你，我无法生存。

水对鱼说：我知道，可是如果你的心不在呢？

鱼对水说：我很寂寞，因为我只能待在水中。

水对鱼说：我知道，因为我的心里装着你的寂寞。

如果我是鱼，而你是水，那该多好！水永远都知道鱼的想法，因为鱼在水心里。但是我不是鱼，你也不是水。你永远都不知道我的爱，因为我也许根本就不在你的心里。

物是人非事事休，欲语泪先流。

“对了，今年没办法和爸去西塘给哥的孩子过两岁生日了，因为我要去外地开个会。我跟哥和小安说了。你会回去吧！”

我点点头，我当然要回去，那里，有我的梓萱。上个月回去时他已经会念古诗了，会追在我后面喊着“妈妈，妈妈”了。他也叫小安“妈妈”，但我们总能分清他在叫谁。他叫我时是一种拖腔拉调的撒娇，黏糊糊的感觉。张伯总喜欢纠正他叫我“姑姑”，可是他还是“妈妈，妈妈”地叫。“好奇怪的孩子！他有一个爸爸，两个妈妈。”每次张伯说这话时总喜欢偷瞄我的反应。我波澜不惊。

经过思想斗争后，我终于又开始学画画了，三个星期一次。这样的距离正好，不远不近。我开始刻意打扮自己，回到了少女时代。长裙连理带，广袖合欢襦。比少女时更甚的是我涂上浅浅的口红，喷上淡淡的香水。

“晓云，你最近越来越漂亮了，人家都说恋爱中的女人最漂亮了。到底谁这么大魅力让你抛开往事从头开始啊？”语霏快乐于我的转变，她倘若知道还是同一个人时不知会如何，我笑而不答。

日记里我写道：“从等待到见面，再从分离到等待，周而复始，终知道什么是聚，什么是散，什么是聚散无常。珍惜每次在一起的机会，每一次聊天的机会，每一次微笑的机会。既然无法长相厮守，那么就让每一次都能为独一无二快乐的回忆。”

“画得不错嘛！”他不再吝啬于表扬。远远望着，若即若离便是佳境，我每每以此开导自己。心，还是无法欺骗自己，无论我给了自己多少理由，仍一次次挣扎，一次次沉沦。蝴蝶飞不过沧海。也许是思想放开了，也许是量变引起了质变，我最终步入正轨，越画越好。连小安都惊叹和诧异。“再这么下去我们的校庆展你可以帮我滥竽充数一幅了！”滥竽充数，怎么用词的？我白了她一眼。

我坚持每个月回西塘一趟，就为了看看我的梓萱，我一个人的梓萱。我是躲着杜云华回的西塘，就像在打游击战，她在我必不在，省得让她听见梓萱叫我“妈妈”。我们这样一躲一藏就是三年多。真相在小安父母那里被揭晓是在孩子快四岁读幼儿园之时。

在小安父母和杨少原极力要求之下，小安带着两个孩子回了北京。北京是个文化底蕴极深的城市，教育资源自然也是最佳。为了孩子的未来，大家一致同意孩子在北京入学，况且幼儿园就在小区

旁，来回五六分钟的路程。我，终于可以频繁见到梓萱了，尽管还必须玩着猫捉老鼠的游戏。

那是2008年的9月1日，星期一，梓萱和雨萱上幼儿园的第一天。我和小安一起把他们送到学校。两个孩子手牵着手一步三回头地走进校园，雨萱先哭了，跑出来抱着小安大哭，梓萱仿佛也受了感染似的跑到我身边抱着我，没有哭，只是抱着一个劲地喊“妈妈”。这个时候，杜云华站在了我们身后，一脸的惊讶。她的怀疑由来已久，小安屡屡自圆其说。现在，铁证如山，我和小安都无可解释，因为所有的解释不过只是掩饰。

梓萱长得越来越像我了，神情倒是有几分与杨羽相似。杨少原经常调侃哥：“你看看，你儿子表情和他二叔多像啊！”二叔指的就是杨羽。

老师出来把两个孩子牵进了校园。

“妈，我去买菜了！”

“阿姨，我去上班了！”

我们两个急于逃跑。

“都给我回来！说清楚了！”杜云华急忙拉住了小安。

“妈，有啥好说的，您都看见了。就是那样了，您啊，就大人有大量，体谅我们吧。救人一命胜造七级浮屠，您这也算是功德一件了。”小安巧言令色，舌灿莲花。

杜云华转向我：“晓云，他爸爸是谁？”

我摇摇头：“阿姨，我不能说。对不起，是我对不起您，但我真的不能说。倘若可以说出，我也不至于如今这样偷偷摸摸。”她，没有再多问，走了。至此，她信守着保密的诺言，一诺千金。

孩子上了幼儿园之后，我便没有再当导游带团，我进了企划部和语霏一起做整个旅行社的团队策划工作。小安在小区内开办了家美术培训机构，叫“萱萱画室”。我们轮流一人接送一人做饭。周末是小安最忙的时候了，我偶尔打打下手，教些刚入门的孩子。于是雨萱梓萱铁打不动的一天回秦国斌家，一天回杨少原家，两家老人含饴弄孙不亦乐乎。

2008年10月16日，周一，两个孩子四岁生日的前一天，轮到我接孩子。

“妈妈，妈妈！”四点二十分，幼儿园放学了。梓萱冲出来抱着

我，我一人塞给他们一根棒棒糖。“姑姑，姑姑。妈妈呢？”雨萱嘟着嘴问我。“你妈妈去筹备他们班的聚会了。”后天是中央美院九十周年的校庆。

好快，一晃十年过去了，从我第一次见到杨羽的那一刻算起，十年了。人生，又有几个十年？十年间，我本科毕业，研究生毕业，生了梓萱，当了导游，忙忙碌碌，时间如同指间沙。谁都抓不住时间，时间是对每个人最公平的东西了，一天二十四小时，没有人能多得到一分钟。

“姑姑，爸爸说二叔可会画画了，是吗？”雨萱歪着头问，“妈妈也说了二叔是她的老师。我想学画画，不要妈妈教，妈妈会凶凶，坏坏。”

“妈妈，我也要跟姐姐一起学。”梓萱附和着。

我忽悠着他们：“行，等有空带你们去学画画，好吗？”放着自家的画室不去，老远跑去杨羽那，恐怕他们是想借机和杨羽玩吧。杨羽在两个孩子那有着极好的人缘。

“不，今天，今天就开始学。”他们你一句我一句吵闹着，我被吵得头晕脑胀。好说歹说，总算把他们骗回了家。小安今天要晚些回来，我开始进厨房张罗两个小鬼头的饭。哥说了下午的飞机到，应该也差不多了吧。

“干嘛呢！”我端着两杯牛奶出去时，雨萱正拿着话筒，梓萱在玩话筒的电线。我不过轻声一问，两个小鬼头一溜烟跑了，什么情况？我拿起电话，没有声音。一看家里的菜不多，我把门锁了下楼买了趟菜，回来时已是五点半。两个孩子正守着电视津津有味地看着《喜羊羊与灰太狼》。

门铃声响时，我正在杀鱼，满手血腥。哥回来了？“有钥匙自己开门嘛！”我朝外面叫到。门铃继续响起，鱼还在活蹦乱跳。“雨萱，去看看是不是爸爸回来了，是才能开外面的门哦。”“我去，我去。”梓萱跳下椅子的声音，咚咚咚光着脚丫跑着。

“妈妈，妈妈。”梓萱跑进了厨房，“妈妈，妈妈。二叔来了！姐姐打电话让二叔来的。”天啊，天，杨羽来了。我已无处可躲，小安不在，我如何自圆其说？

“小安啊，你自已不教孩子，还教唆孩子找我，真不靠谱！要不是听雨萱说哥今天回来，我才懒得理你呢！”杨羽边说边走进厨

房，看到我，他愣住了，他环顾四周，寻找小安的身影，一无所获后他转头看了看梓萱。

我赶紧转身背对着他，继续杀鱼。他蹲下来问梓萱："梓萱，你妈妈在哪里呀？又玩躲猫猫了？""妈妈，妈妈！"梓萱跑过来抱住我的腿，"二叔来了，不躲猫猫，不躲猫猫。"

"姑姑，姑姑，我要吃饼干！"雨萱拿着奶杯过来找我。"二叔陪我玩。陪我玩！"她把杨羽拖出了厨房。我，心乱如麻。

杨羽人在曹营心在汉，没过几分钟，他走进厨房，我正在蒸鱼。他单刀直入："梓萱是我的孩子，对吗？梓涵，梓萱，我怎么就没想到？你呕吐的时候我早该想到的，你长胖的时候我也该想到的，爸说梓萱表情像我时我更该想到的。回答我，是不是！"他咆哮着，握紧了我的手腕。

"是又如何，不是又如何？"

哥开了锁和小安一起回来了。

第四十章

“爸爸，爸爸。”两个小鬼头冲出房间抱住了哥，哥一手抱起一个，左亲一下，右亲一下，逗得孩子乐得直笑。

“妈妈，二叔来了。”雨萱对小安说，“他和姑姑吵架了，好大声，好可怕哦！吵架的孩子不是好孩子！”

小安和哥对视了一下，该来的总会来，只是时间早晚而已。小安把两个孩子带进了房间。杨羽走出了厨房，他走到哥面前，没有过渡没有延缓：“哥，梓萱是我的孩子，是吗？”

哥点了点头。

“为什么，为什么独独瞒着我一人？这样对我公平吗？”

啪的一声，我惊呆了，哥扇了杨羽一个耳光，连续的第二个耳光反手落下。“公平？你有资格谈公平吗？晓云为了护你周全，为了不破坏你一丝一毫的家庭，十月怀胎，独自一人尝尽人间冷暖，世态炎凉。孩子出生后她有子不能认，漫漫长夜对你和对孩子的思念之苦，你可知一二？小安为了梓萱还未到预产期就采取剖腹产生下雨萱，就为了让梓萱能有一个名正言顺的家，一个名正言顺的爸爸妈妈。公平，那么谁对我们公平过？”

杨羽跪了下去，头埋到了地上，嘴里不停地念着：“对不起，对不起。我真的不知道，真的不知道。”哥没有扶起他，我出手要扶被哥制止了：“不知道，是你眼睛瞎了，还是心瞎了。晓云用情之深，旁人都能看得出来。爱，本无对错，错的就在于她爱错了人。她错了，但她自己承担了。你呢？你做了什么？又有什么资格来谈公平？你倒是说说什么才是公平？”

我再次走上前扶起了杨羽，转头对哥说：“哥，别怪老师了。千错万错都是我的错，与老师无关。所有的一切都是我咎由自取，怨不得任何人的。梓萱是老天给我最大的礼物，我会用我全部的生命爱他。梓萱是我一人的，与他无关。我已经愧对你和小安了，我不希望孩子成为任何人的负累。”

哥对着杨羽怒骂道："我们到底欠了你们父子什么，到底前生欠了你们什么。做父亲的让我一出生就没有了父亲，做儿子的让晓云的孩子一出生也没有亲生父亲。到底我们前世欠了你们什么，需要今生如此来偿还？你走吧，我和妹妹不想再见到你，不想！"哥说完这话，把杨羽推出了门。

哐当，铁门紧闭，我泪流满面。"哥，别怪他了，真别怪他。他没有错，他何错之有？我爱上他的那刻就知道没有未来，什么都没有！假如你要追究那一夜，那也不全然是他的错。"

"晓云，你，你怎么就那么傻！你怎么就不能醒醒啊！以前江辰对你那么好，你拒绝了。现在我听语霏说有个同事对你有意思，你怎么就不能考虑考虑？如果是因为梓萱，那么就继续让我们养着好了。"

我心痛得无法呼吸，找不到一个可以宣泄的地方。除了微笑，我别无选择。我惨然一笑："哥，如果那个人不能接受梓萱的话，那也就不值得我托付终身了，是吧？可是，我已无力再去爱任何人，这场爱情耗尽了我所有的心力。曾经沧海难为水，除却巫山不是云。"门外悄无声息，我透过猫眼往外看，门口和过道空无一人，他走了，就这么走了。其实，他何曾在过？只不过时光的记忆碎片，我挑挑拣拣，剩下的都是美好的回忆。

哥把我赶出厨房，我蜷缩在沙发的角落里看着小安和孩子们在搭积木。"妈妈，妈妈。"梓萱又光着脚丫跑来跑去。"哎呀，那是姑姑，姑姑啦！整天妈妈妈妈的，就你有两个妈妈！"雨萱很喜欢教训这个小二十分钟的弟弟。"妈妈，妈妈。"梓萱不理会她，继续叫着扑在我怀里。很奇怪的，他貌似习惯了自己有两个妈妈。

门铃声响起，"我去，我去。"梓萱像只猴子似的跑了过去，"爷爷，爷爷来了。爷爷，有没有带好吃的啊！"他开了门去抓杨少原的拐杖。杨少原老了，老了许多，华发丛生，背也驼了许多，腿脚愈发不好，需要拐杖了，拐杖上还配有一把折叠椅。

"老爹。"我看到了他身后的杨羽，垂头丧气，脸上的红肿还没有褪尽。"老师。"我们已经相对无言了。曾经可以一聊四五个小时甚至七八个小时的日子已经一去不复返了。执手相看泪眼，我唯有"还君明珠双泪垂，恨不相逢未嫁时"。他，给了我什么？除了那张画，还有梓萱，这两个都是我不愿也不能归还的。其实，这场爱情

里最大的受害者是梓萱，对他真的不公平。这个错，已无转寰的余地，我唯有用一生去爱他呵护他直到我生命的尽头。

“子豪，刚听杨羽说了。现在说再多的对不起都于事无补，你觉得我们应该怎么办呢?”他问哥，谦卑的语气，小心翼翼。

“梓萱与他无关，他姓张，名叫张梓萱，是我和小安的孩子，户口本上白纸黑字，不会有所更改。请回吧。”

杨少原老泪纵横：“子豪啊，你看在我这么大年纪的分上，不求你原谅杨羽，只求你给我们补偿的机会。几年来，天南地北的，我真的没想到梓萱会是杨羽的孩子。明天就是两个孩子四岁的生日了，要不你看在孩子的分上，再让我为他们办一次生日宴会。我这年纪这身体，能多看一眼是一眼。”老爹说得太为伤悲，哥心软了，小安适时插嘴并转移话题道：“爸，别老说那些有的没的话，多不吉利呀！我们学院后天九十周年校庆有师生画展，您去吗?”

“我去凑啥热闹嘛！我又不是老师，又不是学生的，又不会画画。”

“哪里是凑热闹，爸，您去了就数您最最光荣了。您想想啊，您不是老师，但有个做老师的儿子；您不是学生，但有个做学生的儿媳。很光荣的，是吧？对了，我表弟江辰也有作品参加了呢。”小安果然能说会道，“那天会公布评奖结果，展览了半个多月了，匿名展览不记名投票的，明天就可以知道鹿死谁手了。据说特等奖是欧洲十国双人游。好紧张哦!”

哥对杨羽还是横眉冷对，但是气氛总算缓和了一点。杨少原把生日宴会的时间地点说完后带着杨羽走了，杨羽想抱梓萱，被哥抢了过去。“别抱我儿子!”哥对杨羽说。“二叔抱。”梓萱朝着杨羽张开手，杨羽激动地往前一步要接，哥一个转身把梓萱塞到我的怀里，把他轰出门外。

小安用了整整一个晚上对哥晓之以理动之以情，总算让他消了消气，看在孩子的分上，哥同意明天宴席上不为难杨羽。问题在于，他没想为难，杨羽却自己撞上了枪口，不偏不倚躺着中枪。

第二天杨羽带着女儿杨梓涵和老爹一起来的，哥斜视了他一眼，没有说话，杨羽讪笑着。杨梓涵腻在杨羽身边，不时坐到杨羽的腿上，杨羽夹着饭菜喂她，宠溺的眼神。梓萱坐在我身边的儿童椅上围着围兜自己吃饭，哥的脸色有些难看。我之所以没有喂梓

萱，是因为想让他早点适应幼儿园的生活。哥的表情让我意识到了什么，看着他们亲热的样子，我忽然鼻子一酸，咬着牙翻着眼控制着自己的情绪。

一度以来都是“相见时难别亦难”，而今我却觉得相见是痛苦的。同样都是他的孩子，一个千般宠爱集于一身，一个自生自灭无人怜惜。一顿饭吃得我苦不堪言，切蛋糕吹蜡烛后，宴席草草结束，我抱起梓萱往门外走，他追了过来塞了一包红包，我扔还给他，头也不回地走了。

小安的校庆日，我本不想去的，但小安兴奋的样子让我不忍拒绝。“晓云，如果我得了大奖，肯定带你去旅行！”她信誓旦旦。

“算了吧，你就别痴人说梦了，那么多专家教授老师的，你得奖？下辈子吧！”我客观分析并趁机打击她，过过嘴瘾。

“哼，狗咬吕洞宾，不理你了。”

我拽过她的手臂：“好啦，好啦，我明天请假陪你去，行了吧。”

“这还差不多。”她兴冲冲找哥去了，据说是去拉赞助，欧洲游购物的赞助。小安说风就是雨的性格，即便为人妻为人母也没改变。江山易改本性难移啊！

中央美院内熙熙攘攘的人群，门庭若市。大红条幅，落地花篮四处可见。连路旁的树都穿上了彩带，实在热闹。偌大的展厅展览着数百幅画，有国画、油画、版画、漆画等，尺寸各异。小安像只无头苍蝇一样寻找她的作品，她的作品编号是66，作品名《满城尽带黄金甲》。“不错啊，六六顺。”她得意地撇了撇嘴。她画的是一幅风景油画，婺源的油菜花，这名字取的，我服了她了。

“快看，快看，在贴获奖名单了。”小安挤过人群脸贴到了名单前，我看了看四周，没人比她更激动的了。看完后她嘟着嘴无精打采移到我身边抱怨道：“哎，只得了个优秀奖，没劲。都怪你，没有吉言。”

“天，这都能怪我身上！谁特等奖了？”

“不知道，只写了作品编号，76。今晚晚会上颁奖，到时候就知道是谁了。”

“晚会，你还要参加晚会，那我回去了。家里还有雨萱和梓萱呢。”我还是无法习惯热闹的环境，越热闹的地方我越孤独。

“干嘛不参加，参加晚会可以抽奖的，孩子让子豪看着就行，难得让他和孩子们独处。孩子不能缺少父亲的，不然都没有点阳刚之气了。走，去看看 76 画的啥，哼。”

76 号，那是一幅人物油画。一位长发及腰披着白色的毛绒披肩穿着汉服的女子侧身站在船中央，她四十五度角仰望天空，远处天空中白雪茫茫铺满桥面。柳枝垂落在女子身后，几株红梅傲然挺立，花瓣和着飘雪飞舞落在女子头上肩上。

“怎么整幅画看起来都这么眼熟？那座桥，那个女子？”我倒没看出什么特别，除了环肥燕瘦，电视剧里古装女子不都几乎如同一个模子刻出来的吗？桥，江南的桥不也都八九不离十吗？以前写生的那些桥我都分不清哪个在哪里了叫什么名了。“没看出什么眼熟，不过我感觉整个意境透出了一种淡淡的忧伤，一种‘只恐双溪舴艋舟，载不动，许多愁’的忧伤。”

“这作品名怎么这么奇葩，拗口得很，哪里像我通俗易懂又紧扣主题。”小安还在鸡蛋里挑骨头，“晓色云开，什么名字嘛！”

“什么？你说什么？”我仔细盯着画作右下角的号码签。他的，是他的，我在心里说道。这个名字恐怕只有我一人懂得其中的缘由。

小安被我的一惊一乍所吸引，她大呼道：“难道是老师的，晓色云开，晓云，是这个意思吗？我就说嘛，这么眼熟。”我很想说，晓色云开并不是晓云的意思，但我不想解释，那是我一个人的秘密。她拍了下手激动地说：“我想起来了，想起来了，我就说怎么这么眼熟嘛。你钱包里的那张照片，你拿出来看看，就是那张照片。”

照片，对了，他还未还我。“照片拿出来看看嘛，我哪里会有错？”小安催促我。“哦，放家里了。”我骗她，她白了我一眼戳穿我：“是不是送他了，哼！”他来了，和江辰一起来的。他看到了我和小安，想转身走，被不知情的江辰拖了过来。江辰手拿一本宣传册对我说：“晓云，你怎么这么早就来了？肯定是被小安绑架来的吧。”

“老师，老师，这是你画的是吧！”小安指着那幅编号 76 的画问杨羽，她还是习惯叫他老师。杨羽艰难地点了点头。“哇，哇。老师快请客！特等奖耶！欧洲十国双人游。”

江辰听了赶紧凑过来激动地问："真的吗？特等奖！那我的有没有得奖。""你呀，和我一样，优秀奖，半斤八两的。"小安不耐烦地回答，继续转向杨羽，"老师快请客。对了，那个双人游至少应该给模特一个。"

江辰不解地问："什么意思？说话没头没脑！"小安指着画滔滔不绝："江辰，你这个笨蛋，亏你还追求过晓云呢。你没发现图里那个女子就是晓云吗？你看看那个作品名'晓色云开'，不也就是晓云的意思吗？笨得要死。"江辰"哦"了一声就不说话了。"那个作品名不是指晓云的意思啦！"他刚要解释就被我打断了："老师，随小安说去吧。反正她是八卦版主编。"我抬起头目光与之交汇，他没再说下去。

"老师，老师，说嘛，不是那意思是啥意思！连个作品名都不能说，做人真不坦荡。"为了知道答案，小安铤而走险，"不说就把那两个名额都让出来吧，一个给你的模特，一个给你的嫂子我。"

"行了，别闹了，中午我请客，我们去吃饭吧。"江辰及时制止小安的装疯卖傻，他问正在发呆的我："你想吃什么？中餐还是西餐？牛排怎么样？"又是牛排，自从那次和他吃牛排后，我就再也没有吃过。我摇摇头："不了，你们去吃吧，我回家，哥难得回来一次。"我已不想和他有任何瓜葛了，哪怕一顿饭也不想再一起吃了。十年间，我只和他单独吃过一次饭。自那次看电影被他拒绝后，我再也没有提过任何一个想法。我累了，倦了，身心俱疲。

"晓云，你和小安去欧洲玩一趟吧。等晚上我领了奖就给你们。"小安听到这话欢呼雀跃，拉起我的手跳了起来："真好，这样才对嘛。"杨羽用尴尬的眼神求助地看我。过去了，一切都过去了。"老师，我不去了，还要带孩子呢！谢谢老师！"十年来，我没有改口过，始终称他为"老师"。我庆幸自己已经能毫无感觉说出这句话了。十年，我走进那场迷局，又从那场迷局走出。我，再也不是十年前的我了。回不去了，什么都已回不去了。

我没有去参加晚上的聚会，江辰陪着小安参加了，哥带着两个孩子去看了场动画片，硬把我也拽了出去。回家后，小安趴在饭桌上，直瞪瞪地盯着我："你知道吗？领奖时他哭了，众目睽睽之下哭了。有人当场要买他的那幅画，出了个高价，他拒绝了。"

第二天，我收到了那幅画，画的背面有一行字——“愿无岁月可回首，且以深情共余生。”我拿起铅笔在那行字下面轻轻写上——“你只是潇洒地与我擦肩而过，而我却留在原地永远地等你回来。”

不负此生　不负他人　不负己心
（后记）

《晓色云开》是我的第三部长篇小说，这是一部讲述亲情、友情和爱情的小说，情感是人类永恒的主题。世界上有一种爱叫守候，世界上有一种情叫奉献，陪伴是最长情的告白。烟雨江南，水乡西塘，一次偶然邂逅，因为一个人爱上一座城。青春少年爱情激荡，至真至纯，至情至性。愿得一人心，白首不分离。

2014 年借第一部长篇小说《栀子花开》的出版，我有幸认识了厦门市作协秘书长王永盛老师并请他为我写序，他平易近人，儒雅谦逊。当年《栀子花开》的出版，我只有一个心愿，给天下特殊孩子一片爱的天空，让社会更多的人了解和帮助弱势群体。在王永盛老师及各媒体的鼎力支持下，我于当年十月份为残疾孩子举办了一次签售义卖，作协副主席吴尔芬老师作为嘉宾参加了活动，他中肯的意见和客观评价让我受益匪浅，他的睿智博学幽默也给我留下了深刻印象。

之后两年来，我先后参加了由厦门市委宣传部举办的第二届、第三届文艺创作培训班，并相继写了第二部和第三部长篇小说。当我想放弃的时候是两位老师的鼓励给了我前行的力量；当我如同鸵鸟般选择逃避时，是他们毫不留情的当头棒喝让我学会坚持与坚忍；是他们令我告别了几十年来以闲云野鹤之名放纵自己的随心所欲，以人生苦短之名肆意挥霍青春的混沌岁月。感谢两位恩师一路的不离不弃，一路的包容提携。

2014 年香港中文大学校长沈祖尧在毕业典礼上做“如何不负此生”的演讲字字珠玑言犹在耳。不负此生，于我而言就是不负他人，不负己心，活得有价值，不辜负生命本身。不负他人，不负恩师的谆谆教诲，不负朋友的风雨同舟，不负亲人的守望相助。不负己心，听从内心的声音，不放弃，不妥协，不随波逐流。

当我说出对于演讲词的感想后，吴尔芬老师说："把小说写到顶尖，才能不负此生、不负他人、不负己心，对吧?"希望日后的我能通过不懈的努力写出更有层次有思想的书，不负恩师们的殷切期望。

最后，衷心感谢在此书写作过程中一路给予我扶持的老师和朋友们。特此感谢我的老师：吴尔芬、王永盛、张翼翔、卜祥忠、史言和杨建铸；感谢我的朋友：洪晓萍、方色美和王雯莹。